조선총독부 2
아! 광화문

나남
nanam

류주현 (柳周鉉, 1921~1982)

호는 묵사 默史. 경기 여주에서 태어났다.
1939년 일본 동경으로 건너가 와세다대 문과에서 수학한 후 귀국,
1948년 단편 〈번요의 거리〉로 등단했다.
여러 잡지에서 편집을 맡았으며, 꾸준한 연재와 다작으로
한국 현대 문학사에 대하역사소설이라는 새로운 경지를 개척하였다.
작품으로는 〈남한산성〉, 〈장씨일가〉 등을 비롯한 중·단편소설 100여 편과
〈조선총독부〉, 〈대원군〉, 〈대한제국〉 등의 장편소설 30여 편을 남겼다.
아시아 자유문학상, 대한민국 문화예술상, 한국출판문화상 등을 수상했으며,
한국 소설가협회 창립 초대회장을 지냈고, 중앙대학교 예술대학 문예창작학과
교수로 후진양성에도 이바지했다.
1982년 타계하여 경기 여주에 묻혔다.

나남창작선 120

조선총독부 3-2
아! 광화문

2014년 8월 15일 발행
2025년 2월 5일 2쇄

지은이   柳周鉉
발행자   趙相浩
발행처   (주) 나남
주소   413-120 경기도 파주시 회동길 193
전화   (031) 955-4601 (代)
FAX   (031) 955-4555
등록   제 1-71호 (1979. 5. 12)
홈페이지   http://www.nanam.net
전자우편   post@nanam.net

ISBN   978-89-300-0620-0
ISBN   978-89-300-0572-2 (세트)

류주현 실록대하소설

조선총독부 2

아! 광화문

나남
nanam

류주현 실록대하소설

조선총독부 2
아! 광화문

차 례

조선총독부 3
빼앗긴 들에도 봄은 오는가

은밀한 회합

진고개 쪽에서 남산 조선총독부로 올라가는 어귀. 길은 삼거리였다. 철 늦게 진눈깨비가 내리고 녹고 내리고 해서, 길은 질척거렸다.

거기 회색 싱글 양복에다 검정 오버코트의 깃을 아무렇게나 세워 입은 한 장년이 나타났다. 그는 총독부로 들어서는 길목에 접어들자 발길을 잠깐 멈추더니 오른쪽 주머니에서 궐련갑을 꺼내 한 개비 뽑아서 입에 물려다가 말고는 왼편 엄지손톱에다 톡톡톡 담배 끝을 다져대고 있었다. 그는 잠깐 주위를 돌아보더니 성냥불을 드윽 그었다. 바람이 휘익 불어와 그의 성냥불을 꺼버렸다. 그는 또 긋고 다시 켜고 했다.

해는 석양이었다. 2월도 보름께다. 계절은 봄이라지만 산에서 내려오는 바람은 차가웠다.

거기 또 한 사나이가 나타났다. 일본 하오리, 하카마에다 굽 낮은 오동나무 게다를 신은 그는 검정 돔비를 입고 있었다. 그는 나이가 꽤 들어 보였다. 스틱을 휘두르며 그곳을 지나치려다가 먼저 사나이와 시선이 마주쳤다.

"여어, 아오야키 씨가 아니시오?"

검정 돔비의 사나이가 소리치자 마악 담배에 불을 달인 장년이 마주 소리쳤다.

"어, 샤쿠오 선생!"

"오래간만이외다."

"샤쿠오 선생이 여기 웬일이십니까?"

아오야키가 불쑥 묻는 바람에 샤쿠오는 잠깐 망설이다가

"아하하, 볼일이 좀 있어서 총독부엘 가는 길이외다."

쑥스러운 듯이 대답했다.

"샤쿠오 선생이 총독부엘 다 찾아가시고…."

아오야키가 좀 비꼬아 주니까,

"아하하, 정무총감이 좀 만나자고 해서."

샤쿠오는 스틱 끝을 공간으로 쳐들더니 휘휘휙 휘두른다.

"아, 그러세요? 실인즉 나도 정무총감이 만나자고 기별했길래 가는 길입니다."

"그래요? 동행이 돼서 잘 됐구려. 대관절 무슨 일로 그 녀석이 사람을 오라가라 한답니까?"

"글쎄요. 뭐 답답한 일이라도 생긴 게 아닙니까."

두 사나이는 나란히 왜성대 길을 올라가고 있었다.

이때 뒤에서 따르릉 따르릉 벨이 울렸다. 두 사나이는 길을 비켜 주면서, 그러나 점잔을 빼느라고 뒤는 돌아보지 않는다. 검정 포장을 내린 인력거 한 대가 그들을 지나치며 비탈길을 무겁게 올라갔다.

"여자가 탄 것 같습니다."

아오야키가 앞을 가는 인력거의 뒤채를 노려보면서 말했다.

"그래 그 뒤 〈경성신문〉은 운영이 잘 됩니까?"

"샤쿠오 선생이 끝내 협력하지 않는데 잘 되겠습니까! 하하하."

"도쿄 소식은 들으셨겠지요?"

"조선유학생들의 장난질 말입니까? 그것은 그걸로 일단 끝난 게 아닙니까? 도쿄 한복판에서 철부지 놈들이 하늘 무서운 줄 모르고 엉뚱한 짓을 했습죠."

"그렇게만 생각하오?"

"일망타진 됐잖습니까."

"뒤에 또 인력거가 오는군!"

샤쿠오는 또 천천히 길섶으로 비켜선다.

"오늘 무슨 축하연이라도 있는 게 아닙니까? 인력거가 두 대씩이나 올라가는 걸 보면."

인력거에는 으레 기생이 탄 것으로 간주하면서, 아오야키가 뒤를 돌아보고는 흥미로워하니까,

"국상을 며칠 앞두고 무슨 축하연을 한단 말이오!"

퉁명스럽게 아오야키를 핀잔주는 샤쿠오 옆으로 뒤에 오던 인력거가 지나가고 있다. 역시 검정 포장이 내려져 있었다. 포장 사이론 희끄무레한 여자의 얼굴이 흘깃 보인 것 같다.

그들이 야마가다한테 안내되었을 때, 거기엔 5, 6명의 남녀가 미리 와서 대기하고 있었다. 배정자도 거기 있었다. 고지마 경무국장이 있었다. 두세 사람의 낯모를 장한들도 있었다. 요정 파성관의 여주인인 오카쓰도 와 있었다.

"총독 각하도 안 계시고, 우리가 처음 겪는 조선의 국상도 며칠 안 남고, 이것저것 정세를 좀 검토하려고 여러분을 오십사 했습니다."

정무총감은 언제나 정중하고 은근한 사나이다.

"브라질 커피입니다."

접대하는 한 관리가 여러 사람에게 희귀한 커피를 대접하면서 생색 내는 것을 잊지 않았다.

"자아, 옆방으로 가실까요?"

경무국장이 부속실 문을 밀면서 말했다.

그들이 부속실로 들어섰을 때, 거기에도 10여 명의 장한들이 대기하고 있다가 우르르 일어섰다.

총감실에서 들어간 몇몇 사람은 야마가다를 중심으로 해서 상좌에 따로 좌정했다. 부속실에 대기했던 10여 명의 장한들은 그들과는 좀 떨어져서 커다란 원탁을 가운데에다 놓고 둘러앉았다.

경무국장이 일어서서 사회를 했다.

"…언론계의 중진 두 분과, 정보를 맡고 있는 일선 담당관들과, 그리고 우리 총독부를 대표해서 정무총감 각하를 모시고 시국담이나 교환해 볼까 해서 이 자리를 마련한 것입니다. …"

먼저 고종의 승하를 애도한다고 형식적인 인사를 했다.

"… 이 회합은 정책의 검토가 아니라 급변을 거듭한 몇 가지 사회정세에 대한 여론의 파악과 거기 따른 정보의 교환이 목적입니다. 어떻습니까? 아오야키 선생. 도쿄의 2·8 조선학생 소요사건은 어떤 뿌리가 있는지 아니면 즉흥적인 젊음의 발작인지 말씀해 주십시오!"

엄숙한 경무국장의 말에 아오야키가 근엄한 표정으로 일어섰다.

"먼저 제 의견을 말하기 전에 당국에 한 가지 묻겠습니다. 우리는 도쿄의 정보를 듣고 있지 못합니다. 연루자로서 그날 잡혀간 학생 이외에 어떤 사람들이 더 체포됐는지요?"

"그 이상 몇몇 학생들이 추가 구속된 모양입니다만 별로 확대된 것 같지는 않습니다."

그제야 아오야키는 자기 의견을 지껄이기 시작했다.

"내 생각 같아선 그건 도쿄 유학생들의 단독적인 사건인 만큼 그 주모자들이 이미 체포된 이상 일단락지은 사건으로 봐서 무방하리라 믿습니다. 왜냐하면 만약 그들이 조선 본토와 연결을 가진 좀더 조직적으로 대대적인 계획이었다면, 같은 날 같은 시각에 조선반도에서도 일제히 그런 난동이 일어났어야 합니다. 그런데 조선인들은 지금 그런 일이 있었다는 사실조차도 모르는 듯싶고, 또 이태왕 전하의 상을 입어 망극 근신중이니 그런 소요는 생각할 수조차 없는 것으로 압니다."

"샤쿠오 선생은 어떻게 생각하십니까?"

샤쿠오는 지명을 받자 엉거주춤 일어서더니

"이 회합이 하나의 토론회라면 앉아서 좌담식으로 얘기합시다."

좀 거만하게 제의하고는 자리에 앉으면서 좌중을 둘러본다.

"내 생각은 아오야키 씨와는 좀 달라요. 나는 어떤 정보에 근거를 둔 얘기도 아니고 논리적 추단도 아니지만, 그 소식을 듣고, '드디어 터졌구나!'하는 불길한 예감이 들었어요. 사람의 예감은 때로 어떠한 증거보다도 정확한 경우가 있어요. 남한테 내 예감을 믿으라고 강요할 수는 없으나 나는 내 예감을 믿습니다. 도쿄의 2·8 조선학생 소요사건은 큰 불씨를 깊이 감추고 있다는 말이에요. 적어도 몇 천 년의 고유문화를 가졌던 한민족이 제 나라를 뺏기고도 이렇게 쥐 죽은 듯이 끝내 조용할 수 있느냐 말이에요. 본국의 관리들도 총독부의 당국자들도 이 불쾌한 '조선의 침묵'을 만심慢心한 채 간과했다가는 큰코다칠는지 모른다는 말이외다. 도대체 총독부의 정보활동이 얼마만큼 철저하고 치밀한지 묻고 싶어요. 식민정책이란 다른 게 아니에요, 정보정치입니다. 전임 데라우치 총독이 그런 무단을 했는데도 현 하세가와 각하가 이렇게 무사안일 정책에 빠졌는데도 끝내 조선인은 유순하리라고만 믿는 게 위험천만이란 말이에요, 아시겠소? 조선인들의 일상 화제가 뭣인가, 이태왕 전하의 국상을 입고 그들은 뭣을 생각하며 슬퍼하는가, 젊은 지식층이나 늙은 국수주의적 지도자들의 동정이 어떠한가, 그런 세밀한 정보가 시시각각으로 수집되고 있느냐 그 말이외다."

그 말에 경무국장이 대답한다.

"우리의 정보망은 물샐 틈 없이 완벽합니다."

"그래요? 그럼 천도교나 기독교 단체들을 어느 정도로 파악하고 있는지 묻고 싶습니다. 단순한 종교단체로 보고 있는 게 아니오? 어느 나라의 식민지고 불온한 움직임이란 거개가 종교단체에서 싹트기 시작하는 법이외다. 아시겠소? 종교적 모임을 가장해서 밀모가 진행되게 마련이란 말이오. 종교계를 항상 감시해야 합니다."

정무총감은 알아듣겠다는 듯이 고개를 끄덕거렸다. 경무국장은 자기가 힐책당하고 있는 것 같았던지 몹시 불쾌한 표정이었다.

아오야키는 샤쿠오에게 지고 앉아 있을 수가 없었다. 그들은 서로 헐뜯고 시기하는 사이였다. 아오야키는 자진해서 열을 올리기 시작했다.

"그 말씀이 났으니까 말이지, 나는 벌써 여러 달 전에 그런 주장을 총독 각하께 말씀드린 바 있습니다. 일찍이 동학당, 천도교의 제2교주인 최시형은 세 사람의 출중한 법제法弟를 가졌는데….”

그 세 사람이란 김연국, 손병희, 손천민이라는 것, 이 3명의 법제는 신도들 사이에 그 성망이 한가지로 두터워서, 장차 저희들끼리의 시기와 충돌이 있을까 교주 최시형은 염려한 나머지, 김연국엔 구암龜菴, 손병희엔 의암義菴, 손천민엔 송암松菴이란 호를 주면서 “그대들 가운데서 교통敎統을 잇는 교주가 나오면 서로 다투지 않고 일심협력하는 의형제가 되라”고 훈유했다는 것.

그 후 손천민은 동학란 때 체포되어 교살되었고, 손병희는 일본으로 망명해서 이상헌이라 변성명變姓名하고는 국내의 교도들과 기맥을 대고 있었다는 것, 그러다가 러일 전쟁 후, 을사조약이 맺어지자 손병희는 서울로 돌아와서 동학, 천도의 정통을 이어 천도교의 제3교주가 되었는데, 이에 불만을 품은 김연국은 따로 시천교총부侍天敎總部를 만드는가 하면 역시 동학당원이었던 송병준이 시천교본부를 따로 만들어 천도교는 사실상 3파로 분립되었다는 것.

그러자 책략에 능숙한 이용구가 송병준을 들쑤셔서 정치와 종교를 혼합한 일진회를 조직하여 친일주의를 표방하게 되니까 천도교도와 시천교도 중에서 권력과 금력에 끌리는 일부 신도들이 일진회로 모여들어 이른바 백만의 회원을 자랑하게 되고 그 힘으로 한일합방을 적극 추진했다는 것.

그러나 합방 후 모든 정치단체를 해체하자 일진회도 해체될 수밖에 없었는데, 데라우치 총독은 경무국장으로 하여금 50만 원을 해산 무마 공작비로 쓰도록 했으나, 그 태반은 송병준이 착복했고 이용구는 돈에

14

는 손도 대보지 못했다는 것, 그러자 해산된 일진회이 불평분자들이 다시 손병희의 천도교 산하로 복귀하여 천도교의 세력은 날로 커져갔다는 것, 따라서 일진회를 비롯한 모든 정치단체는 그 그림자조차 없어졌지만 대신 종교단이라는 이름 아래 천도교의 교도는 백만을 넘게 되어 그 세력은 무시하지 못할 만큼 커져 가고 있다는 것 ―

"… 등을 총독께 역설한 바 있습니다. 따라서…첫째, 종교단이라는 미명 아래 천도교의 불온한 세력이 날로 번성해 가니 이를 경계해야 하고, 둘째 그런 종교단이 언제 정치단체로 표변할는지 모르니 무슨 구실을 붙여서든지 단속해야 해야 하고, 셋째 그 이론적 근거로서 동학, 천도교는 전통적으로 정치와 사회개혁에 직접 참여한 역사가 있으므로 이를 순수한 종교단체로만 보기는 어렵고, 넷째 그 천도교를 이끄는 교주 손병희는 전형적인 반일분자인데다가 또한 대의와 명분에 살고 죽음을 신조로 하는 만만찮은 인물로서 언제 어디서 어떤 일을 저지를지 예측하기 어려운 위험한 존재이니만큼, 결론으로서 경무국에선 천도교에 대한 내사를 철저히 해서 사이비 종교단체라는 구실로 강제 해산시키는 게 상책이라고 총독께 진언했던 것입니다."

이런 즉석 연설 끝에 아오야키는 배정자를 흘낏 후려 보고는 먼젓말과는 전혀 모순된 꼬리를 달았다.

"그러나 개인이건 단체이건 그리고 하나의 민족이건, 자꾸 의심만 하다가 보면 끝이 없는 거 아닐까요?"

이 말에 샤쿠오는 기회라는 듯이 결연히 아오야키에게 덤벼들었다.

"아하, 그게 무슨 당착撞着된 말씀이오? 그래 당신은 조선놈들을 믿는단 말이오? 새꾸라기에 맨 돌멩이처럼 당신 의사대로 되는 백성이라고 믿는단 말이오? 허어, 위험한 사상이구려. 사슬에 매서 길러오는 제 집 개한테도 물린다는 걸 당신은 모르시오?"

샤쿠오도 변한 것 같다. 총독부와는 옹치처럼 지내던 그가 오늘 여기에 온 것부터 심경의 변화를 뜻하는 것이다.

'아아 조선인, 너무나 파쟁을 즐기는 조선인!'이라고 개탄한 일이 있는 그는 조선사람을 노골적으로 이렇게 욕설하지는 않았는데 오늘의 태도는 전혀 다르다.

"아하, 아하, 되도록이면 의견만 말씀해 주셨으면 좋겠습니다. 그 종국적인 판단은 우리들 당국자가 할 것입니다."

정무총감이 두 언론인을 점잖게 나무랐다.

"어디 조선인의 입장에서 배정자 여사께서 한마디!"

경무국장이 불쾌한 낯빛으로 그들을 흘겨보면서 배정자의 그 어글어글한 눈을 쏘아봤다. 배정자는 유창한 일본말로 지껄이기 시작했다.

"나는 조선의 각계각층을 접촉해 왔습니다. 한마디로 이렇게 말하고 싶어요. 조선은 우연히 망한 게 아닙니다. 임금은 나약하고, 정치는 부패하고, 백성은 게으르고, 거기다가 압정에 시달리고 시달려서 백성은 제 나라에 대한 애착을 잃었던 것입니다. 망할 때가 돼서 망했어요. 망하지 않을 수가 없었어요. 나도 조선사람이지만 조선은 제 힘으론 도저히 독립과 국토를 유지하지 못해요. 합방은 당연한 추세였지요. 솔직히 말해서 조선사람 쳐놓고 누가 일본사람을 진심으로 좋아하겠어요? 허지만 그렇다고 어떻게 하겠어요? 대일본제국의 위세 앞에 그들이 어떻게 하겠다는 겁니까. 내가 알기로는 지금 조선 천지는 딴 생각할 여지가 없습니다. 태왕 전하의 승하를 슬퍼하느라고 정신들을 잃었습니다. 인자했던 임금을 잃고, 그분의 기구한 운명을 슬퍼할 뿐입니다. 한마디로 조선백성은 슬플 뿐이에요. 그 슬픔을 가셔주고 대신 살아야 한다는 의욕을 불어넣어 주는 게 조선총독부의 사명 아니겠어요? 이제 일본사람들이 할 일이란 형제와 같은 우애로 조선인을 보살피고 이끌어 줘야 합니다. 쓸데없이 의심하고 미워하고 할퀴기만 한다면 대국민의 도량度量이 아닙니다."

배정자는 중용을 지켰다.

이때, 키가 작달막하고 이마에 칼자국이 있는 장한이 말석에서 벌떡 일어섰다. 오에다키 사부로大江瀧三郎라는 경무국의 사복 경부였다. 그는 테가 굵은 로이드안경을 끼고 있었다.

"제게도 한 말씀 하게 해주십쇼. 저는 샤쿠오 선생의 말씀이 옳다고 생각합니다. 제가 수집한 정보에 의하면 요새 조선 지식층의 움직임이 좀 수상합니다. 예를 들면 최근 천도교 본부엔 드나드는 사람이 부쩍 많아졌습니다. 최린, 현상윤, 송진우, 오세창, 이갑성 등이 그들입니다. 그들이 도쿄의 소식을 모르고 있을까요? 알고 있다고 가정한다면 일단 수상하게 봐야 합니다. '젊은 유학생들이 들고 일어났는데 어찌 국내의 우리가 가만히 있을 수 있느냐' 그런 모의가 있을 수 있다고 가정해 볼 수 있습니다. 평안도에서 이승훈이란 자가 아침 차로 경성에 왔습니다. 송진우가 윤치호의 집에서 나오는 것을 봤다는 정보도 있습니다. 다른 정보에 의하면 송진우가 박영효 씨 댁에도 갔었다는 말이 있습니다. 김성수와 이갑성이 세브란스 병원에서 밀회를 했다는 보고도 있었습니다. 이게 다 우연일까요? 우리는 이런 정보를 상부에 보고했습니다만, 모조리 묵살당했습니다."

묵살당한 게 불쾌해서 폭로한다는 말투였다. 모두들 침묵했다.

그러자 이번엔 오에 경부의 바로 맞은편에 앉았던 젊은이가 발언하겠다고 왼손을 어깨 위로 올렸다. 그는 배정자 이외의 오직 한 사람인 조선인이었다. 키가 훤칠하고 그야말로 눈썹이 짙고 눈이 맑은 젊은이였다. 음성이 우렁차고 침착했다. 일어서서 만좌를 훑어보는 폼이 젊은이답지 않게 위압적이었다.

"저는 정보활동엔 초년생입니다. 그렇기 때문에 저는 중책을 명심하고 밤잠 자지 않고 남보다 5배, 10배를 노력했으며, 일단 얻은 정보에는 정확을 기하려고 일일이 방증마저 수집했습니다. 제 동포인 조선놈들은 저를 가리켜 '총독부의 개'라고 부릅니다. 저는 개가 된 이상엔 목숨을 내놓고 대일본제국을 위해서 일할 각오로 있습니다. 따라서 정확히, 철저히 일하지 않을 수 없습니다. 아까 오에 경부님이 말씀하신 최근 조선지명인들의 눈에 띄는 움직임은 사실입니다. 지적하신 그 사람들을 저도 일일이 미행했더니, 그들은 대개 3가지 방향의 화제로 시작해서 목적은 한 가지로 귀일한다는 어처구니없는 사실을 확인했습니다. 즉, 손병희를 중심으로 해서 천도교 본부에 모인 놈들은 이태왕 전하의 인산因山을 천도교 예식으로 모시도록 총독부에 건의하자는 모의였어요. 그리고 박영효 씨를 찾아다니는 축들은 불교식 절차로, 또 이상재, 윤치호 같은 이들은 기독교식으로 이번 국상의 예식을 치르도록 하자는 그런 수작들이었습니다. 그들은 이번 이태왕 전하의 장례식에서 자기네의 종교 색채를 두드러지게 선전함으로써 저들 교세확장을 꿈꾸는 것입니다. 사실 저도 처음엔 몹시 긴장하고 극비리에 그들을 미행하면서 온갖 방법을 다 써가며 직접 눈으로 보고 귀로 듣는 철저한 수

사방법을 써 봤습니다만, 결국 헛수고한 것입니다. 제 생각 같아선 이번 국상으로 해서 조선의 지식층은 결정적으로 분열될 것 같습니다. 종교계도 서로 아귀다툼을 하리라고 봅니다. 따라서 조선의 정세는 아무 염려할 게 없다는 것입니다."

배정자는 그 젊은이를 뚫어지게 쏘아봤다. 처음 보는 젊은이일 뿐 아니라 그 사내다운 생김새며, 그 위엄 있는 언변이며 한몫 놓아 줄 만했을 뿐 아니라 조선출신으로 용케 이런 자리에 참석했다고 감탄했다.

"저 사람 누굽니까?"

배정자는 경무국장에게 귓속말로 물어봤다.

"송병택이라고, 송병준 남작께서 책임지고 소개한 청년입니다."

배정자는 혼자 고개를 끄덕였다.

"아주 유능한 청년인 것 같군요!"

"송 남작의 특청도 있고, 본인도 똑똑하고 해서 총독 각하께서 일약 고등관 대우로 특채한 사람입니다."

'이따 좀 만나 봐야겠구나!'

배정자의 시선은 그 젊은이에게서 떠나지를 않았다. 회합이 끝나고 돌아가는 길에 배정자는 송병택을 불러 세웠다.

"송 동지! 나하고 어디 조용한 데서 식사나 하실까?"

배정자는 오늘 처음 만난 송병택에게 거리낌 없이 접근을 시도했다.

"난 좀 바쁜 일이 있어서요."

송병택의 대답이 그렇거나 말거나 배정자는 이미 마음속으로 작정한 바가 있었다. 배정자는 눈을 헬끔 흘기며 핀잔을 준다.

"바쁘기로야 내가 더 바쁠걸요."

그러나 송병택도 만만치는 않았다.

"서로 바쁜 몸이니 이 다음 기회로 미루지요."

그렇다고 일단 꺼낸 말을 철회해 버릴 배정자도 아니었다.

"따라와요! 여자가 청하는데 그렇게 거절하면 못써요."

타이르듯 한마디 하는 배정자의 눈꼬리엔 장난스러운 욕기慾氣가 엿보였다. 그들은 진고개 뒷골목으로 나왔다. 배정자는 그를 어느 조용한 일본 요릿집으로 안내했다. 단골인지 수많은 남녀 종업원들이 배정자를 은근하게 영접했다.

"조용한 방으로!"

배정자가 마담인 듯싶은 일녀에게 눈짓했다.

"사다코貞子 씨가 쓰시는 방은 언제나 비워두고 있지요, 호호."

마담은 그들을 뒤뜰 으슥한 곳에 있는 별실로 안내했다.

'정자는 사다코로 통하던가!'

송병택은 묵묵히 배정자의 뒤를 따랐다.

잠시 후 술이 거나해진 배정자는 완연히 욕정으로 불붙기 시작한 눈으로 사나이를 쏘아보며 희롱희롱 말했다.

"상당히 도도한 청년이셔! 송 대감을 믿고 그렇게 도도하신가? 아님 타고난 성격인가요?"

송병택은 무뚝뚝하게 대답했다.

"타고난 배냇병신입니다!"

이 말에 배정자는 흐흥하고 코웃음을 쳤다.

"타고난 배냇병신이라? 좋군! 여봐요 나는 말야."

배정자는 기지개를 켜듯 팔을 내밀어 송병택의 가슴을 풀어헤쳤다.

"나는 말야, 그대처럼 도도한 녀석을 보면 용서 없이 정복해 버리는 습성이 있어요."

송병택은 기가 막혀서 껄껄 웃지도 못했다.

"정복이라고요?"

"오라잇, 정복이지. 왜 안 돼? 이 배정자한테 정복당하는 걸 영광으로 생각 안 해? 출세의 길이 열리는데 말야. 그렇다고 내게 정복당한 놈이 뭐 많은 것도 아냐. 모두 열 놈도 안 될 걸."

"이 방이 그런 방인가요?"

"그럼. 내가 이 방으로 끌고 들어온 놈팡인 예외 없이 출셋길이 트였어. 어때? 이 애송이야, 내게로 오나! 어서."

송병택은 얼굴이 벌게졌으나 그러나 비양거렸다.

"내게로 오나!가 상투수단인가요?"

"잔소리 말고 이리 오나! 이 귀여운 수컷아!"

송병택이 여자에게로 갈 필요는 없었다. 배정자는 와락 그를 끌어안더니 무언의 애원을 했다. 눈으로 입술로 애원했다. 늘씬한 그 지체로, 풍만한 그 앞가슴으로 애원했다.

"우린 오늘 처음 만났습니다."

사나이도 조금씩 능동적인 태도를 보였다.

"난 처음 만난 첫날이 아님 흥미가 없어요. 그리고 두 번을 거듭하지 않아요. 정이 들면 귀찮아지니까. 내가 우는 것은 이때뿐이야. 슬퍼서 우는 건 너절하고 기뻐서 울어야 진짜 울음이거든!"

'쉬 뜨거워지는 쇠는 쉬 식는다.' 이런 비유는 적어도 배정자에겐 해당되지 않았다.

송병택은 홀린 것 같았다. 정신이 얼떨했으나 그는 역시 남자였다. 어디선가 휭 휘잉 불어대는 안마장이의 피리 소리가 한가롭게 들려오고 있었다. 길을 가다가 자신은 실수도 없었는데 자동차에 치이는 경우가 있다. 예기치 못한 엄청난 돌발사에 부딪칠 때가 있는 것이다. 송병택은 흡사 그런 기분이어서 어리둥절했다. 잠시 후, 그는 자기 자신을 되찾았다. 오늘은 특히 굉장히 바쁜 몸이라는 것을 깨닫고 주먹을 불끈 떨었다.

———•••———

그날 밤, 정문을 굳게 닫아 건 중앙고보 교장 숙소에서도 은밀하지만 열띤 회합이 열리고 있었다. 바깥에는 파수를 세우고 있었다. 철 늦은 진눈깨비는 아직도 내리고 있었다. 숙소에는 방장이 쳐져 있어서 바깥으로는 불빛이 새지 않았다. 전등을 끄고 촛불을 켜들고 있었다.

최린을 중심으로 송진우, 최남선, 현상윤이 둘러앉았다. 그들은 제각기 맡았던 그동안의 교섭경위를 서로 보고하기 위해서 모였으나 어딘가 실망의 빛들을 감추지 못했다. 모두들 침통한 표정들이었다.

먼저 송진우가 박영효에 대한 교섭경위를 설명했다.

"박영효 씨는 말이에요. 뜻에는 찬성이라 하면서도 방법에는 찬성할 수 없다는 눈치 같습니다. 그분의 의견으로는 먼저 포츠머스 조약을 폐기시키는 공작을 벌이자고 하더군요. 그것은 국제적으로 우리 조선에 대한 일본의 우월권을 시인한 조약이라는 것이죠. 맞는 말이죠. 그러니까 우리가 아무리 두 주먹을 휘두르며 궐기한다 해도 국제법상 그런

조약이 기정사실로 남아서는 되는 일이 없다는 것입니다. 마침 러시아의 제정帝政도 무너지고 했으니 그들의 구정권이 체결했던 포츠머스 조약 따위는 이 기회에 폐기시켜서 조선의 자주권을 회복하자는 뜻인가 봅니다. 일을 위해서는 국내에서 소요를 벌이느니보다는 상해로 사람을 보내서 해외 망명지사들로 하여금 국제적인 공작을 벌이는 게 상책이라는 의견이에요.”

“그렇다면 박영효 선생은 이번 독립선언 거사에는 직접 가담하지 못하겠다는 대답이군요?”

최린이 성급하게 묻자 송진우는 힘없이 대답했다.

“결론은 그렇습니다.”

“박영효 씨는 그렇다 치고 이상재, 윤치호 두 분에 대한 교섭결과는 어떠했소?”

이번엔 최남선이 덤덤한 말투로 대답한다.

“이상재 씨는 지금 기독교의 교세 확장과 기독교청년회의 사업을 위해서 눈코 뜰 새 없는 실정이라면서 독립선언은 좀더 두고 보자는 의견이외다. 윤치호 씨 역시 이 씨와 마찬가지로 선언서에 서명하고 적극 추진하려는 데에는 어딘가 주저하는 그런 반응이더군요.”

“다시 말하면 이상재, 윤치호 두 분도 앞장을 못 서겠다는 말인가요?”

최린은 침통한 표정이었다. 그는 손바닥으로 얼굴을 문대면서 몹시 피로해진 기색을 보였다.

“하여간 수고들 많았소. 당초에 우리들은 손병희 선생을 중심한 천도교 세력과 여러분 같은 젊은 선각자들만으로 일을 해치울까 하다가 이 운동이 진정 2천만 우리 민족의 일치된 분노이며 염원임을 만방에

선포하기 위해서 모든 종교계와 구한말의 귀족 대표까지를 망라하기로 했던 것 아니오? 그런데 나잇살이나 자신 분들이 모두 몸을 사리는 모양이니 퍽 섭섭한 일이외다. 의암 선생께서 이 일을 아시면 매우 통분해하실 일이니 아직은 아뢰지 말고 우리 다른 분들을 찾아봅시다. 역시 광범위한 계층을 망라해서 일을 추진해야 성과가 크리라는 것은 움직일 수 없는 사실이고….”

“아직 한규설, 김윤식, 윤용구 씨와는 연결이 안됐습니다.”

현상윤이 말하자,

“만일 그 세 분 역시 앞장을 안 서겠다면 어떻게 하죠? 불확실한 사람들한테 발설만 하다가 기밀이라도 새 나간다면 일은 실패하고 맙니다. 교섭방법을 변경합시다. 처음엔 우회적으로 의사들을 떠보다가 솔깃해하는 눈치면 털어놓고 교섭해 보는 그런 방법을 씁시다.”

송진우는 누설될까 걱정했다.

최린은 여전히 심각한 표정으로 그 말을 받는다.

“나 역시 근심이 되오. 그렇지만 그분들도 안 나선다면 별수 없이 기독교와 불교계의 청장년급으로 손을 뻗쳐야 하겠습니다. 늙은이들보다는 아무래도 젊은이들의 피가 쉽게 끓어오를 것이니까.”

“옳은 말씀입니다. 만일 그분들도 주저한다면 기독교 방면에는 제가 손을 써 볼 만한 분들이 있습니다.”

현상윤의 말에 송진우가 묻는다.

“누구야? 그게.”

“정주에서 이승훈 씨가 상경했어요. 오산학교를 경영하는 남강南崗 말입니다. 그분이라면 기꺼이 응낙하겠지요. 이미 응낙한 거나 마찬가지입니다만. 저하곤 같은 고향 선배이십니다."

"아아, 남강! 그분이야 쾌락할 거요. 그럼 어떡헌다? 한규설 씨는 송 진우 교장이 맡으실까. 나도 따로 접선해 보겠소만. 김윤식, 윤용구, 두 분은 학자이신 최남선 씨가 접촉하는 게 좋겠죠?"

밤은 조용히 깊어가고 있었다. 바깥 날씨는 계속해서 지분거리고 있 는 모양이다.

바로 그때였다. 멀리서 개 짖는 소리가 컹컹컹 들려왔다. 그리고 별 안간 "누구요!"하고 밖에서 날카롭게 쏘아붙이는 소리가 방 안에까지 들려왔다. 파수를 보던 김 영감이 고함을 지른 것이다. 일순 방 안 사 람들은 극도로 긴장하면서 바깥 동정에다 귀를 기울였다.

송진우는 재빨리 바둑판을 방 가운데에다 내놓으면서 바둑알은 한 주먹 움켜서 판 위에 적당히 늘어놓았다.

"자 이만하면 선생이 지신 것 같습니다. 하하하!"

송진우는 커다란 음성으로 너털웃음을 터뜨리고는 바깥 동정에 신경 을 곤두세웠다.

현상윤이 일어섰다. 바깥에 나가볼 요량인 것 같았다. 최린이 현상 윤에게 눈짓으로 앉아 있으라고 지시했다. 그러자 밖에서는 다급한 발 소리가 다가오더니 문을 두드리는 사람이 있었다.

"누구십니까?"

송진우가 우람한 음성으로 점잖게 반응을 보이자,

"접니다, 저예요. 김 영감입니다요."

"왜? 누가 왔소?"

교장 송진우가 반문했을 때 한켠 눈을 지그시 뜬 김 영감은 문을 조심스럽게 열더니 종이쪽지 하나를 실내로 불쑥 들이민다.

"교장 선생님, 어떤 놈이 숨어들었습니다. 지가 누구냐고 소리치니까, '쉬이'하고는 돌멩이에다 이 종이를 싸서 제 앞으로 던지고 도망쳐 버렸습니다."

김 영감은 아직 무서움에 몸을 떨고 있는가 싶었다.

"돌멩이에다 종이를 싼 게 아니라 종이에다 돌멩이를 싼 게 아니오?"

송진우는 그런 순간에도 농담할 여유가 있었다. 그는 소사가 갖다 준, 꾸깃꾸깃된, 그 종이쪽을 촛불 아래 펼쳤다. 만년필로 갈겨 쓴 글씨였으나 달필이었다.

─ 조심들 하셔야 하겠습니다. '총독부의 개'들 중에는 여러분의 동정에 의심을 품고 비교적 믿을 만한 정보마저 수집한 놈이 있습니다. 장소를 자주 변경하시며 큰일을 추진하시기 바랍니다. 지금 정세로는 국상이 끝날 때까지는 안심들 하시고 계획하시는 일을 추진하셔도 무방할 것 같습니다. 위급한 사태가 있으면 다시 연락하겠습니다. ─憂國生.

정신 나간 사람들처럼 서로 얼굴들을 마주 바라봤다.

"누굴까? 우리의 계획을 눈치 챈 사람 같은데."

모두들 눈으로 그런 대화들을 하면서 말들이 없었다.

'누구의 소행인가. 비밀이 누설됐구나.'

모두들 불안으로 떨었다. 최린이 다시 한 번 그 내용을 훑어본 다음 말했다.

"우리 편인 것 같소. 안심해도 될 것 같군 그래."

"일이 성공되면 정체를 밝혀 오겠죠. 하여간 적은 아닌 것 같소!"

최남선도 같은 의견이었다.

"자아, 바둑이나 한판 둬 보실까요?"

송진우가 바둑알로 쩌렁쩌렁 바둑판을 울려대고 있었다.

밤은 조용히 깊어가고 있었다.

숨 가쁜 태동

    기독교 대표로서 기독교계의 원로격인 이상재와 윤치호를, 구한국의 명신 대표로서 한규설과 윤용구를, 귀족 대표로선 박영효를, 유림의 대표로서는 김윤식을, 거기다가 천도교 대표로는 손병희를.

    이 안은 손병희를 제외한 모든 인사들이 주저하면서 뒤에서 후원이나 해주겠다는 미온적인 태도로 나왔기 때문에 중대한 오차가 생기고 말았다. 그들의 주저와 사양에도 일리는 있었다. 뜻은 같으나 그 방법과 의견에 차이가 있을 수 있었다. 섣불리 앞에 나서서 나팔이나 부느니보다는 뒤에서 굳건히 밑받침해 주겠다는 데에도 일리는 있었다.

    지금 돌아가는 국내외의 정세를 잘 파악하기가 어려우니 좀더 시일을 두고 관망하면서 적기適期를 포착하자는 의견도 결코 비겁한 것은 아니었다.

    그러나 도쿄 유학생들이 이미 거사했고, 상해와 미국의 망명가들이 파리 강화회의에 대표를 보냈으니만큼 국내에서도 하루 빨리 열띤 호응을 해야 한다는 촉박한 생각에 잠겨 있었다. 그런 최린을 중심으로

한 젊은 축들은, 결코 시일을 천연遷延시킬 수 없다는 결론을 내렸다.

　사흘 전이니까 1919년 2월 10일 아침나절이었다.

　황해도 재령. 명신중학교 이사 박태환의 집에는 젊은 교사 몇 명이 모여 앉아 있었다. 그날은 음력 정월 초하루, 모두들 박태환에게 새해 세배를 하러 모인 젊은 교사들이었다. 방 안에 환담의 꽃이 피었는데 마침 그때, 대문 밖에 우체부가 나타나 소리를 질렀다.

　"김도태 씨라고 계십니까?"

　전보 한 장이 날아들었다. 김도태는 그곳 명신중학으로 와서 역사 선생 노릇을 하던 중이다.

　"급히 상경하라. 이성탁"이라는 전문이었다.

　김도태는 하필이면 명절날에 무슨 급한 일일까 하고 이맛살을 찌푸렸다. 그러나 이성탁이라면 죽마지우나 다름없는 친구이고 동창이다. 그가 설날을 돌보지 않고 전보를 쳤다면 그럴 만한 일이 있어서라고 단정한 그는 그날로 사리원까지 걸어 나와 경성행 기차를 탔다.

　그날 밤 늦게 그는 서울에 닿는 대로 이성탁의 집으로 찾았으나 주인은 마침 집에 없었다. 이성탁은 아침에 전보를 쳤으니 2, 3일 후에나 김도태가 올라오리라는 짐작으로 집을 비웠던 것이다.

　김도태는 수하동으로 정로식을 찾았다. 그가 대문간에 들어서기가 무섭게 정로식이 안에서 뛰쳐나오면서,

　"여어, 도태, 너 잘 왔구나! 현상윤 씨한테로 가자!"

　거리는 설날답지 않게 쓸쓸했다. 비록 외세의 힘으로 위位에서 밀려나긴 했으나 고종은 이 나라의 태황제다. 태황제를 잃은 상중喪中의 백

성, 모두들 슬픔에 잠긴 채 근신하고 있었다. 저자와 상가는 완전히 철시를 하고 이따금 거리를 가는 시민들의 발길은 정초답지도 않게 갈 지 之자 걸음이 눈에 띄지 않았다. 간혹 색동옷을 입은 철모르는 어린애들이 골목 안에서 팽이치기를 하면서 뛰놀고 있을 뿐 거리는 더할 나위 없이 쓸쓸했다.

그들은 현상윤의 집골목으로 들어섰다. 정로식이 주변에 신경을 쓰며 낮은 음성으로 말했다.

"도태, 왜 자네를 불렀는지 아나?"

"글쎄, 도쿄와의 그 일 아닌가?"

"남강 선생을 모셔오는 일이야."

"남강? 이승훈李昇薰 씨 말이지? 왜, 사경회査經會라도 있는가?"

"내일 아침 차로 정주엘 가야 할 거야. 도태는 오산학교 출신이니까 이승훈 선생을 잘 알지? 자세한 말은 현상윤이 해줄 걸세."

현상윤은 황해도 시골에서 갑자기 전보를 받고 올라온 김도태를 반갑게 맞이했다. 설날의 조촐한 저녁상이 마련돼 나왔다. 그들은 식사를 들면서 객담을 나누다가 한참 만에야 현상윤이 정색을 하면서 용건을 꺼냈다.

"도태! 내일 아침 정주로 내려가 줘야겠네. 김성수가 남강 선생한테 보내는 편지를 가지고. 급히 의논할 일이 있으니 상경해 달라는 사연이 적혀 있나 보네. 아마 학교 경영에 관한 긴급한 의논일걸!"

김도태는 현상윤을 노려보며 침을 삼켰다.

"아니 자네들 나를 뭐 우편배달부로 취급하는 건가? 무슨 꿍꿍이가 있는 것 같다만, 내용을 모르고야 로봇처럼 움직일 내 아닐세, 솔직히 말해 봐! 그렇잖음 정주엔 딴 사람을 보내든지!"

"허허, 녀석! 너무 성급해서. 그분을 모시고 곧 서울로 와야 하네!"

현상윤은 그 밀한密翰이 어떤 뜻을 지녔는지를 대강 설명했다. 학교 경영 관계란 거짓이고, 실은 독립선언 운동에 합작시키기 위해 이승훈을 서울까지 모시고 오는 게 김도태의 임무라는 것을 밝혀줬다.

김도태의 눈총은 황황히 빛났다. 그는 허허, 그러나 소리 없는 웃음을 터뜨렸다. 이미 자신도 관계하고 있는 일. 잠시 동안 재령으로 내려가 있었기 때문에 이상재, 윤치호가 선언문에 서명하기를 주저한 사실과, 따라서 그 대상이 이승훈으로 바뀐 것만을 몰랐을 뿐이다.

"서로 다 아는 일을 뭣 때문에 쉬쉬하는 거야?"

김도태는 불쾌한 어조로 물었다.

"자네를 못 믿어서가 아냐. 만일, 도중에 왜놈들한테 발각될 경우를 가상해서 그런 걸세. 자네는 편지 심부름만 했을 뿐 자세한 내용은 모른다는 게 편리하거든. 우리는 함께 일을 꾸며 진행하되, 때로는 직접 자기소임이 아닌 일은 모르는 게 좋아. 잘못됐을 경우 직접적인 연루자가 안 되게 해서 희생자의 수효를 최소한으로 막자는 것이지. 오해 말게. 그럼 부탁한다. 어디까지나 사립학교의 경영관계 일로 김성수의 사신을 전달하는 임무라고만 생각해 두게나!"

"옳거니. 상윤이 말이 옳거니다. 그럼 내일 새벽차로 떠남세!"

이승훈은 그 밀서를 박현환이란 사람을 거쳐 선천에서 받아보고 2월 12일 아침 급거 서울에 도착했다.

이승훈은 먼저 중앙학교장 송진우를 계동에 있는 김성수 별장으로 찾았다. 김성수가 보낸 사신 속에는 오산학교 운영에 관해 긴히 의논할 일이 있으나 자기는 지금 입원중이니 먼저 송진우를 만나라고 적혀 있었다. 송진우는 이승훈을 맞이함에 있어서 스승 대하듯 했다. 기독교계의 원로이며, 교육계의 선배이며, 일찍이 105인 사건으로 고역을 치른 구국의 선각자인 이승훈, 스승으로서 깍듯이 대해야 했다. 옆에는 신익희가 앉아 있었다. 송진우는 은근한 목소리로 그동안 서울에서 진행되는 독립선언 준비운동의 경과를 설명했다.

"남강 선생께서 꼭 참여해 주셔야 하겠습니다. 기독교계를 대표하셔서, 모든 애국하는 기독교인들을 이 대열로 끌어들이는 대임을 맡아 주십시오!"

그는 그 부리한 눈으로 먼 길을 온 선배를 쏘아봤다.

이승훈은 두 눈을 가볍게 감고 간절한 기구를 드리는 자세였다. 잠시 무거운 침묵이 흘렀다. 신익희도 송진우와 함께 이승훈을 말없이 지켜보고 있었다. 눈썹의 움직임조차도 그대로 보아 넘기지 않을 것처럼 두 젊은이는 그를 지켜보고 있었다.

한참 만에 이승훈은 감았던 눈을 번쩍 뜨면서 온화한 미소를 만면에 흘리는 것이었다.

"고맙쇠다. 나는 지금 하나님께 감사했소이다. 나서다오, 나서고말고요. 젊은이들이 그처럼 나라를 근심하는데 60을 바라보는 이 늙은 몸이 왜 주저한단 말이외까. 고맙쇠다. 하나님의 뜻이외다. 내 맨발 벗고라도 따라가리다. 앞장을 서라 하면 두 주먹 불끈 쥐고 골고다의 언덕을 올라가듯 치달리디오. 염려마우다. 기독교는 내가 책임지고 규합해 볼끼니. 내 우선 할 일이 무엇이오? 좋은 일은 서두르라 하지 않았소?"

이승훈은 자기 앞에 무릎을 꿇고 앉아 있는 의젓한 두 젊은이를 자애로운 눈으로 바라보았다. 신익희가 무릎을 당겼다.

"남강 선생께서 쾌락해 주시니 우리 같은 젊은 놈들은 용기백뱁니다. 먼저 기독교의 주요 인사들을 선생께서 직접 설득하셔서 규합해야 되겠습죠. 서북지방의 기독교계는 이미 포섭된 것으로 알고 서울의 일을 추진하겠습니다."

"좋수다. 내 오늘밤 차로 선천에 내려가갔소. 마침 선천에선 대사경회大査經會가 있수다. 많은 목사 장로들이 모여 있으니까 일은 다 된 셈이디오. 기독교는 우선 안심해도 좋수다. 불교와 유림儒林에 대한 포섭공작은 어드렇게 됐소이까?"

"불교계는 이미 한용운 스님과 접선이 되어 있습니다."

"한용운 스님? 좋쉐다. 한용운, 좋디오!"

이승훈은 소년처럼 좋아서 어쩔 줄을 몰랐다. 그는 성급했다. 그날밤으로 서울을 떠났다. 평양을 거쳐 선천으로 가는 열차에 몸을 싣고 있었다.

이틀 후, 선천 사경회장에 모였던 이명룡, 유여대, 김병조, 양전백 등 명망 높은 목사와 장로들은 이승훈으로부터 독립선언 거사운동의 계획을 듣고 모두들 즉석에서 찬동했다. 이승훈은 다시 평양으로 와서 길선주, 손정도, 신홍식 등을 만나 승낙을 받았다.

서북 지방 기독교의 2대 중심지인 선천과 평양을 틀어잡았으니 이승훈은 한껏 흐뭇한 마음으로 며칠 뒤에 다시 서울에 나타났다. 그는 서울의 기독교계도 자기가 나서서 포섭해야 되리라고 생각했다.

2월 20일 밤이었다. 서울 수창동에 있는 박희도의 집에서 이승훈은 서울의 기독계의 인사들과 화합하고 이 운동에 가담할 것을 극력 주장했다. 기독교 청년회의 간사인 박희도는 처음에 약간 주저하는 기색이었다. 왜냐하면 서울의 기독교 지도자들은 그들대로 다른 또 하나의 독립운동을 비밀리에 진행시키고 있었기 때문이다.

이승훈은 진상을 알자 잠시 고민하지 않을 수 없었다. 자기는 기독교가 아닌 청년들과, 그리고 이교異敎인 천도교의 지도층으로부터 이 운동에 가담을 권유받았는데 막상 일을 착수하고 보니 자기가 소속된 기독교 지도층에서도 그들대로 별도의 공작이 무르익고 있었으니 기쁘고 난처한 노릇이 아닐 수 없었다. 자칫하다가는 이 운동은 이원적인 선으로서 제각기 벌어질 판이니 여기서도 또한 민족의 분열성이 드러난다면 이 무슨 수치일뿐더러 일까지 실패할 것이 뻔했다.

이승훈은 박희도의 안내를 받아 오화영, 정춘수, 오기선 등을 만났다. 그들의 의견과 포부를 들어보고는 다시 함태영을 찾았다. 이갑성, 안세환, 오상근, 현순 등도 거기 합석했다.

민족운동 거사에는 일당백의 기백과 정열이 넘치는 지사들이었다. 그러나 그 방법에 대한 의견에서는 복잡했다. 천도교는 천도교대로, 기독교는 기독교대로 제각기 독주할 가능성이 짙었다. 말이 안 된다. 어떻게 할 것인가? 합리적이고 명분 있는 해결책을 모색하고 추진해야 한다. 어떤 방안이 있는가? 갑론을박甲論乙駁 끝에 얻어진 결론, 그것은 이번 거사를 단일체계로 확립해야 한다는 대원칙이었다.

"그 타협방법을 이승훈 선생이 맡아 주십시오."

함태영이 결론을 내렸다.

날이 샌 21일, 최남선이 이승훈을 찾아왔다. 천도교의 최린과 기독교의 이승훈의 면담을 주선하기 위해서였다.

수인사가 끝나자 최린이 먼저 이야기를 꺼냈다.

"송진우 교장으로부터 경위를 대강 들었습니다. 기독교계에서도 큰 일을 꾸미고 계시다 하더군요?"

"아하하, 지금 이 판국에 기독교니 천도교니 하면 어드렇게 하갔소 이까?"

이승훈은 호쾌하게 웃어넘겼다.

"제 말씀이 바로 그것이올시다. 손을 잡아야지요."

"나 역시 이의가 없수다. 그러나 제각기 공작준비가 너무 깊이 진행 되었으니까 접합점을 찾기가 간단치 않을 것이외다!"

"그러나 우선 무조건 합작한다는 대원칙을 세워 놓고, 세부문제를 풀어 나가면 가능한 일이지요."

"옳은 말씀이우다. 천도교 측에 대한 것은 최 선생께서 책임지실 수 있갔지요? 이번에 올라와 보니끼 송진우 씨는 먼저보다 회의적인 태도 같쇠다!"

"그럴 리야. 하여간 기독교 측은 이 선생이 맡아 주셔야 합니다."

여기서 이승훈은 잠깐 생각에 잠겼다. 그러나 그는 우선 시원스럽게 대답했다.

"동지들과 의논해 보겠수다. 비관은 하지 않습니다. 되겠지요. 다만 한 가지 문제가 있쇠다 …. 좀 창피한 이야기지만 말이디오. 만일 우리 기독교 목사와 장로들이 선언서에 서명한 후, 왜놈들에게 모두 잡혀간 다면, 그분들의 남은 가족들의 대한 생활대책이 전혀 마련되지 않았단 말이에요. 며칠 전부터 내가 그 준비를 하고 있디만 아무래도 시일이 꽤 걸릴 것 같아서 탈이외다!"

최린은 그의 말을 듣자 한 손으로 턱을 괴었다. 잠시 생각했다. 그는 이따금씩 이승훈을 뜻있는 눈총으로 쏘아보다가 결연히 말했다.

"이 선생, 만약 좋으시다면 저희 천도교에서 얼마쯤 도와드릴 수 있습니다. 제가 손병희 선생께 그 문제를 말씀드려 볼까요?"

이승훈은 얼굴을 붉히고는 뒷머리를 긁적거렸다.

"고맙쇠다. 그 문제만 해결된다면 시일을 오래 끌지 않아도 되겠다오."

그들은 서로 손을 잡고 흔들며 눈과 눈으로 굳은 약속을 했다.

이승훈은 합작문제에 있어 기독교 지도층을 설득하기로 약속했다. 최린은 천도교 교주 손병희한테 기독교 측에 대한 재정적 뒷받침을 권유하는 소임을 맡았다.

그날 손병희는 최린의 그런 보고를 듣고 빙긋이 웃었다.

"도와야죠. 천도교고 기독교고, 이번 일만큼은 모두 단결해야 합니다. 합심하면 됩니다. 서로 도와가며 일을 해야죠! 금융 관장 노헌용을 불러서 당장 5천 원을 지출하도록 지시하겠소, 아니 2천 원을 더 가산해서 내주겠소. 그 밖의 이번 운동에 필요한 모든 비용도 내가 다 부담하기로 결심했소이다. 한 20만 원 있으면 될 일 아니겠소?"

손병희는 자기 결단에 스스로 기뻐했고, 최린은 고개를 푹 숙이며 눈을 감았다.

"그럼 일을 서두르시오. 내일이라도 내가 직접 이승훈 씨를 만나 볼까?"

최린은 손병희의 뜻을 이튿날 아침 일찍 이승훈에게 전했다.

이승훈은 그날로 박희도를 설득하는 데 성공했다. 학생 대표인 김원벽과 강기덕의 찬동도 얻었다. 이틀 뒤에는 함태영과 그 밖의 교인들의 동의를 얻기에 이르러 비로소 모든 기독교 지도자들을 하나의 거사체계로 묶어 놓는 데 성공했다.

1919년 2월 24일, 마침내 이 나라 정신운동의 2대 지주이자 가장 광범위한 조직체계를 가진 천도교와 기독교는 오직 하나의 기치 아래 이번 운동을 전개하기로 완전히 합의를 본 것이다.

대단한 일이었다. 가능할 것 같지 않은 일이었다. 두 사람만 모이면 사사건건 대립하고 으르렁거리는 세태였다. 고질화된 습성들이었다. 단체와 단체가 서로 힘을 모아 한 가지의 일을 한 예가 일찍이 없는 백성들이었다. 더구나 독자적인 조직망과 세력을 형성한 종교단체들이 합쳤다는 것은 기적이 아닐 수 없었다. 5백 년 동안 줄기차게 내려온 당파싸움으로 더럽혀진 이 나라 역사는 오직 한 번 1919년 2월 24일 바로 그날에 비록 일시적이기는 했지만 그 오욕汚辱을 씻을 수 있었다.

━━◆◆◆━━

총독부의 행정관리들과, 경무국의 경찰간부들은 다가오는 3월 3일에 있을 고종 인산因山절차와 그 준비를 서두르기에 여념이 없었다. 그들은 이 땅을 강점한 이후 처음으로 치르게 되는 국장國葬이라서 절차와 준비를 마련하는 데 진땀을 뺐다.

고종은 2천만 조선민족이 한결같이 추앙하던 강제된 폐황인 만큼, 장례식을 극진하게 지내줌으로써 그들은 조선민중에게 선심을 한번 써 보려는 계획이었다.

그들의 대민對民태도는 갑자기 부드럽고 친절해졌다. 관청에 드나드는 시골 노인들에게까지도 일본관리들은 아양과 웃음을 마구 뿌리는가 하면, 3월 3일 인산에 참례할 조객들을 위해서 각 철도의 서울행 기차 삯을 전액 면제토록 해주는 따위에 이르기까지 그들의 제스처는 세심했다.

경무국은 몹시도 바빴다. 그날의 경비를 담당하는 만큼 모든 인력이 총동원되어서 신경을 곤두세웠다. 그날, 총독부에서 있었던 정보 담당자들 회합에서 조선지식층의 움직임이 미묘하다는 오에 경부의 보고는, 그것을 본때 있게 부정해 버린 송병택이라는 청년의 증언으로 깨끗이 묵살되었던 것 같다. 다만 소나이相內 경부와 아사이淺井 경부만이 자기들의 사찰 수사망을 통해서 조선사람들의 민심동향을 세심히 살피고 있었으나 이렇다 할 새로운 정보와 수상스러운 단서가 붙잡히질 않아 무료한 하품으로 나날을 보냈다.

그러나 경무국의 그런 만심慢心과는 달리 천도교 본부와 손병희의 집에서는 연일 그 중대한 모의가 진행되고 있었다.

2월 25일 손병희는 자기 저택에서 최린의 안내를 받은 이승훈과 한용운의 심방尋訪을 받았다. 손병희는 기독교계를 대표하는 이승훈과 불교계를 대표한 한용운을 융숭히 맞아들여 앞으로의 계획에 마지막 손질을 가했다.

독립선언문의 기초는 최남선이 맡아야 하겠다는 데 이견이 없었다. 그것은 그 자신의 의사이기도 했다. 자기는 학구의 몸이니만큼 이번 거사에 직접 표면에 나서느니보다는 뒤에서 독립선언문을 기초하는 것으로 이 일을 돕는 것이 온당할 것 같다고 현상윤에게 의사를 밝혔다. 이 말은 최린에게 전해져서 최종 결정을 보았다.

"그러면 거사 일자를 결정해야 되겠소. 젊은 동지들은 3월 3일, 인산 날에는 경향 각지에서 많은 민중이 풀려 나올 것인즉 그날을 이용하는 게 좋으리라는 의견입니다만!"

손병희가 말하자 한용운은 고개를 가로저었다.

"3월 3일에 많은 군중이 거리로 나온다는 건 사실이고, 또 그것을 이용한다는 것은 일단 생각할 수 있습니다만 하필이면 한 많게 세상을 떠난 폐황의 인산 날을 택해서 피를 보기 쉬운 그런 거사를 한다는 것은 좀 어떨까 합니다!"

최린이 그의 의견에 동조했다.

"옳은 말씀입니다. 하루 앞당겨서 3월 2일이 좋지 않을까요?"

그러나 이번에는 이승훈이 이의를 제기했다.

"우리 기독교인으로선 3월 2일이 일요일이라서 곤란하외다. 주일날 만은 피해야만 좋을 것 같수다!"

"기독교 측의 사정이 그러시다면 하루를 더 당깁시다. 3월 1일, 3·1 의거, 3·1 독립선언! 3월 1일이 좋겠군요."

손병희의 3월 1일 안에 모두들 찬성했다. 거사 일자는 3월 1일.

"자아 이제는 독립선언서에 서명 날인이 남았습니다. 구한말 명신대 표로 박영효, 한규설, 윤용구 선생들을 교섭했습니다만 그분들이 주저하고 있다는 사실은 여러분이 다 아시는 일이고요."

손병희의 말이었다. 최린이 하나의 의견을 내놓았다.

"이미 천도교에서는 16명의 저명 지도급 인사들을 내정해 두었습니다. 그러니 기독교 측에서 그만한 수효의 인사들을 선정 서명토록 하시오. 불교계에서도 몇 분쯤 나오셔야겠고."

상의한 끝에 천도교 16명, 기독교 15명, 불교 2명, 도합 33인이 독립선언문에 서명하기로 약정이 됐다.

"우리 기독교 지도자들의 의견을 말이외다. 지도층이 모조리 다 거게다 서명한다면 만일 불행한 사태가 벌어졌을 때 뒷수습을 누가 하느냐 하는 문제가 나왔습니다. 그러니끼 보다 훌륭하고 활동적인 인사 몇 분은 서명을 보류하도록 해둘까 하디오."

"그거 좋은 의견이십니다. 내 생각해도 가령 김성수, 송진우, 현상윤 같은 젊고 활동적인 사람들은 뒷일을 맡을 후진으로 남겨두기 위해서 아직 표면에 못 나서게 하고 싶습니다."

이승훈과 최린은 같은 주장이었다.

다음에는 그 독립선언문을 누구에게 전달하느냐 하는 문제가 있다.

"일본정부에 전달할 결의문은 임규와 안세환 두 사람에게 맡깁시다."

"김지환을 만주로 보내서 상해에 있는 망명지사들한테 국내 소식을 전달하도록 하지요?"

"파리 강화회의에도 우리의 뜻을 속히 전달해야 됩니다. 그러자면 윤익선, 신익희, 최창식 동지 등을 상해로 보내서 그 공작을 추진하도록 합시다. 미국 대통령에게 보내는 결의문도 그 사람들에게 맡기도록 하면 되고요."

국외에 파견될 젊은 일꾼들이 결정됐다.

이제 남은 일은 독립선언문을 인쇄하는 일과 거사에 소요될 적지 않은 경비를 어떻게 염출하느냐 하는 문제였다.

손병희가 지체 않고 차근한 음성으로 말했다.

"자금문제는 걱정하지 마십시오. 내 오늘을 위해서 그동안 모아둔

기금이 있습니다. 20만 원은 쉽게 내놓을 수가 있어요. 그리고 독립선언문의 인쇄도 우리 천도교에서 맡겠소."

천도교에서는 보성사普成社라는 인쇄소를 직영하고 있었다.

계획의 대강은 어렵지 않게 결말을 봤다. 이제 또 남은 일은 천도교, 기독교, 불교계의 대표 33인이 모두 서명하는 일과 3월 1일 독립선언식을 거행할 장소와 그날의 행동요강을 작성하는 것이다.

서명일은 2월 26일로 잡았다. 처음에는 손병희의 집에서 하자는 의견도 있었으나 왜경의 눈을 피하기 위해서 재동 24번지 김상규의 집으로 결정했다.

독립선언식은 종로의 파고다공원에서 3월 1일 정오를 기해서 전격적으로 거행한다고 결정했다.

모든 준비와 계획은 끝났다. 이제는 이 계획을 집행하는 일과 기밀이 누설되지 않도록 비밀유지에 세심한 조심들을 해야 하는 것뿐이다.

2월 27일 오후 6시, 겨울 해가 어둑어둑해지자 수송동에 자리 잡은 보성사 인쇄소에서는 싸늘한 긴장이 감돌기 시작했다. 천도교 도사道師인 오세창의 부름을 받고 천도교 본부에 들어갔다가 나온 사장 이종일李鍾一은 심각한 표정으로 공장 감독인 김홍규金弘奎를 사장실로 불러 귓속말을 하고 있었다.

"직원들은 모조리 퇴근시켰지요?"

"인쇄 직공 한 명만 남겼습니다."

"그럼 됐소. 이게 그 원고요. 오늘밤 중으로 2만 장을 인쇄해야 하오. 문선과 식자는 김 형이 직접 하고, 교정은 내가 보겠소. 한 시간 안에 인쇄기가 돌아가야 합니다."

"알겠습니다. 곧 채자採字를 하지요."

정적과 어둠 속에서 촛불을 든 두 사나이가 움직이고 있었다.

공장 감독 김홍규가 부리나케 문선 식자를 해서 견본을 밀어내자, 사장인 이종일이 교정을 봤다. 대화들은 없었다. 두 시간 뒤엔 인쇄기가 돌아가기 시작했다. 역사적인 선언이고 후세에 길이 남을 최남선의 명문장은 촛불 아래서 밤을 도와가며 수북이 인쇄되고 차곡차곡 겹겹이 포장돼 갔다.

그들은 날이 밝기가 무섭게 그것을 운반해야 했다. 천도교 본부 신축 공사장으로 가져다가 감춰둬야 한다.

"손수레를 빨리 준비하시오!"

잠시 후 어둑신한 새벽길을 한 대의 손수레가 보성사를 떠나 안국동 거리를 질주하고 있었다. 위험한 질주였다. 하늘이 모든 것을 도운 것인지도 모른다. 마침 서울의 거리는 간밤부터 이유 모르게 정전이 돼 있었다. 김홍규가 앞에서 끌고 이종일 사장은 뒤에서 밀었다.

안국동 파출소 앞을 지나가기가 가장 난관이었다. 아니나 다를까, 파출소 안에 있던 일본인 순사가 불쑥 튀어나왔다.

"요보 요보, 이리와!"

군도를 움켜 쥔 순사의 고함은 그들의 덜미를 쳤다. 그들은 손수레를 세웠다. 김홍규는 재빨리 손수레 채에서 몸을 빼친 다음 날쌔게 파출소로 뛰어갔다.

"그 끌고 가는 게 뭐시기요?"

"네 저 족보族譜입니다. 족보 인쇄한 겁니다."

"족보? 족보가 무시기요?"

일본순사는 수상쩍다는 듯이 손수레 가까이로 다가왔다.

이때 보성사 사장 이종일이 손수레 짐을 몸으로 가리고 선뜻 앞으로 나서면서 천연덕스럽게 대답했다.

"천도교에서 교인들의 족보를 인쇄한 것입니다. 조선사람들은 해마다 조상들의 족보를 만들어서 집집마다 나누어 보관합니다. 한 권 보여드릴까요? 보셔두 골치 아픈 내용입니다만. 족보는 순한문입죠! 네, 우리 인쇄공들도 못 알아볼 순한문입죠 네."

"아아 그렇소? 족보라? 좋소, 가시오!"

김홍규는 다시 손수레 채를 잡았다. 이종일은 뒤를 밀었다. 그들의 잔등이 축축했다. 재동 파출소에선 마침 촛불이 바람에 꺼졌던 것 같다. 숙직 순사가 성냥불을 켜대느라고 골몰해 있었다.

'오늘밤 따라 정전이 됐다는 건 얼마나 다행스런 일이냐, 하늘이 돌보시는구나!'

이종일은 속으로 뇌까리며 힘을 다해 손수레의 뒤를 밀고 있었다.

그렇게 서둘렀는데도 독립선언서의 기초와 인쇄는 하루가 늦어졌던 셈이다. 서명식은 26일에서 28일 밤으로 연기됐다.

밝는 날이면 3월 1일. 이제 밤만 밝으면 삼천리 조선 강토에는 우람한 폭발성이 산천을 뒤흔드는 것이다. 태풍 전야는 고요하다던가. 1919년 2월 28일, 깊어가는 밤은 너무나 조용했다.

그 조용한 어둠 속에서 꿈틀거리는 민족의 절대적인 의지意志.

재동 김상규 집 넓은 안방에는 손병희, 이승훈, 한용운을 비롯한 천도교, 기독교, 불교계의 지도자 32인이 쥐도 새도 모르게 모여들었다. 연락이 미처 안 돼서 지방의 기독교 대표 한 사람이 너무도 늦게야 서울로 올라왔기 때문에 32인이었다.

서명식의 주관자는 손병희孫秉熙였다. 그가 가장 먼저 서명을 끝내자 길선주吉善宙, 이필주李弼柱, 백용성白龍成, 김완규金完圭, 김병조金秉祚, 김창준金昌俊, 권동진權東鎭, 권병덕權秉悳, 나용환羅龍煥, 나인협羅仁協, 양전백梁甸伯, 양한묵梁漢默, 유여대劉如大, 이갑성李甲成, 이명용李明龍, 이승훈李承薰의 순으로 서명 날인들을 했다. 이종훈李鍾勳, 이종일李鍾一, 임예환林禮煥, 박준승朴準承, 박희도朴熙道, 박동완朴東完, 신홍식申洪植, 신석구申錫九, 오세창吳世昌, 오화영吳華英, 정춘수鄭春洙, 최성모崔聖模, 최린崔麟, 한용운韓龍雲, 홍병기洪秉箕가 뒤를 이어 떨리는 손으로 자기 이름들을 썼고 홍기조洪基兆가 마지막 지장을 누르니 모두 33인, 괘종시계의 바늘은 밤 10시를 가리키고 있었다.

손들을 서로 잡았다. 잡은 손으로 각자의 동맥에 흐르는 핏소리를 의식했다.

그들은 내일의 행동계획을 의논하기 시작했다.

박희도가 청년학생들의 준비상황을 설명했다.

"연희전문의 김원벽과 보성전문의 강기덕 군을 중심으로 해서 학생들은 내일 아침 일찍부터 파고다공원으로 물결처럼 몰려들 것입니다!"

그러나 최린은 고개를 갸우뚱했다.

"기독교청년회와 학생들이 한꺼번에 궐기하도록 준비가 돼 있다는 말씀은 매우 고무적인 일입니다. 그렇지만 ….."

최린은 잠시 말을 끊고 좌중을 돌아보다가

"그렇지만 그건 좀 곤란한 일입니다. 우리들은 우선 평화적으로 독립을 선언해서 일본정부는 물론 파리 강화회담이나 미국 대통령에게 우리 조선민족이 자주 국민임을 알리자는 것이 아닙니까? 선언문의 공약 3장도 그렇게 명시했습니다. 그런 만큼 젊은 청년학생들의 호응은 당연히 환영할 일이지만 아침 일찍부터 학생들이 파고다 공원에 모여든다면 일본경찰들이 눈치 챌 가능성이 없잖아 있습니다. 그렇게 되면 선언식도 거행하지 못할 불행할 사태가 올 수도 있습니다!"

그렇다고 이제 와서 학생들의 동원시간을 늦출 시간적 여유도 없다.

"선언식 장소를 변경합시다!"

결론이 나왔다. 파고다공원을 피하고, 인사동의 명월관 지점인 태화관泰和館에서 독립선언식을 거행하기로 계획이 바뀌어졌다.

같은 날 신익희, 윤익선, 최창식은 상해로 떠났다. 임규, 안세환은 부산으로 갔다. 연락선을 타고 일본 도쿄로 건너가 일본정부에 독립선언문과 결의문을 전달하기 위해서였다.

김지환은 압록강 철교를 건넜다. 안동에 가서 상해와 만주 일대에 퍼져 있는 애국지사들에게 국내 소식의 전하기 위해서다.

그 무렵 여운형은 신한청년당新韓青年黨의 독립운동 계획을 널리 알리려고 시베리아 블라디보스토크를 돌아 만주 땅에 들어와 있었다. 김규식은 이미 파리로 떠났고, 신규식은 상해에서 국내와 일본으로 파견한 조소앙, 장덕수로부터 전해 오는 소식을 놓고 별도의 거사를 구상하고 있었다.

한편 이완용, 조중응, 윤덕영 등 친일거두들도 몹시 분주했다. 고종의 인산일이 가까워오자 그들은 총독부와 덕수궁을 빈번히 드나들면서 거족적인 국장 준비에 소홀한 점이 없는가 참섭參涉이 대단했고 콧대가 높았고 충성이 지극했다. 일본관리들도 이번 일에만은 친일거두들의 의견을 전폭적으로 참작해야 한다는 데서 그들에게 연신 허리를 굽실거렸다.

일본에서는 황족을 비롯한 소위 귀빈 조객들이 대거 건너온다. 조선호텔은 철통같은 경계를 해야 한다. 남산의 조선총독부는 밤낮이 없는 법석이었다. 헌병과 경찰관들은 청량리로 나갈 인산길을 정리하기에 정신없이 바빴다. 인산 행렬과 그 경비에 대한 예행연습까지 벌이면서 법석들을 떨었다.

날씨는 아직 쌀쌀했으나 계절은 봄이었다. 삼각산엔 눈이 희지만 북악을 내리 더듬는 바람은 겨울의 매움이 아니었다.

농번기가 아니니 인산 구경, 서울 구경 올라오는 시골사람들로 해서 경부선, 경의선, 경원선, 호남선 열차들은 전대미문前代未聞의 혼잡을 이루고 있었다. 기차를 거저 태워 준다니 나도 너도 서울에나 갑시데였다. 나라 망하고 어질기만 하던 임금 돌아갔으니 인산길에 망국의 눈물이라도 뿌려 드리자는 백성들의 마음이었다. 백립白笠에 베옷을 입은 촌로村老들로 남대문역과 종로 일대의 여관방들은 저자 속처럼 북적거렸다.

조선 천지의 맥박은 하나의 정점을 향해 한껏 고조되어 가고 있었다. 서울뿐만이 아니라 온 조선 천지의 맥박이 파열할 것처럼 뛰고 있었다.

2월은 28일, 짧은 달의 긴 밤은 조선의 의지를 잉태한 채 서서히 깊어갔다. 그리고 밝아오기 시작했다. 밤이 가면 동이 튼다. 동이 트면

해가 뜬다. 해가 뜨면 3월의 1일, 그 새아침이다.

　동해, 경포에서 솟아오른 태양일까. 유난히 찬란한 햇빛이 조선의 산하를 비치기 시작했다. 3월 1일, 1919년.

구멍 난 정보망

봄은 고양이의 발걸음처럼 소리 없이 찾아온다.

바람이야 아직 차건 말건, 먼 산 상상봉에 눈이야 덮였건 말건, 햇살이 두터워지고, 가로수의 가지가 한결 부드러워 보이고, 담장 밑의 강아지가 기지개를 자주 켜면, 이 땅에 봄은 이미 코 밑에 와서 인중人中을 간질이는 것이다.

"오늘이 초하루라, 3월. 3월은 봄, 토요일, 내일은 일요일이고, 모레는 국장, 이태왕 전하의 인산 날이지… 아, 하아."

창은 북창北窓. 북창 밖으로 내려다보이는 서울, 말하자면 경성의 시가, 온 시가에는 이제 봄기운이 완연했다. 조선총독부의 정무총감은 창가에 서서 선하품을 길게 했다.

조선의 봄은 너무나 조용한 발걸음으로 찾아든다. 조선의 여자들처럼 소리 없이 조용하게 찾아왔다가 가는 줄 모르게 조용히 사라져가는 게 조선의 봄이다. 조선의 봄은 하품으로 시작된다. 아지랑이가 춘곤春困을 몰고 오는 탓일까.

'북악엔 벌써 아지랑이가 어른거리고 있구나!'

정무총감은 북악을 바라보며 그런 생각을 해 보다가 다시 한 번 길게 선하품을 했다.

"벌써 열한 신가. 오후 차엔 칙사勅使가 도착하겠지. 이토 히로구니 공작, 제관장祭官長으로서⋯."

정무총감은 한가롭게 뇌까리면서 코에 걸렸던 금테 안경을 벗어선 손수건으로 그 유리알을 닦는다.

이때, 목조건물인 총독부의 2층 복도가 끼꺽끼꺽 울리기 시작했다. 옻칠처럼 번쩍거리는 에나멜 구두 끝이 긴 송판 복도를 점잖게 울리면서 정무총감실을 향해 다가오고 있었다. 남작의 예복 차림을 한 건장한 사나이가 정무총감실 앞에서 발길을 멈췄다.

"송 각하, 어서 오십시오."

비서과장이 그를 정중하게 맞이했다.

"총감 계신가요?"

"네, 각하께서 각하를 기다리고 계십니다."

"언제 돌아오셨습니까?"

"2, 3일이 되지요."

그동안 일본 도쿄에 가 있는 줄로 아는데 언제 서울에 왔느냐고 물으니까, 2, 3일 전에 왔노라고 송병준은 거만스럽게 대답한다.

"총감은 어제도 잠깐 뵙긴 했지만."

그러나 오늘 또 정무총감이 긴급하게 만나자기에 왔다고 변명처럼 흘리면서,

"총독께선 온양에 가셨다죠? 그 양반은 그 신경통이 고질이라서⋯."

총독을 자기의 친구인 양 말함으로써 자신의 위엄을 과시하는 송병준의 콧수염은 남달리 짙었다.

"어떻게? 예복을 입으시고?"

정무총감이 그를 반기면서 의아해하니까,

"덕수궁 빈전殯殿에 들렀다가 오는 길이외다!"

예복을 입은 까닭을 그는 그렇게 설명했다.

그를 의자에 앉히자, 정무총감은 비서과장에게 분부한다.

"긴급회의를 열겠네. 모두들 좀 모이라지! 어, 국장들을 다 부를 필요 없고, 에에또, 고지마 경무국장하고, 구니이다 이왕직 차관, 그리고 마쓰나가 경기도지사나 부르게!"

총독부 앞뜰 가녁에는 반기半旗가 펄럭이고 있었다. 일본의 국기인 일장기가 고종의 승하를 슬퍼한다는 것이다.

비서과장이 나가자 정무총감은 송병준에게 여송연을 권하면서 은근하게 묻는다.

"그래, 도쿄 재미가 어떠셨습니까? 물론 재미 좋으셨겠지요?"

그 말에 송병준은 훤하게 벗겨진 앞이마를 손바닥으로 쓸어 올리면서 빙긋이 웃었다.

"역시 요리는 중국 요리, 여자는 일본 여잡니다, 하하하. 도쿄에서 아주 살기로 했습니다. 친구들이 조선에 나가서 뭘 하느냐고 어찌나 붙잡는지."

"메이지 천왕 폐하옵께서 하사하신 시계가 도쿄에서도 대단한 화제였겠죠?"

송병준이 가슴에 느린 시곗줄을 만지작거리자 정무총감이 별안간 그런 말을 물었다. 그러니까 송병준은 예의 그 회중시계를 꺼내서는 태엽을 감으면서 득의가 만면이다.

"하하, 하긴 하라 수상도 깜짝 놀랍디다. 도쿄 정계에선 대단한 화제였지요. 가보로 하겠다고 팔라는 사람도 있었으니까요."

"이완용 씨한테 파시지?"

"이완용? 이완용한테야 조선 땅덩어리를 가져온대도!"

"하하, 그럼 언제 또 도쿄로?"

"전하의 인산이나 보고 또 갈랍니다."

잠시 후 정무총감실엔 예정된 사람들이 다 모였다. 좌정한 정무총감이 개구 일번으로 물었다.

"구니이다 차관! 오늘이 3월 1일, 국장일이 이제 이틀 앞으로 닥쳐왔는데 만반준비 소홀한 점이 없겠죠?"

구니이다 이왕직 차관이 지체 없이 대답한다.

"각하, 완전무결하게 진행되고 있습니다."

"계획의 차질도 없고요?"

"덕수궁의 준비는 완전합니다."

정무총감이 경무국장한테로 말머리를 돌린다.

"경무국장의 그날 치안유지 대책은 철통이라죠?"

경무국장은 옆에 세운 군도軍刀 자루를 만지작거리며 자신만만했다.

"염려 없습니다. 헌병과 경찰을 합동으로 예비훈련까지 시켰으니까요. 고등경찰과의 판단으로는 그날의 사태는 지극히 평온할 것이라는 결론입니다."

"마쓰나가 경기도 지사의 견해는 어떻소? 지방에서 올라오는 민중들의 질서는?"

"행동들이 사뭇 숙연할 뿐입니다."

"불편 없도록 편의를 제공하고 있나요?"

"시골사람들이 어리둥절할 만큼 온갖 서비스를 다 합니다, 각하."

그러나 정무총감은 자세를 바로 하면서 야무지게 한마디 던진다.

"여러분은 한결같이 준비 만점이라고 장담들을 하지만 내가 입수한 정보에 의하면 좀 혼란이 있을 것 같소!"

그 말에 모두들 잔뜩 긴장하면서 일제히 정무총감을 쏘아본다.

"여러분은 민족혼民族魂이라는 것을 너무 소홀히 보는 것 같아요. 민족혼이란 마치 흐르는 대하大河와 같은 것이오. 곁에 떠도는 물거품이 없을수록 수심이 깊고 물줄기가 거센 법이오. 나는 지금 이 조용한 상태가 왠지 불안하기만 합니다. 아무런 특출한 정보도 없이 안심해도 되는 건지 모르겠다 말이외다. 4천 년이란 역사를 가진 조선민족을 그렇게 무골충無骨蟲으로만 봐서 괜찮은지 모르겠소. 역사를 들춰 보면 자고로 지배당하는 민족이란 어떤 계기에 부딪치면 불끈불끈하게 마련입니다. 그 계기라는 게 말하자면 이태왕 전하의 인산 날 같은 그런 게 아닌지 모르겠단 말이외다. 괜찮겠소? 고지마 국장!"

순간 무골武骨인 경무국장은 대단히 불쾌한 모양이었다. 그는 서슴지 않고 반발했다.

"각하! 각하께서 어떤 풍문을 들으셨는지는 모르지만 우리 경무국의 정보망은 세계에서도 자랑거립니다. 경무국장으로서 보고드릴 수 있는 말은 지금 이 시각까지 조선 천지에는 아무런 수상한 움직임도 없다는 것입니다."

경기도 지사가 한마디 거든다.

"각하, 거리가 번잡하면 뜬소문이란 으레 퍼지게 마련입니다. 지금 경성이고 지방이고 소위 인산 구경을 하려는 무리들이 가두에 범람하기 시작했습니다. 그저 단순한 군중일 뿐입니다."

그러나 정무총감은 수긍하지 않았다.

"그럴까요? 그렇길 바랍니다. 그러나 내가 듣기엔 오늘 오정을 기해서 조선사람들끼리 이태왕 전하의 장례식을 따로 거행한다는 정보가 있소이다. 그런가 하면 3일에 두 가지의 장례식을 별도로 지내리라는 말도 있고, 도무지 갈피를 못 잡겠소. 오늘 여기 송병준 각하를 모신 것은 조선사람들의 동향엔 송 각하가 가장 정통할 듯싶어서 함께 의논해 보려는 의도에서요."

정무총감은 옆에 앉은 송병준을 돌아본다. 간밤에 주고받은 이야기를 이 사람들에게 들려주라는 그런 눈치였다. 송병준은 그제야 그 장대한 몸을 한두 번 흔들고는 가슴에 늘어뜨린 회중시계의 금줄을 손끝으로 비비작거리며 거만하게 입을 연다.

"에에또, 여러분들 오래간만이올시다! 실은, 정무총감 각하는 어젯밤 뵈었습니다만. 그런데 나는 내지內地로 건너간 이후 다시는 이 반도 땅을 밟지 않으리라고 결심했소이다. 그런데 이번 이태왕 전하의 국장을 맞이해서 거룩한 장례식에 참례하지 않을 수도 없는 데다가 저번의 도쿄의 조선유학생들이 철부지 같은 난동을 부린 불상사도 있고 해서 나 혼자 안온하게 지낼 수만도 없는 노릇이라 부랴부랴 건너왔소이다. 그런데, 막상 경성에 돌아와 며칠 묵으면서 이 얘기 저 소식을 탐문해 보니 말이외다 …."

그는 잠시 말을 끊고 탁자 위에 놓여 있는 홍차로 목을 축인 다음 구니이다 차관을 바라본다.

"이왕직 차관께선 국장 장례절차가 잘 준비되어 간다 장담했습니다만, 내 눈에는 큰 구멍이 뚫려 있는 게 보인다 이 말씀이외다. 과연 그날 장례식에 조선땅의 소위 지도급 인사들이 모두 참례할 것 같소이까? 도대체 국장國葬과 내장內葬을 분리해서 따로 거행키로 했다는 것부터 안 될 말 같소이다. 안 그렇소이까! 총감 각하."

송병준의 어쭙잖은 말로 회의장의 분위기는 삽시간에 냉랭해졌다. 정무총감은 그것 보란 듯이 송병준의 말에 힘을 얻어 이왕직 차관과 경무국장을 차가운 눈초리로 쏘아본다.

송병준이 꺼낸 국장과 내장이란, 애당초 고종의 장례식을 일본 궁내성의 전범에 따라서 거행하느냐, 아니면 역대 조선왕조의 군왕 장례의식을 따라 하느냐로 의견이 갈려 있을 때, 고종은 이미 일본왕실의 한낱 전하에 불과하므로 일본 궁내성 전범에 준해서 일본식 장례를 치르기로 했던 것이다.

이 소식이 전해지자 조선의 지식층, 귀족, 유생, 촌로들이 반기를 들었다. 하는 수 없이 그들은 두 개의 장례식을 거행하되 일본식 국장을 먼저 치른 다음 장지인 금곡릉에서 또 하나의 내장을 허용하도록 결정을 보기에 이르렀다. 송병준이 국장과 내장을 따로 한다는 데 시비를 거는 것은 이를 두고 하는 말이다.

그러자 마쓰나가松永 경기도 지사가 벗겨진 대머리를 슬슬 쓸어 넘기면서 자신 없는 발언을 했다.

"국장과 내장을 구분해서 거행한다는 건 벌써 결정돼 있고 그 준비도다 됐지 않습니까? 이제 와서 그걸 가지고 왈가왈부한다는 건 공연한 입씨름 같습니다. 국장은 국장대로, 내장은 내장대로 성대하고 엄숙히 거행된다면 그만일 걸 갖고서 이제 와서 또 말썽을 부린다면…. 이틀밖에 안 남은 국장 아닙니까 ….”

그는 송병준이 공연한 트집으로 정무총감의 마음을 흔들어 놓은 것을 불쾌해하는 말투였다.

“마쓰나가 지사. 당신은 이 송 남작 각하의 말뜻을 잘못 알아듣는군요. 국장과 내장을 구분하는 건 이미 기정사실이라 하더라도 그것이 예상대로 엄수되지 못할 것 같아서 하시는 말씀이 아니오?”

정무총감은 경기도 지사의 말을 차갑게 봉쇄하면서 화살을 이왕직 차관에게 돌렸다.

“구니이다 차관 대답해 보소. 국장 장례식에 도대체 조선의 귀족 명사들이 몇 명이나 참례할 것 같습니까? 도쿄로부터는 이토 히로구니 공작이 제관장으로 나오시고 정부를 대표해서는 노다野田 체신 대신이 바다를 건너 오늘 오후 경성에 도착할 예정인데, 소위 조선의 전왕이 승하한 국장 장례식을 현지의 지도급 원주민들이 외면한다면 총독 각하의 면목이 어떻게 되겠소? 구니이다 차관은 3일의 국장 예식에 조선사람들이 많이 참례하리라 기대하고 있습니까?”

정무총감은 간밤에 송병준으로부터 무슨 이야기를 단단히 들은 모양이었다. 그러자 경무국장이 송병준을 흘겨보면서 퉁명스럽게 말한다.

“일본에 여러 날 가 계시다 며칠 전에 돌아오셨다는 송 각하께선 그동안 무슨 정보를 들으셨는지 잘 모르겠소만, 이곳의 사정은 우리들이 더 소상히 알고 있는 줄 압니다. 국장 예식에 꼭 나와야 할 분으로 주저하는 사람이 있다면 우리 경무국에서 경찰과 인력거를 보내 깍듯이 모셔오면 될 거 아닙니까? 도대체 국장 예식을 보이콧하겠다는 작자들이 누구누굽니까? 송 각하, 그 이름을 좀 가르쳐 주십시오. 내 책임지고 끌어내거나 모셔오거나 할 테니!"

경무국장의 위엄을 단단히 떨쳐 보겠다는 듯 그는 가슴을 떡 벌리면서 큰소리를 쳤다. 그러자 송병준은 처음 보는 얼굴인 경무국장을 경멸하는 듯한 눈초리로 쏘아보고는 예의 그 회중시계를 꺼냈다 넣었다 하다가 훈계하듯 말한다.

"경무국장께선 그 자리를 맡은 지 얼마 안 되어서 아직도 조선사람들의 민심이나 속성을 잘 모르는 모양 같군요. 이태왕 전하는 누구의 임금이었습니까. 그분은 조선사람들의 군왕이었어요. 그런데 정부에서 주관하는 그 군왕의 장례식을 정부는 정부대로 그들은 그들대로 따로 치르도록 한다니 그게 무슨 해괴망측한 애깁니까. 내 생각으로는 아무래도 이해가 가지 않아요. 본국 정부에서는 10만 원이란 거액을 장례 비용으로 지출하고 금상폐하께선 친히 이토 공을 보내 엄숙 성대히 거행하도록 성지를 내리셨는데 정작 조선의 민중이 외면한다면 어떻게 됩니까. 그건 일본정부에 대한 정면 도전이 아닌지 모르겠습니다. … 내 판단으로는 본국 정부 조치에 잘못이 있는 게 아니라 총독부 방침에 근본적 결함이 있는 것 같습니다. 도대체 장례식에 안 오겠다는 사람들을 경찰을 보내서 끌어낼 생각부터가 근본적으로 잘못이지 뭡니까. 어제 덕수궁 빈전에 참례했다가 우연히 곤토 사무관을 만났어요. 그도 말합디다. 조선사람의 장례는 조선식으로 해줘야 될 게 아니냐고. 그도 국장과 내장이 주객전도된 것 같다고 걱정합디다. 그 곤토 군은 매우 총명한 사람으로 나는 알고 있습니다."

마음이 격하면 곧잘 웅변조가 되는 송병준이다. 그는 좀더 격하면 주먹을 휘두르며 침까지 튀긴다. 이왕직 차관도 불쾌한 모양이었다. 그의 말을 가로막았다.

"곤토 사무관이 그런 소릴 했다고요? 그렇다면 송 대감께선 이왕직의 장차관보다는 한낱 사무관에 불과한 나의 부하의 말을 더 믿으신다는 말씀이십니까? 믿고 안 믿고는 송 대감의 자유입니다만!"

그는 '송 대감'이라는 말에 억양을 높였다. 경기도 지사가 분위기를 누그러뜨리려고 몇 마디 떠들었지만 긴장된 분위기는 바뀌지 않았다.

그럴 바에는 차라리 내장을 인정하지 말자는 강경론이 나왔다. 너무 일본의 왕실 전범만 따를 것이 아니라 조선사람 조객들에게는 재래의 조선식 의관 복대를 하고 나와도 무방하다는 특례를 내리는 게 어떻겠느냐는 의견도 나왔다. 그러나 때가 이미 늦어 있었다. 기정방침대로 일본식으로 국장을 치른 다음 조선식 장례식을 따로 장지에서 치르게 하는 대신, 일본식 국장의식에도 조선사람이 많이 참례하도록 경무국장과 경기도 지사가 각별히 손을 쓴다는 것으로 일단락되었다.

"그런데 오늘 3월 초하루에 조선사람들끼리 이태왕의 장례식을 지낸다는 소문은 정체가 무엇이오?"

정무총감은 그 점이 아무래도 불안하다는 듯이 경무국장에게 다짐해 물었다.

"그럴 리가 없습니다. 내장이라는 걸 치르기로 해줬는데 이틀씩이나 앞당겨서 시체도 상여도 없는 헛장례식을 올릴 이유가 없는 게 아닙니까. 낭설일 겝니다!"

그러나 그 말끝에 경무국장은 한마디 부연을 달았다.

"저도 정보를 갖고 있습니다. 바로 송 남작께서 소개하신 송병택 정보관이 수집한 '정확한 정보'에 의하면 오늘 군중들이 거리에 많이 나올 듯하다는 것입니다. 그러나 그것은 이태왕 전하의 장례식을 좀더 거족적으로 하기 위한 군중 선동이 목적이랍니다. 아마 오늘 4시경에는 거리가 떠들썩할 것이나 경찰은 못 본 체하면 된다는 것입니다. 그래서 경찰은 오늘 개점휴업하기로 했습니다."

송병택 정보관이라는 말에 송병준은 잠깐 긴장했으나 이내 만족해한다.

"아 참, 그 송 군은 일을 잘 봅니까? 위인은 똑똑한 놈입니다만."

"네, 대단히 영악한 청년인 것 같습니다. 일본인으로선 수집 못할 기발한 정보를 잘 가져옵니다. 송 각하와 친척이시라죠?"

"예, 예, 그렇습니다!"

그러나 송병준은 송병택이란 청년을 잘 모른다. 항렬자가 같고 친척 동생뻘이 된다면서 끈덕지게 찾아와 정보관이 되기를 원했고, 또 그 위인도 똑똑한 것 같아서 신원을 책임져 주었을 뿐이다. 그 청년이 잘한다고 칭찬들이니 그는 기분이 좋았다.

"자아, 12시도 넘었고, 오늘은 이만 할까요! 나는 온양에 계신 총독 각하께 전화보고도 해야 하니까 ….."

결국 긴급히 소집된 이 회의는 아무런 결말도 없이 싱겁게 끝장나고 말았다.

왜성대에서 물러나온 이왕직 차관은 털털거리는 자동차를 태평로로 급히 몰아 덕수궁으로 들어섰다.

거리에는 유난히 많은 인파가 들끓는다. 총독부에선 혹시 정무총감이 말한 것처럼 오늘 조선사람들이 고종의 장례식을 그들끼리 앞당겨서 올리는 것은 아닐까 하고 의심도 해 봤지만, 그것은 상식이 아니었다. 경무국장의 말이 적중한 것 같았다. 송병택이라는 조선인 정보관의 정보가 맞는 것이라고 단정했다. 장례식에 많은 사람이 모이라고 선동하기 위한 인파, 나라 잃은 임금이었으나 죽은 사람에 대한 조선사람들의 있음직한 동정심의 발로인 것이다.

이왕직 차관은 덕수궁에 들어서자 곧 곤토 사무관을 불렀다. 그러나 곤토는 자리에 없었다. 고종이 묻힐 산릉山陵 공사의 진행상황을 살피기 위해 금곡으로 나갔다는 것이다. 그는 별실로 들어서다가 놀랐다. 민병석 차관이 송병준과 나란히 앉아서 귓속말을 하고 있는 것이다.

"송 대감께선 어떻게 이처럼 빨리 오셨나요? 나는 자동차를 타고 왔는데도 이제 도착했는데!"

"나는 말을 타고 왔소이다. 자동차보다 말이 더 빠르거든요, 하하하. 정무총감의 애마를 잠깐 빌려 타고 왔지요."

그는 정무총감의 말을 빌려 탔다는 사실을 코에다 건다. 그러나 오늘은 이왕직 차관은 그에게 만만히 말려들지 않았다.

"송 대감. 왕궁 일에 대한 무슨 의견이 계시면 저나 민 장관님께 먼저 말씀하실 일이지 점잖지 못하시게 정무총감에게 일러바치시다니 좀 섭섭합니다. 하하하.”

그는 옆에 앉아 있는 민병석의 자존심을 건드림으로써 민과 송의 사이에다 돌을 끼웠다. 송병준은 이왕직 차관의 기세가 심상치 않다는 걸 재빨리 알아차리고 자리에서 벌떡 일어섰다. 그의 큰 눈이 허공을 방황했다.

바로 그때였다. 요란한 구둣발소리가 들려오더니 별안간 별실의 문을 열어젖뜨리곤 왈칵 뛰어든 사나이가 있었다.

송병준도 이왕직 차관도 그리고 민병석 장관도 일시에 그 뛰어든 사나이를 쏘아봤다. 그는 덕수궁 경비소대장인 마쓰이松井 소위였다. 가슴이 딱 벌어진 다부지게 생긴 젊은 장교다.

“무슨 일인가? 마쓰이 소위!”

“차관 각하! 지금 수많은 군중이….”

젊은 일인 장교는 몹시 당황한 나머지 뒷말을 얼른 잇지 못한다.

“무슨 일이냐? 대일본제국의 군인답지도 않게 왜 그리 경망해! 무슨 일야?”

“각하! 지금 수많은 군중이 파고다공원에 몰려들어서 소란을 피우다가 이리로 몰려오고 있다 합니다. 그들은 뭔가 소리 지르면서 떼거리로 이 덕수궁을 향해서 몰려오고 있다는 것입니다!”

그러나 이왕직 차관은 먼저 들은 말이 있어서 지극히 침착했다.

“그렇다고 왜 그리 당황하느냐 말야? 대일본제국의 군인이 더구나 장교가! 별일 아닐 걸세. 가서 자네 부서나 지켜!”

그는 송병준을 보고 껄껄 웃었다.

“경무국장의 보고가 맞는군요. 그러나 시간이 틀리는데요. 4시경에 군중이 모일 거라는 정보라 했잖습니까? 송 모라는 정보관의 보고에 의하면 말입니다. 마쓰이 소위! 만약 군중이 덕수궁에 몰려오더라도 놀랄 건 없어! 그들한테 일체 손을 대지 말란 말야, 알겠나?"

송병준은 잠자코 뭣인가 생각하는 태도였다. 민병석 이왕직 장관은 정세판단이 어려웠던 것 같다. 차관과 젊은 장교의 수작들을 번갈아 보면서 빈전 쪽에다 잠깐 신경을 썼다.

때마침 빈전 쪽에선 궁녀들의 곡성이 폭발하듯 울려퍼졌다.

— 아이고오, 아이고, 아이고오.

터지자 밀물 같은 대한독립 만세

고종의 국장을 이틀 앞두고 총독부 고관들과 이왕직 차관과 친일의 괴수魁首가 때 늦은 말씨름을 하던 그날, 3월 1일 오전 11시경 조선반도의 그리고 서울의 지맥地脈에는 일제히 불심지가 댕겨졌다.

서울의 서녘. 연희전문학교 교정에는 수백 명을 헤아리는 학생들이 묵묵히 그러나 숙연하게 모여들었다. 그들은 차츰 흥분하기 시작하면서 술렁거렸다.

"여러분, 나 김원벽金元璧이올시다. 잠깐 진정해 주십시오."

연단에 그가 두 손을 번쩍 쳐들면서 학생들한테 소리쳤다.

"자세한 말은 안 해도 여러 애국 학생동지들은 오늘 우리들이 무엇하려고 모였는지 아실 줄 믿습니다. 우리들에겐 힘이 있습니다. 그것은 피 끓는 젊음입니다. 그리고 우리는 외롭지 않습니다. 우리들을 이끌 훌륭한 지도자들도 계십니다. 이제 우리는 종로로 나갑시다. 파고다공원으로 행진하는 것입니다. 거기에는 서울 시내 각 학교의 동지들과 우리의 지도자 되실 분들이 대기하고 있습니다. 자아, 우리 질서정연하게 파고다공원으로 행진합시다. 종로로 나갑시다. 나 김원벽이 선두에 서겠습니다."

"와아 와아, 종로로 나가자!"

"파고다공원으로 구보 행진이다!"

"우리 연전延專이 제일착으로 가야 한다."

젊은 학생들은 광화문을 단숨에 지나 종로로 달려왔다. 그러나 선착은 아니었다. 파고다공원에는 벌써 수천 명의 중학생들이 들어차 있었다. 배재중학, 중앙중학, 휘문중학, 양정중학교 등 교복과 교모를 착용한 17, 8세의 나 어린 학생들이 먼저 모여 있었다.

연전생들이 도착하자 그들은 박수로 환영했다. 뒤미처 강기덕康基德이 선두에 선 보성전문학생들이 두 주먹들을 불끈불끈 쥔 채 역시 질서정연하게 들이닥쳤고, 경신중학, 중동중학생들이 그 뒤를 따랐다.

경성의전京城醫專 학생들이 한위건, 김성국을 앞장세우고 공원문을 들어섰을 때는, 넓은 파고다공원엔 이미 5, 6천 명의 학생과 군중들로 꽉 차 있었다.

잠시 후, 이화여중을 비롯한 숙명, 진명, 정신여중의 여학생들이 흰 저고리에 짧은 검정 통치마를 팔락거리며 상기된 얼굴로 파고다공원에 도착하자, 남학생들은 비좁은 틈새를 터주면서 우레와 같은 박수로 그네들을 맞이했다. 일반인들도 모여들었다.

고종의 인산을 구경하려고 시골에서 올라온 촌로와 유학도들도 무슨 영문인지 모르면서 학생들이 물결쳐 들어가는 파고다공원으로 호기심에 가득 찬 발걸음을 옮겼다.

시간은 어느덧 12시를 가리켰다.

김원벽, 강기덕, 한위건 등 지도층 학생들은 공원 한복판에 자리 잡은 팔각정八角亭에 모여 서서 초조한 낯빛으로 시계 바늘과 공원 정문께를 번갈아 지켜보기에 바빴다.

"빨리 합시다!"

"각 학교가 다 모인 것 같소!"

"지도자들은 어디 계시오?"

"시간을 지체하다간 공원 문이 막히지 않겠소?"

"약속이 틀린 것 아냐?"

"왜놈들이 몰려오기 전에 후딱후딱 해치우자!"

성급한 학생들은 떠들기 시작했다.

낮 12시 오포午砲가 울렸다.

그러나 독립선언서에 서명한 33인의 민족지도자들 얼굴이 나타나지 않는다. 그러자 군중 속을 다급하게 비집어 가며 팔각정으로 뛰어드는 젊은이 하나가 있었다. 그는 땀에 젖은 종이쪽지를 주먹 속에서 꺼내 지도층 학생들에게 내보였다.

최린이 보낸 전갈이었다. 33인의 독립선언식은 명월관 지점에서 2시 정각에 거행하기로 계획이 바뀌었다는 내용이었다.

"좋다. 그렇다면 우리 학생들은 예정 계획대로 진행하겠다!"

각 학교 대표들이 합의를 본 순간, 어떤 한 젊은이 하나가 불쑥 앞으로 나서면서 학생 군중에게 진정하라고 손을 저었다. 그는 정재호, 황해도 해주 태생으로 경신중학을 나온 청년이었다. 우렁찬 음성으로,

"여러분 이제부터 우리 조선의 독립선언서를 낭독하겠습니다. 선언서를 가지고 계신 분은 모두 꺼내서 옆 사람과 함께 읽어 주시기 바랍니

다. 그럼 제가 먼저 낭독하겠습니다."

그는 숨 돌릴 사이도 없이 최남선이 기초해서 보성사에서 찍어, 이갑
성의 손을 거쳐, 전국에 배포된 독립선언서를 낭독하기 시작했다.

獨立宣言書

오등吾等은 자자玆에 아我 조선의 독립국임과 조선인의 자주민自主民임
을 선언하노라. 차此로써 세계만방에 고告하야 인류평등의 대의大義
를 극명克明하며, 차此로써 자손만대에 고誥하야 민족 자존自存의 정
권正權을 영유永有케 하노라.

반만년 역사의 권위權威를 장仗하야 차를 선언함이며, 2천만 민중
의 성충誠忠을 합하야 차를 포명佈明함이며, 민족의 항구여일恒久如一
한 자유발전을 위하야 차를 주장함이며, 인류적 양심의 발로에 기인한
세계개조世界改造의 대기운大機運에 순응병진順應幷進하기 위하야 차
를 제기함이니, 시是 천天의 명명明命이며, 시대의 대세며, 전 인류 공
존동생권共存同生權의 정당한 발동發動이라, 천하하물天下何物이던지
차를 저지억제沮止抑制치 못할지니라.

구시대의 유물인 침략주의侵略主義, 강권주의强權主義의 희생을 작
作하야 유사 이래 누천년累千年에 처음으로 이민족異民族 겸제箝制의
통고痛苦를 상嘗한 지 금今에 10년을 과過한지라, 아생존권我生存權의
박상剝喪됨이 무릇 기하幾何며, 심령상心靈上 발전의 장애障礙됨이 무
릇 기하며, 민족적 존영尊榮의 훼손됨이 무릇 기하며, 신예新銳와 독
창獨創으로써 세계문화의 대조류大潮流에 기여보비寄與補裨할 기연機
緣을 유실遺失함이 무릇 기하뇨?

희噫라! 구래舊來의 억울抑鬱을 선창宣暢하려 하면, 시하時下의 고

통을 파탈擺脫하려 하면, 장래의 협위脅威를 삼제芟除하려 하면, 민족적 양심과 국가적 염의廉義의 압축 소잔銷殘을 흥분신장興奮伸張하려 하면, 각개 인격의 정당한 발달을 수遂하려 하면, 가련한 자제子弟에게 고치적苦恥的 재산을 유여遺與치 안이하려 하면, 자자손손의 영구완전永久完全한 경복慶福을 도영導迎하려 하면, 최대 급무가 민족적 독립을 확실케 함이니, 2천만 각개가 인人마다 방촌方寸의 인끼을 회회懷고 인류통성人類通性과 시대양심이 정의의 군軍과 인도人道의 간과干戈로써 호원護援하는 금일今日, 오인吾人은 진進하야 취取하매 하강何强을 좌절挫치 못하랴? 퇴退하야 작作하매 하지何志를 전전展치 못하랴?

병자수호조규丙子修好條規 이래 시시종종時時種種의 금석맹약金石盟約을 식식食하얏다 하야 일본日本의 무신無信을 죄罪하려 아니하노라. 학자學者는 강단講壇에서, 정치가는 실제에서, 아我 조종세업祖宗世業을 식민지시植民地視하고, 아我 문화민족文化民族을 토매인우土昧人遇하야, 한갓 정복자征服者의 쾌快를 탐貪할 뿐이오, 아我의 구원久遠한 사회기초社會基礎와 탁락卓犖한 민족심리民族心理를 무시한다 하야 일본의 소의少義함을 책려策勵하려 안이하노라. 자기自己를 책려策勵하기에 급한 오인吾人은 타他의 원우怨尤를 가가暇치 못하노라. 현재를 주무綢繆하기에 급한 오인吾人은 숙석宿昔의 징변懲辨을 가가暇치 못하노라.

금일今日 오인吾人의 소임所任은 다만 자기의 건설이 유有할 뿐이오, 결코 타他의 파괴에 재在치 안이하도다. 엄숙한 양심의 명령으로써 자가自家의 신운명新運命을 개척함이오, 결코 구원舊怨과 일시적 감정으로써 타他를 질축배척嫉逐排斥함이 아니로다. 구사상舊思想, 구세력舊勢力에 기미羈縻된 일본 위정가爲政家의 공명적功名的 희생이 된 부자연不自然, 우又 불합리不合理한 착오상태錯誤狀態를 개선광정改善匡正하야, 자연自然, 우又 합리合理한 정경대원正經大原으로 귀환歸還케 함이로다.

당초에 민족적 요구로서 출出치 아니한 양국병합兩國倂合의 결과가, 필경 고식적姑息的 위압威壓과 차별적 불평不平과 통계숫자상 허식虛飾의 하下에서 이해상반利害相反한 양 민족간兩民族間에 영원히 화동和同할 수 업는 원구怨溝를 거익심조去益深造하는 금래今來 실적實績을 관觀하라. 용명과감勇明果敢으로써 구오舊誤를 확정廓正하고, 진정한 이해와 동정에 기본한 우호적 신국면新局面을 타개함이 피차간彼此間 원화소복遠禍召福하는 첩경捷徑임을 명지明知할 것 안인가?

쏘 2천만 함분축원含憤蓄怨의 민민民民을 위력威力으로써 구속拘束함은 다만 동양의 영구한 평화를 보장하는 소이所以가 안일 뿐 안이라, 차此로 인因하야 동양안위東洋安危의 주축主軸인 4억만 지나인支那人의 일본에 대한 위구危懼한 시의猜疑를 갈스록 농후濃厚케 하야, 그 결과로 동양 전국全局이 공도동망共倒同亡의 비운悲運을 초치招致할 것이 명명하니, 금일 오인吾人의 조선독립은 조선인으로 하야금 정당한 생영生榮을 수遂케 하는 동시에, 일본으로 하야금 사로邪路로서 출出하야 동양 지지자인 중책重責을 전全케 하는 것이며, 지나支那로 하야금 몽매夢寐에도 면免하지 못하는 불안, 공포로서 탈출脫出케 하는 것이며, 쏘 동양평화로 중요한 일부를 삼는 세계평화, 인류행복에 필요한 계단이 되게 하는 것이라. 이 엇지 구구區區한 감정상의 문제리오?

아아, 신천지가 안전眼前에 전개되도다. 위력威力의 시대가 거去하고 도의道義의 시대가 내來하도다.

과거 전 세기全 世紀에 연마장양鍊磨長養된 인도적 정신이 바야흐로 신문명新文明의 서광曙光을 인류의 역사에 투사하기 시始하도다. 신춘新春이 세계世界에 내來하야 만물의 회소回蘇를 최촉催促하는도다. 동빙한설凍氷寒雪에 호흡을 폐칩閉蟄한 것이 피 일시彼 一時의 세세勢라 하면, 화풍난양和風暖陽에 기맥氣脈을 진서振舒함은 차 일시此 一時의 세세勢니, 천지복운天地復運에 제제際하고 세계의 변조變潮를 승승乘한 오인등품 人은 아모 주저할 것 업스며, 아모 기탄忌憚할 것 업도다. 아我의 고유한 자유권自由權을 호전護全하야 생왕生旺의 낙樂을 포향飽享할 것이며, 아我의 자족自足한 독창력을 발휘하야 춘만春滿한 대계大界에 민족적 정화精華를 결뉴結紐할지로다.

오등등等이 자자兹에 분기奮起하도다. 양심이 아我와 동존同存하며 진리가 아我와 병진幷進하는도다. 남녀노소 업시 음울한 고소古巢로서 활발히 기래起來하야 만휘군상萬彙群象으로 더부러 흔쾌한 부활을 성수成遂하게 되도다. 천백 세千百 世 조령祖靈이 오등등等을 음우陰佑하며 전 세계 기운이 오등등等을 외호外護하나니, 착수着手가 곧 성공이라. 다만, 전두前頭의 광명으로 맥진驀進할 따름인뎌.

공약 3장公約三章

　一. 금일 오인등품人의 차거此擧는 정의, 인도人道, 생존, 존영尊榮을 위하는 민족적 요구니, 오즉 자유적 정신을 발휘할 것이오, 결코 배타적 감정으로 일주逸走하지 말라.

　一. 최후의 1인까지, 최후의 1각까지 민족의 정당한 의사를 쾌히 발표하라.

　一. 일체의 행동은 가장 질서를 존중하야, 오인등品人의 주장과 태도로 하여금 어대까지든지 광명정대光明正大하게 하라.

조선 건국 4252년 3월 1일

정재호 청년의 엄숙한 독립선언서 낭독이 끝나자 파고다공원은 발칵 뒤집혔다.

6천의 젊은 학도들이 일제히 외치는 만세 소리로 발칵 뒤집혔다.

"조선독립 만세!"

"대한독립 만세!"

"조선독립 만만세!"

얼마나 오랫동안 기다려 왔던 소리일까. 얼마나 절실하게 외치고 싶어 했던 피맺힌 절규絶叫인가.

목청이 찢어져라 만세를 부르며, 태극기를 마구 흔들어대며, 학생들도 군중들도 감격의 눈물들을 줄줄이 흘렸다.

만세 삼창이 끝나자 강기덕, 김원벽 두 지도 학생들은 팔각정 마루 위에서 시위행진에 대한 주의사항을 설명했다. 벌써 한 달 전부터 오늘의 거사를 위해 밤잠을 자지 않고 동분서주한 주동 학생들이니만큼 이 순간의 감격은 남달리 커서 그 목소리는 자꾸 울먹거렸다.

"여러분, 우리들의 행진 코스는 이미 각 학교 대표들과 의논돼 있습니다. 각 학교마다 대표자의 선도를 따라서 행동하면 됩니다. 힘차게 목이 터지게 독립 만세를 불러 주십시오!"

강기덕의 외침.

"여러분, 우리는 이 독립선언서의 공약 3장에 따라 질서정연하고 정정당당하게 만세시위를 해야겠습니다. 특히 여학생들을 잘 보호하면서, 난폭한 행동을 삼가면서, 우리의 주장과 의사를 저네들 일본사람에게 떳떳이 보여 줍시다!"

이것은 김원벽의 간절한 부탁.

6천여 명의 인파는 파고다공원 정문을 빠져 나가기 시작했다. 그것은 열려진 수문水門으로 터져 나가는 봇물처럼 거세고 우렁찼다.

그들의 주류는 종로 네거리 종각 앞에 이르자, 독립만세 소리를 더

한층 높이 외쳤다. 종로에서 한 패는 광화문 쪽으로, 다른 하나는 남대문을 향해서 대하大河의 흐름처럼 도도히 흘러가고 있었다.

거리의 경찰관 파출소나 헌병 분견대分遣隊의 일본관헌들은 너무나 갑자기 당면한 일이라서 그저 어리둥절할 뿐, 이 시위가 뭣을 뜻하는 것인지조차 판단을 못하고 멍청하게 구경들만 하고 있었다.

시위행렬의 끝이 종로 네거리를 완전히 통과했을 무렵이었다.

종각 앞, 사람들 틈에서 그 시위행렬을 남몰래 지켜보던 송병택은 회심의 미소를 지으면서 분주히 그 발길을 인사동 태화관 쪽으로 옮기기 시작했다. 그는 그날따라 조선옷을 입고 있었다. 조선총독부의 고급 정보원이라는 조선청년 송병택이었다.

—◆—

송병택의 발길은 몹시 가벼웠다.

그는 인사동 태화관 앞에 이르자 주위를 휘둘러본 다음 골목 어귀로 몸을 숨겼다. 마침, 태화관 앞에는 점잖은 손님을 태운 인력거들이 수없이 모여들기 시작했다. 지팡이를 짚으며 걸어 들어오는 노신사와 장년 한 사람이 현관에서 마주쳤다.

"남강 선생!"

"최린 선생, 수고가 많쇠다. 의암 선생은 이미 오셨갔디요?"

"벌써 오세창, 권동진 선생들과 함께 와 계십니다."

"아 저기 만해 스님이 오시는군!"

민족지도자 33인이 독립선언식을 올리려고 비장한 표정으로 지정된 장소인 태화관에 모여드는 중이었다.

오후 2시 정각이 되자 거의 올 만한 사람들의 얼굴이 한자리에 다 모였다.

"길선주, 유여대, 김병조, 정춘수 네 분의 얼굴이 없수다."

"그분들은 지방에서 독립선언식을 우리와 같은 시각에 주재하거나, 아니면 다른 중요한 사명이 있어 이 자리에 못 나오신 겁니다."

"그럼 곧 시작합세다!"

최린과 이승훈의 대화였다. 만해 한용운이 단상에 올라섰다.

"실은 파고다공원에서 독립선언식을 올리려 했지만 여러 가지 사정으로 그 장소와 시각을 변경하게 되었습니다. 그러나 젊은 학생들은 우리의 변경된 계획을 잘 몰랐기 때문에 정각 12시에 파고다공원에 다 모여서 우리를 기다리고 있었습니다. 할 수 없이 최린 선생을 비롯한 이갑성 씨 등이 학생 지도자들에게 그 사정을 통보했으나 그 쪽은 그 쪽대로 그런 상태로 오랜 시간을 끌 수가 없어서 그대로 별도의 독립선언식을 해버리고는 곧바로 시위행진에 들어갔습니다. 자아, 그럼 우린 우리대로 이제부터 선언식을 거행하기로 합니다."

장내는 더할 수 없이 엄숙하고, 주인공들의 태도는 교만할 만큼 의연했다. 이때 슬며시 현관으로 나온 최린은 마침 대기하고 있는 한 젊은이에게 흰 각봉투 한 장을 전했다. 뒤미처 현관으로 나온 이갑성도 자기 인력거꾼한테 역시 각봉투 하나를 내줬다.

잠시 후, 아오기 종로 경찰서장은 어느 인력거꾼이 던지고 갔다는 흰 각봉투 한 장을 받아들고 얼굴이 새파랗게 질렸다.

"독립선언서?"

그는 몇 줄 읽어보다가 혼자 소리쳤다.

"이건 조선놈들의 불온문서가 아닌가!"

종로 경찰서장은 지체 않고 전화통에 매달렸다.

"국장님이십니까? 큰일이 생겼습니다. 조선독립선언서라는 게 본서에 날아들었습니다!"

그러나 경무국장은 놀라지 않았다.

"조선독립선언서를 발표했다고? 자네 무슨 잠꼬댈 하는 겐가!"

경무국장 자신이 정말 잠꼬대 같은 소리를 하고 있었다. 그는 종로서장한테 호통을 치는 것이었다.

"이봐! 아오기 군! 독립선언서라니? 총독부에서 모르는 조선독립을 도쿄 정부가 발표했단 말야! 정신 나간 소릴 하는군!"

경무국장은 도쿄의 본국 정부가 갑자기 조선의 독립을 선언, 발표했다는 소리인 줄 알고 어처구니가 없어서 마구 소리친 것이다.

그러나 종로서장의 보고는 엉뚱하게 돌아가고 있다.

"국장님, 그런 뜻이 아니라 조선놈들이 제멋대로 독립선언서라는 불온 선언문을 발표하고는 시위행렬에 들어간 것 같습니다."

그래도 그는 곧이듣지 않았다.

"독립선언서라! 거 무슨 소리야? 그걸 이리로 곧 보내 보게, 허지만 별일은 아닐 걸세. 오늘 군중이 거리에 쏟아져 나오고, 시위도 있고 할 것을 우린 미리 알고 있었어. 그들의 시위 목적에 대해선 이미 정보가 입수돼 있으니까 놀랄 것 없네!"

이번엔 종로서장이 어리둥절해서 대답을 못 했다. 하는 수 없이 그가 선언서 뒤에 수많은 조선지식인들의 서명이 있음을 지적하자, 비로소 경무국장은 깜짝 놀란다.

"그럼 태화관에 그놈들이 모여 있단 말인가!"

"그런 것 같습니다!"

"그런 것 같습니다가 뭐야! 허, 조선놈들이 제멋대로 독립선언을 해? 당장 일망타진 해버리게! 모조리 체포해서 제 1헌병대로 넘겨!"

경무국장의 명령을 받은 종로서장은 비상소집령을 내렸다. 즉각적으로 모여든 경찰관은 30여 명, 그는 우선 그들을 이끌고 태화관으로 달려갔다.

이럴 무렵, 왜성대로 달려간 김윤진은 총독에게 전달해달라고 흰 각봉투 하나를 비서과장에게 내밀었다. 그도 무슨 서류냐고 잠꼬대처럼 물었다.

"총독 각하께 올리는 공한입니다."

김윤진은 태연히 대답하곤 발길을 돌렸다.

잠시 후 정무총감실도 발칵 뒤집혔다. 정무총감은 낮잠을 한숨 자려고 별실 휴게실로 들어가던 참인데 비서과장이 가지고 온 각봉투를 무심히 뜯어보다가 단박에 안면 근육이 마구 실룩거렸던 것이다.

"허, 이게 뭐야! 조선독립선언서? 허, 큰일났군! 내가 무슨 일이 있을 것 같다고 했잖나! 이 바보 같은 돌대가리들아! 빨리 경무국장을 불러 오란 말야! 도대체 고등경찰놈들은 낮잠만 자고 있었나! 뭣들 하고 있었어!"

총독부는, 경무국은 발칵 뒤집혔다. 경무국장은 우선 본국에서 경찰관 20여 명을 인사동 태화관으로 급파하라고 소리쳤다.

태화관은 각 서에서 모인 1백여 명의 일본경찰관으로 완전 포위됐다. 일본경찰은 민족지도자 29명이 모여 있는 태화관 별실로 토족±足인 채 들이닥쳤다. 그러나 선언식은 이미 끝나가고 있었다. 선언서에 서명한 지사들은 누구 하나 겁내거나 동요하지 않았다. 그들은 일경이 지켜보는 앞에서 한용운의 선창으로 조선독립 만세까지 삼창했다.

한용운은 일본경찰 두목에게 큰 소리로 외쳤다.

"우리는 이것으로 우리의 일을 일단 끝마쳤다. 당신들이 여기 온 용건은 무엇인가?"

키가 장대한 일경 간부 하나가 앞으로 나서며 대답했다.

"여러분을 경무국으로 데려갈 작정입니다."

그러자 권동진이 자리에서 벌떡 일어섰다. 그는 위엄 있는 어조로 일본인 경부에게 선언했다.

"데려간다는 건 체포한다는 뜻이겠지?"

"그건 거기 가봐야 알겠습니다. 일단 경무국으로 모두 가십시다!"

"여보게 젊은 경부! 자네 말에도 일리가 있네. 그렇지만 우리들이 걸어서 끌려갈 수 있나. 우리는 독립을 선언한 2천만 조선민족의 지도자란 말이야. 그리고 지금 거리의 군중들은 흥분하고 있어. 우리들이 자네들 일본관헌에게 붙잡혀 가는 것을 그들 군중이 목도目睹한다면 가만 있지 않을걸세. 젊은 경부, 내 말을 알아듣겠나!"

너무나 위엄 있고 조리정연한 권동진의 말에 일인 경부는 마치 훈계받는 학생처럼 차려 자세를 취했다.

"그러시다면 영감님 어떻게 하시면 좋겠습니까?"

붙잡아 갈 사람이 붙들려 갈 사람에게 연행방법을 가르쳐 달라고 애걸하는 꼴이 됐다. 권동진은 결기 있게 대답했다.

"자동차를 가지고 와! 경무국에는 자동차가 여러 대 있지 않나? 자동차로 여기 앉아 계신 여러 어른들을 모셔가면 되네."

"잘 알겠습니다. 그렇게 모시겠습니다."

이미 눈에 충혈이 된 일본경찰들이었다. 그러나 자기들 상관인 경부가 쩔쩔 매는 것을 보고는 저절로 기들이 죽었다. 그들은 경무국으로 전화를 걸었다. 자동차는 한 대밖에 없다 했다. 그거라도 보내라고 악을 쓰는 일본경부.

자동차가 오기를 기다리는 동안 손병희孫秉熙는 두 눈을 지그시 감고 깊은 명상에 잠겨 있는 모습이었다. 손병희의 머리에는 어제 4대 교주 박인호에게 전달한 유시문諭示文의 한 글자 한 글자가 생생하게 되살아났다. 그는 오늘의 거사를 앞두고 천도교의 장래를 염려해서 유시문을 내렸던 것이다.

불녕不侫이 오교吾敎의 교무를 좌하座下에게 전위함은 기위 십수 년이라 갱성할 필요가 무無하거니와 금일 세계 종족 평등의 대기운하에서 아동양동족我東洋同族의 공동형복共同亨福과 평화를 위하여 종시일언終始一言을 묵묵키 불능하므로 자자에 정치방면에 일시 진참進參하게 되었기 여시일언如是一言을 신탁申託하노니 유惟 좌하는 간부 제인과 공히 교무에 대하여 익익여정益益勵精하여 소물망동小勿忘動하고 아오만년我五萬年 대종교의 중책을 담하진행擔荷進行할지어다.

포덕布德 60년
의암 손병희
대도주大道主 박인호 좌하座下

76

손병희는 독립선언식을 거행한 이후 그 몸에 닥쳐올 무서운 수난을 이미 각오하고 천도교의 앞일을 박인호에게 맡겨 타개하도록 간곡히 훈유한 글이었다.

잠시 후 태화관의 현관 입구가 소란해졌다. 일경이 거세게 들이닥쳤다. 29명의 민족지도자들은 그네들이 몰고 온 자동차에 차례로 실리기 시작했다. 그리고 조용히 압송돼 갔다.

이때 맞은편 골목 깊숙이엔 조선총독부 경무국의 고급 정보원이라고 자칭한 송병택이 늠름한 모습으로 끌려가는 지도자들을 묵묵히 바라보고 서 있었다. 그는 눈물이 글썽한 채 두 주먹을 불끈 쥐고 조용히 그 광경을 지켜보다가 마침 자기 옆으로 피신해 온 어떤 젊은이를 보고는 혼잣말처럼 지껄이는 것이었다.

"투쟁하면 보람 있는 날이 옵니다. 끈덕지게 투쟁하면 아무 때고 보람을 얻습니다. 저네들은 우리가 저들한테 동화되리라고 믿지만, 전통 있는 한민족이 그런 외족의 강압이나 정치적인 기교로 쉽사리 동화되진 않는 겁니다. 적어도 철학이 있어야죠. 신앙이, 종교가, 문화적인 감화가 뒷받침돼야 합니다. 그건 교육입니다. 우리가 무서워할 것은 저네들의 강압이나 총검이 아니라 그런 정신적인 감화작업입니다. 우리 혼에다 아편주사를 놓는 방법, 다시 말하면 종교나 교육이나 문화의 힘을 빌려 우리에게 덤빌 때, 비로소 우리는 재기불능의 반신불수가 되는 겁니다. 그러기 전에 우리는 우리의 자세를 확립해야 하지요. 그러기 위해서 이번에 우리의 단결된 정신적 저력을 스스로 시험해 봐야 합니다."

혼자 실성한 사람처럼 지껄이는 송병택을 옆의 청년이 물끄러미 바라봤다.

"그런데 당신은 숨어서 구경만 하고 있군요?"

옆의 청년이 비꼬듯 그에게 핀잔을 준다.

"허허, 난 비겁한 사람이니까요. 아까 그 말은 김성수라는 분이 내게 들려준 말입니다. 지금 우연히 생각이 나서."

그의 표정은 비감悲感 그대로였다. 그는 하늘을 쳐다보며 길게 한숨을 뿜었다.

독립선언서가 정식으로 총독부에 전달된 다음에야 일본관헌들은 오늘 서울 거리의 소란한 의미를 깨달았다. 그러나 그들의 그 의미를 알았을 때는 이미 학생들과 수많은 시민들의 노도와 같은 대열이 장안 거리를 온통 누비면서 기하급수적으로 그 수효가 불어나고 있었다.

"대한독립 만세! 만만세!"

만세 소리는 남산을, 북악을 들었다 놓고는 하늘로 울려 퍼졌다.

대열의 일부는 덕수궁 대한문으로 밀물처럼 쏟아져 들어갔다. 일본 경호대장이 미친 듯이 날뛰며 소리소리 치기 시작했을 때 대열은 이미 고종의 유해가 안치돼 있는 빈전을 에워싸고 있었다.

처음부터 안 될 말이었다. 대한문을 지키는 파수병은 조선사람들로 구성된 소위 조선보병대들이었다. 지휘관만이 일본군 헌병장교였을 뿐이다. 따라서 조선보병대의 파수병들은 몰려드는 군중들을 제어하질 않고 순순히 길을 터주었던 것이다. 조선독립 만세를 외치는 함성을 듣고 함께 독립만세를 부르는 대원이 많았다.

그러나 흥분한 군중들도 고종의 빈전 앞에선 모두들 숙연했다. 엎드려 절하고는, 대한독립 만세를 조용히 삼창하고는, 다시 되돌아 거리로 나섰다. 그것은 질서정연한 문상 대열이었다. 그들은 대한문을 나선 후에야 다시 독립만세를 부르짖으며 정동에 있는 미국 영사관 쪽으로 흘러갔다.

이 무렵, 다른 하나의 대열은 남성 왜성대로 행진했다. 그들은 손에, 손에 태극기를 흔들며, 정신 나간 사람처럼 멍청히 바라보고 있는 총독부 관리들을 향해서, 피를 토하는 듯한 독립만세를 외쳤다.

"우리는 오늘부터 독립이 됐다!"

"조선민족의 독립사상을 짓밟지 말라!"

"총독부는 오늘부터 간판을 내려라!"

"대한민국은 자주독립 국민이다!"

외치는 구호 소리는 가지각색이었다. 국제법이나 현실 사정을 잘 모르는 학생들은 이렇게 독립만세를 외치는 것만으로 이미 조국의 독립이 이루어진 줄로 착각하는 사람이 많았다.

구경하던 시민들도 "여보 학생, 정말 독립이 된 거요?"하고 물었다.

"되고말고요. 이미 독립선언식꺼정 올린 줄을 모르십니까?"

어느 여학생은 그런 반문을 했다.

"내일부터 총독부는 문을 닫는답니다. 파리 강화회담에 우리 대표가 이미 출석했으니까요!"

이런 대답을 하는 중학생도 있었다.

시위대열은 왜성대 앞을 지나 총독 관저 앞에서 더욱 기세를 올렸다.

남대문으로 나온 또 다른 대열은 서울역에서 북으로 휘어져 서대문으로 나가 독립문 앞에 가서 함성을 터뜨렸다.

저녁 5시경까지 만세 시위행렬이 장안 거리를 휩쓰는 동안 거리로 뛰쳐나온 시민들은 수십만을 헤아렸다. 이렇게 장안 거리가 소란한데도 일본관헌들은 총질을 하지 않았다. 너무나 졸지에 당한 일이라서 시위 군중에게 어떻게 대처할 것인지 상부의 방침이 결정되지 않았기 때문이다. 진고개의 일본상가들은 문을 굳게 잠그고 숨을 죽였다.

그러나 장안에 황혼이 깃들기 시작하자, 경무국은 하나의 결정을 내렸다. 밤인 만큼 어떤 소동을 부릴는지 모른다는 것이다. 거칠게 노는 시위자들은 모조리 체포하라는 지시를 내렸다.

경무국으로부터 체포하라는 명령이 내리기 전에도 종로 경찰서장은 이미 단독으로 부하에게 지시했다. 거칠게 노는 학생들은 가차 없이 체포하라고 했다. 그러나 본격적인 체포령은 저녁부터 발동했다.

130여 명의 학생들이 3월 1일 하루 동안에 끌려갔다. 그렇지만 총소리는 나지 않았다. 아직 일본군대는 출동하지 않았던 것이다.

용산에 주둔한 일본육군이 이 만세소동 진압에 즉각 출동하지 않은 데는 이유가 있었다. 첫째로 독립선언서를 받아든 총독과 정무총감, 그리고 경무국장은 구수회의 끝에, 공약 3장을 믿어 보자는 결론을 내렸다. 그들은, 평화적이고 안녕 질서를 유지하는 속에서의 의사표시를 한다는 문구가 더욱 알쏭달쏭해서 태도를 결정 못했던 것이다.

실상, 시위 군중들이 장안 거리를 발칵 뒤집으며 만세시위를 하지만 일본인 주택이나 경찰 관서를 쳐부수는 폭력사태는 없었다. 흉기를 들고 폭동을 일으키지도 않았다. 공연히 강압책을 쓸 필요가 없지 않겠느냐는 결론도 나옴직했다. 실제로 덕수궁으로 몰려들었던 군중들은 별실에 이완용, 송병준, 윤덕영, 민영휘, 조중응 같은 친일 거물들이 충성스럽게 모여 있다는 기미를 알고도 모른 척했다.

이유는 또 있었다. 총독부와 일본정부와의 사태수습에 대한 연락이 순조롭게 진행되질 못했다. 일본정부 내각 서기관장에게 서울 소식이 전달되기는 그날 오후 3시경이었다. 그러나 그날은 토요일이라서 수상은 주말 휴양차 아타미에 가 있었다. 온천장으로 긴급전화가 갔을 때 수상은 껄껄거리고 웃었다.

"있을 수 있는 사태 아닌가, 내버려 두게나!"

뱃심이 좋고 웅변가인 평민 출신의 총리대신 하라는 대수롭지 않은 일이라고 껄껄 웃었다. 일요일 저녁 자기가 도쿄로 돌아갈 때까지는 현지 총독이 알아서 사태수습을 하도록 연락을 취하라는 지시를 하곤 수화기를 놓아 버렸다.

그러나 조선 총독은 좀더 심각하고 다급한 판국에 놓여 있었다. 밤이 되자, 전국 각처의 헌병대와 경찰국으로부터 계속 다급한 보고와 그 대비책에 대한 지시를 요청해 왔다. 지방 역시 서울에 못지않게 소란하다는 것이었다.

총독부에선 긴급 수뇌회의가 열렸다. 총독, 정무총감, 경무국장, 헌병사령관, 그리고 조선군사령관 등의 긴장할 대로 긴장한 모습들이 총독실에 모여 앉았다. 장장 2시간에 걸친 구수회의 끝에 하세가와 총독은 결론을 내렸다.

"경성에선 3일의 이태왕 전하의 국장도 있고 하니 적어도 장례식이 끝날 때까진 난폭한 탄압은 삼가고… 그러나 지방에선 무력이라도 동원해서 난동자는 가차 없이 체포 구금하고… 가능한 최단시일 안에 폭동사태를 완전히 진압하시오! 그리고 체포된 불순분자들에 대한 처리는 다음 지시가 있을 때까지 신속히 그 죄상의 경중을 밝혀 놓을 것!"

드디어 유혈사태가 지방도시에서부터 번져 나가기 시작했다. 3월 1일 바로 그날, 지방에서도 일제히 만세시위가 일어났다.

개성에선 호수돈여학교 학생들을 선두로 독립만세 대열이 한낮의 시가를, 시민들을 놀라게 하며 거리를 휩쓸었다. 선죽교, 만월대, 반월성에서는 일장기를 찢고 불태우다가 일본관헌들과 충돌해서 쌍방에 부상자가 속출했다.

수원에선 북문 안 화홍문 앞에 수백 명이 모여서 독립만세를 부르며, 수원경찰서로 행진해 가다가 강제로 해산당했다.

부산에선 저녁 5시 대신동에서 수백 명이 만세를 부르면서 시가지로 내려왔고, 아미산에서도 역시 수백 명이 내려와 삽시간에 합류된 군중은 수천을 헤아렸다. 밤 8시에는 산봉마다에 봉화를 높이 올려 독립만세를 불렀다.

신의주에서의 거사는 특히 괄목할 만했다. 33인의 한 사람으로 뽑힌 기독교의 유여대는 서울로 올라가기를 중단하고, 현지에서 독립만세를 지휘했다. 그는 기차편으로 보내온 독립선언서를 수천 군중들 앞에서 낭독하고는 시가행진으로 들어갔다. 압록강 기슭의 국경도시 의주에서의 독립만세 소리는 강 건너 만주 땅에까지 울려 퍼졌고, 한편 천도교인들도 최석련, 최동오, 최안국 등의 진두지휘 아래 기독교와 합세하여 대열을 형성, 만세를 불렀다. 이날 의주에서만 30여 명이 일본 국경수비대한테 체포됐다.

기독교의 본산인 선천에서는 흡사 서울의 축소판과도 같은 광경이 벌어졌다. 이날 아침 천도교구에서는 한현태, 이군오, 계연집 등이, 서울에서 김상열이 독립선언서를 가지고 온다는 것을 알고 기다리던 중, 오후 1시에 선언서가 도착하자 곧 자전거로 시내 각처에 배포했고, 기독교 측에서는 신성학교 생도 수백 명과 30여 명의 여학생이 선언서를 뿌리고 수많은 자전거 핸들에다 태극기를 꽂고서 만세시위를 했다. 그러다가 오후 2시부터는 천도교와 기독교인 수천 명이 다시 합세해서 혼연일체가 된 채 시가를 누볐다. 그들은 군청, 경찰서 앞으로 밀려 나가다가 일본관헌과 주먹다짐이 벌어져 33명이 붙들려 갔다.

지방도시로서 가장 대규모의 만세시위가 벌어진 곳은 역시 평양이다. 그날 오후 2시. 기독교 지도자들은 미리 약정한 대로 수천 명의 교도를 이끌고 남산재 예배당에 모여들었다. 그들은 왜경의 눈을 피하기 위해서 이태왕의 봉도회奉悼會를 연다는 위장전술을 썼다. 오후 2시 정각 양쪽 교인 수천 명이 모여들자, 서울 덕수궁을 향해 한바탕 곡哭을 하고는 미리 준비했던 태극기를 높이 게양한 다음, 독립선언서를 살포하며 독립만세를 불렀다. 천도교 역시 그들의 교구에서 독립선언문을 읽고 만세를 불렀다.

오후 3시, 두 종교의 교도들은 거리로 밀려 나왔다. 합세한 시민이 여러 만 명, 그들은 일본경찰의 해산명령을 듣지 않고 밀물처럼 전진하여 경찰서, 도청 앞 그리고 재판소 정문에 쇄도했다. 그러자 일본헌병대가 긴급출동, 경찰을 독려하며 군중들을 짓밟기 시작했는데, 흥분한 군중들은 마침내 경찰서를 부수며 난입하는 바람에 유혈 참극이 벌어졌다. 10여 명이 부상하고 40여 명이 일본관헌에게 체포됐다.

이날 평양에서의 유혈 난투는 3월 1일에 있은 사건 중에서 가장 크고 거친 것이었다. 이 평양 사건은 앞으로 2, 3개월 동안 파상적으로 전국에서 벌어질 유혈적인 독립만세 시위의 전주곡이 된 셈이었다.

진남포에서도 그날 독립만세 시위가 벌어졌다.

원산의 만세시위는 오후 4시에 시작됐는데 5천여 명을 헤아리는 대열 가운데서 50여 명이 검거됐다.

전국 천도교 교인들도 움직였는데 함경도 홍원의 강인택과 영흥의 김면제, 조종오, 이표는 서울서 보내온 독립선언서 원본을 보고 수천 매를 다시 인쇄해서 이를 동지들에게 뿌려주었다.

서울의 소식은 삽시간에 전국 방방곡곡으로 퍼져 나갔다.

그러나 3월 2일과 3월 3일엔 고종의 국장 때문이었을까, 비교적 조용한 편이었다.

1919년 3월 3일. 대한제국의 황제였고, 드디어는 일본 속령의 태왕 전하로 격하된 고종의 장일葬日. 이토 히로구니를 제관장으로 조동윤 남작을 부제관장으로 하는 국장의식은 쓸쓸하게 거행됐다.

이 일본식 국장에 참례한 조선사람은 70여 명에 불과했다. 그러나 일본식 장례식을 마치고 금곡으로 나가는 고종의 영구가 대한문을 나서서 종로를 지날 무렵부터 거리는 조상弔喪하는 시민들로 꽉 메워졌다. 동대문 일대는 인산인해, 금곡릉까지 이르는 연도엔 수십만 백성들의 오열嗚咽로 산천마저 흐느끼는 듯했다.

이날 금곡릉에서 벌어진 소위 내장內葬에 참례한 조선사람은 7천 명을 헤아렸고, 일본식 국장에는 불과 70명이 참례했으니 이왕직의 사무관 곤토의 예측은 적중했던 것이다.

그날 밤 조선 총독은 경무국장을 불러놓고 부임 이래 가장 혹독한 편잔을 주었다.

"경무국 놈들은 모두 낮잠이나 자고 잠꼬대 같은 정보만 수집했단 말이냐! 총독부의 꼬라지가 뭐가 됐느냐 말야!"

정무총감도 고등과장에게 전례 없는 호통을 쳤다.

"고등과엔 모두 등신 허수애비만 모아다 놨냐! 그 뭐야 조선놈 뭐? 송병택이란 조선놈 말이다. 그 엉터리 같은 정보를 제공해서 총독부 체면에다 똥칠하게 한 놈, 그놈을 배임죄로 당장 잡아넣으란 말야!"

"3월 1일부로 자진해서 사표를 내고 행방을 감췄습니다."

"그놈, 조선놈들의 스파이 아닌가! 스파이 허위정보나 믿고 잠꼬대나 하는 게 조선총독부의 고등경찰이냐! 이 거미줄에 목을 맬 놈들아!"

국장도 끝난 3월 5일. 총독은 반도 전역에 계엄령을 선포하고, 관헌에게 저항하는 독립 시위자들을 무력으로 진압하라는 명령을 내렸다. 그리고 그는 2천만 조선민중에게 위압적인 유고문諭告文을 내걸었다. 총독의 위압적인 유고문은 조선민족에 대한 공갈인 동시에 계엄 포고나 다름없었다.

이 유고문이 발표되자 일본헌병과 경찰들은 마침내 칼을 빼들고 무자비한 탄압정책을 실천하기 시작했다. 국장도 끝났겠다, 독립지사 33인도 모두 체포했겠다, 이제 두려울 게 없다는 그들의 배포였다.

저들의 피비린내 나는 탄압정책은 삼천리 방방곡곡에서 처절하게 철저하게 전개되었다. 더욱이 하세가와 총독의 유고문의 공포는 3월 7일이었는데 미리 각 도 경찰부장과 헌병대장에겐 비밀 시달함으로써, 그런 유고문이 나올 것을 까맣게 모르고 평화적 시위를 하는 조선민중들을 한 명이라도 더 많이 살상하고 체포하도록 한 경무국 조치는 보복을 목적으로 한 혹독한 간계였다.

"반항하는 무리는 쏴라!"

명령은 그랬지만 달아나는 사람도 그들은 쐈다.

"난동자로 체포된 자는 모조리 공개 법정에서 재판받게 하라!"

명분은 좋지만 그들의 손에 즉결처분돼서 목숨을 잃은 자의 수효는 얼마나 됐을까.

3월 5일, 조선사람 송병준은 관부연락선 갑판에 서서, 고국 반도를 바라보며 어떤 일본인에게 말했다.

"정말 망할 놈의 백성들입니다. 총독정치 10년의 은혜를 만세소동으로 갚겠다니!"

그는 고종 장례에 참석했던 제관장 이토 히로구니를 보고 진심으로 미안하다는 사과를 한 것이다.

"내 이번 도쿄에 가면 하라 수상 각하께 단연코 건의할 것입니다. 조선백성은 미개한 민중이라 온정이라는 것이 통하지 않는다고 말입니다. 조선백성을 다스리려면 1에도 강경 정책, 2에도 강경 정책이 있을 뿐이라고 하라 수상께 건의할 작정입니다."

대담對談 그리고 담판

엄청난 소용돌이가 엄청난 권력에 의해서 짓눌려 갔다. 떠들썩하던 조선 천지는 아물 수 없는 상흔傷痕투성이가 되면서 참담한 신음 소리를 내기 시작했다.

타오르던 그 엄청난 기세의 불꽃은 서서히 번져 나가며, 화염이 바람에 불리며, 그러나 불씨는 점차 표피 속으로 숨어들기 시작했다. 숯불과 같은 것이었다. 재 속에 깊숙이 묻히면서 더욱 붉은 빛으로 내연內燃하다가 언젠가는 다시 살아날 때를 기다리는 숯불처럼, 민족의 소용돌이는 그 불꽃을 시간이라는 표피 속으로 서서히 숨겨 가고 있었다.

전국 방방곡곡에서는 신음 소리가 날이 갈수록 처절했다. 조선사람이라는 민족적인 의지에다 외래 지배자의 폭력이 사정없는 매질을 가하는 바람에, 오장에서 뇌수腦髓에서 우러나오는 통곡과 신음 소리가 날이 갈수록 처절했다.

그러나 신음하는 강산에도 봄은 왔다. 꽃을 피우기 위해서, 싹이 돋게 하기 위해서 봄비가 연일 내리고 있었다. 거리엔 눈이 충혈이 된 사람들이, 시시한 언어 따위는 까맣게 잊어 먹은 수많은 사람들이 부산하게 오고 갔다.

서울의 적선동 골목이다. 하오가 되자, 더욱 소리치고 내리는 비로 좁은 골목길은 진흙밭이 돼 있었다. 그 흙투성이의 골목으로 지우산이 가고, 박쥐우산이 오고, 삿갓이 흐르고 했다. 갓모가 삿갓이 느릿느릿 움직이고 있었다. 그리고 더 많은 양복쟁이와 중절모와 자전거와 짐수레가 나타나고 지나가고 있었다.

거기 젊은 여자 하나가 등장했다. 검정 우산을 지나치게 앞으로 기울인 젊은 여자가 잽싼 걸음걸이로 어디론가 가고 있었다. 검정 짧은 치마에 흰 옥양목 저고리를 입은 스물 두셋쯤의 여자는 단발이었다.

여자는 전주가 서 있는 좁고 지저분한 골목 어귀로 들어서자 주위를 몹시 경계하는 듯 사방을 두리번거리더니 일그러진 일각 대문 옆으로 바짝 붙어 섰다. 그러고는 길가로 나 있는 영창을 똑똑 조심스럽게 두드렸다. 기다리고 있었던 것 같다. 영창이 빠끔히 열리더니 턱수염이 벌벌한 사나이 하나가 씽긋 웃으며 여자를 반겼다. 대문이 소리 없이 열렸다. 여자는 또다시 주위를 두리번거리고는 날렵하게 대문 안으로 흡수되어 버렸다.

"퍽 오래 기다리셨죠?"

방문 앞에 선 여자는 미간을 약간 찌푸린 채 흰 손수건으로 앞머리의 빗물을 꼭꼭 묻혀 올리면서 그러나 이내 밝게 웃었다

"어떻게 됐습니까?"

턱수염이 벌벌한 사나이는 성급한 말투로 여자를 쏘아봤다.

"가세요!"

여자의 말에

"아, 승낙을 얻었군요?"

남자는 펄쩍 뛸 듯이 좋아했다.

"그 수염이나 깎고 가셔야죠!"

"어떻겠습니까, 안 깎음."

"요샌 일체 외부사람과는 면회를 않는다지 뭐예요. 막 떼를 썼어요."

"그럴 겁니다. 세상이 시끄러우니까. 참 수고했군요."

툇마루로 나선 사나이는 여자의 손을 덥석 잡았다.

"어머나!"

여자는 깜짝 놀라면서 한 발 뒤로 물러섰다. 그러나 사나이는 여자의 손을 놓지 않고 흥분된 어조로 말했다.

"우리는 동지입니다. 서로 손잡고 할 일이 많습니다."

"박 선생님, 그 사람 만나 과격한 말이나 행동은 삼가셔야 해요!"

"그러나 이쪽 말을 못 알아들을 땐 협박이라도 해야죠."

박충권은 경무국의 지명 수배를 받고 있었다. 그가 송병택으로 둔갑을 해서 경무국의 정보원 노릇을 한 것은 그들에게 그릇된 정보를 제공함으로써 이번 독립만세 운동을 돕기 위해서였다.

조선총독부는 그런 대규모의 조직적인 민족운동을 미리 사찰하지 못한 것은 천추에 남길 일대 실책이라 해서, 중앙 정부의 신랄한 비판을 받아야 했다. 경무국은 송병택을 잡으면 갈아 마실 작정이었다. 뒤늦게 그의 정체를 파악한 그들은 이미 사표를 던지고 행방을 감춘 송병택에게 3백 원의 현상금을 걸고 그를 찾기에 혈안이 돼 있는 중이었다.

그 송병택은 박충권. 박충권은, 언젠가 아침 산책을 나선 이완용을 인왕산에서 만나 일대 논쟁을 벌인 끝에 철저히 욕을 보인 바 있는 바로 그 청년이다.

그는 친구의 사촌 여동생인 윤정덕이 이완용의 집에 무상출입하면서 그의 귀염을 받고 있음을 알고 이완용과의 면회를 주선받은 것이다. 박충권의 청탁을 받자 윤정덕은 일언지하에 승낙했었다.

"오빠한테 박 선생님 얘긴 자세히 들었어요. 박 선생이 그 사람을 만나려고 하는 의도도 알 만해요. 제가 동지적 입장에서 중간 역할을 해드리죠."

성악가가 되기를 원한다는 윤정덕은 퍽이나 쾌활한 성격이었다.

"…'선생님을 퍽 존경하는 청년이에요. 한번 만나 뵙고 좋은 말씀 듣는 게 소원이니 잠깐만 만나 주세요.' 그 사람(이완용)한테 이렇게 말했으니 알아서 하세요."

윤정덕은 이완용을 '그 사람'이라고 했다. 그의 집엘 드나들긴 하지만 그를 경멸한다는 뜻이 모양이다.

"윤 양께 피해가 안 갈는지 모르겠습니다."

"어때요. 나 그 사람한테 신세질 일 없어요!"

정말 활달한 여자였다. 도쿄로 성악공부하러 가는 게 소망이긴 하지만, 그러기 위해선 이완용의 도움을 얻고도 싶지만, 그러나 구애되는 기색 없이 서슴지 않고 박충권을 그에게 안내하겠다고 나선 여자다.

"저의 아버지가 그 사람하고 퍽 친하게 지내셨대요. 하지만 늘 욕을 하셨대요. 교활한 기회주의자라고."

윤정덕의 아버지는 한일합방이 되기 바로 전 해에 작고했다고 할 뿐, 그의 이름이 뭔지 무슨 관직을 지냈는지, 딸은 말하려 하지 않았다.

이완용은 서재에서 마침 혼자 서화書畵를 끼적이다가 박충권을 맞이했다. 그는 윤정덕이 안내한 박충권을 보자 짙은 눈썹을 약간 치키면서 필묵을 옆으로 밀어 놓았다.

그는 윗목에 꿇어앉은 박충권에게 느닷없이 한마디 던졌다.

"자네였나! 자넨 줄 알았다면 만나지 말 걸 그랬군!"

농담을 빙자한 진담인 것 같았다.

"저를 아시겠습니까?"

"박충권이라고 했던가?"

이완용은 자기의 기억력을 과시하듯 말했다. 그는 박충권을 지그시 쏘아보면서 그러나 부드럽고 위엄 있게 물었다.

"내게 또 할 말이 있어서 왔겠네 그려?"

박충권은 두 주먹으로 무릎을 꽉 짚고는 망설이지 않고 입을 열었다.

"여쭐 말씀이 있어서 왔습니다."

"또 애국론 일색인가?"

"이 민족을 위해 힘을 써 주셔야겠습니다."

"자네 같은 애국청년이 나 같은 매국노한테 할 말이 아니군 그래. 이완용은 자네 같은 순수한 청년에게 실망과 분격만 줄 것이네."

이완용은 자신을 비꼬고 있었으나 눈총은 사람을 꿰뚫을 것 같았다. 박충권도 그를 무섭게 쏘아보며 처음부터 가시 돋친 말을 꺼냈다.

"선생님이 친일거두이시기 때문에 청하는 겁니다."

그는 완연히 불쾌한 표정을 했으나 자제했다.

"구체적으로 얘기해 보게나!"

"저들은 우리의 민족운동을 포악한 무력으로 다스리기 시작했습니다. 평화적인 민족의 의지를 총칼로 억압하고 보복한다고 해서 어떤 해결이 나겠습니까. 불씨는 오히려 속으로 숨게 마련입니다. 좀더 큰 폭발력을 기르는 데 불과합니다."

"자네 같은 민족주의자가 바라는 바가 아닌가?"

"당장 무고한 동포들이 그들의 보복적인 총칼에 수없이 희생되고 있습니다. 희생이 너무 큽니다. 선생님, 이미 일은 저질러졌습니다. 지금은 사후수습의 단계입니다. 동포의 희생을 최소한도로 줄여야 하지 않겠습니까."

"친일파 이완용보고 어떻게 하라는 겐가?"

"이런 경우엔 친일파의 힘을 역이용하는 길이 있습지요!"

이완용의 짙은 눈썹이 송충이처럼 또 꿈틀댔다.

"총독을 움직여 탄압정책을 중지시키고 회유와 관용으로 이 민족의 분노를 달래는 길만이 최선의 해결책임을 설득해 주십시오!"

박충권은 강경한 어조로 요구했다. 이완용은 잠시 생각하는 눈치였다. 마당에선 개가 컹컹컹 짖어대고 있다.

"자네의 요청을 거절한다면?"

"제 이름 석자는 자객刺客으로 역사에 기록될 겁니다!"

이완용은 어이없다는 듯이 크게 웃었다.

"저 신음 소리가, 저 통곡 소리가, 저 분노의 함성이 들리지 않으십니까?"

"비가 제법 소리치며 오는군. 내 귀엔 빗소리만이 들리네!"

"지으신 죄의 천분의 일이라도 속죄하십시오! 아마 기회는 이번뿐일 것입니다."

이완용은 더는 참고 들을 수가 없었다.

"돌아가게! 밖에 아무도 없느냐! 손님 가신다. 배웅해 드려라!"

박충권은 일어섰다. 일어서면서 말했다.

"박충권이 한낱 자객으로 전락하지 않게 해주십시오!"

박충권이 거듭 한마디 하고는 미닫이를 드르륵 여니까,

"아, 참 자넨 정덕이와 어떤 사이인가?"

이완용이 앉은 채로 물었다. 박충권은 서슴지 않고 대답했다.

"다 같은 조선의 젊은이입니다. 여자와 남자가 다를 뿐이죠!"

박충권은 뜰 아래로 내려섰다.

이완용은 궐련을 입에 물고 성냥을 득 그었다. 그는 벽에 걸린 일력
日曆을 본다. 3월 9일. 봄비답지 않게 밖에는 빗소리가 쏴아 한다.

———◄◆►———

일본의 수도 도쿄에도 봄비가 촉촉이 내리고 있었다. 3월 9일.

우에노에도 히비야 공원에도 궁성 주변에도 사쿠라의 꽃망울이 한껏
부풀어 있었다. 요시노의 사쿠라를 친다지만 무사시노 넓은 들의 비안
개도 볼 만하다.

그러나 봄이라고 다 볼 만한 것은 아니다. 후카가와深川의 빈민촌은
도쿄의 치부였다. 아라가와荒川 언저리는 동양의 치부였다.

"대 도쿄는 역시 동양에서 으뜸가는 도시야. 아아, 경성에서 내가 어
떻게 살았던가. 그 소란스럽게 지저분한 도시에서."

송병준은 제국호텔 깊숙한 양실에서 바깥 포도鋪道를 내려다보다가

혼자 중얼댔다. 그는 가슴에 늘어뜨린 시곗줄을 만지작거리다가 응접 소파에 몸을 던지면서 탁자 위에 있는 석간들을 집어 들었다.

— 조선소동에 즈음해서 정부는 맹성을 촉구함.

주먹만 한 활자들이 눈에 띄었다. 〈아사히 신문〉의 사설 제목이다.

— 무단정치의 자초지환自招之患

〈동경일일신문〉의 사설 제목이다.

— 조선 통치정책에 일대 전환이 긴요.

〈대판매일신문〉의 사설 제목이다.

— 하세가와 조선 총독은 인책 사임하라.

나카노 세이고가 서명한 논고의 제목이다.

송병준은 신문들을 차례로 집어 들었다가 팽개치고는 빙그레 웃으면 서 혼자 고개를 끄덕였다.

"가관이구나! 자알 두들겨 맞는다. 허지만 신문쟁이들이 뭘 안다고 짖고 까부느냐!"

메이지유신 이래 일본정계를 주름잡아 온 군벌軍閥세력을 거세시키 려고 과감한 논지를 펴는 일본의 유력지들이 송병준한테는 우스꽝스럽 기만 했다.

"조선사람은 철저히 탄압해야 말을 들어먹는 족속이다!"

송병준의 이런 신념은 군국주의에 젖어 있는 대부분의 일본인들의 견해와 합치되었다.

"이제, 대일본제국의 수상이 나를 찾아온다!"

송병준은 가슴이 벅찼다. 오늘 아침 수상한테 면회신청을 했더니 그 는 수상 관저는 너무 번잡하다고 하면서 6시 정각에 호텔로 슬며시 나타나겠다는 대답이었다. 그도 송병준 자기처럼 평민 출신이라서 소탈한 데가 있어 좋다고 탄복했다.

송병준은 다시 신문을 집어 들었다. 톱뉴스는 파리 강화회담에 관한 것이었다. 영, 미, 프와 함께 전승국에 끼어든 일본은 이제 세계 5대 강국의 하나로 국제적 지위가 확립되어 중국에서의 이권은 물론 남양 군도까지 차지하게 되리라는 전망이 뚜렷하다는 기사들이었다.

"아아, 조그마한 섬나라지만 일본은 위대하구나!"

송병준은 그 일본의 수상이 자기를 몸소 찾아준다는 데 감격하는 한편, 자기가 얼마나 위대한가를 새삼스레 감탄하는 중이었다.

하라 게이原敬. 그는 평민 출신으로 정당 정우회의 총재가 되어 일본 역사상 처음으로 정당 내각을 조직하고는 그 내각 총리대신이 된 이래, 제1차 대전을 무사히 치러낸 거물 정치가다. 그 하라 수상이 제국호텔로 송병준을 찾아온 것은 오후 6시가 지나서였다.

"수상 각하께서 몸소 이렇게 찾아주시니 정말 송구합니다."

송병준은 일본말이 유창했다. 통역이 필요 없었다.

"사실은 하도 바빠서, 머리도 쉴 겸 이리로 잠시 피신왔소이다. 우리 술이나 나누면서 한담이나 할까요?"

그들은 반주를 겸한 식사를 끝내자, 단 둘이 돼서 조선 문제를 논의하기 시작했다. 수상이 운을 뗐다.

"요새 조선 문제가 몹시 시끄러운데 송 선생의 고견을 듣고 싶습니다."

송병준은 기다렸던 화제라는 듯 처음부터 열을 올리기 시작했다.

"수상 각하! 도대체 본국 정부에선 이번 조선의 소요사건을 어떻게 처리하실 작정이십니까? 내 생각으론 현지의 관리들은 모조리 갈아 치워야 된다고 봅니다. 총독이란 노인은 우유부단하기만 하고, 폭도들은 날이 갈수록 기세를 올려 그 행패가 방방곡곡으로 번지는데, 도대체 본국 정부에선 어떤 생각이냐 그 말씀입니다.”

송병준은 수상이 입을 꽉 다문 채 묵묵부답인 것을 보자 울화통이 터지는 모양이었다.

“이대로 나가다간 황공하옵게도 메이지 천왕 폐하의 홍업鴻業과 이토 공작의 유업이 하루아침에 허망한 꿈으로 돌아갈 판이라는 것을 명심하셔야 됩니다. 각하! 본국 정부에선 뭣 때문에 좀더 철저한 진압책을 명령하지 않습니까. 조선 속담에 이런 말이 있지요. 소 잃고 외양간 고친다고. 조선반도와 2천만 백성을 송두리째 잃은 다음엔 후회하셔도 소용없습니다!”

그러나 수상은 빈들빈들 웃으며 대꾸했다.

“아아 송 선생, 너무 격하진 마십시오. 다 대일본제국을 위해서 하시는 말씀이겠지만 총독에겐 이미 시달이 가 있습니다. 국법을 문란케 하고 치안을 교란하는 자는 법에 따라서 엄하게 다스리라고 시달했습니다. 그만하면 현지 총독이 잘 알아서 할 테지요. 비非를 다스리는 데 법 이상으로 엄한 게 있을라구요?”

수상은 송병준을 빤히 바라보면서 도대체 ‘그대가 바라는 것이 무엇이기에 일본사람인 나보다 더 흥분하는가’하고 눈으로 묻는 것이었다.

“송 선생, 이번 사태를 잘 수습할 묘안이라도 있습니까? 어디 고견을 들어 봅시다!”

“나는 도쿄에 와서 크게 실망했습니다. 정부의 정책은 미온적인 데다가 신문들은 왜 또 저 모양들입니까. 지금이 어느 때라도 저토록 시시비비를 해서 민심을 현혹시키고 소란을 조장합니까. 이토 통감으로부터 데라우치 총독까지 10년 동안 쌓아 올린 빛나는 공적조차도 비아냥거리는 논조이니 그게 될 말입니까. 나는 원래 신문이란 것을 보지 않습니다. 신문이 안하무인격으로 활개치는 것은 망국적 현상입니다. 수상께서는 평민 재상으로 명성이 높으시니까 신문쟁이들이 하는 말에 관심을 두시는 모양입니다만 평민이라면 나도 역시 평민 출신이외다. 그렇지만 웃을 땐 웃고, 노할 땐 눈을 부라리며 칼을 뽑아야 훌륭한 위정자가 아닙니까."

송병준이 화를 내는 데는 이유가 있다.

당초 3월 초하루의 태화관 독립선언과 파고다공원에서의 만세시위가 터지자 서울의 총독부에서는 곧 도쿄 정부에 그 사실을 보고하고는 이 사건에 대처할 원칙적 훈령을 요청했다. 그런데 3월 3일의 고종황제 국장이 끝날 때까지도 본국 정부에서는 이렇다 할 대책을 마련하지 못했고, 3월 5일 아침이 돼서야 임시각의를 열어 그 대책을 수립했다.

— 조선은 이미 일본제국의 일부이고 조선사람 역시 일본제국의 국민이므로 국헌을 문란케 하고 국법을 어기는 난동은 대일본제국의 국권에 대한 모욕이 된다. 이러한 범법자에게는 일본의 법권法權을 발동시켜 처벌하면 된다. 그러므로 구태여 군사력까지를 동원해서 그 진압에 나설 필요는 없다.

다시 말하면 관헌에게 폭력으로 반항하고, 관공서를 습격하여 기물을 파괴하고, 일본사람들에게 위해危害를 가하는 폭도는 이를 검속하여 재판에 회부하지만, 그렇지 않는 시위자들은 조용히 해산시켜 적당히 진무하는 것으로 그치라는 지령을 내렸던 것이다.

이러한 온건한 진압책에 반발한 것은 총독부 경무국의 고등과 관헌들이었다. 그래서 총독 명의로 나간 유고문은 경무국의 농간으로 본국 정부의 진압 원칙보다 훨씬 강경했던 것이다.

그런데 그들보다도 한술 더 떠서 반발한 측이 있었으니 이는 이완용, 송병준, 윤덕영 등 친일거두들이었다. 그들은 일이 잘못되면 자기네들의 신변이 위험하다고 생각했다. 특히 성미 급하기로 이름 있는 송병준은 조선에 가만히 앉아 있을 수만도 없다 해서 하라 수상과 직접 담판하려고 현해탄을 건너 도쿄로 달려온 것이다.

그는 언성을 낮춰 간청하듯 말한다.

"수상 각하! 이 송병준의 특청 하나를 들어 주시겠습니까?"

"… 말씀해 보시지요!"

"각하께서 꼭 들어 주셔야 합니다. 조선 삼천리 반도를 완전무결한 대일본제국의 판도로 만드시려면 말이외다."

"송 선생, 말씀을 해 보시지요!"

듣고 안 듣고는 내용을 우선 알아야 하지 않겠느냐는 태도였다.

송병준은 잠시 눈을 감고 주저하다가 마침내 결심이라도 한 듯이 자기 속셈을 털어 놓았다.

"각하! 나를 말이외다. 정무총감으로 임명해 주십시오. 내가 정무총감이 되면 조선폭도들을 싹 쓸어버리고 한 달 이내에 조선반도를 황은에 감격하는 제국의 낙원으로 만들 자신이 있습니다."

하라 수상은 너무나 의외의 주문이라서 잠시 대꾸할 말을 찾지 못했다. 그는 송병준에게 술잔을 보내면서 조용히 대답했다.

"송 선생의 충성엔 탄복합니다. 그렇지만 그것은 법률상 불가능합니다. 조선총독부에 관한 법률에 의하면 내지인(일본사람)이 아니면 정무총감 자리엔 앉을 수가 없도록 돼 있습니다."

하라는 송병준의 요청을 완곡하게 거절했다.

송병준은 더 이상 하라 수상과 이야기해 볼 필요가 없다는 듯이 외면해 버렸다. 그는 생각했다.

'너희들은 아직도 조선사람에 대한 통치법을 모르고 있다. 그것을 아는 일본사람은 오직 데라우치와 아카시가 있을 뿐이다. 데라우치가 총독으로 앉아 왜성대에서 서울 장안을 굽어보며 눈알을 부라리고, 아카시 경무국장이 헌병정치를 진두지휘하던 그 시절만이 조선총독부의 황금시대였단 말이다. 그런데도 '하라 게이 당신의 정부는…' 그리고 일본의 신문들은 오늘날의 소요책임을 데라우치 총독의 무단정치가 빚어놓은 당연한 귀결로 돌리고, 모든 허물을 데라우치의 독선과 그 후임인 하세가와의 무능에 전가시키려 하다니 그것은 순전히 정략적인 책임전가가 아니냐.'

송병준은 이렇게 단정하는 사람이다. 그는 정치란 힘이며, 민중이란 억압해야 순종하는 것이며, 조선이란 숙명적으로 일본에 예속돼야만 그 명맥이 유지된다고 믿는다. 그는 몹시 못마땅한 표정이었다. 그는 하라를 맞이할 때의 희망에 찬, 그 등등하던 기세와는 딴판으로 의기소침한 채 술잔만 기울였다.

송병준의 이러한 거동을 지켜보던 수상 하라는 측은한 생각이 들었던 모양이다. 그는 송병준을 위로하려는 말투로 화제를 슬쩍 바꿨다.

"송 선생, 조선 문제에 대해선 나도 확고한 신념이 있습니다. 송 선생께서 근심하시는 건 당연합니다만, 그동안 큰일도 많이 하셨으니 이젠 여기서 편안히 쉬면서 여생이나 즐기시지요. 인생 70이라면 남은 세월이 긴 것은 아니잖습니까. 이젠 모두 쉴 연배지요. 그리고 조선 문제에 대해선 이렇게 생각합니다. 데라우치 씨나 하세가와 총독의 통치법은 이제 다 적합지 않습니다. 이제는 문화적 감화정책으로 전환시키려 합니다. 무단정치는 10년을 못 넘기는 법이지요. 그러나 문화적으로 정신적인 감화를 꾀한다면 어떤 이민족이라도 흡수할 수 있습니다. 이게 나의 정치철학입니다. 송 선생은 데라우치 원수를 퍽 존경하고 좋아하는가 싶습니다만 그 삐리켄 대장은 이미 낡은 시대의 유물이 됐습니다. 알아들으시겠습니까, 내 말뜻을."

하라는 껄껄거리며 소탈하게 웃었다.

밖에는 봄비가 여일하게 촉촉이 내리고 있었다.

그들은 완전히 동상이몽同床異夢이었다. 제각기 제 나름의 생각을 하면서 명주실 올보다 더 가늘게 내리는 빗발을 잠시 창밖으로 묵묵히 바라봤다.

바로 그 다음날이었다. 송병준은 일본의 동해안을 달리는 동해도선 2등 찻간에 몸을 싣고 비스듬히 누워 있었다. 그가 가는 곳은 야마구치 현山口縣의 어느 한적한 시골이었다. 거기에는 정계에서 은퇴한 데라우치 마사타케가 울적한 나날을 보내고 있다.

송병준의 갑작스런 방문을 받은 데라우치는 만면에 웃음을 띠우면서 반갑게 그를 맞이했다. 그렇지 않아도 아직 의욕은 왕성해서 답답한 나날을 낚시질로 소일하던 그였다.

배달되는 신문마다가 조선의 소요사건을 전하면서 자기가 다져놓은 조선 통치정책의 기초를 헐뜯고 공격하는 것뿐이라서 몹시 입맛이 쓰던 참이었다. 더구나 의회에 불려나간 하라 수상의 답변이 견딜 수 없는 모욕이어서 불쾌하기 짝이 없었다. 하라는 노골적으로 데라우치 시절의 조선 통치방책은 전환될 때가 왔다는 투의 말이고 보면, 당장 도쿄로 달려가서 정부와 정우회 간부들에게 화풀이라도 한번 해 보고 싶었지만 이미 권좌에서 물러난 자신임을 깨닫고 터지려는 울화통을 참기에 무진 노력을 하던 그였다.

"여어, 송병준 씨가 나를 찾아 주셨구려. 참 반갑소. 반가워!"

데라우치는 진심으로 반가운 모양이었다. 그는 송병준의 손을 덥석 잡고는 주름진 얼굴을 실룩거렸다. 그날 밤, 송병준은 하라를 만났던 일을 장황하게 늘어놓으면서 동조해 주기를 바랐다. 그는 묵묵히 송병준의 이야기를 듣고는 앞가슴을 쭉 폈다.

"내 나이가 10년만 젊다면 다시 조선으로 건너가겠소. 허지만 이젠 늦었어. 허긴 조선인은 정무총감이 될 수 없지요. 법률에 의하면 말이지. 그러나 법률이란 통치자가 편리하도록 뜯어 고칠 수 있는 게야! 정무총감으로 송병준 남작이라! 하하하. 데라우치 총독에 송병준 정무총감에다 아카시 경무국장이라 … 그거 강팀이지. 으흐, 강팀이야. 그렇지만 여보 송병준 씨!"

그는 별안간 긴 한숨을 내쉬었다.

"이젠 이미 때가 늦었어. 용龍도 큰물을 만나야 힘을 쓰는 게 아니오! 이 데라우치의 시대는 이미 가버렸소. 나는 죠슈 군벌의 마지막 제물로서 이미 죽은 것이나 같다 말이야. 데라우치는 이미 옛날의 데라우치가 아니란 말이오, 알겠소? 송 남작!"

데라우치의 자탄自嘆은 옳았다. 그는 본시 정통파 군인이 아니었다. 청일 전쟁이니, 러일 전쟁이니, 또는 1차 대전 같은 큰 전쟁을 치르면서 일본의 군사력이 위세를 떨치고 세계열강에 발돋움하는 고비에서도 그는 단 한 번도 전쟁터에 나가 본 일이 없는 군인이다. 그가 전쟁터에 나갔다는 것은 고작해야 사이고 다카모리가 반란을 일으킨 소위 서남내란 때 육군대위의 자격으로 잠시 전투에 참가했던 일밖에 없다.

그러한 그가 승진해서 장군이 되고, 육군대신이 되고, 조선 총독이 되고, 또한 내각 총리대신이 될 수 있었던 것은 그의 음흉한 정치수완도 수완이려니와 실은 죠슈파라는 군벌軍閥의 배경 때문이었다. 일본의 메이지유신 후 일본군부, 특히 육군의 주도권은 야마가다 아리도모를 우두머리로 한 서일본의 죠슈파가 계속해서 잡았다. 정계에서는 이토 히로부미, 군부에서는 야마가다, 죠슈파가 30여 년 동안이나 일본의 권력을 장악했다.

그러나 어떠한 인물도 권력도 세월이 가면 늙게 마련이다. 죠슈파의 정객과 군벌들은 마지막 그들의 후계자로 데라우치를 정계에 내놓고는 음으로 양으로 그의 뒤를 밀어 주고 키워 주었다. 승승장구 육군대장, 육군대신, 조선 총독, 내각총리, 그 이상의 정상은 없었다.

그러나 세월이 가고 시대는 변했다. 그는 비난도 많이 받은 사나이다. 육군원수가 되었을 때, 일본의 식자들과 모든 장성들은 빈정댔다.

'전쟁터에도 한 번 못 나가 본 작자가 원수가 된다는 건 세계 역사상 전무후무한 난센스'라고 빈정거렸다. 그러나 데라우치는 사양하지 않고 원수의 칭호를 벗겨진 이마에다 붙였다.

그러한 데라우치다. 그에게는 정적이 많았다. 그 정적들이 정우회라는 일본의 근대적 정당을 중심으로 해서 뭉쳐 데라우치 타도운동을 전개했으니, 시베리아 출병과 쌀 소동을 고비로 해서 마침내 거목이 넘어가듯 그는 쓰러졌다. 데라우치 내각이 무너졌을 때 일본의 모든 정치인들은 쾌재를 불렀다. 그의 실각은 곧 메이지유신 이래의 군벌에게 조종弔鐘을 울려 준 것이었다.

그는 사면초가四面楚歌의 신세가 되어 실의낙백失意落魄 끝에 야마구치 현의 쓸쓸한 촌락으로 숨어버린 셈이다. 따라서 누구도 그를 찾아주지 않았다. 송병준이 찾아주었을 뿐이다.

"송병준 씨! 당신도 나도 이제 정치에 대한 미련은 버려야 해!"

"각하! 그러나 이 송병준은 아직 젊습니다."

"정치적으로는 흠집 많은 유물이 됐지요!"

큰 포부를 안고 일본에 온 송병준의 도처에는 실망만이 기다리고 있었다. 이튿날 그는 나고야로 가는 열차에 올랐다.

'빌어먹을 내가 할 일이 뭐냐! 내가 할 일이 있어야 한다. 이젠 그 연판서連判書의 효능이나 기다려 본단 말인가.'

그는 파리 강화회담에 보낼 '조선총독부의 선정감사善政感謝 연판서'를 만든 바 있다.

3월 5일 서울을 떠날 때 이완용, 조중응, 윤덕영 등과 함께 긴급 모의 끝에 "조선의 모든 민중은 총독부의 시정에 감사하고 있으며, 경성을 비롯한 일부 지방에서의 소동은 극소수 불평분자들의 무책임한 난동에 불과하니 세계의 여론은 그것에 현혹되지 말아 주기 바란다"라는 연판서를 만들어 파리 강화회의에 보내기로 했다. 그날 그는 백지 위임장에다 자신의 도장을 꾹 누르고 일본으로 건너온 것이다.

'그 연판서만 빨리 강화회의에 제출된다면 손병희, 이승훈 네깐 놈들이 아무리 날뛰어도 일본의 위세는 끄떡하지 않을걸!'

송병준은 설명할 길 없는 보복의식이 꿈틀거렸다.

'그러나 이완용이 그것을 서두르고 있는지 몰라. 공명에 재빠른 사람이니까 약삭빠르게 돌아가겠지. 김윤식, 한규설, 박영효의 도장도 받아야 할 텐데.'

어쩐지 일이 잘못될 것 같은 불안감이 일었다.

'상해의 불평분자들이 김규식을 파리로 보냈다지만 그들의 책동보다 먼저 우리의 연판장이 한 걸음 앞서 가야 하리!'

송병준은 이미 상해의 소식을 듣고 있었다. 신한청년당이 중심이 돼서 북경에 있던 김규식을 프랑스 파리로 보내 조선의 독립을 청원키로 한 것을 알고 있다. 미국 윌슨 대통령에게도 조선독립을 후원해 달라고 소원장을 보낸 사실도 이미 알고 있다. 그러니 그는 더욱 초조했다.

만일 세계의 열강 제국들이 조선반도 내의 만세 소요와 국외 인사들의 독립청원을 그대로 받아들여 일본으로 하여금 조선에 대한 통치권을 포기하도록 강요한다면 이른바 친일파들의 운명이 어떻게 될 것인가, 뻔한 노릇이다.

'나고야로 가서 숨어버릴까. 내 할 일은 이제 끝났다. 남은 일이 있다면 못 다한 인생의 향락이다!'

나고야는 그의 애첩, 파성관 오카쓰의 친정집이 있는 곳이다.

'아니면 엽색행각이나 떠날까. 일본의 방방곡곡을 두루 다니며.'

송병준은 그 기세등등하던 데라우치의 초췌하던 모습이 눈에 선했다. 사람은 늙는 것, 정치가는 물러나는 것, 물러날 때 물러날 줄을 모르면 자칫 참혹하게 전락하기가 쉽다, 정치가란.

그는 정무총감이 되겠다는 엉뚱한 욕망이 좌절되고 말자 갑자기 인생이 허무해졌다.

"좋다! 그만하면 이 송병준도 세상에 태어나서 부귀영화를 누려본 셈이다 …."

그는 더 늙기 전에 미진한 향락에나 몰입해야겠다고 마음속으로 다짐했다.

"사람 한 번 죽으면 썩어지고 마는 것! 이완용아! 윤덕영아, 그리고 조중응아, 어디 잘들 해 처먹어라!"

그는 그날 밤 술이 만취된 채 마구 소리쳤다.

"조오타! 집은 서양식, 계집은 일본년, 음식은 중국 요리. 내 그렇게 한번 살아보리라! 돈은 있다. 신분은 귀족이다. 정력도 넘쳐흐른다. 일본의 계집들아, 내게로 오라! 홋카이도에 50만 평의 광활한 내 영지가 있다! 거기다가 송병준 왕국이나 세우고 3천 궁녀를 거느려볼까."

긴급 비밀지령

역사의 수레바퀴를 자신이 굴린다고 착각하는 소수의 사람들은 역사 자체를 서슴지 않고 조작하는 때가 흔히 있다. 국가의 명운命運을 두 어깨에 걸머졌다고 자부하는 일부 위정자들은 경우에 따라선 필요한 사건을 조작해야 하며, 진실마저도 왜곡하는 게 당연하다고 생각하는 수가 있다.

조선총독부의 수뇌들, 그들은 사건의 날조捏造쯤은 필요악必要惡이라고 생각했던 것일까.

왜성대에 있는 조선총독부 경무국.

어느 날 고지마 국장실에는 낯익은 사나이들이 살벌한 눈길을 하고 탁자에 둘러앉아 있었다. 중앙엔 야마가다 정무총감, 그 옆엔 고지마 경무국장이 긴 칼자루를 앞에 두고 앉아 있었다. 우쓰노미야 조선군사령관도 보이고, 가미우치 검사와 오에 다키사부로 궁부, 소나이, 아사이 경부 그리고 사상관계 담당 순사부장인 미와 가스사부로까지도 자리를 함께하고 있었다.

그들은 서로 다 낯익은 얼굴들이었다. 거기 이색적인 참석자가 한 사람 뭇시선들을 끌고 있었다. 한쪽 구석에 흐트러진 머리로 쭈그리고 앉아 있는 일녀日女의 모습이다. 갓난애를 안고 있었다. 그 일본 여인의 옆엔 경부보 차림의 작달막한 사나이 하나가 독기 어린 눈매를 허공에 못 박은 채 앉아 있었다. 요시노 경부보였다.

경무국장이 입을 연다. 그는 시비하듯 상관인 정무총감을 불렀다.

"각하! 저희 경무국의 단호한 결심을 뒷받침해 줄 본보기가 저기 앉아 있습니다."

그는 구석에 앉아 있는 일녀에게 흘깃 시선을 보내면서 차츰 흥분하기 시작했다.

"도쿄정부에서는 온건한 진압책으로 조선놈들의 소동을 무마하라 하지만, 이건 현지 사정을 도통 모르는 소리올시다."

그는 침을 꿀꺽 삼켰다. 눈은 충혈이 돼 있었다.

"각하께서도 본국 정부의 온건정책을 지지하시는 줄 압니다만 그것은 어불성설語不成說이올시다!"

그는 일녀 옆에 도사리고 있는 경부보를 보고 말했다.

"요시노 군! 사토 부인이 봉변당한 얘기를 총감 각하께 소상히 보고해 드리게!"

경무국장이 자리에 앉자, 요시노 경부보가 발딱 일어섰다.

경무국장은 총독과 정무총감이 정부 방침을 앞세우고 온건한 진압책을 쓰라고 강요하는 데 심사가 뒤틀려서 하나의 연극을 꾸며낸 것이다. 그는 조선사람들이 얼마나 포악하며 지방의 일본인들이 독립만세를 부르는 시위군중 때문에 얼마나 큰 피해를 입고 있는가를 설명하기 위해서 멀리 평안남도 강서군 반석면 사천리에서 사토라는 일녀를 서울에까지 끌고 온 것이다.

요시노 경부보는 완연히 떨리는 목소리로 하나의 진상이라는 거짓을 넉살 좋게 늘어놓기 시작했다.

"평안남도 경무부 소속입니다. 여기 사토 부인은 조선놈들 때문에 하루아침에 불쌍한 미망인이 됐습니다. 독립만세를 부르는 폭도들이 남편인 사토 헌병대장을 바윗돌로 때려 죽였습니다. 조선놈들은 조용히 만세만 부르는 게 아니라 삽과 곡괭이와 칼자루를 들고 나와 면사무소나 경찰관 파출소는 말할 것도 없고 헌병대까지 마구 습격했습니다. 자세한 경위는 대일본제국의 선량한 신민인 사토 부인이 직접 말씀드리는 게 더 실감나리라 생각합니다. 다만 제 의견으로는 만세를 부르는 폭도들을 철저히 가차 없이 짓눌러서 그 뿌리를 완전히 뽑아버려야 후환이 없을 줄로 압니다."

요시노 경부보가 자리에 앉자, 이번엔 사토 부인이라는 일녀가 깊숙이 머리를 조아린 채 일어났다. 그러나 일어선 여자는 눈물만을 흘릴 뿐 별다른 말을 못했다. 꾸며진 허무한 대사이기 때문일까.

◄─◆─►

경무국장은 평안남도 사천에서 벌어진 유혈의 참극惨劇을 역이용하려고 오늘 이런 모임을 갖게 한 것이다.

사천리 사건이란 3월 4일과 5일에 벌어진 참극이다.

강서군 반석면의 반석盤石, 원장院場, 사천 교회 간부들은 3월 4일원장 장터에서 독립만세를 부르기로 했다. 그날 11시가 되자 원장 합성사립학교 교정에는 천여 명의 군중이 모여들었다. 조진택, 최능현, 고지영, 임리걸 등이 주동이 되어 독립선언서를 낭독한 다음 독립만세를 부르면서 행진에 들어갔다.

그런데 당연히 참가하기로 돼 있던 사천의 지도자들이 도통 나타나지 않았다. 그래서 원장 장터를 휩쓴 시위대열은 사천 쪽이 궁금해서 그곳으로 밀려가기 시작했다. 3천을 헤아리는 만세의 물결이 사천 못 미처에 있는 고개를 넘으려는 순간이었다.

— 탕! 타탕탕탕!

숲 속에 잠복하던 일본 헌병들이 일제히 총질을 했다. 선두에 있던 젊은이 셋이 쓰러졌다. 대열은 삽시간에 흩어졌다. 그러나 흩어진 대열은 곧 성난 파도로 바뀌었다. 총탄이 비 오듯 하고 동지들이 쓰러져 흘리는 피를 보자 군중들은 돌멩이와 몽둥이를 들고 숲 속으로 달려들었다. 군중들의 기세가 노한 파도처럼 밀려들자 10여 명의 일본 헌병들은 도망치기 시작했다. 군중들은 계속해서 추격했다. 마침내 두 명의 헌병 보조원이 붙잡혔다. 그들은 조선사람이었다. 그러나 일본 관헌에게 빌붙어서 동족을 못 살게 굴던 그 친일 앞잡이들을 군중은 용서하지 않았다. 헌병 보조원은 군중들에게 타살되고 말았다.

헌병 파견대장 사토는 사천 쪽으로 줄행랑을 쳤다. 군중들은 계속 추격했다. 사토는 다급한 나머지 어느 민가에 숨어들어 마구 총질을 해댔다. 군중들은 기어코 그 집을 포위했다. 그리고 소리쳤다.

"사토! 항복하고 나오라!"

"안 나오면 불을 지를 테다!"

"어서 불을 질러라!"

잠복한 집이 불길에 휩싸이자 사토 헌병대장은 다람쥐처럼 빠져 나와 도망치기 시작했다. 그러나 군중은 그를 놓치지 않았다. 평화적인 시위 군중에게 총질을 해서 적잖은 사람의 목숨을 앗아버린 사토는 그 자리에서 타살되고 말았다. 그런 일이 있은 직후였다. 헌병대장 숙소에 남아 있던 사토의 여편네가 갓난애를 안고 마당으로 끌려 나왔다.

"데년도 때레 죽여라!"

"헌병대장의 간나년이다. 원수를 갚자!"

군중들은 아우성을 쳤다.

끌려 나온 일녀는 땅바닥에 무릎을 꿇은 채 두 손 비벼가며 살려달라고 애원했다. 위기일발의 순간이었다. 마침 그 광경을 본 조진택 장로가 군중 앞으로 달려 나가며 그들을 무마했다.

"여러분, 이 아녀자에게 무슨 죄 있갔소. 우리 이 녀자랑은 다치디 말자우요. 대한 민족의 큰 도량을 보이자우요."

그의 만류로 그 일녀는 죽음을 간신히 면했다.

군중은 헌병대를 불살라 버렸다.

다음날 새벽이었다. 이 사천리의 소식을 보고받은 평양 헌병대에서는 5백여 명의 헌병과 경찰을 그곳으로 보냈다. 요시노 경부보가 그들을 지휘했다.

"만세운동에 가담한 놈들은 모조리 체포하라!"

"그 주모자는 한 놈도 놓치지 말라!"

"도주하거나 반항하는 자는 무조건 총살하라!"

"범인을 감춰둔 집은 불살라도 좋다!"

피에 굶주린 야수 떼처럼 사천바닥에 달려든 일본 관헌들은 남자라면 닥치는 대로 체포했다. 붙들려 가는 남편을 보고 애원하며 매달리는 부인들에겐 발길로 짓이기며 잔인한 욕을 보였다.

"이 쌍년의 계집이 무스기 소리까!"

어린애들도 예외일 수는 없었다. 개머리판으로 마구 두들겨 팼다. 남정네의 그림자가 안 보이는 민가에는 불을 질렀다. 사천 마을은 삽시간에 생지옥이 됐다. 윤상열, 고지영 장로를 비롯한 2백여 명이 체포됐다. 작은 마을에서 2백 명 이상이나 검거하고도 그들은 아직 부족하다는 듯이 50여 명의 관헌을 그곳에 주둔시키고는 만세 시위자의 색출을 계속했다.

평양에 돌아온 요시노 경부보는 이 사천 사건을 경무국장에게 경비 전화로 보고하면서 사토 헌병대장의 아내가 윤간 끝에 타살되는 것을 간신히 구출했노라고 했다.

요시노의 보고를 받은 경무국장은 이 사건을 역이용하려는 흉계를 꾸몄다. 그날은 마침 야마구치 현의 데라우치로부터 격려전보까지를 받은 터였다. 모든 권력의 자리에서 물러난 노골老骨 데라우치는 조선의 소요 소식을 신문에서 읽고 피가 끓었던 것 같다. 그는 경무국장에게 "조선 치안의 책임은 전적으로 경무국장에게 있음. 상하좌우의 간섭에 굴하지 말고 단호한 수단으로 소요를 진압하기 바람. 본인은 귀하의 결단을 적극 후원할 것임"이라는 전보를 쳤던 것이다.

고지마 경무국장은 용기백배했다. 요시노 경부보에게 그 사토 부인을 데리고 상경하라고 명령했다. 정무총감을 비롯한 온건파들에게 산 증거를 보여줌으로써 만세소동을 진압하는 데 단호한 조처를 취하도록 강요하기 위해서였다.

　우쓰노미야 조선군사령관 역시 고지마가 꾸민 단막짜리 연극에 그대로 편승便乘했다. 둘러앉은 경부와 검사들은 이미 고지마의 심복.

　정무총감의 결단만이 남았다. 총독은 신병과 노쇠로 말미암아 이미 산송장이나 다름없었다.

　"각하! 만세시위는 해산하는 것만으론 수습되지 않습니다. 온건책은 반항자들에게 용기를 주는 것입니다. 단연코 눌러야 합니다. 지금은 전쟁상태입니다. 군사령관 각하도 동의하셨습니다. 총감 각하는 천추의 한을 남기시렵니까? 우리 경무국의 철권鐵拳정책에 동의하셔야 됩니다!"

　고지마는 자기 상사를 협박하면서 최근의 정보에 의하면 만주, 시베리아, 중국 상해 등지의 독립운동가들이 국내 소요사건에 힘입어서 활발한 움직임을 보이기 시작했다고 곁들여 설명했다.

　정무총감은 넋 잃은 사람처럼 두 눈을 고정시킨 채 힘없이 대답했다.

　"나는 문관이고 당신은 무관이오. 이번 민중의 난동을 전쟁상태로 볼 수 있다는 당신의 견해에 동의한다면 이미 명령권자는 내가 아니라 당신이구려! 그렇지만 말이야, 본국 정부의 입장이 너무 난처해지지 않도록 배려할 필요는 있겠소. 역시 조선은 무관들이 지배할 곳인지도 모르지! 하여간 잘 알아서 하시오!"

　이것은 경무국과 군사령부의 무력진압책을 묵인한다는 말이 된다.

하라 수상을 궁지에 몰아넣지 않도록 요령껏 하라는 단서가 붙어 있을 따름이다. 정무총감이 총독을 대신해서 무력진압을 묵인한다는 말이 떨어지자 회동한 관헌들의 눈에는 살기가 등등했다. 가장 말석에 앉았던 미와 순사부장이 계급을 돌보지 않고 불쑥 입을 열었다.

"소관의 의견으로는 신문기자들의 입을 틀어막으면 될 줄로 압니다. 철저하게 진압하되, 그 속이 밖으로 새어나가지 않도록 언론봉쇄를 하면 되겠습니다. 이미 계엄령이 발포되었으니까 그 계엄법으로 다루시면 되겠습죠. 그리고 또 하나는 국경을 봉쇄하는 것입니다. 만주로 넘어가는 길목과 블라디보스토크로 가는 길목을 철저히 막는 것입죠. 국내에서 난동을 피우던 조선놈들이 국외로 빠져 나가면 이곳의 진상이 모두 드러날 테니까요. 그러자면 먼저 만주 안동으로 건너는 신의주 일대에다 강력한 사찰진을 펴야 한다고 생각합니다."

경무국장이 고개를 끄덕였다.

"거 참 옳은 말이군. 그렇다면 자네가 그곳으로 가겠나? 매우 중책인데…."

"아니올시다, 각하. 저는 직위가 순사부장에 불과합니다. 당연히 여기 계신 요시노 경부보님을!"

미와의 말엔 빈틈이 없었다. 경무국장은 대견스러운 눈초리로 미와를 바라보다가 요시노 경부보에게 시선을 돌렸다.

"요시노 군! 자네가 신의주에 가게. 지금 형세로서는 평양보다도 신의주가 더 중요하거든. 영전이라고 생각해야 되네. 국경도시를 자네가 틀어잡아야 해!"

철저한 관료주의 기풍에 젖은 그들은 이런 판국에서도 영전이니 좌천이니 하는 생각을 잊지 않는 것이었다.

회의가 끝난 다음 경무국장은 지체하지 않고 각 도의 경무부장에게 긴급 비밀지령을 내렸다.

첫째, 만세시위는 평화적이거나 폭력적이거나 가리지 말고 철저히 분쇄할 것.

둘째, 반항하는 자와 만세시위의 주모자는 모조리 체포할 것.

셋째, 신문기자들의 취재활동을 최대한 방해할 것. 외국인, 특히 선교사들이 시위행렬 주변에서 어른거리면 그 현장에서 격리시키되 반항하는 자는 임시로 보호조치를 할 것.

넷째, 총기 사용은 현장 지휘자의 판단에 의해서 취하되 소요진압을 위해서는 추호도 주저하지 말 것.

다섯째, 조선인 헌병 보조원을 더 많이 채용함으로써 조선인 상호간을 분열시키고 독립운동가를 고립시킬 것.

여섯째, 차제에 고등경찰관의 사찰체계를 재확립 재조직하며 사찰망을 면面, 리里에까지 침투시킬 것.

일곱째, 소요진압에서 생기는 비난의 여론은 본 경무국장이 전적으로 책임질 터이니 일선 관헌들은 주저하지 말고 각자의 본분과 의무를 완수할 것.

경무국장의 이런 비밀지령이 내려지기 이전에도 서울을 제외한 지방 도시와 농촌에서는 이미 총칼로 피를 보는 야만적인 탄압이 진행되었다. 그런데 이제는 상부의 명령이 그토록 철저하게 뒷받침하고 있으니 탄압의 총칼은 하늘 무서운 줄을 모르고 휘둘러졌다.

경무국장은 상관인 야마가다를 비롯한 문관들을 제 2선으로 물러 앉히고 가미우치 검사, 오에, 아사이 경부, 요시노 경부보 심지어는 미와 순사부장 등을 브레인으로 해서 철저한 보복작전을 전개했다.

　　　　　　　　　　—◆◆◆—

　소요 군중에 대한 총독부의 초강경책이 발동됐다는 정보는 이완용의 귀에도 들려왔다. 그는 누가 봐도 며칠 사이에 바짝 여윈 모습으로 정무총감 사저에 돌연히 나타났다. 저녁 무렵이었다.

　정무총감은 마침, 역시 근심이 돼서 찾아온 배정자와 마주 앉았다.

　그는 해쓱하게 여윈 이완용을 보자 능청을 떨었다.

　"이 대감, 몸이 편찮으시단 소식 들었습니다만?"

　배정자 역시 서늘한 웃음을 가지며 이완용의 낯빛을 살핀다.

　"허허 배 여사, 정무총감 댁에나 와야 만나 뵐 수 있구먼!"

　이완용의 가벼운 농담은 극히 조작적이었다. 자연스럽지가 못했다.

　"요즈음 이 대감의 심사도 괴로우실 거야!"

　정무총감의 뜻있는 말.

　"이 대감이야 배포가 크신 어른인데요 뭐!"

　배정자도 한마디.

　"말 마시오. 이런 난국을 당하면 제일 괴로운 입장이 되는 게 내가 아닙니까!"

　"이 대감께서도 이런 땐 저 송병준 씨처럼 내지에나 가 계시지요?"

　그는 연판서를 돌리고 있는 중이었다. 파리 강화회담에 조선민족 대표임을 가장하고 나가 일본의 총독정책을 찬양하려는 연판서 말이다.

"그런데 말씀이야, 정무총감. 들리는 소리로는 헌병과 경찰이 강압 책을 쓰기로 했다니 사실이오?"

"일이 그렇게 돼가는 모양입니다."

"정무총감이 그렇게 명령했습니까?"

"난국을 당하면 군인들이 선두에 나서는 것 아닙니까. 나야 허수아 비지요. 총독께선 저렇게 몸이 허약하시고."

정무총감 자신도 몹시 못마땅한 얼굴로 담배만 뻑뻑 빨아댄다.

"총독의 건강상태로 보아 정무총감이 총지휘를 해야 하는데 그렇게 오불관언吾不關焉격으로 방관해서야 됩니까. 온건책을 써야 합니다. 극성을 부리는 배후 조종자들은 엄하게 다스려야 하지만, 일반 민중에 겐 온건한 무마책을 써야 해요. 조선민중을 모두 적으로 돌려서는 총독 정치 못 해 나갑니다."

"이 대감, 나 역시 답답합니다. 무기를 가진 군과 경찰이 주도권을 잡고 나섰으니 일이 퍽 거칠어졌습니다. 경무국장이 이런 말을 해요. 정치가들이 실패했으니 이젠 군인들이 무력으로 진압할 수밖에 없다고 말입니다. 군인들은 이런 찬스를 기다리는 겁니다. 그들은 오랫동안 평화가 지속되면 몸이 근질거려 못 견디는 패니까요."

"그러나 역시 정치적으로 해결해야지 총칼로 해결해선 안 됩니다. 적과 적의 싸움이 아니잖습니까, 온건책을 써야지요!"

이완용이 정무총감에게 집요하게 그런 말을 되풀이하자 옆에 앉았던 배정자가 한마디 한다.

"어떻게든지 해결이야 되겠지만, 서로 너무들 해요. 만세 부르며 거 리를 누빈다고 해서 독립이 될 것도 아니고, 왜 피를 흘려야 하는지 모르겠어요. 이 대감, 이런 땐 도쿄에라도 가서 좀 쉬시지요? 저도 데리고 가신다면 따라 모시겠습니다요."

이완용은 정색을 하며 머리를 옆으로 흔든다.

"사태가 완전히 가라앉으면 몰라도 이런 때 가면 도망치는 것 같아서 싫소이다. 나야 지금까지 살아 있는 게 덤이니까요. 이제 와서 도망쳤다는 소린 듣고 싶지 않아요."

이완용은 더 이상 정무총감에게 호소해 보았자 아무런 실효도 거둘 수 없음을 깨달았다. 그는 벌써 조선총독부의 권력구조가 총독, 정무총감으로부터 경무국장, 조선군사령관 등 무단파武斷派에게 넘어간 것을 깨달았다.

송병준과는 다르다. 생각하는 차원이 다르다. 대세의 움직임을 재빨리 캐치해서 유리한 편으로 자신을 영합시키는 데 능한 이완용은 하라 수상의 주장이 문화적 통치방법으로 쏠리는 것을 알고 있다.

'총독은 앓고, 정무총감은 실권을 뺏기고, 군인들이 날뛴들 언제까지겠는가? 머잖아, 총독은 갈릴 것이다! 이들을 상대해야 소용없다!'

그는 하라 수상에게 친서를 보내기로 했다. 남보다 일찍 그의 정책에 동조한다는 뜻을 표시해 두는 게 여러 모로 이로울 것 같아서 그날 밤으로 그는 대담한 편지를 썼다.

― 하세가와 총독은 이제 너무 늙었습니다. 조선을 군인들의 총검에다 맡겨 둘 수 없습니다. 총독부의 기강을 쇄신하고 통수계통을 확립하고 조선민중을 습복시킬 수 있는 큰 인격이 아쉽습니다. 조선은 점령국이 아니라 합병한 대일본국의 국토요, 조선민중은 적국인이 아니

라 천황 폐하의 신자臣子입니다. 조선 총독은 일시동인一視同仁의 정
책을 실천할 수 있는 격조 있는 인물이어야 합니다. 시급히 서두르셔
야 합니다.

경무국의 탄압정책이 노골화됐는데도 조국의 국권을 도로 찾으려는
독립만세의 불길은 날이 갈수록 세차게 번져갔다.

"선생님 우리 마을에선 왜 독립만세를 안 부릅니까?"

어린 학생들은 스승에게 재촉했다.

"평택이 일어서는데 우리 수원이 잠잠할 수야 있겠나!"

고을마다 서로 다투어 독립만세 시위를 하기 시작했다.

"기독교인들이 내일 만세를 부른대요. 우리 천도교도 함께 일어서
야죠."

"신천에는 독립선언서가 3천 장이나 들어왔다는데 우리 안악安岳엔 1
천 장밖에 배부되지 않았소. 이게 될 말이오!"

"안주安州에선 일본 헌병놈을 네 놈이나 때려 죽였대. 우리도 용기를
내자우!"

"진주晋州에선 기생들까지 독립만세 시위를 했다는데 우리 안동安東
여학생이 잠잠할 수야 있능교!"

"이화학당의 유관순이란 여학생이 헌병에게 붙잡혔는데 감옥에서도
매일같이 독립만세를 부르며 간수들과 싸운다는 거야!"

"서울에선 독립정부 선포식이 비밀리에 있었대. 손병희 선생을 임시

대통령으로 모셨다는군!"

"만주와 상해에서도 독립단이 뭉쳤다더군요. 독립군을 편성해서 국내로 쳐들어온대요."

"김규식 박사는 벌써 불란서 파리로 떠났대지. 독립청원을 하신다는 거야. 이준 열사처럼 푸대접을 받으면 큰일인걸!"

"그런데 친일파놈들이 또 연판장인가 뭔가를 돌리고 있다더라. 그놈들을 진작 박살냈어야 했어!"

"곧 총독이 바뀐다는 소리도 있더라."

"조선이 독립되는데 무슨 놈의 새 총독이 있단 말이야. 해외의 애국지사들이 곧 서울로 돌아온다더라."

풍설風說은 백, 천 갈래로 번져 나갔다.

33인 민족지도자들과는 별도로 그 막후에서 활약하던 함태영, 송진우, 최남선, 현상윤을 비롯해서 김원벽, 차기덕, 한위건 등 학생지도자들까지 모조리 체포되니 만세운동의 핵심 지도층은 사실상 분쇄된 셈이었다. 핵심 지도세력이 분쇄되니까 풍문은 또 갈기갈기 찢겨졌다.

그러나 전국 각지로 번져 나간 만세운동의 불똥은 꺼지지 않았다.

조선 총독 명의의 유고문 따위에는 조금도 주저하지 않고 만세시위가 팔도강산을 휩쓸게 되자 지방 관헌들의 횡포는 날이 갈수록 그 잔학성을 더해 갔다. 그들은 이미 경무국장의 비밀지령이 있었던 만큼 미친 개들처럼 민중을 물어 뜯었다.

유관순은 발가벗겨진 채 모진 고문拷問을 당했다. 서대문 감옥에서이다. 기둥에 매달아 놓고는 시뻘겋게 달아오른 부젓가락으로 온몸을 지져댔다.

"야, 지독한 계집애다. 어디 다시 한 번 만세를 불러 봐라!"

가슴에서, 둔부에서, 부지직 하고 연기가 올랐다.

"대한독립 만세!"

유관순은 비명 대신 만세를 불렀다.

기절해 축 늘어지면 냉수를 퍼부어 정신을 들게 했다. 저녁때가 되면 숙직하는 헌병들이 음흉한 웃음을 던져 가며 온몸을 주물러댔다.

"맘대로 하라! 내 몸은 이미 수치를 버렸다!"

유관순은 헌병들에게 침을 뱉었다.

"누가 주모자냐? 자백하면 살려 준다!"

"나다! 2천만 동포다!"

"이놈의 계집애가!"

"조선독립 만세!"

날마다 되풀이되는 고문이었다.

도처에서 그와 같은 모진 고문이 벌어졌다.

함경북도 회령會寧경찰서에는 좀더 참혹한 광경이 있었다. 스물여섯 살의 김순실이라는 여자는 몸에 실오라기 하나 없이 발가벗겨진 채 나흘 만에 죽어갔다. 이세키라는 고등계 형사가, 칼끝으로 여자의 유방을 쿡 찌르고 한마디 묻고, 찍 찢고 한마디 묻고, 치부에 격검대 끝을 꽂으며 또 한마디 묻고 하는 식의 사디즘적인 고문 광경을 목격한 사람이 있었다. 그녀는 분에 못 이겨 나흘째 되던 날 혀를 깨물고 죽어갔다.

남자들에 대한 고문은 더욱 심했다. 일찍이 105인 사건 때 아카시 경무국장이 개척해 놓은 그 악랄한 고문법에 또 뿔이 돋았다.

사과상자보다 좀더 큰 박스에다 못을 바깥에서 안으로 수십 개나 박아놓고 잡혀온 시위자를 그 속에 틀어박는다. 몸을 조금만 움직여도 못끝이 살점을 뗀다. 그 속에다 사흘 닷새씩 넣어두니 어떻게 되겠는가.

풍덕豊德에선 열네 살 난 소년도 잡혔다. 이선근.

사흘을 굶긴 뒤에 취조실로 끌어냈다. 두 형사가 뒤로 결박된 소년을 공중에 매달았다. 가죽 혁대와 소의 신(생식기)으로 난도질하듯 어린 몸을 갈겼다. 축 늘어진 소년은 정신을 잃는다. 결박한 밧줄을 늦추었다 당겼다 해서 다시 정신을 어지럽힌다. 그러다간 시멘트 바닥에 철썩 떨어뜨려 정신을 차리게 한다.

"네 형은 어디 있느냐?"

도쿄 2·8 선언의 주모자급 학생이었던 이종근의 행방을 묻기 위한 고문이었다.

아들과 아버지가 함께 잡혀 온 시위자도 있었다. 한 감방에 있게 한다. 역시 온몸을 발가벗기고는 서로 부끄러운 곳을 붙잡고 잡아당기라고 한다. 말을 안 들으면 그 국부를 노끈으로 잡아매서 노끈 끝을 서로 바꾸어 잡도록 한다. 그리고는 좌우로 뛰라고 매질을 한다.

고춧가루를 진하게 탄 물을 코로 붓는가 하면 식초를 세숫대야에 가득 부어 놓고는 그 속에 얼굴을 잠기게 하는 수법도 있었다.

인간이 생각할 수 있고 저지를 수 있는 가장 악랄하고 가장 잔인한 온갖 방법을 다 동원한 고문이었다. 한 번 당한 사람들은 거의가 불구자가 되거나 혼이 나갔다.

일본 관헌들의 이 같은 악랄한 고문은 피의자들한테서 단순한 자백을 얻으려는 것은 아니었다. 만세 시위자들에겐 자백할 만한 비밀이 있을 리 없었다. 몇몇 주동자의 이름만 파악하면 그 이상의 비밀이란 없었다. 독립했던 민족이 다시 독립하려고 독립만세를 부른 것이다. 그이상이나 이하의 다른 이유는 없었다. 남에게 뒤질세라 뛰쳐나와서 독립만세를 불렀을 뿐이다. 그러다가 붙잡혀 온 것뿐이다.

그들의 그런 악독한 고문은 조서를 꾸미기 위한 자백의 강요가 아니라, 조선사람에 대한 경멸과 증오와 복수심의 발로였다. 그것은 법을 집행하는 자가 법을 어긴 자에게 가하는 제재가 아니라 엉뚱하게도 원한에 서린 점령지의 군사들이 이성理性을 잃고 저지르는 가장 잔인한 보복적 행패에 지나지 않았다.

4월 15일 한낮이었다.

경기도 수원군 향남면에 있는 제암리提岩里에 30여 명의 일본 헌병들이 들이닥쳤다. 사사카라는 발안 경찰 주재소장이 앞장섰는데, 그들은 모든 주민에게 교회에 모이라고 명령했다.

사사카 소장은 혀 꼬부라진 조선말이었다.

"우리네 나쁜 사람 아니오, 안심하고 모두 모두 교회당에 모이시오. 좋은 말 강연이 있으니까 말이야."

특히 기독교인과 천도교인은 한 사람도 빠져서는 안 된다는 것이었다. 갑자기 명령을 받은 제암리 주민들은 20평 남짓한 교회당으로 모여들기 시작했다. 영문을 모르는 아이들은 호기심에 가득 찬 눈으로 일본 경찰과 헌병들을 힐끗힐끗 바라보며 들어갔고, 마을의 촌로들은 뭔가 불길한 예감이 없지 않지만 순사부장의 명령이니 거역할 수도 없어서 헛기침을 해가며 모여들었다.

수십 명의 주민이 교회당에 들어간 뒤 마쓰가미 헌병대장이 사사카 주재소장에게 말했다.

"기독교인과 천도교인은 한 놈도 빠뜨려서는 안 돼. 모두 모였는가?"

"네, 교인들은 한 사람도 남김없이 다 집합했습니다."

"그럼 좋아, 아직 안 들어간 일반민은 그대로 두고 저 교회당 문을 밖에서 잠가버려!"

사사카 주재소장은 교회당 입구로 달려가서 정문을 덜컥 잠가버렸다. 다음 순간 마쓰가미 헌병대장의 손이 번쩍 허공에 치켜졌다.

— 탕 타탕탕!

콩 볶듯 튀기 시작하는 소총과 기관총의 집중 사격.

교회당 안에 갇힌 30여 명은 아우성을 치며 유리창을 부수고 뛰어나오려 했다. 그러나 유리창에 얼굴을 내민 사람들은 모조리 조준 사격을 받아 그 자리에 쓰러졌다.

"사격 중지! 다음엔 휘발유와 장작에 불을 붙여라! 그리고 교회당에 던져!"

교회당은 불덩이로 화했다. 생지옥이라는 게 있다면 이것이 아닐까.

우연히도 천도교인 12명과 기독교인 12명이 고스란히 총살되거나 화형火刑됐다. 일본 헌병들은 군가를 부르며 제암리 고개를 넘어 수원 쪽으로 개선 부대처럼 유유히 사라져 갔다.

또 있다. 평안북도 경찰부로 전임된 요시노 경부보는 선천과 정주에 유달리 눈독을 들였다. 기독교의 온상인 선천은 유난히 밉다. 그러나 그곳에는 윤산온尹山溫을 비롯한 외국인 선교사들이 많다. 잘못 손을 댔다가 뒷일이 귀찮을 것 같았다. 그의 눈길은 정주로 돌아가 못 박혔다. 그는 일군 헌병대장 기하라木原 대위에게 귓속말을 했다.

"오산학교를 불태워 버립시다!"

기하라 대위와 요시노 경부보가 정주에 내려간 것은 3월 말일. 마침 그날 아침에 조만식, 박기선, 조철호, 김인열 등 기독교 지도자와 김진팔, 최석일 등 천도교인들이 합세하여 독립만세를 부른다는 정보가 있었으니 때는 알맞았다.

정주 수비대 30여 명은 4월 1일 아침 정주 읍내의 교회와 공회당을 불 지른 다음 오산학교가 있는 고읍古邑으로 달려갔다.

"오산학교는 불순한 조선놈들의 소굴이다!"

"이승훈이란 자가 세운 학교다. 이 기회에 없애버려야 한다!"

그들은 휘발유를 학교 교사에 뿌리고는 불을 질렀다. 창립된 지 10여 년, 서북지방 민족운동 지사들의 거점이고, 평양 대성학교와 더불어 서북의 명문으로 그 전통이 빛나는 오산중학교는 순식간에 잿더미가 되었다.

요시노와 기하라는 의기양양하게 신의주로 돌아갔다.

그러나 학교 교사를 불살랐다고 해서 교학教學정신까지 소각할 수 있으며 그곳에 모여드는 스승과 학생들의 민족혼까지 말살할 수 있을까. 그들은 오산학교가 그것으로 망했다고 오산한 모양이었다. 그러나 불타 버린 오산학교는 불더미 속에서 퍼덕이는 불사조不死鳥처럼 다시 날개를 펴고 일어섰던 것이다.

———◆———

만세의 물결과 총검의 탄압, 집단 방화와 능욕凌辱고문이 뒤범벅이 되어 삼천리 반도를 무법천지의 수라장으로 만든 그 봄이 가고 여름이

긴급 비밀지령 125

됐는데도 독립만세 시위는 좀처럼 사그라지지 않았다.

정무총감은 경무국장의 탄압정책도 별로 소득이 없다는 것을 알고는 하루 속히 그 지긋지긋한 이 자리를 물러나야겠다고 결심했다. 그는 경무국장을 불러서 노골적으로 짜증을 냈다. 6월 하순경이었다.

"고지마 국장, 당신은 끝내 실패한 것 같소! 총칼로는 조선놈들의 민족혼을 죽일 수 없어! 더구나 해외의 여론이 말이 아니오!"

"조선 내의 독립시위는 어지간히 가라앉았지 않았습니까. 해외의 여론이란 그놈의 망명자들이 설치기 때문입니다."

"당신의 생각은 너무 단순하오. 포섭정책을 쓰지 않고 무력으로 짓누르기만 하니까 굵직한 놈들은 해외로 빠져나가서 임시정부니 뭐니를 조직하는 게 아니오! 그자들을 잘 타일러서 우리 편에 감화시켜야 하오!"

"상해나 블라디보스토크에 모인 놈들은 워낙 독종들이라 백 번 타일러도 안 될 겝니다."

"하여간 해외여론이 우리에게 퍽 불리하오. 오늘도 수상 각하로부터 야단을 맞았단 말이오. 수원 제암리 사건과 정주 사건이 외국 신문에 크게 보도돼서 여간 난처하지가 않다는 거요. 너무 심한 행패는 안 부리도록 부하들을 단속하시오!"

"각하께선 자꾸만 부하 단속만을 독촉하시지만 이번 소란통에 적어도 대일본제국의 관헌이 얼마나 희생됐는지 아십니까?"

"몇 명이나 되지?"

"군경의 사상자가 160여 명입니다. 우리 거류민은 3백 명이 넘고요."

"모두 합해서 5백 명 가량이 되겠군. 조선인들의 살상자 수는?"

"아직 정확한 통계는 안 나왔습니다만 약 7천 명은 될 것입니다."

"죽은 사람이 7천이란 말이오? 검속자 수는?"

"지금 형무소와 유치장에 갇혀 있는 폭도들은 도합 4만 명이 넘습니다. 그놈들 식량을 대주기도 힘든 판입니다."

정무총감은 깜짝 놀랐다. 경무국장의 적당한 보고로도 그렇지만, 3월 1일부터 6월까지 실제의 희생자는 다음과 같았다.

사망자 — 7,509명, 부상자 — 15,961명, 구금자 — 46,948명.

만세 시위운동 집회 횟수는 1천 542회, 시위에 참가한 사람은 202만 3천 89명이다. 남녀노소를 통틀어 본 인구 2천만의 10분의 1인 2백만 이상이 이번 독립시위에 나섰던 것이다.

정무총감은 경무국장의 보고를 듣고 아연실색했다. 너무나 엄청난 유혈의 참극이었다. 피와 총칼만이 지배하는 산천에 더 이상 머무를 수가 없다고 생각했다. 그는 결심했다. 사의를 표명한 밀서를 비서과장에게 들려서 도쿄로 가도록 했다. 총독도 정무총감도 더 이상 조선에서의 임무를 감당할 수 없으니 해임시켜 달라는 간절한 부탁이었다.

하라 수상의 새로운 지령이 왔다. 그 뜻은 곧 실현될 것이나 새 총독이 부임하기 전에 한 가지 일만은 끝장을 짓도록 하라는 것이다. 그것은 손병희, 이승훈을 비롯한 48인의 배후 조종자들에 대한 재판이라고 지적돼 있었다.

정무총감은 경무국장에게 독촉했다. 경무국장은 그들에 대한 재판을 좀더 천연遷延시키는 것이 치안유지상 유리하다고 버텼다. 드디어는 총독마저 격노했다. 경무국장은 총독의 명령을 받고 투덜댔다.

"그놈의 늙은이들이 빨리 도망치고 싶어서 극성들이란 말이야! 저 105인 사건 때 아카시 국장의 수법이 있것다!"

그는 가미우치 검사와 아사이, 소나이 경부를 독촉해서 48인에 대한 기소를 서두르게 했다.

경성 지방법원 예심계豫審係 판사 나가지마가 이 사건을 맡게 됐다. 그는 가미우치 검사와 아사이, 소나이 경부가 만든 조서에 의해서 급속히 예심을 진행시켰다. 그러나 세상은 10년 전과는 달랐다.

105인 사건 때는 합방 직후의 엉터리 재판이었다. 형식은 재판이었지만 판결은 미리 꾸며진 각본대로 할 수 있었다. 그러나 이번에는 국내외의 모든 시선이 집중된 판국이니 섣부른 연극은 즉석에서 마각馬脚이 드러난다.

8월 1일, 나가지마 판사는 "본건은 형사소송법 제164조에 의거해서 피고들에 대한 재판관할을 고등법원으로 이관한다"는 실로 교묘한 뜻밖의 선언문을 법정에서 낭독함으로써 세인을 어리둥절케 했다.

즉, 고등법원에서 다룰 성질의 것이지 한낱 지방법원에서 다루기엔 안건이 너무 크다는 것이다. 이 결정은 실로 교묘한 결과를 가져오게 된다. 시간을 얻자는 것이다. 재판은 1년 뒤로 미루어졌다.

재판권을 지방법원에서 고등법원으로 이관했다는 보고를 받자 정무총감은 곧 도쿄로 지급전화를 걸었다.

"수상 각하! 조선에서의 소요사건은 그 뒷수습이 일단락되었습니다. 이젠 총독 각하를 비롯해서 저희들의 신상문제에 대한 각하의 결단을 기다립니다."

수상 하라는 그 전화로 정무총감에게 직접 말했다.

"하여간 수고가 많았소. 당신 후임도 이젠 내정이 되어 있소. 미즈노 렌타로水野錬太郎 군을 보낼 예정이오. 이미 들었는지도 모르지만 신임 총독에는 사이토 마코토齋藤實 남작이 결정되었으니까, 이제 서서히 보따리나 싸시오. 하하하 ….."

수상답지도 않게 농담 일색으로 껄껄거리는 그의 음성은 꾸밈없는 걸걸한 호걸풍이었다.

정무총감도 실로 오래간만에 너털웃음을 터뜨릴 수 있었다. 그는 그동안 극도의 긴장이 확 풀어지는 바람에 잠시 멍청했다. 곧 총독 관저로 차를 몰았다. 그는 남산 숲의 청순한 공기를, 조선의 공기를 마음껏 들이마시며 뇌까렸다.

"한 민족이 다른 한 이민족을 다스린다는 것은 정말 어려운 일이야!"

하세가와 총독과 야마가다 정무총감은 결국 조선의 민족혼民族魂에 의해서 치명적인 강타를 당하고 이 땅에서 보따리를 싸는 신세가 됐다.

그러나 썰물이 가면 밀물이 온다.

정신을 바짝 차리고, 이를 바드득 갈아붙인 저네들 본국 정부의 수뇌들은 다음 총독으로 누구를 보내서 어떠한 수법으로 이 까다롭고 저항적인 민족에게 군림했는가.

정말 새로운 패자霸者는 너무나 출중한 '정치가'였다. 그는 일본도日本刀를 가지고 오지 않았다. 그는 만면에 웃음을 흘리면서 부임했다.

그의 손엔 칼 대신 주사기注射器가 들려져 있었다. 그리고 그의 주사기에 의해서 이 까다롭고 저항적인 민족은 수술대 위에 오른 모르모트처럼 조용히 지체肢體를 내던졌다.

그는 선언했다.

"총검을 휘두르는 위정자는 망한다!"

또 선언했다.

"조선은 뽕잎이다!"

자기는 누에란 말인가?

제 3대 조선 총독, 해군대장, 남작 사이토 마코토는 알고 있었다. 치자治者가 총검의 위력을 믿을 때, 그는 이미 스스로의 묘혈墓穴을 판다는 정치의 기본 상식을 알고 있었다. 그는 온유한 문화정책文化政策을 표방했다. 그는 조선민족을 결정적으로 완전히 병들게 할 수 있었던 역대 총독 중에서 가장 '신사적'인 지배자였다. 따라서 이 민족에겐 다시 없는 범죄자였다.

북행열차

오랜 입맞춤이 끝나자 여자는 먼 산을 바라보며 눈물을 글썽거렸다.

"피는 물보다 진하다더니 이별은 만남보다 절실한가 보죠?"

말하는 여자의 옆모습은 깎아 놓은 대리석처럼 차가웠다. 그리고 아름다웠다. 박충권도 무성한 숲 사이로 석양 하늘을 바라보며 말했다.

윤정덕은 여전히 차가운 표정으로 사나이의 말을 받는다.

"오늘 처음으로 한가롭게 만났다 싶었더니 이별이군요?"

"우리는 본시부터 한 남자와 여자로서 만난 게 아니었으니까요."

"동지로서 만난 사이라는 거죠?"

박충권은 대답하지 않았다.

윤정덕은 핼끔하는 눈매로 사나이를 쏘아본다.

"그런데 우리는 지금 보통 사이가 아니군요? 어려서 어머니가 제 볼에 입을 자주 대주셨어요. 지금도 그 촉감은 실감이 나요. 따스한 촉감, 자애로운 촉감이에요. 처녀를 의식한 뒤로는 선생님이 처음이에요. 근데 그 촉감이 다르네요. 따스하거나 자애롭다고는 생각지 않아요. 황홀한 거로군요?"

사나이는 당황했다.

"미안합니다. 저는 길을 떠날 몸입니다. 언제 다시 돌아올지 기약도 없이 말입니다. 어쩌면 영영 살아서 돌아오지 못할 겁니다. 미안합니다. 경솔한 짓을 했군요."

여자는 피식 웃었다.

"경솔하셨다구요?"

여자는 마침 손에 닿는 보랏빛 엉겅퀴꽃을 똑 따서 팽그르르 돌렸다.

"1만 번을 만나도 친해질 수 없는 사이가 있어요. 단 한 번 만나서도 단박 친밀감을 느끼는 사람이 있고요. 오늘 다섯 번째 만난 사이지만 그동안 저는 초조했습니다. 뭔가 우리는 남녀의 입장으로서 친하다는 증거를 남기고 싶었어요. 이별은 사람과 사람의 거리가 멀어진다는 거죠? 허지만 마음과 마음의 거리는 가까워지고 아주 없어진다는 뜻도 돼요. 떠나신다고요? 떠나셔야죠. 여기 계실 순 없는 처지시니깐. 나도 떠날 거예요. 일본으로 건너가서 성악공부나 하겠어요. 선생님은 독립운동, 저는 음악공부, 남자와 여자의 가는 길이겠지요?"

여자의 눈은 낙엽의 표정처럼 쓸쓸했다. 주위는 무성한 숲, 떡갈나무, 오리나무의 이파리들이 바람에 한들거렸다.

여자는 남자의 어깨에다 얼굴을 기대면서 서글퍼했다.

"체념할 수 없는 소망이 있어요. 꼭 사흘 동안만 선생님과 같이 있고 싶어요. 제가 몇 살까지 살 수 있을진 모르지만, 관상을 보니까 저는 70이 수壽래요. 제 생에 70년 동안에 꼭 사흘만 선생님과 함께 지내고 싶어요. 그런데 그 소망도 이룰 수 없는 거군요? 선생님은 지금 바로

떠나야 하시죠?"

"떠나야죠. 오늘 출국 인사 겸 김성수 씨를 찾아갔습니다. 중앙학교 교주 말입니다. 오래 전부터 존경하고 있었지요. 그분의 피는 언제나 내 연연燃하고 있습니다. 그분의 포부는 이 민족을 위해서 가장 온건하고 착실하고 실리적이더군요. 당분간 조국을 떠나겠다니까 말없이 내 손목을 잡으며 고개만 끄덕이더군요. 여비에 보태라고 많은 돈을 줍디다."

"고마운 분이네요."

"3·1 운동의 실제적인 핵이었지요."

박충권은 발작적으로 여자를 끌어안았다. 윤정덕은 본능처럼 두 다리를 쭉 뻗었다. 다람쥐 한 마리가 삭삭삭 그들의 옆으로 지나갔다.

수색水色정거장이 멀리 내려다보이는 산언덕 숲 속이었다.

"사실은 내게도 소망이 있습니다."

여자는 대꾸를 하지 않았다. 가쁜 호흡을 입 속에서 씹어 삼켰다.

"조국을 아주 떠나게 될지도 모르는 길입니다. 정덕 씨와 함께 이 조국의 신선한 공기를 호흡하며, 저 높푸른 하늘을 바라보며, 내 조국의 흙을 만지며, 사흘만 정덕 씨와 함께 지내고 싶습니다. 내 생애의 사흘 동안만."

어디선가 멀리서 기적 소리가 들려온다. 여자가 말했다.

"의견은 일치됐군요. 무슨 방법이 있어요?"

"내 편지를 내겠습니다. 조국을 떠나기 전에 조국 땅 어느 지점에서 편지를 내겠습니다. 와 주시겠습니까?"

"가겠어요. 우리의 사흘 동안을 위해서라면 9만 리 길이라도요."

땅거미가 질 무렵 두 남녀는 산에서 내려왔다. 수색역을 떠나는 북행

열차北行列車가 있었다.

8월의 태양은 문자 그대로 염열炎熱의 지옥이었다.

"날씨마저 왜 이리 가물까?"

사람들은 폭양 아래서 하늘을 원망했다. 중부 이북은 벌써 두 달째
나 비 구경을 못한 가뭄이었다. 1919년 여름은 몹시, 정말 가물었다.
서울 이북의 가뭄이 더욱 심했다.

그러나 총독부에서는 가뭄 따위엔 아랑곳도 하지 않았다. 가뭄은 하
늘의 조화, 하늘도 소란을 피우는 조선민중을 골려 주려고 그런 징벌을
내리는 거라고 일인들은 생각했다.

태평통 거리의 가로수가 불 맞은 나무처럼 다갈색으로 시들었다. 울
창한 남산 소나무들도 솔방울 하나 변변히 맺질 못했다.

8월. 그러나 해가 마포 강변에 뉘엿뉘엿 기울기 시작하면 대륙성 기
후답게 신선한 습기가 몰려드는 8월의 서울.

남산 약수터에는 몇 개의 정자亭子가 새로 섰다. 총독부 특수층들의
피로와 땀을 식혀 주는 정자였다. 약수터를 비스듬히 내려다보는 골짝
등성이에도 정자 하나가 섰다. 승리간勝利澗이라는 현판이 붙었다. 승
리간은 특히 경무국 간부들의 전용 정자였다.

그날, 고지마 경무국장은 하오리 하카마 차림으로 몇몇 부하를 데리
고 승리간에 나와 있었다.

"이 사람, 아직 안 왔나?"

그는 모제르 권총을 만지작거리며 옆에 있는 부하에게 물었다.

"글쎄요, 곧 올 겁니다."

사복 차림의 경찰관이 송구한 듯이 대답했다.

그때, 정자의 돌층계를 밟고 오르는 발소리가 들렸다. 고지마 경무국장은 거만스럽게 방금 나타난 사나이를 앉은 채로 맞이했다.

"죄송합니다. 각하! 너무 기다리셨습지요?"

키는 작달막하지만 야무지게 생긴 사나이가 정자 아래에서 거수경례를 했다. 역시 사복, 미와 가스사부로다.

"올라오게. 바람이 시원하군!"

"각하! 저 같은 말직을 불러주시니 황송합니다."

미와는 무릎을 꿇어 정좌한 다음 두 손으로 무릎을 짚으며 정말 송구해하는 표정이었다.

"괜찮아. 자네에게 부탁이 있어 불렀네. 자 편히 앉아도 좋아!"

경무국장과 순사부장이라면 정말 하늘과 땅 사이의 계급 차이가 있다. 경무국장은 중장급인데 순사부장은 하사관급이나 될까. 그러나 경무국장은 직접 그를 불렀다. 미와의 수완을 인정하고 직접 비밀지령이라도 내릴 작정인가.

이미 총독과 정무총감의 사표는 수리됐고, 새 총독으로 사이토 남작이, 정무총감에는 미즈노 렌타로가 곧 부임해 올 단계에 있으니 고지마 경무국장 자리도 며칠 못 갈 처지였다.

사실, 그도 이미 사표를 내놓고 있다. 그러나 그는 그대로 물러나기엔 직성이 풀리지 않는 일이 많았다. 그중에도 태산명동泰山鳴動에 서일필鼠一匹격인 '쥐 한 마리'만은 자기 손으로 잡고 싶었다.

3월 1일의 만세소동을 제대로 진압하지 못했대서가 아니다. 전국에 퍼져 나간 만세소동과 무력진압의 책임을 통감해서가 아니다. 한낱 경무국장이 책임지기엔 너무나 차원이 높은 벅찬 사건이었다. 그것은 정무총감이 책임질 일이며, 데라우치와 하세가와 총독에게 돌아갈 책임이며, 본국 정부 역시 그 책임을 모면할 수는 없는 일이다.

　고지마 경무국장의 분통은 그런 큰 일이 아니라 아주 자그마한 일이었다. 정말 '태산명동에 서일필'이었던 까닭에 그는 더욱 분했다. 단념할 수 없는 집념으로 이가 갈렸다.

　고지마는 미와에게 넌지시 말했다.

　"자네도 알지? 송병택이란 놈 말이야! 그놈이 내 얼굴에 똥칠을 했단 말이야. 그놈한테 속은 걸 생각하면 이 고지마 일생일대의 통한사痛恨事야. 그놈을 자네 손으로 잡아주게! 간이라도 씹어 먹게시리."

　그는 송병택이라는 이름조차 제 입으로 발설하기가 싫었다.

　"그러시겠습니다. 그놈은 무슨 일이 있든지 잡아야 합니다."

　"조선총독부가 그 한 놈 꾀에 넘어갔다니 기가 막히네. 송 남작이 천거했다기에 탁 믿고 채용했더니 그놈이 그런 불순분자였단 말이야. 미와 군, 그놈의 행방을 탐지해서 잡아 족쳐야 내 직성이 풀리겠는데, 자네 역량이면 가능하겠지? 자네가 전담해서 수사해 보란 말이야!"

　경무국장은 미와에게 담배를 권했다.

　미와는 몸 둘 바를 몰라 쩔쩔매면서도,

　"송병택의 체포 책임을 소관에게 맡기신다는 말씀이오니까? 각하!"

　그의 눈알은 번쩍 빛났다.

　"바로 그걸세! 나는 이 자리에 오래 머물지 않을 거야. 그렇지만 미와 군. 내 헌병 생활, 수사관 생활 30년을 통해서 그놈한테처럼 우롱당하기는 처음이야. 내 비록 이 자리를 떠나더라도 그 쥐새끼 한 마리는 잡아 족쳐야 직성이 풀리겠어. 미와 군, 내 약속함세. '기브 안도 데이꾸'로 말이야."

경무국장은 '기브 앤드 테이크'란 말을 일본식 영어로 발음하면서 말직 부하를 쏘아봤다. 미와는 그저 황공하기만 해서 머리를 수없이 조아렸다.

고지마는 구체적으로 제안했다.

"내, 자네의 민완을 알고 있어. 소문 없이 저놈의 뒤를 쫓기 위해서 직접 자네한테 지시하는 거야. 자네를 경부보로 발령하지. 경무국장이 새로 부임하기 전에 승진발령을 내지. 알겠나!"

"알아 모시겠습니다. 각하!"

"자아 미와 경부보! 우리 월하月下의 맹세주盟誓酒를 한 잔씩 들까, 으홋홋흐!"

경무국장은 옆에 놓아두었던 매실주 병마개를 기세 좋게 뽑으며 미와에게 호탕한 웃음을 던졌다.

송병택이란 박충권 바로 그 사람이다. 총독부 경무국의 비밀 정보원으로 특채되어 그들의 끄나풀처럼 활동하는 척하다가 3월 초하루 독립만세 봉기에 대한 거짓 정보를 제공함으로써 경무국의 시야視野에 연막을 쳤고, 만세운동이 성공적으로 폭발하자 재빨리 사표를 우편으로 보낸 다음 안개처럼 사라져버린 신비한 사나이 ―. 그의 본명이 박충권임을 그들은 모른다.

경무국장은 자신의 진퇴 문제가 코앞에 다가왔는데도 그 송병택에 대한 앙갚음을 잊지 못하는 모양이었다. 당연했다.

———◆———

가뭄은 북으로 갈수록 더욱 심한 8월이었다.

논밭 두메 길은 말할 것도 없고, 자갈이 깔린 신작로까지도 뜨겁고 콩고물 같은 먼지가 발등을 덮었다.

개성을 지나 연안延安 땅에 들어서니 황해도의 가뭄은 더욱 심했다. 연백延白 평야는 꽂아 놓은 모가 논바닥에서 말라붙은 참상이었다.

서울을 떠난 박충권은 연백평야를 가고 있었다. 기차는 위험한 듯해서 개성까지만 탔다.

황톳길은 그대로 먼지의 수렁이었다. 더위는 막바지라 호흡이 탁탁 막힐 정도였다. 괴나리봇짐을 허리에 질끈 동여매고 찢어진 밀짚모자를 아무렇게나 눌러 쓴 그는 신작로를 버리고 산길 들 숲을 더듬으면서 북으로 북으로 발길을 옮기고 있었다.

신원新院을 지나 재령 땅에 접어들자 그는 행로를 망설였다.

"장수산長壽山에 들러 구곡단장이나 구경하며 땀을 씻어 볼까?"

그러나 그는 단념했다. 그는 걸음을 재촉해서 나무릿벌로 들어섰다. 역시 그곳도 가뭄의 피해가 말이 아닌 모양이다. 무연한 넓은 들에는 농군의 그림자조차 볼 수 없었다.

그는 그날 석양, 신환포 나루에 이르렀다. 해는 벌써 구월산 아사봉 너머로 떨어졌고, 땅거미는 발밑으로 깔려 들었다. 그는 강을 건널 나룻배를 기다렸다. 강바람은 폐부를 씻어 주었다. 날이 어두워갈 무렵에야 배 한 척이 물살을 가르며 이쪽 나루에 와 닿았다. 나루터에는 이웃 농군들인가, 서너 사람의 장정들이 배를 기다리고 있었다.

이름 모를 물새가 삐억삐억거리며 나룻배의 주변을 날고 있었다.

박충권은 소스라치게 놀라야 했다.

"그놈 벌써 어디로 사라졌는지 잡긴 어렵겠습니다!"

농군 차림의 한 사나이가 그런 말을 불쑥 했던 것이다.

"실망할 건 없어. 멀리는 못 갔을 테니까. 철통같은 비상 경비망이니까 어디서 걸리든지 걸릴 거야!"

한 사람은 말투로 보아 분명히 일본인 경찰관이었다. 그러나 우리말이 꽤 유창했다.

"해주海州에서 여기까지 왔다가 빈손으로 돌아가긴 좀 섭섭한데요. 그렇잖습니까. 부장님!"

조선사람, 그러나 일원日員이었다.

"얼굴이 곰보라니까 끝내 숨지도 못할 거야. 누가 잡느냐가 문제지!"

그들의 대화는 은밀했다. 박충권은 경계하면서, 그러나 나섰다.

"노형들은 어딜 가시는 길이십니까?"

그러자 조선사람이 반문했다.

"노형이 뭐요? 아무나 보고 노형이 뭐냐 말이야!"

박충권은 웃었다. 정정했다.

"내가 무식해서, 선생님들은 어디까지 가십니까?"

이번엔 일본인 경찰관이 덤벼들었다.

"건방지게스리 당신 무스게 사람이오?"

박충권은 당황하면서 약간 비굴한 웃음을 흘렸다.

"아니에요. 나는 안악까지 가는데 듣자니 곰보 얘기를 하시기에."

그 말에 일인의 눈동자가 모로 박혔다.

"당신, 곰보를 어디서 봤소이까? 키가 큰 곰보를."

"봤습니다. 키가 늘씬한 곰보 하나가 먼저 배로 이 나루를 건넜습니다."

"정말이오? 나 시라키 순사부장인데 그거 정말이오?"

박충권은 즉석에서 꾸며댔다.

"그 사람이 무슨 범인입니까? 어쩐지 사람을 피하는 눈치 같더군요. 아까 이 나루를 건넜습니다."

시라키 순사부장이 박충권의 손을 덥석 잡았다.

"정말이오? 그럼 당신 우리를 좀 도와주시오. 당신이 봤다니 함께 그 사람을 좀 찾읍시다!"

"좋습니다! 나쁜놈이면 협력해서 체포해야지요. 그게 황국신민의 의무니까요!"

박충권도, 두 사나이도 회심의 미소를 흘렸다. 배는 강 건너 대원면 大遠面에 닿았다. 박충권은 두 경찰의 뒤를 따라 배에서 내렸다.

'저놈들을 그대로 두면 한 애국지사가 희생된다!'

그는 그들을 처치해 버리기로 결심했다. 그는 경찰관을 유도하기 시작했다.

"나를 따라오시오. 저 삼거리에서 방향을 잡읍시다!"

그는 두 경찰관을 데리고 세 갈래진 길 가운데에 섰다. 그러나 혼자서 두 놈은 벅차다. 한 놈만 없애기로 했다.

"선생은 이쪽 길루 가셔서 저 마을을 뒤지시고!"

그는 조선인 경찰관에게 마을 쪽으로 가기를 권하고는

"부장님은 저하고 이쪽 산을 뒤집시다. 문제는 이 길 아님 저 길, 어느 길로 갔느냐가 문젭니다."

그는 어느 틈에 그들의 우두머리 격이 되었다.

"사실 난 동창포東倉浦로 가는 길이지요. 하도 가물어 감자 한 톨도 못 캤으니 굶어 죽을 지경이에요. 동창포 일가 집에 가서 양식이나 꿔 올까 하구 가는 길이지요. 만일 범인을 잡게 되면 상금이나 두둑이 주시오. 혼자들만 잡숫지 마시고! 하하하."

그는 여유 있게 웃었다.

"그럼 당신은 이 고장 지리를 잘 알겠구먼. 범인만 잡으면 상금이 있다마다. 자, 우리 빨리빨리 행동합시다!"

날은 이제 완전히 어두워져 있었다.

'일은 꽤 재미있게 돼 간다!'

피해 다니는 몸이 경찰관과 동행하게 됐으니 더 이상 안전한 방법은 없다. 그러나 그는 그 고장 지리에 어두웠다.

박충권은 호젓한 숲길에서 여러 번 좋은 기회를 놓친 끝에 일인 경관을 앞장세우고는 복사리伏獅里로 접어들었다.

"저 마을로 가서 정보를 수집해 봅시다. 그놈은 아마 여기쯤 와서 잘 거요."

복사리 장터에는 밤이 이슥했는데도 사람들이 길가에 나와 앉아 세월 이야기로 밤을 지새우고들 있었다.

박충권은 시라키와 함께 느티나무 아래 앉아 있는 촌로들 곁으로 가서 피로한 다리를 잠시 쉬기로 했다. 시골 사람들은 낯선 사나이들이 끼어들었는데도 전혀 무관심했다. 그들의 화제는 오직 가뭄이었다.

"겨울에 마른번개를 하면 천지 이변이 있다더니 기어코 이렇게 가 무는군."

"2월 번개가 요란했으니 세월이 좋을 턱 있어?"

"연백평야에선 물쌈으로 여러 사람 다쳤다는 거야."

"이런 때 비 내리게 하는 장사壯士는 없나?"

"없기야 왜 없을라구. 왜놈들이 이 산천의 영기를 빼버려서 기운을 못 쓸 뿐이지."

"아아 장사 얘기 났으니 말이지, 그 곰보 장사는 아직도 안 잡혔다지요?"

시라키 순사부장은 어둠 속에서 눈알을 굴렸다.

"곰보 장사라니?"

"아, 치하포 나루에서 왜놈 헌병장곤가를 주먹으로 때려잡았다는 김 장사 말이야!"

"김구金九 말이군 그래? 겨드랑이 밑에 비늘이 있다니까 천하장사일게요."

이번엔 박충권이 어둠 속에서 주먹을 불끈 쥐었다. 김구 선생이었던가. 그놈들이 찾고 있던 상대가.

"왜놈들이 잡아간 건 아니야?"

"그렇지 않아. 어디론가 바람처럼 사라졌다는 거야!"

"어디로 갔을까?"

"그 누가 알 수 있나. 구월산 단군대檀君臺로 숨었을 거라고, 구월산엔 경찰, 헌병이 개미떼처럼 깔렸대는걸!"

"만주로 건너갔단 소리도 들리던데?"

"그래 그분이 정말 곰본가?"

"상해로 건너뛰었단 소문도 있어. 임시정부로 말이야."

"그런데 말이야, 그 김구 장사가 우리 안악으로 숨어들었단 소문도 있습디다요!"

그 순간 시라키 순사부장은 벌떡 일어섰다.

"요보! 그게 정말이오? 그 김구가 정말 안악에 왔소?"

말투가 일인이라 사람들은 깜짝 놀랐다. 그들은 서로 얼굴을 쳐다보며 대꾸를 못했다.

"빠리 빠리 말 못하갔소! 나 황해도 경찰부에서 나왔소. 김구가 안악으로 온 거 누가 봤소?"

시라키 순사부장은 허리에 찬 권총을 빼어 들고는 위협했다.

"바른 말 안하면 당신들 다 잡아가겠어!"

그러자 한 노인이 침착하게 말했다.

"우리 농군들이야 뭘 알갓소? 그저 뜬소문만 들었으니끼요. 소문에 의하면 김구란 놈이 아직도 잡히질 않았으니끼 제각기 찢어진 입으로 한마디씩 지껄인 거지요!"

노인은 담뱃대를 돌멩이에다 딱딱딱 두드리며 얄밉도록 태평이다.

"모두들 일어서시오! 거짓말하면 당신들 다 잡아가겠소! 자, 총을 쏘아야 바른 말 하겠소!"

사람들은, 한가롭게 담소하던 노인들은 돌변한 사태에 어쩔 줄을 몰라 했다. 시라키 순사부장은 살기등등했다. 한 손엔 권총을 들고 한 손으론 포승을 꺼내면서 먼저 노인에게 덤벼들었다.

박충권은 다급한 사태임을 직감했다. 그리고 책임을 느꼈다. 그를 이곳까지 끌고 온 장본인이 자기였기 때문에 자책을 느꼈다.

박충권은 드디어 행동으로 옮겼다. 그는 찢어진 밀짚모자를 벗어 팽개쳤다. 괴나리봇짐도 내동댕이쳤다. 그는 나는 듯이 일본인 경찰관에게 덮쳤다.

"이 새끼! 맛 좀 봐라!"

그의 동작은 민첩했다. 그는 우선 시라키의 권총을 낚아챘다. 그것으로 그의 면상을 후려쳤다. 그리고는 방아쇠를 당겼다. 한 방의 총성과 함께 화약냄새가 확 풍겼다. 사람 하나가 길바닥에 쓰러졌다. 그것으로 일은 끝났다.

실로 눈 깜짝할 사이에 일어난 일이다. 사람들은 어리둥절했다.

겁에 질려 있던 사람들에게 박충권은 말했다.

"여러 어른님들, 지나가던 행객行客입니다. 일본놈들을 철저히 미워하는 이 땅의 젊은 놈입지요. 피가 끓어 그대로는 보고 있지 못했습니다. 하지만 제가 저지른 일로 해서 여러분이 시달림을 받으시게 된 것을 송구스럽게 생각합니다. 뒤처리를 잘 부탁합니다. 자진해서 경찰에 신고하셔야 여러분이 시달림을 덜 받으십니다. 그렇지만 부탁이 있습니다. 제가 여길 떠난 지 5시간 뒤에 신고해 주십시오!"

박충권은 끌러 놓은 보따리에서 편지 한 장을 꺼냈다.

"한 가지 노인장께 부탁이 있습니다. 이 편지를 내일 새벽 재령에서 부쳐 주십시오. 우표딱지는 여기 붙어 있으니까 우체통에 집어넣기만 하면 됩니다. 그럼 저는 물러가겠습니다. 소란을 피워서 죄송스럽습니다."

그는 어둠을 뚫고 바람처럼 사라져 갔다.

하늘엔 별밭이 황금빛으로 찬란했다.

남자와 여자

박충권의 편지를 받은 윤정덕은 가슴이 마구 뛰었다.

— 황해도 풍천豊川에서 배를 타면 후추섬에 닿을 수 있습니다. 거기서 정덕 씨를 기다리겠습니다. … 생애의 단 사흘을 위해서 —.

윤정덕은 편지 사연과 지도를 번갈아 살피면서 여행준비에 바빴다.

9월 2일은 신임 조선 총독 사이토 마코토와 정무총감 미즈노 렌타로가 입경한다는 날이었다. 거리는 신임 총독을 맞는 경비망이 삼엄했다. 이지러진 심정으로 들떠 있는 서울.

그럴수록 서울 북방으로 떠나는 길목은 한산한 경비망인지도 모른다.

윤정덕은 신임 총독의 얼굴이라도 구경하고 싶은 호기심이 없진 않았지만 그런 호기심에 연연할 수는 없었다. 북으로 떠나는 기차에 몸을 실었다.

윤정덕이 해주海州에 도착한 것은 9월 3일이었다. 태탄苔灘으로 해서 장연長淵을 거쳐 풍천으로 빠지는 길목으로 나서려 하는데 거리가 온통 술렁거렸다. 사람들은 삼삼오오 모여 서서 수군거리고 있다.

윤정덕은 무슨 일인가 싶어 사람들이 모여 선 곳을 기웃거렸다. 그리고는 놀랐다.

〈매일신보〉 9월 3일 아침 신문을 들고 사람들은 야단법석이었다.

— 신임 총독 사이토 마코토 일행에 폭탄.

윤정덕은 애써 신문 한 장을 구해 가슴 깊숙이 간직하고는 가는 길을 재촉했다.

'생애의 단 사흘을 위해서!'

윤정덕과 박충권의 거리는 이제 점점 단축되고 있었다.

복사리 장터에서 일본 경찰 시라키를 죽인 후 그대로 밤길을 달려 안악군 은홍면으로 빠져 나간 박충권은 계속 걸음을 재촉했다. 장연長淵을 거쳐 오리포梧里浦로 나갔다. 진남포 어귀에 등대가 있는 오리포 나루에는 후추섬椒島으로 가는 증선배 한 척이 있었다. 그는 후한 뱃삯을 집어 주고 그 배에 올라탔다.

"됐다. 이젠 안심이다. 내가 섬으로 빠져 나갔다곤 그들도 상상 못할 테지!"

그는 피도避島, 취라도吹螺島, 석도蓆島에 증선배가 기착할 때마다 약간 경계는 했지만 섬은 역시 바다 속의 이방처럼 안온하고 평화로웠다.

후추섬 나루터 백사장에 내려선 그는 그 고장의 명물인 까나리 장사를 하러 왔다고 소문을 퍼뜨리고는 생선 도매꾼들이 합숙하는 여관 수평장水平莊에 피로한 여장을 풀었다.

윤정덕이 그의 뒤를 쫓아 후추섬에 도착한 것은 9월 5일, 낙조落照가 바다를 물들였을 무렵이었다.

언약한 남녀란 반드시 만나게 마련이다. 선창에서, 사나이는 여자의 가냘픈 손목을 덥석 잡으며 어쩔 줄을 몰라 했다.

"먼 길 고생이 많았죠? 이 망망한 바다까지 찾아주시니 고마워, 정말 고맙소."

그는 눈물이 나왔다. 감격으로 음성이 떨렸다.

윤정덕은 대꾸 없이 침묵했다. 감정이 극에 달했을 땐 말이 필요 없는 것이다. 한참 만에 간신히 입을 열었다.

"우리들의 사흘을 위해서 왔어요. 생애의 단 사흘을 위해서."

윤정덕은 또 말했다.

"드릴 선물이 있어요!"

박충권은 펄쩍 뛰었다.

"선물? 찾아오신 것만도 고마운데 선물은 또 무슨 선물이야!"

"선생님께 드리는 기막힌 선물이에요!"

수평장은 이름 그대로 까마득한 수평선이 보이는 갯가에 있었다. 함석지붕에 콜타르칠을 한 엉성하지만 새로운 건물이었다. 화제가 바뀌었다.

"이 마루 끝에서 보이는 저 까마득한 수평선이 몇 리나 되는지 아오?"

윤정덕도 우선 마음의 안정을 얻고 싶었다. 그래 반문했다.

"한 20리 되나요?"

"더 되지요."

"아무리! 2백 리는 안 되겠죠, 뭐."

"더 된다더군요."

"그럼 3백 리?"

"하하하, 리 수로 따져지지가 않겠죠! 저런 걸 보고 우린 끝이 없는

수평선이라고 하잖습니까. 끝없는 수평선을 바라보며 '우리들의 사흘'
은 이제부터 시작됩니다."

윤정덕은 그제야 선물이라는 것을 품에서 꺼냈다.

"이건 신문이에요. 허지만 아주 멋들어진 선물이에요."

윤정덕은 그의 앞에다 신문을 펼쳐 놓았다.

박충권은 무심히 그 지면을 들여다보다가 깜짝 놀랐다.

"어엇!"

그의 큰 눈이 더욱 크게 빛났다.

그것은 〈매일신보〉, 제1면. 사이토 총독 일행이 남대문역에서 폭
탄세례를 받은 놀라운 소식이 지면 가득히 실려 있었다. 박충권은 손가
락 끝으로 살아 움직이는 것 같은 커다란 활자들을 짚어가며 읽어 내렸
다. 〈매일신보〉 제1면에는 제목도 많았다.

　　　신 총독에게 폭탄을 투척. 2일 오후 5시 남대문 역두의 불상사.
　　　다행히 총독, 총감 일행은 무사. 중경상자의 수가 30명.
　　　유력한 혐의자는 즉시 포박됐다!
　　　굉굉한 폭탄의 성(聲),
　　　총독이 마차에 앉으려 할 순간에 폭발탄의 터지는 소리 굉굉했다.
　　　총독은 신색이 오히려 자약해 빙그레 웃으면서 관저로 향했다.

활자들은 춤을 추고 있었다. 관계 사진들은 흐릿했다.

사건은 다시 상세하게 보도되고 있었다.

— 액일厄日의 흐린 하늘은 일종의 음울한 기운으로 덮여 있었다. 9월
2일 제3대 사이토 마코토 남작과 제2대 정무총감 미즈노 렌타로 씨를
환영하는 경성의 천지는 아침부터 국기를 달고 당국에서도 미리 환영
의 순서를 정하여 관민 일치하여 신조선 통치의 주뇌主腦 등의 부임함
을 고대하였다.

오후 4시에는 남대문에서 정차장 앞까지, 서쪽에는 제78연대장 홋
타堀田 대좌의 지휘로 보병 2개 대대가 도열했고, 동쪽에는 환영하는
일반 민중이 열 겹 스무 겹으로 사람의 성을 쌓았고, 대정친목회원,
실업단체, … 대합실에는 중요한 환영객이 일찍부터 모여들어 마침내
정거장 밖까지 넘칠 듯하였고, 플랫폼에는 표찰로써 4구역으로 나눈
귀빈석을 가운데 두고 군인석, 조선 귀빈석, 왼편으로 총독부와 각 관
서의 직원석, 오른편에는 일반 환영석이다. 무려 1천여 명이 가곽架廓
에 모여들어….

이렇게 그 환영대열의 모습을 묘사한 다음, 사이토 총독과 미즈노 정
무총감 일행이 남대문역에 도착한 때의 모습을 자세히 설명하고는,

— 귀빈실을 나온 일행은 각각 나누어 타고 총독과 부인이 탄 마차가
정히 발을 떼어 놓을 때에 돌연히 인력거 둔 곳의 등 뒤에서 총독의 마
차를 겨냥하고 폭탄을 던진 자가 있었는데 폭탄은 총독을 떼어 놓은 뒤
쪽 두 칸 가량이나 되는 곳에 떨어져서 굉연轟然히 큰 음향이 일어나며
폭발되는 동시에 그 폭발에 상한 자가 부지기수인바, 드디어 중경상자
29명을 내는 참담한 춘사椿事가 일어났다. 다행히 사이토 총독은 군복
과 혁대 3곳에 구멍이 뚫렸을 뿐이요 무사하였다.

여기까지 읽고 난 박충권은 맥이 빠졌다.

"분통 터지는 선물이군!"

총독 사이토가 상처도 입지 않고 무사했다는 데 대한 애석과 그런 장거壯擧를 남에게 빼앗긴 점에 대한 안타까움이 앞섰다.

총독에게 폭탄을 던져 일본 요인들 수십 명에게 중경상을 입힌 대사건에 비하자면 자기가 대원면 복사리에서 일본 경찰 시라키를 쏘아 죽인 일쯤은 너무나 하찮은 짓 같았다. 그래 그는 윤정덕에게 자기의 무용담武勇談을 발설하지 않으리라 마음먹었다.

'이런 쾌거를 해낸 사람은 누구일까?'

그는 감동 어린 표정으로 여자에게 물었다.

"진범이 잡혔다는 소식은 없군?"

"아직 못 잡은 모양이에요. 혐의자 몇 명이 체포됐단 말은 있지만."

"부임하는 첫날에 폭탄세례라, 사이토란 녀석, 간이 콩알만 해졌겠군!"

"아마도 폭탄을 던진 지사는 박 선생 같은 분일 거예요. 젊고, 의기가 충천하고, 담대하고, 여자를 사랑할 줄도 알고⋯."

"내 주변으론 어림도 없습니다."

"그럴까요? 이번 일만은 박 선생의 짓이 아니겠죠. 알리바이가 성립되니깐."

"30대의 사나이일 겁니다. 남자는 30대의 의지가 가장 강하지요. 안중근 의사도 30대였습니다."

멀리 배가 지나가고 있는가. 선체는 보이지 않고 뱃고동 소리만이 전설처럼 아득하게 들려온다.

윤정덕은 신문지를 착착 접기 시작했다.

"사흘을 위해서 여기까지 온 거예요. 다른 일로 시간과 신경을 뺏기긴 싫어요. 우리의 세계, 우리들만의 시간, 하늘도 바다도 우리들을 위해서 존재하는 이곳. 아아, 선생님과 나와의 인연은 언제부터였을까! 천년만년 전부터 이미 정해진 숙명일 거예요. 20세기의 세계, 나라 잃은 땅 조선에서, 여기가 후추섬이라구 그랬나요? 후추섬에서…."

윤정덕의 서늘한 눈은 꿈을 꾸고 있었다.

그들은 바닷가로 나왔다. 분홍빛 낙조가 바다에 이랑지고 있었다. 그 빛은 정열이었다. 여자는 잠시 앞의 말을 잇는다. 다시 꿈속으로 헤엄친다.

"… 후추섬에서 조선의 남녀 박충권과 윤정덕이 단둘이서 만나도록, 천년만년 전에 이미 예정된 건지도 몰라요. 1919년 9월 5일 너희는 그 섬에서 만나 사랑해라! 천년 전의 음성이 들려오는 것 같잖아요? 선생님…."

갈매기가 호로릭 호로릭 머리 위를 날고 있었다.

"저 파도 소리! 저게 왜 현재의 소리예요? 저건 과거의 소리예요. 천년만년 전의 소리예요. 사흘은 짧지만 천만 년의 세월에다 비기면 30년과 별 차이가 없겠죠? 내 손을 잡으세요. 아름다운 우리만의 추억을 남겨야죠."

잠시 후, 그들은 파도에 심장을 씻기며 바위 위에 나란히 앉았다.

"여기서 청도靑島로 떠나는 중국 배가 있답니다."

박충권이 아물대는 수평선을 바라보며 말했다.

"청도는 중국?"

152

"청도로 해서 상해로 갈까 합니다."

"고만, 고만! 그런 건 사흘 뒤에 얘기하세요."

"상해엔 우리 임시정부臨時政府가 있습니다. 이동휘李東輝, 안창호安昌浩, 여운형呂運亨 씨 등이 만든 임정 말입니다. 내가 황해도를 그냥 지나지 못한 건 김구金九 선생을 보고 싶었던 까닭입니다. 그런데 내 짐작으론 김구 선생도 이미 이 바다를 건넜을 성싶습니다. 혹시 이 포구에서 떠났는지도 모르지요!"

윤정덕은 손바닥으로 사나이의 입을 가볍게 막아 주었다.

"고만! 천만 년 전 예정에 그런 화제는 지금 이 시각엔 없는 걸로 돼 있어요! 나를 안아 주시는 걸로 예정되어 있는 거예요!"

윤정덕의 왼편 눈꼬리. 거기 새카만 점, 사나이는 그 검은 점에다 코끝을 갖다 댔다.

"이 점도 이 위치에 있기로 돼 있었던가? 천만 년 전에 이미….."

"물론이죠! 시간이란 처음부터 사람들의 것, 여기선 영겁永劫이 있을 뿐이에요."

남녀는 사랑했다. 맑고 아름답게 사랑했다. 우화등선羽化登仙은 사랑의 극치, 제한된 시간이라는 관심은 그들의 정열을 승화昇化의 절정으로 이끌어 올렸다.

이곳 소사素砂나루터엔 고기 흥정꾼으로 법석일 때가 있었다. 법석대고 있었다.

해는 산에서 떠서 바다 가운데로 진다. 별똥이 바다 가운데로 떨어질 때 그들은 마지막 밤이라는 것을 깨닫고 몸부림을 쳤다.

그들은 사흘을 사랑했다. 더 연장하지 않았다.

"여기선 그렇지도 않지만 본고장엘 가면 중국 여자가 퍽 아름답대요. 편지는 날개가 없으니까 바다를 못 건너지요? 천만 년 전에, 지금 이 시각 뒤의 우리 운명은 어떻게 정해졌을까요? 모르시죠?"

여자는 섬을 떠나면서 이를 깨물고 슬픔을 참았다. 사랑엔 여자보다도 더욱 약한 게 남자다.

박충권은 주먹으로 눈물을 닦았다.

❉

사이토 총독 일행이 남대문역에서 폭탄세례를 받은 대춘사大椿事를 조상俎上에 놓고 경무국 간부들은 두 갈래로 그 의견이 엇갈렸다.

본시부터 총독에 대한 암살음모가 있을 수 있다는 것을 짐작 못한 바는 아니었다. 그러나 다른 곳도 아닌 서울 한복판 남대문역에서 그런 사고가 돌발하리라곤 꿈에도 상상 못한 그들이었다.

8월 20일자로 이미 경무국장 자리를 내놓은 고지마는 겸직이었던 헌병사령관 자리만을 전담하게 되고 그 후임에는 노구치 준키지野口淳吉라는 사나이가 부임해 왔다.

노구치野口는 일찍이 통감부 시절에 지방 헌병대장을 지냈고 한때는 대만 총독부 경무국장도 지냈던 사나이다. 사이토는 노구치를 직접 아는 바 없었지만 정무총감 미즈노가 그의 수완을 믿는 데다가 대만이라면 민중의 봉기도 없고, 평온한 통치실적을 보인 식민지이므로 그런 곳에서 이른바 문화정치의 일익을 맡았던 사람이라면 총독부의 새로운 시책과도 어울리리라는 장담이었다.

노구치가 경무국장으로 부임했다는 소식을 들은 경무국 골수분자들은 그를 여지없이 빈정댔다.

"술은 잘하지! 늘 허허 웃으면서 호인인 체하고! 그러나 무능해! 무골충이야! 그런 자가 이 조선 경찰을 통솔할 수 있을까?"

"아무려나, 두고 봄세나! 아마 똥이나 싸고 뭉갤걸!"

"사이토 총독도 앞길이 암담하이!"

"인사 정책을 보니 벌써 싹수가 노랗단 말이야!"

불만과 조소는 도처에 있었다. 있게 마련이다.

아니나 다를까, 노구치가 경무국장으로 부임한 지 일주일 만에 신임 총독이 또 폭탄세례를 받는 난장판이 벌어지고 말았던 것이다. 그러나 조선의 열혈청년熱血靑年 강우규姜宇奎, 그는 그들 손에 잡히고 말았다.

9월 4일 밤, 경무국장은 강우규를 총독암살 미수범으로 체포한 것을 포상하는 뜻에서 경무국 골수분자들한테 주연을 베풀었다. 역시 경무국 전용 정자인 남산 약수터 승리간에서였다.

그러나 또 난장판이 벌어졌다. 노구치 국장은 그 자리에서 부하간부들로부터 노골적인 야유를 받았다. 그것은 상사에 대한 공공연한 반발이었다. 전임 고지마 국장을 끼고 도는 반발이었다.

그는 그날 밤으로 결심했다.

'조선땅엔 바람이 너무 세다! 더럽다. 봉변은 감투에 연연한 사람이 당하는 수모, 나는 감투에 집착하지 않는다!'

노구치 경무국장은 다음날 아침 미련 없이 사표를 총독에게 냈다. 이유는 폭탄사건에 대한 경비 책임자로서의 인책이라고 되어 있었다.

그러나 경무국장에 부임한 지 일주일도 안 돼서 벌어진 사건의 책임이라면 오히려 그 자신이 질 게 아니라 부하 간부들이 져야 마땅한 일이었다. 노구치는 그것을 알고 있다. 그러나 간밤 그자들과의 사이에 벌어진 실랑이를 생각하면 도저히 경무국을 통솔할 자신이 서지 않았다.

엄밀히 말해서 그는 자신의 몸을 사렸다. 미련이 생기기 전에 일찌감치 사의를 표명했던 것이다.

노구치의 사표가 제출되자 기뻐한 사람은 헌병사령관 고지마였다. 그는 자기 말을 고분고분 잘 듣고, 새 총독의 유화적인 정책에 은근히 반발하는 심복을 경무국장 자리에 앉혀 놓으려고 했다.

'아카지赤池濃! 그는 의지가 강철 같은 사나이다. 그는 '면도날 아카지'라는 닉네임이 있을 정도다. 그는 나의 심복이다.'

고지마 헌병사령관은 아카지를 경무국장 자리에 앉히려고 즉각 이면공작을 펼쳤다.

총독 사이토가 부임한 지 5일째 되는 9월 7일이었다. 총독부 회의실에는 수뇌회의가 열렸다. 해군대장의 정장을 한 총독을 중심으로, 좌우에는 미즈노 정무총감과 우쓰노미야 사령관이 앉았다. 그 아래 좌석엔 아카시 내무국장, 구니이다 이왕직 차관, 모리다 총무과장, 모리야 비서과장이 자리했고, 그 건너편 상좌엔 고지마 헌병사령관, 조호지 사단장, 마쓰나가 경기도 지사가 배석했다.

신임 총독은 탁자 앞에 섰다. 그는 개구開口 제일성으로 앞으로의 조선 통치방침은 문화주의文化主義라고 선언했다.

그는 이토, 데라우치, 하세가와 등 역대의 통치자들이 훌륭한 지도력과 뛰어난 역량으로 최선을 다했는데도 불구하고 결과적으로는 만세소동과 같은 조선민족의 일대 반항적인 시위가 야기됐음은 그 정책에

156

서 어딘가 잘못된 점이 분명히 있다고 지적했다.

"나 역시 무인입니다. 대일본제국의 군인이고, 해군대장입니다. 그러나 정치에 대한 나의 신념은 달라요. 총칼로 지배하는 것은 일시적인데 불과해요. 표면적인 것입니다. 중요한 건 정신을 지배하는 것이라고 생각합니다. 남을 지배하려면 철학이 있고, 종교가 있고, 문화가 앞장서야 한다는 사실입니다. 이것은 세계사의 교훈이며 고금을 통해 변함없는 진리입니다."

그는 차분한 음성으로 그러한 전제를 해놓고는 새로운 시정방침을 피력했다.

첫째, 문화주의를 표방한다.

둘째, 조선민중의 심정을 달래서 그들을 포섭 동화하는 데 노력한다.

셋째, 헌병제도를 철폐한다. 헌병은 군의 군기만 전담하며, 모든 민간치안은 경찰이 전담한다. 이 경찰력을 보강하기 위해서 본국에서 2천 명의 경찰관을 끌어내올 것이며, 조선인 가운데서 약 6천 명을 순사보巡査補로 등용할 것이다.

넷째, 공무원과 학교 교사들의 제복을 폐지하고, 그들이 패용했던 군도軍刀와 총기銃器도 철폐한다.

다섯째, 조선의 유력한 유지인사有志人士들과 접촉하여 그들을 포섭하고 중용한다.

여섯째, 조선사람들에게 몇 가지의 신문발행을 허용하여 언론 창달을 도모한다.

사이토 총독의 이런 엉뚱한 시정방침이 우선 대내적으로 발표되는 동안 회의장은 희비쌍곡선이 교차되었다. 정무총감을 비롯한 문관들은 별다른 반응 없이 고개만 끄덕이는데, 고지마 헌병사령관을 비롯한 무관들은 놀라움을 금치 못하겠다는 표정들이었다.

참다못했던가 싶다. 헌병사령관이 발언권을 얻어 의견을 개진했다.

"3월 폭동만 해도 정부와 전임 총독 각하의 우유부단하고 미온적인 대책 때문에 그 여파가 전조선 땅에 파급했습니다! 어디 그뿐인 줄 아십니까. 저놈들의 상해 임시정부라는 괴뢰단체는 연통제聯通制라는 것을 만들어서 조선 13도의 군과 면에까지 비밀 공작원을 배치하고는 정보를 교환하고 세금을 거둬 갑니다. 그들은 두 개의 정보를 가지고 있습니다. 죄송하오나 한 가지 각하께 여쭤 보겠습니다."

헌병사령관은 말을 뚝 끊고 사이토 총독의 낯빛을 살폈다. 사이토는 반백의 머리를 한 손으로 쓸어 넘기며 빙그레 웃었다.

"어디, 얘길 계속해 보시오!"

"지금 조선의 통치자는 조선총독부입니까, 아니면 저 상해에 근거지를 둔 망명집단亡命集團인 임시정부입니까. 헌병사령관인 저의 견해로는 우리 군대가 지금 꽉 틀어잡고 있기 망정이지 그렇지 않다면 조선의 통치자는 임시정부가 돼 있다, 이 말씀입니다. 문화정치도 좋긴 합니다만 소관 생각으로는 조선인한텐 개발에 편자란 말입니다!"

그러나 총독은 그런 헌병사령관의 당돌한 말에도 그저 빙그레 웃을 뿐 노기를 띠지 않았다. 웃는 자가 이기는 자다. 그는 웃음을 잃지 않고 장자長者의 풍도風度를 보였다.

"그건 나도 알고 있소. 그러나 나를 믿어 보시오. 본국의 하라 수상과도 충분히 토의됐고, 또 그 방침대로 밀고 나가기로 칙허勅許를 얻었으니까!"

총독은 이미 칙허를 얻어 놓았다는 말에 힘을 주며 헌병사령관의 의견을 점잖게 일축해 버렸다.

그러자 정무총감 미즈노가 나섰다.

"이미 방침은 정해진 것입니다. 총독 각하는 자타가 공인하는 정치가이십니다. 군인과 정치가의 사고는 일치 안 됩니다. 각하는 군복을 입으신 정치인이신만큼 우리는 각하를 받들고 그 정책을 실천해야 할 의무가 있습니다. 좀 실무적인 이야깁니다만 우선 두 가지 일부터 착수해야겠습니다. 첫째로 총독 각하의 통치방침을 내외에 천명하는 유고문諭告文을 곧 발표하는 것입니다. 이미 그 유고문의 초안은 만들어져 있습니다. 그 초안을 이 자리에서 읽어드리시오."

정무총감은 비서과장에게 유고문의 초안을 낭독시켰다. 낭독이 끝나자 정무총감이 또 발언했다.

"다음에는 조선의 유력한 인사들을 일당에 모아 흉금을 털어 놓고 시국 간담회를 열자는 것입니다."

날짜는 9월 20일경이 좋으리라 했다.

총독과 정무총감이 본국 정부와 천황의 칙허를 받들고 새로운 시정을 펴 나간다는 강경한 의사표시가 있자 헌병사령관을 비롯한 무관파武官派들은 아무런 반발도 하지 못했다.

그러자 총독은 좀더 중대한 발언을 했다.

"이건 아직 나의 사견입니다만, 앞으로는 조선농민들을 북간도로 더 이상 내쫓지 않겠소이다!"

모두들 어리둥절했다. 그것은 조선 총독의 발언이 아니라 조선을 사랑하는 조선인사의 발언처럼 들렸기 때문이다. 그리고 말을 이었다.

"머슴도 주인집에서 이유 없이 쫓겨나면 앙심을 품는 것이외다. 하물며 4천 년의 긴 역사를 가진 단일민족이 이민족한테 제 조국을 빼앗기고 드디어는 제 조상의 뼈가 묻힌 고향산천을 등져야 한다는 설움은, 지배자로서 일말의 눈물 없이 바라볼 수 없는 정경입니다."

무단파들뿐 아니라 문관들도 술렁거렸다. 그 발언의 참뜻을 파악할 수가 없어서 서로 얼굴들을 마주 보며 의아해했다.

신임 총독, 해군대장 사이토는 말했다.

"이렇게 말하면 제관은 혹시 나의 조상이 조선사람이나 아닐까 의심할지 모르지만 말야…."

그의 표정은 끝까지 온화했다.

"나는 분명 대일본제국의 신민이며, 황공하옵게도 폐하께 충성을 다하는 해군대장인 군인이며, 새로 부임한 조선 총독이외다…. 현재까지 불과 10년 미만에 조선 농민 80만이라는 대부대를 만주 땅으로 내몰았습니다. 여러분은 생각해 본 일이 있습니까. 남부여대男負女戴해서 조국을 등지는 그들을 보고 무엇을 생각했겠어요? 그들은 이국 변경에 가서 고생하면 할수록 절치발분切齒發憤할 것입니다. 자자손손 일본에 대한 원수를 갚아야 한다고 훈계할 것입니다. 말하자면 과거 10년 미만에 조선총독부는 스스로 만주 땅에 조선독립군 80만 명을 양성한 셈이지요. 따라서 나는 계획성 없는 조선인의 대량 추방을 금지하고, 오로지 어떻게 하면 조선인을 잘 살게 할 것인가에 정책의 근본을 둘 것입니다. 조선사람이 조선땅에서 살 수 있게 하고, 그들한테 안정된 야망

160

을 기르게 해서 그들 스스로 대륙 땅으로 웅비雄飛하도록 넓고 굳은 의지를 길러 주려는 게 내 시정의 근본방침이라 이 말씀이외다!"

그는 마지막으로 음성을 낮추며 의미심장한 한마디를 남겼다.

"나는 해군의 장교로서 세계를 두루 다닌 사람입니다. 자기 자랑이 됩니다만 외국어도 꽤 아는 축에 들지요. 세계사도 문화사도 수많은 이즘도 나대로 연구했습니다. 정치는 백 년 앞을, 적어도 한 세기 장래를 내다보면서, 조급하지 않게 피치자被治者의 마음을 골고루 살펴가며, 유유히 해야 하는 것으로 압니다. 총칼을 휘둘러 민중을 습복시키는 거야 누군들 못 하나요? 그건 참 통쾌한 일입니다. 허나 명령일하에 안 되는 일이 없을 때, 치자는 이미 묘혈墓穴을 파기 시작한 것입니다. 흔히들 식민지 정책은 무단武斷입니다만 그것은 예외 없이 실패했습니다. 나는 이 땅에 우리의 신도神道를 이식할 작정입니다. 황도皇道의 찬연한 빛을 쏘이게 할 것입니다. 대일본제국의 교육정신을, 제도를 옮겨올 것입니다. 일본의 문화를 숭상케 하고 세계에 관절冠絶하는 후지산富士山의 정기를 쏟아 부을 것입니다. 늙은이는 차례로 죽어 갑니다. 이 땅 어린이들을 일본인으로 교육하겠습니다. 자애로운 손길로 교육하면 어린이는 따르게 마련이지요. 백 년, 2백 년 뒤의 조선을 위해서 우리는 조선을 다스려야 합니다. 환경은 서서히 변경돼야 적응되는 거예요. 정책상 환자로 하여금 환각증상에서 허덕이도록 할 필요가 있습니다. 교육, 종교, 문화라는 주사액을 주사해서 황홀감에 도취시킴으로써 의사의 목적을 달성하는 경우가 있다는 말입니다. 여러분은 총칼로 제한된 수의 조선인을 습복시키려고 하지 마시오. 태양과 같은 황은에 감읍하도록 조선민중에게 온정을 베푸시오. 교육, 문화, 종교로 그들을 세뇌洗腦하시오. 그것이 나의 문화정책입니다."

조선총독부의 한정된 고관들은 숙연히 그의 마지막 말을 음미하고 있었다.

'데라우치보다도, 물론 하세가와보다도 무서운 사람이다!'

웃으며 뺨을 치는 사람, 신임 사이토 총독은 그런 사람이라고 그들은 생각했다.

❦

고지마 헌병사령관은 그날 밤 경부보 미와를 자기 사저로 은밀히 불렀다. 미와는 송병택 미체포에 대한 힐난인가 싶어 풀이 죽은 채 그의 사저에 나타났다.

그날 이후 박충권의 행방을 그는 캐내지 못했다. 개성 근처에서 봤다는 정보와 안악군 복사리에서 일본 경찰관이 낯선 사나이한테 피살됐다는 보고에 신경을 곤두세우긴 했지만, 그것이 박충권의 소행인지 아닌지는 확인할 길이 없었다.

"그놈 아직 소식이 없나?"

"최선을 다해서 검색하고 있습니다만 … 아직."

헌병사령관의 얼굴은 예상보다 밝았다.

"그건 그렇구, 미와 군! 경부보가 되니까 더 바쁘겠지? 더구나 경무국장이 사표를 냈다니까 일도 손에 안 잡힐 게고!"

그날 밤 고지마와 미와 사이에는 꽤 중대한 밀모가 무르익었다.

고지마는 미와에게 다짐했다.

162

"이 일은 애국 충정의 신념으로 하는 일이야. 알겠나! 이 일은 자네와 나와 하늘과 3자 이왼 영원한 비밀이야!"

고지마와 미와 경부보의 밀모는 한낱 장난 같기도 하지만 그들로서는 목을 건 장난이었다.

9월 10일부터 공포되는 조선 총독 사이토의 유고문이 너무 유화하고 미온적이니 거기에다 장난질을 치자는 것이었다. 마침 총독의 비서과장이 조선 물정에 어두운 것을 기화로 교묘히 공작하면 어렵지 않게 일이 성사할 수 있으리라는 것이었다. 만일 총독의 유고문이 정무총감이 기초한 대로 공포된다면 헌병사령부는 말할 것도 없고 경무국의 고등과는 할 일이 없어서 허공에 뜨고 말리라는 이론이었다.

그런 만큼 고지마는 미와에게 그 유고문에다 적당한 구절 하나를 살짝 삽입하라는 것이었다. 이런 일이라면 귀신이 곡할 정도로 솜씨가 있는 미와였다. 그는 먼저 비서과장에게 가서 아직도 계엄령이 완전히 풀린 건 아니니 총독부의 모든 공고문은 군사령관과 경무총감부의 사전 검열을 거쳐야 한다고 했다.

그 이론엔 빈틈이 없다. 비서과장은 유고문의 초안을 내놓았다. 미와는 경무국으로 그것을 가지고 왔다가 다음날 그에게 돌려주면서 넌지시 말했다.

"그대로 좋다합니다. 그대로 발표하시지요. 그런데, 어디서 인쇄하시지요?"

풋내기 비서과장이 그걸 알 까닭이 없다.

"이런 중대한 인쇄물은 저희 경무국 전속공장에서 인쇄해 왔습니다. 그래야 기밀이 누설되지 않으니까요. 만약 급하게 안전하게 인쇄하시려거든 저에게 연락 주십시오. 24시간 이내에 백만 장이라도 인쇄를 완료해서 저희가 지방 관청에 배부해 드리지요."

비서과장은 이를 데 없이 친절하고 고분거리는 미와 경부보를 매우 고마운 사람이라고 생각했다.

9월 8일 저녁 비서과장은 그 유고문의 인쇄를 경무국에 의뢰했다. 미와는 회심의 미소를 지으며 그 유고문 초안에다 다음과 같은 엄청난 가필을 해서는 인쇄공장에 넘겼다.

— 만일 공연히 불온한 언동을 일삼고 인심을 현혹하여 공안을 저해하는 자가 있다면 이는 마땅히 법에 따라서 추호도 가차 없이 처벌할 것이다. 일반 민중은 본관의 뜻을 알아서 자중하라.

사이토 총독과 미즈노 정무총감은 처음부터 끝까지 온건하고 덕성스러운 문구만을 나열하여 민심을 사로잡으려 했으나 완전히 실패했다.

총독의 유고문은 다음과 같이 둔갑을 해서 반회유 반공갈의 음흉한 경고문이 된 채 전국에 배부되었다. 그것은 9월 10일부였다.

유고諭告
불초不肖 여기 조선통치의 대임을 맡음에 즈음하여 조선총독부의 관제를 개정하고 이에 한마디 민중에게 고한다. 조선통치의 방침은, 일시동인一視同仁의 대의에 따라서 민중의 복리를 증진하고 동양평화를 확보함에 있음은 이미 정해진 것으로서 누대 통치累代統治를 맡은 자 모두 이 뜻에 따라서 조선의 개발에 힘썼고, 국민 또한 맡은 바 생업에 정려精勵함으로써 금일의 발전을 가져왔음은 중외中外가 다 인정하는

164

바이다. 그러나 백반百般의 시정도 이를 민도民度에 비치고 시세時世에 맞추어 인심이 따라오도록 해야 함은 재언을 필요로 하지 않는다. 오늘날 시운의 추이와 문물의 진보는 옛날과 같지 않으며 더욱이 구주대전歐洲大戰의 종식에 따라서 세태인심世態人心의 변천 또한 현저한 바가 있다. 따라서 이에 정부는 관제를 개혁하고 총독 임용의 범위를 확장했고 경찰제도의 개정을 도모하여 시대의 흐름에 순응하고 시정의 간첩簡捷과 치화治化의 보급을 기하고자 했다.

불초 대명大命을 받들고 임지任地에 와서 저간의 사정을 파악하고 병합의 정신을 발양發揚할 목적으로 장차 부하를 독려해서 더욱더 공명정대한 정치를 행하고, 형식에 구애됨이 없이 항상 민중의 편익便益과 민의 창달民意暢達에 힘쓰며, 조선인의 임용 대우待遇 등에 관해서 역시 신중한 배려를 하고자 하며, 또한 조선의 문명과 구습舊習 중 활용할 만한 것이 있으면 이를 채택하여 통치자료로 삼고 행정 각반에 쇄신을 가하여 장차는 지방자치제를 실시함으로써 국민생활을 안정시키고 일반복리를 증진시키고자 하는 바이다.

바라건대 관민官民은 다함께 흉금을 터놓고 일치 협력하여 조선 문화의 향상을 기하고 문명적 정치의 기초를 확립하여 성명聖明에 봉답奉答해 주기를 요망한다. 만일 본관의 이 뜻을 체득 못하고 공연히 불온한 언동을 일삼고 민심을 현혹하여 공안公安을 저해하는 자가 있다면 이는 마땅히 법에 따라서 추호의 가차 없이 처벌할 것이다. 일반 민중은 본관의 뜻을 알아서 자중하라.

대정大正 8년 9월 10일

조선 총독 해군대장 남작 사이토 마코토

이러한 유고문이 전국 방방곡곡에 붙여졌어도 총독과 정무총감은 그 둔갑한 사정을 모르고 있었다. 모든 정보는 경무국을 거쳐서 올라간다. 미와가 경무국 골수분자들에게만 이 비밀조작을 실토하고 쉬쉬한 이상 쉽사리 총독의 귀에 들어갈 리가 없었다.

총독이 그런 사실을 발견한 것은 9월 20일 조선의 유지인사들을 서울에 불러 올려 간담회를 개최한 자리에서였다. 그 유지 간담회라는 것은 정무총감의 착상으로 이루어졌다. 그는 상해 임정에서 국내에 파고드는 연통제에 대해 비상한 신경을 쏟고 있었다.

조선의 통치자는 조선총독부냐 임시정부냐, 하고 대든 헌병사령관의 발언은 노상 허망한 내용이 아니라는 것을 통절히 느낀 그는 각 도의 도지사와 경찰부장들에게 엄명해서 초대에 지명된 인사들은 한 명도 빠짐없이 상경하도록 했다. 중앙의 이른바 귀족들은 물론 13도에서 선발된 조선의 명사라는 51명의 친일파들은 한 사람도 빠짐없이 서울로 모여들었다.

총독도 정무총감도 매우 만족했다. 회의는 20일부터 26일까지 일주일간 계속되었다. 회의가 막바지에 오를 무렵, 함경남도에서 올라온 김석성은 총독에게 뜻 아닌 발언을 했다.

"총독 각하의 유고문은 참 잘됐습니다. 그러나 옥에 티랄까, 맨 끝 구절이 없었더라면 한결 각하의 덕성이 돋보일 뻔했는데 끝마디에서 그만 협박을 하셨더군요?"

정무총감은 새파랗게 질린 얼굴로 유고문을 가져오라 했다. 비서과장이 가져온 초안에는 아무런 잘못도 없었다. 그러나 김석성은 시골에서 배부된 그 유고문 한 장을 가지고 올라왔던 것이다. 정무총감은 얼굴이 붉으락푸르락해졌다.

"어느 놈이 이런 장난을 했어! 비서과장! 이 '엄벌에 처한다' 운운한 구절은 누가 가필한 거야?"

그러나 비서과장인들 그 곡절을 알 까닭이 없다. 그 내막은 다음날 곧 판명되고 말았다. 경무국으로 넘어가서 인쇄공장에 회부되기 직전에 누구의 손질이 있었다는 것을 알아냈다. 그 장본인이 미와 경부보였음도 곧 판명되었다.

"미와를 잡아들여라!"

그러나 아무도 미와를 잡아들일 수는 없었다. 그는 이미 기밀에 속하는 명령을 받고 서울을 떠나 없다는 보고였다.

"그놈, 송병택을 잡으려고 지방출장 중이랍니다."

미와는 박충권을 잡겠다고 급히 지방으로 떠났다는 것이었다.

미와가 황해도 안악 복사리에 나타나 시라키 순사부장 피살사건의 전말을 살피고 범인의 뒤를 쫓아 은율殷栗, 금산포金山浦를 거쳐 후추섬으로 건너갔을 때 박충권은 이미 청도靑島행 배 위에 있었다.

박충권은 그때 갑판 위에 외로이 서서 멀어져 가는 조국과 윤정덕과 자기 장래와, 그리고 상해 임정과 그리고 세월이 자기에게 무엇을 가져올 것인가를 골똘히 생각하는 중이었다.

바다는 황해黃海다. 그러나 갈라지는 물살은 희었다. 나뭇잎처럼 출렁이는 목선木船은 대해에 통통통통 음향의 점點을 간단없이 찍어가며 의지의 사나이 박충권을 싣고 멀리 이역 땅을 향해 쏜살같이 가고 있는 중이었다.

미소微笑의 가면을 쓴 총독總督

조선 총독 사이토 마코토는 어느 사석에서 이런 말을 했다.

"조선사람들은 내지인이 생각하는 것처럼 근본적으로 표독하거나 잔인하지는 않을 것이오. 왜, 조선에 와 보니 특히 3가지의 아름다움을 보고 감탄했어. 첫째, 자연이 더할 수 없이 아름답단 말이야. 하늘빛, 물빛이 세계 어느 나라의 그것보다도 아름다워요.

둘째, 여자가 참 아름답군 그래. 외양도 아름답지만 조신한 그 내면이, 호들갑을 떠는, 지나친 꾸밈을 나타내는, 표정의 변화가 너무나 심한, 우리 일본 여자들에 비하면 월등한 격조와 깊이를 풍겨줘요.

셋째로 아름다운 건 그들의 예술이야. 구다라(백제百濟)의 예술이 우리 일본의 아스카飛鳥문화의 모체임을 알지만 과연 아름다워. 늘씬하고 원만한 그 선線의 예술이 더할 수 없이 신비롭거든. 인위人爲에서는 물론, 모든 자연에서까지 그 선의 아름다움을 발견하겠더군. 지붕의 처마, 부처의 어깨, 석등石燈의 대석臺石, 도깨그릇, 숟가락, 심지어는 저고리의 동정과 앞섶의 흐름, 치마 주름, 버선코, 그 버선코를 찌부

러뜨리지 않으려는 고무신의 디자인, 모두가 오묘하고 늘씬하고 원만해요. 그러니 자연은 인류의 모체, 인간은 예술의 모체인데 어떻게 조선사람들이 근본적으로 포악한 종족일 수가 있느냐. 나는 진정으로 조선인을 좋아할 수 있을 것 같아!"

그는 어느 사석에서, 저들 언론인들이 모인 사석에서, 그런 말을 했다는 것이다. 그는 언젠가 총독부 직원 앞에서도 또 다음과 같은 훈시를 한 일이 있다.

"여러분은 어떻게 하면 조선인들을 좋아할 수 있는가를 생각하시오. 여러분은 대일본제국을 위하여 진심으로 조선인들을 좋아할 수 있는가를 궁리하시오. 여러분은 대일본제국을 위해, 조선총독부를 위해, 어떻게 충성을 다할까를 생각하기 전에, 조선인들의 풍속이, 그들의 종교가, 그들의 전통이, 그들의 혐오가, 그들의 자긍自矜이 무엇인가를 철저히 연구 검토하시오. 나는 이렇게 생각합니다. 대일본제국은 조선에서 무엇을 가져갈까를 따지기 전에, 조선인한테 무엇을 베풀까를 생각해야 하며, 조선총독부는 이곳 사람들에게 무엇을 시킬까 머리를 굴리기 전에 무슨 일을 해줄까를 고민해야 하며, 지배자는 피지배자한테 어떠한 명령을 내릴까를 생각하기 전에 어떻게 하면 좀더 친절한 말씨로 그들과 흉금을 터놓고 상의할 수 있는가를 살펴야 하며, 관리들은 그들이 잘못을 저질렀을 때 어떠한 벌을 줄까 눈을 부라리기 전에 왜 그들이 그런 잘못을 저질렀는가를 연구 검토해야 합니다.

여러분은 지금의 내 말을 서투른 통치자의 설익은 백일몽白日夢이라고 비웃을지도 모르지만, 여러분! 꿈 없는 정치를 왜 해야 하며, 목적 잃은 지배를 왜 해야 하며, 나를 사랑하게 하기 위해 왜 남을 미워해야

합니까. 다시 말할까요. 우리가 조선을 지배하고 조선인을 사랑하는 궁극의 목적은 오직 하나입니다. 하나에서 백까지 대일본제국의 번영을 위해서입니다. 그 오직 하나의 숭고한 목적을 위해서 본관을 보좌하는 여러분한테 내가 열거列擧한 가장 근본적이고 슬기로운 신념을 그리고 방법을 이 땅에다 심어 달라는 것입니다."

제3대 조선 총독 사이토는 이미 실패한 저들의 무단정책을 이른바 문화정책으로 바꾸기 위해서는 우선 조선에 와 있는 일본인과 조선총독부의 일본인 관리들한테 그런 이론적인 선무宣撫공작을 펼쳐야 했다.

"나는 내 아내와 함께 부임해 왔다. 내 아내는 자연인 사이토의 아내로서 나를 따라 조선에 온 것이 아니라 총독의 아내로서 총독과 함께 부임한 것이다. 내 아내가 조선에서 할 일은 조선의 아내들과 함께 조선적인 생활을 하는 데에 있다. 생활이란 생존과는 다르다. 생활이란 사고하고 행동하고 이념을 추구해서 스스로의 존재가치를 확인함을 뜻한다. 여러분도 아내를 데려오라. 데려올 아내가 없는 사람은 여기서 맞이하라. 이 땅에서 아들딸들을 낳아 이곳 풍토에 적응하도록 기르라. 그러나 일곱 살이 되면 심상소학교尋常小學校에 입학시킬 것이다."

심상소학교란 일본의 교육제도에 의한 초등교육 기관의 명칭이다.

그는 일본의 해군대장이다. 그는 조선사람이 아니다. 그가 만약 조선사람으로서 조선을 위한 통치자였다면 조선백성들은 훌륭한 통치자를 만난 것이다. 그러나 그는 일본인이다. 그는 일본인으로서 오로지 일본을 위한 조선의 통치자였다. 따라서 조선으로서는 가장 두려운 폭군暴君을 맞이한 것이다.

그 자신이 실토한 바 있다.

"강우규라는 놈이 데라우치한텐 손을 안 대고, 나한테 폭탄을 던진 걸 보면 거 위대한 인물이야! 문화정치를 하겠다는 사람한테 폭탄세례라니, 놀랐는걸, 핫하하. 내 전도엔 비바람이 있어! 허허허. 조선 청년들 만만찮단 말이야, 핫하하."

그는 10월 3일에 첫 지방장관 회의를 소집했다. 10월 3일은 이 나라 백성들이 길이 새기려는 개천일開天日이라 했던가. 바람은 소슬하고, 하늘은 높푸르고, 만산滿山은 홍엽紅葉으로 물든다.

하필 이날, 남산 중턱 조선총독부 앞뜰에는 꽤 많은 자동차와 인력거들이 모여들었다. 양복과 군장과 조선 두루마기들이 차례로 영접을 받으며 모여들고 있었다. 총독과 정무총감이 새로 부임한 이래 처음으로 열리는 지방장관 회의였다.

지난 9월 20일부터 26일까지 조선의 유력한 유지, 명사 51명을 일당에 모아 놓고 각 지방의 민정을 청취한다는 미명 아래 갖은 향응과 회유를 베풀었던 신임 총독은 9월 26일을 기해서 지방장관의 대폭적인 인사이동을 단행했다.

그런데 그 인사이동이라는 것은 실로 교묘하게 이루어졌다. 본시 하세가와 총독 재임 시의 13도 지사들의 면면을 보면 8개 도의 도지사가 일본사람이고, 나머지 황해도, 강원도, 함경남도, 충청북도, 전라북도만은 조선사람을 도지사 자리에 앉혀 두었다.

그러나 미즈노 렌타로는 정무총감으로 부임해 오면서 본국 내무성의 중견 간부급 관리 10여 명을 이끌고 와서 그들을 총독부의 국장자리나 아니면 도지사로 안배해 앉힐 작정이었다. 따라서 이번 인사이동엔 미즈노의 고등전술이 그대로 나타났다.

172

"각하, 새로운 시정을 해 나가자면 인사쇄신부터 단행해야 합니다."

"그건 나도 동감이오. 정무총감은 어떤 복안이라도 가졌겠지?"

"저의 복안보다도 각하의 의견이 계시면?"

"나야 뭐, 그런 잡다한 일까지 간여하긴 싫구. 내무행정에는 총감이 정통하니까 복안을 말해 보구려."

총독은 매사에 대범한 척하려고 언제나 온후한 표정을 지었다. 그는 해군대장이라는 군인 신분이면서도 일본의 육군 장성들의 공통적 결함인 단견短見과 무식無識을 못마땅히 여기는 사람이다.

그는 같은 군인인 육군 장성들보다는 미즈노 같은 문료파文僚派를 더 좋아했고, 그들을 더 중용할 속셈이었다.

미즈노 총감은 총독이 자기에게 모든 인사권을 일임하는 것으로 알고 주저하는 빛 없이 자기의 복안을 개진했다.

"지금 조선 13도 가운데 조선사람 도지사가 다섯 자리를 차지하고 있습니다. 저의 생각으론 이 5명의 조선인 도지사는 그대로 유임시키는 게 민심을 사로잡는 데 좋을 듯 생각됩니다."

총독은 총감의 말이 좀 의외였으나 그대로 수긍했다.

"옳은 말이외다. 뭣 보다 민심을 사로잡아야지. 그런데 그 조선인 지사들은 누구누구더라?"

"황해도에 신응희, 강원도에 원응상, 함경남도에 이규완, 충청북도에 장헌식, 전라북도에 이진호 등입니다. 그들은 모두 그 고장에서 신임이 두터운 인격자들이고, 총독부 시정에도 열렬한 협력자들입니다."

"그렇다면 그 사람들은 그대로 유임시키도록 하시오. 공연히 자리를 옮기게 해서 필요 없는 불만을 살 필요는 없으니까."

"제 생각도 그렇습니다. 그 다섯 사람은 그대로 유임시키고 나머지 일본인 지사들은 전적으로 갈아치워야겠습니다."

정무총감은 미리 준비한 인사계획을 총독에게 비쳐 보였다.

이렇게 해서 9월 26일자로 경북지사 후지가와, 평남지사 시노다, 평북지사 이오, 경기지사 구토, 충남지사 도키미, 그리고 전남지사로 미노가도를 발령했다. 다만 경남의 사사키와 함북의 감바야시만은 일본인이면서도 계속 유임시켰다.

이러한 인사개편 후에 오늘, 10월 3일, 첫 지방장관 회의를 소집했다. 회의장은 조선총독부 제 1회의실이었다.

군복, 예복, 사복 차림의 조선총독부 고관들이 기라성같이 일당에 모인 자리에 총독은 군인이지만 검은 싱글 신사복을 입고 나왔다.

조선인 지사들을 먼저 접견한 그는 다음 차례로 신임, 그리고 유임한 일인 지사들과 또 일일이 악수를 하고 자리에 앉았다. 그는 13개 도지사들과 악수를 나누면서 시종 웃음을 헤프게 터뜨렸다. 특히 조선인 지사들의 손을 잡을 때는 유달리 은근한 동작이었다.

지방장관 회의이지만 귀빈석이 마련되어 있었다. 모닝코트의 예복 차림을 한 이완용이 배석했다. 그 옆에는 새로 이왕직 장관이 된 이재극 남작의 얼굴도 보였다. 민영기, 조중응, 한상룡 등도 배석했다.

그러나 역시 빈자리가 있었다. 초청장을 받았던 김윤식, 박영효, 윤치호 등의 얼굴이 끝내 나타나질 않았다.

정각 오전 10시, 정무총감의 사회로 지방장관 회의가 시작되었다. 그는 겸손하고 부드러운 말투로 회의를 진행시켰다. 일찍이 전임자들에게선 볼 수 없었던 온유한 분위기의 회의였다. 사람들은 한결같이 신임 총독과 정무총감의 부드러운 인격에 감복하는 눈치였다.

마침내 총독이 이 회의에 보내는 특별 유시문을 낭독할 차례가 됐다. 그는 서서히 일어서서 준비한 유시를 읽어 나갔다. 그의 음성은 웅변은 아니었지만 한마디, 한마디가 또렷또렷했다.

"무릇 합방의 목적은 내지인과 조선인이 상부상조하여 한 덩어리가 됨으로써 영원한 동양평화의 기초를 확립하는 데 있습니다. 조선은 곧 대일본제국의 판도이지 결코 속방은 아닙니다. 조선인은 곧 제국의 신민으로서 내지인과 하등의 차별이 없습니다. 따라서 조선의 통치는 내선동화 방침에 의한 일시동인의 대의에 따릅니다. 다만 언어 풍속에 차이가 있고 문화 역시 일의 선후가 있으니 모든 시설과 규범을 내지와 똑같이 할 수는 없지만 그것은 과도기의 불가피한 현상입니다. 훗날 동화의 실적이 오르면 조선과 내지, 또는 조선인과 내지인은 획일 제도 밑에서 똑같은 황대皇代의 혜택을 받는다 함은 재언을 필요로 하지 않습니다. 본 총독이 대명을 받들어 조선의 개발에 힘쓰려는 목표는 오로지 조선을 황국의 일부로 끌어올리기 위함에 있습니다."

그는 중간에서 여러 차례 회동한 사람들을 훑어보았다. 특히 그의 시선은 조선인 지사들, 귀빈석에 앉아 있는 이완용, 민영기 등에게 자주 머물렀다. 장장 한 시간에 이르는 유시문 낭독은 끝장에 가서 미묘한 문제로 매듭을 지었다.

사이토는 헛기침을 두세 번 했다. 그는 탁자의 홍차로 목을 축이고는 힘주어 다음과 같이 읽어 내려갔다.

"특히 일본과 조선이 혼연일체가 된 오늘날, 내선인의 동화문제야말로 본관의 최대 시정목표입니다. 이 목표를 달성하려면 장차 내선인의 결혼을 장려해서 피차 모두 이신동체가 되어야만 합니다. 이것은 자칫 정략결혼의 장려라고 오해하기 쉽겠으나, 현재 아시아의 여러 민족은 실은 그 피가 서로 섞여 혼합된 민족이라는 인류학자들의 주장을 우리는 수긍 않을 수 없습니다. 더욱이 일본 내지에는 김金이라든가 고高라든가 혹은 남南이라는 성을 가진 사람들이 많은데 그들의 가계家系를 소급해 살펴보면 옛날 구다라百濟에서 건너간 사람들입니다. 그들은 이미 훌륭한 일본인이 되었으니 혼혈의 흔적도 찾을 수 없습니다. 그 용모와 골격과 혈액의 근원을 캐면 조선과 일본은 동일한 것으로 동화하기에 아무런 장애가 없습니다. 우생학적으로 그런 혼혈정책이 과연 좋은 것인지는 일률적으로 말하기 어렵겠지만 대일본제국은 유럽 제국과 달라서 개개의 가족제도가 사회적 기본단위이고, 따라서 국가의 기초도 개개의 가정을 중심으로 한 기본체제임을 생각할 때, 본관은 우선 일본인과 조선인의 혼혼정책混婚政策에서 내선인 동화의 열매를 거두어 보려는 것입니다. 따라서 지방장관 여러분은 ···."

사이토는 각 도 지방장관들이 임지에 돌아가거든 조선사람과 일본사람의 잡혼雜婚을 적극 권장하라는 부탁의 말로 유시를 끝마쳤다.

정무총감은 조용히 미소를 흘렸다. 비서과장은 가볍게 박수를 보냈다. 지방장관들은 열렬한 박수를 쳤다.

그러나 귀빈석의 맞은쪽에 자리 잡은 특별석의 조선군사령관, 헌병사령관, 경무국장 등 무골들의 표정은 몹시 굳어져 있었다. 그리고 그들이 앉은 특별석 맨 구석에 자리했던 〈경성신문〉 사장 아오야키青柳南冥도 비위가 뒤집히는 눈치였다. 그는 큰 기침을 두어 번 하고는, 두 팔로 무릎을 깍지 껴 감싸고는 고개를 옆으로 저으며 눈을 떴다 감았다

하다가 슬며시 일어나서 퇴장해 버렸다.

아오야키가 밖으로 나가자 고지마 헌병사령관도 뒤따라 일어섰다.

"큰일 났소! 조선총독부는 이제 망하는 거요!"

아오야키는, 뒤에서 들려오는 발소리로 그가 헌병사령관임을 알아 차리고, 혼잣말처럼 투덜거렸다.

고지마는 아오야키 옆으로 서면서 맞장구를 쳤다.

"아하, 뭐가 뭔지 모르겠소! 저 사람들 조선놈들을 마치 어리고 순한 양으로 보는 모양 아냐!"

"남대문역에서 단단히 보고도 아직 정신을 못 차리고 문화정치니 혼 혈정책이니 하고 떠드니, 학자인 나로서는 도무지 어린애 잠꼬대 같아 서 차마 듣고 있질 못하겠소 그려, 하하하."

아오야키는 자기가 학자라는 말에 힘을 줘가며 불평이 대단했다.

"아오야키 사장, 당신 의견도 내 생각과 똑같구먼. 본시 조선놈이란 상대방이 유약해 보이면 벌떼처럼 왕왕거리는 족속들이지. 저 사람들 뜨끔하게 맛을 좀 봐야 알 거요! 하하하. 조선놈들은 그저 칼을 뽑고 얼러대야 꺼덕거리던 대가리들을 자라목처럼 감춰버리는데, 천만에 말씀이지, 천만의 말씀이야. 문화정치라구? 말이 좋지, 개발에 편자 를 신기는 게 낫지, 조선놈들한테 문화정치야? 피를 섞는다구? 그래 대일본제국의 피를 조선 계집한테 넣어 줘? 오줌 싸듯 버리는 기분이라 면 몰라도. 그렇잖소? 아오야키 박사!"

누가 봐도 그는 총독에게 반기를 드는 말투였다.

"사령관의 말씀이 옳소. 나 역시 근 20년간 조선에 머물면서 연구해 봤는데 사령관의 의견과 아주 일치해요. 이제 총독은 진흙 밭에 빠져서

뭉개질 칠 것입니다. 쯧쯧!"

고지마는 정문 앞에 대기 중인 자동차 가까이에 이르자 아오야키에게 이렇게 말했다.

"자아, 함께 타십시다요. 인력거로 가실 것 있소? 내 자동차로 가시면서 얘기나 좀 합시다. 이제부터 우린 우리끼리 가야 할 데가 있소! 엊그제 얘기한 대로 우린 그걸 만들어야겠어!"

차 속에 좌정하자 아오야키는 고지마에게 귓속말로 묻는다.

"멤버는 누구누구지요?"

"아오야키 사장 당신하구, 경무국장 아카지 군하고, 나, 그리고 또 한 사람, 계급은 낮지만 내가 심복으로 부리는 경부보가 있는데 이름은 미와라 하죠."

"아아 미와군 말이군요. 나도 알고 있습니다. 쓸 만한 사람이죠."

"잘 아실 겝니다. 우리 넷이서 자주 모입시다. 장소는 아무래도 나의 관사가 좋겠죠. 헌병사령관 관사라면 비밀유지에도 십상일 테니까."

"그거 좋군요. 매달 15일 저녁, 사령관 관저에서."

그들은 이미 밀모密謀가 되어 있었다. 매달 15일마다 헌병사령관 관저에서 헌병사령관, 경무국장, 경성신문 사장, 경부보 미와의 네 사람이 정례적으로 모여서 신임 총독의 정책에 대한 의견을 교환하고, 총독이 주장하는 이른바 문화정치라는 것을 비판, 견제하자는 밀모가 서로 짜인 것이다.

그들은 이 모임을 만월회滿月會라고 불렀다. 15일에 모인다는 뜻이다. 누군가가 양력 15일은 만월이 아니라고 이의를 달기도 했으나 상징적이면 됐지 어떠냐고 묵살해 버렸다.

178

만월회는 1919년 10월 10일부터 발족했다.

지방장관 회의를 끝낸 사이토 총독과 미즈노 정무총감은 한껏 기분이 좋았다. 그들은 총독 관저로 각 도의 지사들을 초치해서 총독과 정무총감의 부인들이 손수 마련했다는 순일본식의 요리로 한자리 베풀었다.

일찍이 없었던 일이다. 이제까지의 총독들에게선 찾아볼 수 없는 일이었다. 데라우치가 그렇지 않았고 하세가와가 역시 그렇지 않았다. 그들은 무단정치의 우두머리답게 그들의 부인을 조선땅에 데려오지 않았었다. 따라서 가정적인 분위기를 보인 일이 없었다. 그러나 사이토는 달랐다. 그는 부인과 함께 부임했고, 정무총감 역시 그랬다. 그들은 저들이 얼마나 인간적이며 문화적인가를 시위할 필요도 있었다. 가족적인 분위기의 조성을 도외시하지 않았다.

사이토는 그 자리에서도 넌지시 '말의 어음'을 떼기를 잊지 않았다.

"우리의 궁극적 목표는 조선인이나 내지인이 같은 동포로서 모두 잘 살아보자는 것 아닙니까. 그러자면 통치자는 백성들의 마음과 여론을 중시해야 합니다. 나는 여러분에게 단언합니다. 멀지 않아 지방자치의 문을 활짝 열어 드리겠습니다. 총독부의 법령을 개정해서라도 여러 지방장관들에게 자치적인 권한을 대폭 이양하겠다, 이 말입니다."

그의 파격적이고 관대한 언질에 사람들은 그저 감격했다. 그는 또한 교육령을 개정할 방침이라는 것도 그 자리에서 비쳤다. 조선사람에게도 일본인과 맞견줄 수 있는 교육의 기회를 골고루 터주기 위해서 본국의 심상소학교 학제와 같은 보통학교 제도를, 그리고 중학교와 맞먹는 고등보통학교 제도를 마련해서 내선인內鮮人이 모두 균등한 배움의 혜택을 받을 수 있도록 하겠다고 했다. 그가 이 연회석에서 얼근히 취한 기분으로 내비친 말 가운데 특히 주목을 끈 것은 앞으로 조선사람을 위해 대학을 설립할 복안이라는 것과 민간인 경영 신문사를 두세 개쯤 허용할 방침이라는 것이었다.

이때 정무총감은 총독이 너무 헤프게 약속하는 듯싶어,

"각하, 신문 이야기는 아직 시기상조인 듯싶습니다."

라고 귀띔했지만, 사이토는 너털웃음을 터뜨렸다.

"허허 걱정 말아요. 한 번 쏟은 말을 도로 삼킬 수야 있겠소?"

그는 여러 사람에게 다시 선언했다.

"지금 총감은 나에게 신문 이야기는 시기상조라고 조언했소만, 나는 그것까지도 허용하겠소. 나는 공개정치를 하겠단 말이오. 악이란 언제나 그늘에서 싹트는 법, 햇빛 비치는 양지에서 공명정대한 정치를 하면 여론은 우리를 채찍질할 게 아니오?"

그는 정말 유쾌한 듯싶었다. 부임한 지 겨우 한 달인데 벌써 이 나라 강산의 지맥과 인심에 통달한 사람처럼 자신만만했다.

그러나 총독은 한 가지 일만은 털어놓지 않았다. 그것을 이 자리에서 발설하면 누구의 입을 통해서든지 경무국과 헌병사령부의 무식한 강경파들에게 알려질 것이고, 그렇게 되면 일이 낭패할 우려가 있는 줄을 그도 짐작하고 있었다. 정무총감 역시 총독이 그 일까지를 발설하지 않을까 속을 태웠으나 끝내 그 이야기는 토설하지 않아 안심했다.

그 계획이란 정무총감이 도쿄를 떠나면서부터 척식장관拓殖長官 고가 렌소와 함께 약조한 일이었다. 고가는 하라 수상을 설득시키고, 미즈노 자신은 총독과 면밀히 협조해서 실천하기로 약속이 되어 있었다.

그런데 조선에 부임한 지 어느덧 한 달. 총독부의 관제와 인사제도를 개편하고, 지방유지를 회유하고, 지방장관 회의를 여는 북새통에 한 달이 지나는 동안 그는 도쿄정부와 그 문제로 연락을 취할 겨를이 없었다. 뿐만 아니라 도쿄의 척식장관이 과연 하라 수상을 설득했는지의 여부도 모르는 실정이니 아직은 1급 비밀로 묻어두고 있는 일이 한 가지 있었다. 그러나 도쿄는 도쿄대로, 서울은 서울대로 미즈노, 고가 사이의 엉뚱한 밀계密計가 서서히 무르익어 가고 있었다.

정무총감의 책상에는 아침마다 두툼한 정보서류가 쌓여 갔다. 그 첫째는, 경무국에서 올리는 해내 해외의 독립단에 대한 것이다. 둘째는, 각 도에 밀파한 감찰관들이 직접 밀송해 온 민정民情보고다. 셋째는, 도쿄정부 외무성에서 보내주는 해외정세에 관한 분석서류였다.

이러한 정보들을 매일 면밀히 검토하던 미즈노의 얼굴빛은 변덕 많은 여름 하늘처럼 자주 흐렸다 개었다 했다.

중국 상해에는 대한민국 임시정부가 이미 수립되어 임시헌법을 공포했다고 했다. '대한민국 임시정부'는 국내에 대한 통치권 행사로서 이른바 연통제라는 것을 공포했다. 그 조직은 도·군·면에까지 침투 일로에 있다고 했다. 경무국이 입수한 정보에 의하면 임시정부에선 도道마다 독판督辦을 임명했다. 평북 안병찬, 평남 윤성운, 황해도 최석호, 함남 오상진, 함북 오성묵, 전남 기동연, 전북 이덕환, 경기도 민철훈, 충청에는 이기상 등의 명단까지 입수했다.

미국에서 활약하던 안창호는 상해에 도착하자 임시정부의 내무총장

에 앉았는데 그의 제안으로 4천만 달러의 독립공채獨立公債를 발행하게
되고 이 공채가 국내외에서 소화되면 독립단은 재정적 어려움을 쉽게
극복하리라는 정보도 있었다.

국경지대인 남만주에는 서일徐一, 김좌진金佐鎭 중심의 북로군정서
北路軍政署와 홍범도洪範圖 중심의 서로군정서西路軍政署가 조직되었다.
수천 명의 독립군이 그 두 곳을 근거로 득실거리면서 압록강과 두만강
을 제 집 울타리처럼 넘나든다고 했다.

만주에서 맹렬히 활약하던 박찬익朴贊翊이 상해로 건너가 임시정부
의 요직을 맡았다는 소식도 있었다. 박찬익은 그의 유창한 중국어 실력
에 힘입어 중국인들을 동지로 끌어들였는가 하면, 신규식申圭植과 함께
광동廣東으로 달려가 손문孫文이 영도하는 광동 호법護法정부와 굳게 손
을 잡고 임시정부를 사실상 승인하게 만들었다는 정보도 있었다.

멀리 스위스로 달려간 조소앙趙素昻은 베른에서 열린 만국사회당대
회에 참석해서 한국 대표권을 획득했고, '대한민국 임시정부야말로 한
반도의 진정한 정부'라는 승인을 받는 데 성공했다는 외신도 있었다.

하와이와 미주에서 들어온 소식도 심상치가 않았다.

서재필徐載弼, 이승만, 정한경鄭翰景, 이용직 등이 미국 정부 요로에
조선의 독립을 청원하는 한편 많은 독립운동 자금을 모금해서는 상해
임시정부로 보내주고 있다는 것이었다.

특히 정무총감의 주목을 끈 일은 미국 상원上院에 한국 독립안이 상
정되었다는 정보였다. 비록 상원에서 부결되긴 했지만 셀텐 스펜서,
토마스, 셀터스 같은 상원의원이 꾸준히 한국의 독립을 지지하면서 미
국 정치가들을 설득하는 데 동분서주한다는 워싱턴발 일본대사관의 연

락보고는 치를 떨게 했다.

어찌 그런 것뿐이었던가. 부산경찰서가 어떤 괴청년의 폭탄세례를 받아 폭파되었는가 하면, 신의주 대안의 안동安東에는 독립단원들이 횡행하고, 만주에서 조직된 암살 파괴공작단이라는 의열단원義烈團員들은 벌써 국내로 잠입해서 언제 어디에서 폭탄이 터질는지 예측키 어렵다는 경무국의 보고는 끝으로 정무총감과 총독에게 어떤 결단을 촉구하는 문구로 결론지어져 있었다.

이러한 중대 정보를 접할 때마다 미즈노는 총독에게 그 사실을 소상히 보고했다. 그러나 사이토는 시종 여일하게 태연한 기색이었다.

그럭저럭 한 달이 지났다. 11월 10일이었다.

왜성대 정문 앞의 늙은 느티나무는 을씨년스럽게 가지만 앙상했고, 그와 마주 서 있는 두 그루의 은행나무는 노란 이파리들을 몽땅 땅 위에 깔아 버렸다. 스산하기 짝이 없는 아침이었다.

그날, 총독실에 마주 앉은 총독과 정무총감의 대화 역시 바깥 날씨처럼 우울했다.

"추도식을 올리는 건 좋소만 너무 떠들썩하게 야단칠 건 없을 것 같소."

사이토는 미즈노에게 되도록 간소하게 일을 치르라는 것이었다.

추도식, 기어코 그는 죽었다. 제 1대 조선 총독 데라우치가 죽었다. 이토 히로부미의 뒤를 이어 이 땅을 삼키고 첫 총독이 되어서 침략자의 총수로 군림했다가 본국으로 돌아가 총리대신까지 지냈던 그는 정계에서 물러나 시골 한촌에 있더니 기어코 이해 11월 7일에 죽고 말았다. 그의 죽음을 재촉한 것은 이 해 3월에 조선반도를 휘몰아친 독립만세 선풍의 충격이었다는 소리도 들려왔다.

그러나 그가 남기고 간 그의 수족들은 아직 이 땅에 남아 있었다. 그의 부보訃報에 접한 고지마, 아카지, 아오야키, 미와 일당들은 데라우치에 대한 추도식을 조선에서 대대적으로 벌여 그의 무단통치를 은근히 추도함으로써 복고復古운동의 구실로 삼으려 했다.

그들은 정무총감에게 데라우치에 대한 성대한 추도식 계획안을 가지고 와서 막대한 경비의 지출을 요청했다. 정무총감은 자기 혼자 결정할 일이 아니라서 지금 총독과 마주 앉은 것이다.

"아직도 데라우치의 추종자들이 수두룩합니다. 그의 무단통치를 맹신하는 무관들과 우리 거류민들은 이번 기회에 데라우치의 복고조를 한껏 돋우어 보려고 책동하는 것 같습니다."

사이토는 이 말을 듣고 벌컥 화를 냈다.

"당치도 않는 소리들이야! 이제부터 우린 데라우치의 망령亡靈들과도 싸워야 할 판이군! 밖으로는 반항적인 조선민족을 무마해서 길들여야겠고, 안으로는 분별없는 데라우치의 망령들과 싸워 그림자조차 말살해야겠소. 그래야 조선통치가 반석 위에 놓일 것이오. 나의 문화적 동화정책의 진의를 모르고 조선인보다 더 많이 반대하는 일본인들을 하나하나 격파해야 돼. 결국은 대일본제국의 권익을 위하자는 것인데, 대붕大鵬의 뜻을 어찌 연작燕雀들이 알까만, 하여간 귀찮군!"

사이토는 흥분 끝에 입을 열면 다변이다.

"엊그제 나는 이완용을 만났소. 그는 3월 만세소동의 여파가 내년쯤이면 가라앉으리라고 하면서 나의 문화정책을 극구 찬양하더군. 그렇지만 나는 그에게 말했소. 3월 만세소동이 가라앉으려면 5년은 걸릴 것이고, 동화정책이 열매를 거두려면 20년은 기다려야 한다고. 그랬더니 이완용도 수긍하더군. 그도 정치는 성급해선 안 된다고, 총독부엔 아직 군벌이 많다고, 그들은 매사를 데라우치의 사고방식대로 즉결해 버리려는 풍조가 있는데 그래서는 안 될 거라고 말합디다.

그래 나는 말해 줬소. 나의 동화정책은 20년쯤 길게 잡고 밀고나가는 것이라고 말이야. 세월이 가면 사가史家들은 평가할 것이오. 4, 5년 내에 조선을 완전 지배하려고 강경 일변도로 나가다가 민중의 반격을 당한 데라우치의 무단이 어떤 공과를 남겼는지, 내 주장대로 20년쯤 길게 잡고 정신적 지배를 확립하려고 한 나의 문화정책의 공과가 어떤 것이었는지 그 판단은 사가들이 할 것이오. 좌우간 개인적으로는 안 된 얘기지만 데라우치 원수의 추도식은 간단히 치르도록 하시오!"

바로 그때였다. 총독실 문이 덜컥 열리더니 비서과장이 새파랗게 질린 얼굴로 뛰어들었다.

"각하, 의친왕義親王이 어젯밤에 실종됐답니다!"

촌철살인 寸鐵殺人

두 사람은 어리둥절했다. 총독이 비서과장한테 퉁명스럽게 반문했다.

"뭐 의친왕? 이 조선땅에 아직 왕이 있었던가? 똑똑히 말해 봐."

그러자 이번엔 정무총감이 물었다.

"의친왕이라면 운현궁의 이강李堈 공 아니오?"

"그렇습니다, 각하. 운현궁의 이강 공이 어디론가 자취를 감췄다는 것입니다. 방금 경무국 고등과장으로부터 전화연락이 있었습니다."

비서과장은 단숨에 들은 대로 주워섬겼다. 그러나 사이토는 별로 놀라는 기색이 아니었다.

"이강 공이라면 창덕궁 이왕 전하의 이복동생이 되던가?"

총감이 자리에서 일어나며 뇌까렸다.

"어디 사냥이라도 떠난 거겠지?"

총독도 일어났다.

"왕족이 실종되다니! 뭐 잘못된 소문 아냐?"

그러나 비서과장은 긴장을 풀지 않고 대답했다.

"각하, 실종이 틀림없다 합니다. 운현궁도 발칵 뒤집혔다 하지 않습니까. 조선 왕족의 사냥이란 근래엔 없던 일이고요."

"그래? 그럼 경무국에 연락해서 속히 찾아보도록 하게. 경무국장도 알고 있나?"

"경무국장은 벌써 운현궁 현장으로 달려갔다 합니다."

"그래? 그럼 자네는 나가서 경무국과 긴밀히 연락을 취하게. 일이 어떻게 됐든 당분간 밖에는 발설하지 말구."

총독은 비서과장을 내보내고는 넋 잃은 사람처럼 멍청히 앉아 있었다. 그는 정무총감에게 시선을 돌리며 말했다.

"이건 내게 던진 폭탄세례 다음 가는 사건 같군!"

"시끄러운 일이 될 것 같습니다, 각하."

"우리한테 던져진 첫 시련일까?"

"진상은 곧 판명되겠지만 심상치는 않습니다, 각하."

"귀찮은 사건이 터졌을 땐 대신 다른 일을 해서 민중의 이목을 돌려놔야 하네!"

"각하, 아무래도 예정된 그 일을 서둘러야 되겠습니다. 척식장관한테 독촉전화를 걸어 봐야겠죠?"

예정된 그 일은 물론 총독도 알고 있다. 그래서 선뜻 대답했다.

"옳아, 그 일도 서두르고 또 한 가지 서두를 일이 더 있네! 혼례식 말이오. 내 지방장관 회의에서도 내선인의 혼혼混婚정책을 종용하지 않았소? 그 대표적 상징이 왕세자 이은 전하와 나시모도노미야 마사코 여왕 전하의 혼례니만큼 서두를 필요가 있어."

"알겠습니다. 두 가지 일 다 함께 빨리 서두르도록 본국 정부에 독촉하겠습니다.”

정무총감이 나가려 하자, 총독이 앉으라고 붙잡았다.

사이토는 과묵하면서도 한번 이야기를 시작하면 두세 시간씩 길게 끌기를 좋아하는 사람, 그는 혼자 있기를 싫어한다. 그래 정무총감을 붙잡고 이야기를 시작하면 평소에 생각하던 일을 한꺼번에 털어놓는 버릇이 있었다. 그는 다시 다른 화제를 꺼냈다.

“앞으로 조선사회는 크게 변할 것이오. 3월 독립소동은 우리 일본으로 말하면 일청전쟁이나 일로전쟁을 치른 거나 마찬가지로 조선사회로선 큰 전기가 될 거요. 망명할 자는 망명하고, 죽을 자는 죽고, 실망할 자는 실망하고, 꺼져 없어질 자는 조만간 목숨을 거둘 것이란 말이오. 말하자면 세대교체가 되겠지. 내 말이 맞나 보시오. 2, 3년 안에 새로운 인물들이 등장할 거야. 우린 새로운 인물들을 우리의 협력자로 만들어야 해요. 이미 이완용, 송병준, 윤덕영 같은 인물들은 한물 간 구세대의 폐물들이오. 그런 폐물들에게만 의지한들 큰 도움이 못될 테니 조선사람 가운데서 좀더 젊고 새로운 동지를 발굴해 내야 하오. 한상룡이나 민원식, 박춘금 같은 비교적 젊은 층들이 우리 총독정치에 열렬히 협력하는 눈치라니 그들을 잘 도와줘야 할 거요. 말하자면 저들의 새로운 우상偶像을 우리가 만들어내는 거지.”

정무총감은 동의했다. 그는 고가 척식장관과 진행하는 그 공작의 대상인물을 훨씬 젊은 층으로 낮춰야 되겠다고 생각했다. 총독실을 나온 미즈노는 곧 도쿄로 건너갈 차비를 서둘렀다.

“젊은 층이라, 젊은 지도자를 우상으로 내놓는다, 누구냐? 그런 사람이 누구냐?”

그는 경무국과 본국 정부에서 보내온 해외 독립운동가들의 명단을 면밀히 훑어보았다. 누구냐.

먼저 이동휘, 이동녕, 이승만, 이시영, 신규식, 박은식 등의 이름이 보인다. 그러나 그들은 벌써 노장에 속한다.

서일, 홍범도, 노백린, 이청천, 김좌진, 이범석, 유동열은 어떤가? 그들은 독립군의 무장들이니 처음부터 대화가 통할 것 같지 않다.

김규식, 안창호, 박찬익, 손정도, 김구, 조완구, 조성환, 신석우, 신채호 — 이들이야말로 독립단의 중견급이니 적격일까.

그러나 그들도 이미 불혹不惑의 나이, 더구나 사상적으로는 가장 완벽한 정수분자精髓分子들이라는 소문, 아마 어느 계층보다도 호락호락하지 않을 것이다.

좀더 젊은 층을 보자. 여운형이 있다. 이광수가 있다. 신익희는 어떨까. 조소앙은? 이광, 조동우, 여운홍, 최근우 등의 이름이 보인다. 우선 접선해 볼 만한 젊은 사람들이다.

미즈노 정무총감은 이 2, 30대의 젊은 독립단원 가운데서 의중의 인물에 붉은 점을 두세 개 찍어보고는 며칠 뒤 도쿄로 떠났다.

정무총감의 귀국 임무에는 3가지가 있었다.

첫째는 만주와 상해에서 암약하는 독립운동가들 중에 쓸 만한 인물을 비공식 대표로 도쿄에 유치해서 정부 요로와 더불어 조선 정국의 장래에 대해 의견교환을 해 보자는 것이고, 그 둘째는 고종 황제의 갑작스런 죽음으로 무기연기된 왕세자 이은의 결혼식을 빨리 서두르는 것이며, 그 셋째는 조선사람들의 민심을 회유하기 위해서 민간신문 두세 가지 발행을 허가하는 데 대한 본국정부의 의사타진이었다.

정무총감은 도쿄정부 척식성拓殖省에 가서야 의친왕 이강 공 실종사건의 전말의 소상히 알게 되었다.

그의 귀국 일자는 11월 12일 예정이었으므로 미즈노는 서울에서 그 사건의 결말을 확인 못한 채 황망하게 현해탄을 건넜던 것이다. 고가 척식대신은 미즈노에게 빈정거리는 투로 두툼한 서류뭉치를 내밀었다.

"대동단大同團이라는 독립단체가 서울에서 활약하는 것도 모르셨소?"

"그런 일이야 경무국장 전담사항이니까 내가 일일이 알 수 있겠습니까. 이번 사건의 주모자는 대동단이었다나요?"

"그럼 김가진金嘉鎭이란 늙은이도 모르시오?"

"역시 처음 듣는 이름인데요. 원체 부임한 지 얼마 안 돼서."

"부임한 지 두 달 남짓하니까 그럴 만도 하지만, 이 보고서를 한번 보시오. 김가진, 전협全協이란 자들이 운현궁의 이강 공을 상해 임시정부로 끌어내려던 공작내용입니다. 그러나 놈들은 사전에 모두 체포되었소. 자 오늘은 푹 쉬시고 내일 만나서 그 일에 관해 의논합시다."

정무총감은 척식대신이 넘겨주는 서류를 가방에 쑤셔 넣고 숙소인 제국호텔로 돌아왔다.

사건의 줄거리는 전혀 예상을 뒤엎었다. 일찍이 대한제국의 큼직한 관직을 지내고 합방 후에는 남작이라는 일본의 귀족 대우까지 받은 김가진은 항시 일본의 대륙침략과 총독정치에 불만을 품고 있다가 지난여름 서울에서 대동단이란 비밀단체를 조직했다. 그는 전협을 심복 부하로 해서 상해 임시정부와 연락을 취하다가 국외로 망명했는데, 국내에 남은 전협은 상해 임시정부의 안창호, 김가진 등의 지시를 받고 국내의 지도급 인사를 국외로 탈출시키기로 했다.

그들은 의친왕 이강을 지목했다. 순종황제의 이복동생이고 고종황제의 둘째 아들인 의친왕은 호쾌한 성품인데다가 항시 일본을 미워하고 친일파들을 경멸하는 대표적인 왕족이었다. 이 이강을 지금의 운현궁에서 빼내 국외로 데려가 해외 독립운동의 상징적 대표로 옹립한다면 국내외에 미치는 영향이 크리라고 전협은 의친왕과 접선했다.

이강은 그의 설명을 듣고는 쾌히 승낙했다. 이강은 운현궁을 밤중에 빠져 나와 세검정洗劍亭으로 갔다. 그는 정남용과 의논한 끝에 상복 차림으로 이을규, 한기동 등과 함께 수색水色역에서 3등 열차를 타고 북으로 달렸다. 압록강 철교를 건널 때는 임검하는 경찰에게 가짜 여권을 보여 무사히 통과했고 안동역에 도착한 날은 11월 11일이었다.

그들은 안동에서 강석룡의 영접을 받아 이륭양행怡隆洋行의 주선으로 상해로 갈 예정이었다. 그러나, 의친왕의 실종보고를 받은 총독부 경무국은 전국 경찰에 비상 수사지령을 내려 의친왕 일행의 행방을 혈안이 되어 탐색했다. 신의주 경찰서의 요네야마 경부가 민첩하게 활동했다. 그는 안동역에 미리 나가 대기하던 중 플랫폼에 내리는 수상한 일행을 발견하고 의친왕 이강임을 확인했다. 이강은 요네야마 경부에 의해 서울로 호송되고 그 공작을 추진한 일당은 모두 체포되었다는 것이었다.

미즈노는 현지에서 보내온 사건전말 보고서를 도쿄에서 읽고 쓴웃음을 지었다. 그는 이런 일이 일어날수록 하루 빨리 그네들을 회유하는 공작을 서둘러야 하리라고 조바심을 했다.

다음날 아침 척식대신을 다시 찾아간 미즈노 총감은 단도직입적으로 문제의 보따리를 끌렀다.

"각하께서도 역시 그 사람을 지목하셨군요?"

"현지에서도 그 사람인가요?"

그들은 지목한 인물이 우연히도 동일인임을 알고 통쾌하게 웃었다.

"빨리 사람을 상해로 보내야겠군요?"

"기독교 청년회 간사인 후지다 군을 내정해 뒀소이다. 그가 그 사람과 친분이 있다니까요."

며칠 뒤 척식대신과 정무총감의 간곡한 부탁을 받은 후지다는 중국 상해로 떠나갔다.

그가 찾아간 사람은 여운형呂運亨.

당년 35세의 여운형, 신한청년단의 당수. 만주, 상해, 시베리아, 파리 등으로 종횡무진 뛰어다니며 조선의 독립을 만방에 호소하는 청년 지사 여운형. 금릉대학 출신으로 사상이 약간 급진적이긴 하지만 장년층에선 촉망을, 젊은 층에선 숭앙을 받는 여운형.

일본정부도 여운형을 그런 인물로 지목했다. 따라서 일본정부에서는 여운형을 조선독립단의 비공식적 대표로 초청해서 도쿄정부 요로의 인사들과 무릎을 맞대고 이야기해 보자는 것이었다.

후지다의 은밀한 교섭을 받고 여운형은 일본인의 잔꾀를 경계하느라고 일축해 버렸다. 그러자 후지다는 서양인 선교사를 중간에 내세워 집요하게 달라붙었다.

"당신의 신분은 보장하겠소. 이것은 제3국인을 보증으로 세우고 확약하는 것이오. 서로 만나 대등한 입장에서 이야기 한번 해 보자는 것

뿐이오. 중앙 정부의 진의를 독립단에게 알리고 조선 독립운동가들의 진의를 중앙 정부에 솔직히 개진해 보면 피차 좋은 일이 아니겠소? 밑져야 본전이구요."

"좋소! 우리 조선 속담에 호랑이를 잡으려면 호랑이 굴에 들어가야 한다는 말도 있으니까. 나는 분명히 당신네 일본정부 경시청과 조선총독부 경무국에 의해서 체포령이 내려진 위험인물이외다. 그런데 그런 이 여운형을 일본의 수도 도쿄로 불러서 신사적인 담판을 하자 하니 내 어찌 주저하겠소. 가봅시다. 호랑이 굴에 들어가 보겠단 말이오."

여운형은 일생일대의 목숨을 건 도박을 해 본다는 심정이었다.

그는 조건을 붙였다.

"내 요구를 들어 주소. 나의 동지인 최근우 군과 신상완 두 동지를 나와 동행하도록 해주시오. 그리고 나는 결코 일본말을 쓰지 않을 것이오. 그러므로 나에겐 통역이 필요하오. 내가 그 통역을 지명하겠소. 장덕수張德秀 씨를 지목한단 말이오. 그는 지금 제주도에 몸을 피해 있는 모양이오만 조선총독부에 연락해서 그를 나의 통역으로 수고해 주도록 도쿄까지 데려다 주소."

여운형의 요구조건을 일본정부에선 어쩔 수 없이 승낙했다.

그해(1919년) 12월 15일. 여운형은 최근우, 신상완과 함께 일본으로 건너가는 배를 탔다.

21일 도쿄에 도착한 여운형 일행은 일본정부의 융숭한 영접을 받았다. 척식대신 고가는 말할 것도 없고, 육군대신 다나카, 총독부 정무총감, 조선군사령관, 내무대신 도코지, 체신대신 노다 등과 차례로 만난 여운형은 동양평화와 한일 두 민족의 행복을 위해서도 한반도의 조선민족은 반드시 독립되어야 한다고 역설했다.

당초 일본정부에서는 여운형과 논쟁할 속셈은 아니었다. 어느 시기에 가선 조선민족에게 자치를 허용하겠다는 사탕 바른 미끼를 내세워서 그를 회유하고 조선 독립운동가들의 과격한 행동을 무마시켜 결국에는 모두 포섭해 버리려는 음모였다.

그러나 35세의 열혈청년 여운형은 당당한 기백으로 자기의 독립 주장을 굽히지 않았다. 장덕수는 일본과 국내에서 대학 교육을 받은 인텔리였다. 그는 여운형의 연설을 통역하면서 그가 익힌 현대 민주정치 이론과 세계의 사상적 조류를 곁들여 삽입함으로써 일본정부 고관들을 도리어 설득하려고 나섰다. 두 사람은 손발이 척척 제대로 맞았다.

고가 척식대신은, 수지가 맞지 않는 작은 회사는 큰 회사와 합자함으로써만 명맥을 유지할 수 있지 않느냐는 치기만만한 비유를 내세웠다.

그리고 육군대신 다나카田中대장은 빈정거리는 말투로 이렇게 비아냥거렸다.

"도대체 조선독립군이 몇만 명이나 됩니까? 우리 일본 육군은 세계 막강의 정병 대군이고 88함대는 태평양을 완전 제압하고 있는 줄을 모르시오? 조선독립군이 우리 일본군을 당해 내려면 지금 병력의 백 배 천 배 이상은 돼야만 하는데 그게 가능한 일이냐 말이외다. 차라리 서로 손을 잡고 두 민족이 한 띠를 매고 지내는 게 당연한 순리가 아니냐 말이외다."

이 말을 듣고 있던 여운형은 결연히 소리쳤다.

"삼군지수三軍之帥는 가탈可奪이지만 필부지지匹夫之志는 불가탈不可奪이란 말을 모르시오? 나의 대답은 이 한마디밖엔 없소이다!"

다나카 대장은 더 설득할 말을 찾지 못하고 속으로는 역시 여呂는 쾌남아快男兒라고 감탄했다는 것이다.

여운형의 그러한 임기응변의 구변은 장덕수, 최근우, 신상완 등의 귀띔과 조언이 큰 뒷받침이 된 것은 물론이었다.

일본정부는 마침내 손을 들고 말았다. 벌써 그들 정부 한쪽에서는 공연히 어리석은 공작을 꾸몄다가 망신만 톡톡히 당했다고 비난하는 소리가 높아갔다.

여운형 일행의 입경 소식이 새어나가자 도쿄의 신문기자들은 벌떼처럼 달려들었다. 극비리에 진행하던 공작이 이미 천하에 노출된 이상 더 보도관제를 할 수 없게 되자 신문기자단과 평화협회 간부들이 그를 초대해서 연설회를 열었다.

12월 27일, 연설회는 제국호텔에서 열렸다. 장내는 물을 끼얹은 듯 숙연했다. 청중이라야 고작해서 50여 명이었다. 그러나 그들은 대부분이 일본에서도 이름 있는 논객들이고 그리고 언론인이었다. 무관無冠의 제왕이라는 그들 언론인은 천황 앞에서가 아니면 단정한 몸가짐과 숙연한 태도를 취할 줄 모르는 방자한 족속들이었다.

그러한 청중들이 한낱 속방屬邦의 유랑지사流浪志士를 연사로 맞이해서 숙연하리만큼 조용한 시선으로 연단에 오르는 사나이를 주시했다. 헌칠한 키, 중국 대륙의 비바람에 씻기고 탄 구릿빛 얼굴, 부리부리하게 빛을 발하는 쏘는 듯한 눈, 아무렇게나 쓸어 넘긴 검은 머리칼. 그는 풍채로도 청중을 위압할 수 있었다. 그의 옆에는 통역을 맡은 장덕수가 섰다. 청중 속에는 장덕수의 대학 동창인 일인 신문기자 두세 명이 있어 반가워하는 눈인사를 보내기도 했다.

여운형은 서서히 입을 열었다. 그는 점진적으로 열을 올리기 시작했다. 그의 말이 한 지름씩 끝나면 장덕수가 유창한 일본말로 통역했다.

여운형은 근자에 벌어진 조선민족의 독립운동 양상을 숨김없이 설명하고는 억양을 가다듬어 가며 차츰 웅변조로 열을 뿜었다.

"배고픈 자는 먹기를 원하고, 목이 마른 자에겐 물이 필요한 것을 여러분은 부인하지 못할 것입니다. 누구나 자기의 생존권을 요구하고 사수하는 것은 당연한 권리입니다. 이 당연한 요구와 권리 주장을 말살하고 거부하는 사람들이 있는 말씀이올시다. 일본인에게 생존권이 있는 것과 마찬가지로 조선민족에게도 생존권이 있어야 합니다. 우리 조선민족은 일본인의 생존권을 기꺼이 인정합니다. 그럼에도 불구하고 여러분의 나라는 어떤 일시적인 힘으로 우리 민족의 생존권을, 신의 뜻인 자유 평등의 요구를 여지없이 짓밟으려 합니다. 현대는 바야흐로 약소민족 해방의 시대요, 여권 신장의 시대요, 노동자 해방의 시대입니다. 온 세계가 이 흐름을 따라 노도처럼 전진하는 시대입니다. 이 자유·평등·해방의 외침은 결코 조선민족만의 부르짖음이 아니라 여러분의 나라까지도 포함한 전세계의 한결같은 외침이고 필연의 사조가 아닙니까. 모든 인간이 평화롭고 행복한 생활을 누리고, 지난날의 약탈과 살육의 과오를 반성하고, 새로운 신세계를 만들어야 한다는 이 거룩한 신의 뜻을 어찌하여 일본정부만은 외면하려는 것입니까. 지금은 여러분이나 이 사람이나 모두 한길에 서서 평화로운 신천지를 이룩해야 할 거룩한 사명을 짊어지고 있습니다. 당신들의 조상은 총칼을 가지고 서로 찌르고 죽임을 능사로 삼았습니다만 이제는 모두가 상부상조해서 평등하고 우애로운 이웃이 되어야 하겠습니다. 이것은 하늘의 이치며, 모든 종교의 목표이며, 온 인류의 소망이며, 역사가 우리에게 가르치는 진실된 교훈이기도 합니다."

여운형의 연설은, 청년정객 여운형의 의견개진이기보다는, 일본정부와 신문기자들을 훈계하고 질책하는 고압적인 훈시 같았다.

그는 끝으로 조선민중이 독립을 주장하는 이유를 4가지로 풀이해서 말했다. 그 첫째는 한민족의 복리를 위해서 조선은 당연히 독립되어야 하고, 둘째로는 일본은 국제적 신의를 지키기 위해서 조선에 독립을 허용해야 하고, 셋째로는 동양평화를 위해서는 한반도가 반드시 독립되어야 하고, 넷째로는 조선의 독립이야말로 세계평화와 세계문명에 공헌하는 바가 클 것이니, 일본정부와 일본인은 이 기회에 큰 결단을 내려야 한다는 것이었다.

장덕수의 통역이 곁들인 여운형의 연설은 장장 1시간 20분이나 계속되었다. 장덕수의 통역은 여운형의 연설보다 더 길었고 더욱 힘이 있었다.

그의 연설이 끝나자 장내에선 박수 소리가 터져 나왔다. 5, 6명의 서양인 기자가 먼저 손뼉을 치자 일본인 기자들도 얼떨결에 박수를 보냈던 것이다. 일본정부 정책에 맹종하는 일부 군국주의파 신문기자들은 그 열띤 박수 소리에 압도되어 미리 짰던 가지가지 야유를 목구멍 속으로 삼켜야 했다.

12월 27일 제국호텔에서 벌어진 여운형의 연설은 다음날 도쿄의 각 신문 지면을 화려하게 장식했다.

　— 조선의 청년지사 독립 주장으로 사자후獅子吼
　— 여운형 군 독립 주장을 고집

— 제도帝都 한복판에서 불온언사 난무
　　— 여군呂君의 도도한 열변에 장내는 숙연
　　— 사이토 신총독 전도에 적신호

　이러한 제목들이 나붙은 기사에는 다음과 같은 주석을 꼬리에 붙인 신문도 있었다.

　그 풍채는 가히 협사俠士답고, 그 의기는 망국민족亡國民族의 지사志士답고, 그 태도 역시 사해四海를 만유한 신사다움이 있어 청중이 그의 열변에 매료될 만하였다.　그러나 이날의 그의 공은 통역을 맡은 장덕수 군의 유창한 변설에 힘입은 바 컸다 할 것이다.　신랑보다 들러리가 잘나 보인다는 말이 있듯이 그 장덕수 군이야말로 일찍이 와세다早稻田대학 재학 시에 전일본 대학생 웅변대회에서 일등상을 받은 웅변의 천재라는 것을 아는 사람은 다 알고 있기 때문이다.

　저들이 꾸몄던 연극은 이날의 연설회로 참담하게 막을 내렸다.
　일본정부로서는 쓰디쓴 희극의 장후이 되어버렸고, 청년지사 여운형에게는 일생일대의 화려한 영웅의 장으로 기록될 만한 일이었다.
　29일 아침 여운형은 외지에 와서 우승기를 타 가지고 돌아가는 운동선수처럼 의기양양하게 도쿄를 떠났다.　그는 당초의 약속대로 체포되지도 않았고 일본 군국주의자들한테 테러도 당하지 않았다.　그는 오히려 일본 관헌의 융숭한 보호 아래 다시 동지나해東支那海를 건너 망명지인 상해로 돌아갔다.

여운형 일행의 도쿄 소식이 알려지자 조선에선 분통을 터뜨린 일인들이 많았다.

"그게 무슨 망신이야! 조선놈과 1 대 1로 상대하다니!"

"누가 그따위 어리석은 짓을 고안했다는 거야? 설마 총독의 발상은 아닐 게고."

"아마 미즈노 정무총감일걸!"

"도쿄정부에서 직접 꾸몄다는 소리가 있소. 척식대신이 창안했다고도 하더군."

"이거야말로 3국 간섭 이래 처음 보는 일본의 국치가 아니겠소!"

"그런데 그놈을 그대로 돌려보낸 건 뭐야. 당장 잡아넣을 것이지."

"우리 경무국에선 어째서 그걸 미리 모르고 있었다는 게야. 사전에 자객이라도 보내서 그놈의 배때기라도 푹 찌르면 될 게 아냐!"

"경무국 정보망은 조선과 만주, 상해, 시베리아에로만 뻗쳐 있지 본국은 등한히 해왔지 않소."

"이제부턴 본국에도 정보망을 펴두시오."

"이 국치國恥를 뭣으로 앙갚음한다?"

"조선독립단과 독립군놈들을 닥치는 대로 잡아 없애는 길밖에 더 있겠소?"

"군부와 경무국이 정신 차려야 하겠소. 새로 온 놈들이 또 무슨 쑥 같은 흉모를 꾸미고 있는지를 모르니까."

얼근히 취해서 마구 분통을 터뜨리는 패거리는 저 만월회滿月會의 멤버들이었다. 그날은 12월 31일. 본시 그들이 모일 날짜는 매달 15일이었지만 여운형 사건 정보에 깜짝 놀란 헌병사령관은 1919년의 망년회를 겸해서 만월회를 긴급히 소집했다. 저마다 한마디씩의 불평이 끝나자, 좌장격인 헌병사령관이 결론을 내렸다.

"통분한 마음이야 나 역시 여러분에 뒤지지 않소. 당장 본국 정부에 가서 야단치고 싶소만 나는 군인이오. 군인에겐 군인의 의무와 한계가 있소. 우리 이젠 그까짓 시시한 얘긴 집어치우기로 합시다."

그는 술잔을 높이 들었다.

"자아, 오늘은 우리 실컷 마십시다. 이 더러운 1919년을 영영 잊어버리기 위해서 실컷 마십시다. 정말 이 해는 불행한 해요, 치욕의 해요, 잊지 못할 액년厄年이었소. 이태왕이 급사했고, 이은 전하와 나시모도노미야 마사코 여왕 전하와의 혼례가 연기됐고, 3월 폭동이 일어났고, 하세가와 총독 각하가 목이 잘렸고, 남대문역에 폭탄이 터졌고, 해외엔 불온한 조선놈들이 발호하면서 독립단이니 임시정부니 하는 도깨비 단체를 세웠고, 더구나 우리가 존경해 마지않는 데라우치 각하가 세상을 떠나셨고, 이강인가의 탈출사건이 터졌고, 미친놈 여운형을 국빈처럼 도쿄에서 모셨고, 내 더러워서, 정말 정신이 어지러울 지경이오. 자아, 우리 1919년은 개에게나 던져 줍시다! 자아 우리 오늘밤은 진탕 마셔 봅시다. 마시고 또 마셔 취해서 쓰러져 자다가 눈이 뜨이면 1920년이 될 게 아니겠나. 야! 술 들어! 이 해를 장송葬送하기 위해서라도 술잔을 들란 말이다!"

그는 두 눈이 시뻘겋게 충혈된 채, 넋두리를 하다가 술잔을 높이 쳐들었다. 아카지 경무국장도 한마디 했다.

"자아 치욕의 한 해를 장송하기 위해서 잔을 듭시다."

아오야키도 빠질 수는 없었다.

"우리 만월회의 전도를 위해서!"

미와 경보부는 나직한 소리로 중얼거렸다.

"각하와 여러분의 건강을 빌기 위해서 저는 술을 들겠습니다."

———— ◆◆◆ ————

같은 날 같은 시각, 그 뜻은 다르지만 망년회忘年會는 여기저기서 열리고 있었다.

계동 김성수의 집에서는 주인 김성수를 중심으로 유근柳瑾, 이상협李相協, 장덕준張德俊, 양기탁梁起鐸, 고희동高羲東, 이용문李容文 등이 간소한 주안상에 둘러 앉아 희망과 감격에 찬 얼굴로 술잔을 높이 들었다.

송진우의 얼굴이 안 보인 것은 그가 아직 형무소에 있기 때문이다. 장덕수가 안 보이는 까닭은 여운형이 통역일로 도쿄에 건너갔다가 아직 돌아오지 않았기 때문이다.

가장 흥분하고 기쁜 사람은 역시 김성수였다.

이미 제호題號는 결정되었다. 〈동아일보〉. 총독부 경무국의 촉탁으로 있는 정운복의 귀띔에 의하면 〈동아일보〉 발행허가는 이미 내정되어 있다는 것이다. 늦어도 새해 정월 초순께는 다른 두 개의 신문 〈조선일보〉, 〈시사신문〉과 함께 발행허가가 정식으로 내려지리라는 소식이었다.

"여러분 지난 한 해는 정말 고생들 많이 하셨습니다. 이 기미년이야말로 우리 민족 역사상 크게 기록될 기념될 만한 해라 할 것이오. 그러나 여러분, 우리들은 이 한 해를 뜻깊게는 보냈으되 열매를 따지는 못했소. 의암義菴 선생을 비롯한 애국지사들은 아직도 옥중에서 고생하시고, 상해 임시정부는 국내로 들어올 길이 막힌 채, 유랑 정부의 처지입니다. 영어囹圄의 애국지사들이 백일白日천하에 풀려나오고 해외의 독립단원들이 개선장군처럼 서울에 입성해야만 할 것인데, 그 전도는 아직도 암담하오. 왜놈들은 새로운 통치방법으로 우리들을 더욱 옭아매 놓으려고 합니다. 우리들이 경계해야 할 것이 바로 저들의 고등술책입니다. 사이토의 문화정책이란, 총검 대신 아편으로 우리 민족을 혼까지 빼내서 지배하자는 것일 것이오. 그래서 이 사람은 저네들의 고등술책에 대항하기 위해선 우리들도 좀더 높고 넓은 안목으로 맞서야 하겠기에 우리의 신문을 발행하자는 것이오. 다행히 〈동아일보〉의 발행허가가 나오리라는 밝은 정보가 있기로 이 사람은 벅찬 감격 속에서 신문발행을 서두르고 있습니다. 기미년은 결국 크나큰 상처와 함께 가버렸습니다만 밝아 오는 새해에는 우리 〈동아일보〉를 민족의 횃불로 해서 이 겨레의 앞날을 비춰 줘야 할 것이오."

그렇게도 과묵한 김성수가 흥분을 감추지 못하고 연설조로 떠들었다. 사람들은 김성수의 흥분을 보자 왁자하게 웃음을 터뜨렸다. 그리고 눈물이 글썽한 채 술잔들을 치켰다.

상해 임시정부에서도 망년회가 열렸다.

만주 벌판 깊숙한 산골짝에서도 독립군 전사들이 독한 배갈에 산돼지를 잡아 놓고 망년회를 열었다.

하와이와 샌프란시스코의 교포들도 그들대로 기미년을 보내는 망년회를 열었고, 블라디보스토크 일대의 노령露領에 사는 교포들도 페치카 앞에 둘러 앉아 보드카를 들었다.

폭풍의 한 해였고 열풍熱風의 한 해였다. 너무나 많은 사건들이 터졌고, 너무나 많은 사람들이 억울하게 몸을 다치거나 피를 흘리고 쓰러졌다. 그리고 엄청나게 큰 숙제를 안은 채 1919년은 갔다. 기미년의 마지막 일력日曆 한 장이 뜯겨져 나갔다.

해가 바뀌면 1920년. 세대는 1920년대로 접어든다. 사람도 강산도 세대가 바뀌면 새로운 모습을 보여주는 것이 아닌가.

새로운 세대, 1920년의 태양이 서서히 동천에서 밝아오고 있었다.

만월회滿月會의 몰락

헐렁한 양복을 입고, 머리엔 붕대를 두껍게 감고, 붕대에는 여기저기 피가 비치고, 한쪽 다리를 절름거리며 초췌한 모습으로 미와에게 끌려 들어온 사나이, 키가 늘씬하게 큰 장골이었다.

"각하, 다녀왔습니다!"

해사하게 생긴 미와 경부보가 차렷 자세를 취했다. 국장에게 각하란다. 조선총독부 경무국장실. 아카지 경무국장이 거만한 자세로 자기 집무 테이블에 앉은 채 방금 끌려 들어온 사나이를 노려본다.

"음—. 저 사람인가?"

경무국장이 신음과 같은 소리를 내고는 자리에서 벌떡 일어났다.

그는 방금 끌려온 사나이에게로 성큼성큼 다가가더니 무슨 구경거리라도 되는 양 그의 주변을 한 바퀴 돌면서, 초라한 그 몰골을 세세히 훑어보았다. 그는 정면에서 독기 찬 눈초리로 사나이의 얼굴을 쏘아보고는 또, '으음!' 역시 신음과 같은 괴성을 내고는 테이블로 돌아가 털썩 몸을 던지며 미와 경부보에게 지시한다.

"철저히 조사해 보게. 죽이는 건 아깝잖지만 자백은 받아야 해!"

그의 음성은 칼날처럼 날이 서 있었다. 그러자 미와가 다시 차렷 자세를 취했다.

"각하, 이미 자백은 받았습니다."

경무국장은 두 팔꿈치를 테이블 위에다 올려놓고 다시 한 번 사나이를 노려본다. 미와는 자세를 좀 허물면서 그러나 은근하다.

"각하, 우리가 알기로는 이놈의 이름이 송병택이었지만 실은 그게 가명이었습니다. 송병준 씨와 친척이 된다는 것도 거짓이었습니다. 이놈의 본명은 박충권이었습니다. 황해도의 초도椒島를 경유, 중국으로 탈출하기 직전에 소관이 체포했습니다."

끌려온 사나이는 고개를 푹 숙이고 서 있었다. 한편 다리에도 부상을 입었는지 이따금씩 몸을 가누지 못하고는 기우뚱거렸다.

미와가 계속 보고한다.

"각하, 범죄 뒤엔 반드시 여자가 있습지요. 여자와 대면시키니까 졸도를 해버렸습니다."

"누가? 누가 졸도했어?"

"여자가 말입니다. 첨엔 이 사람에 대한 일은 일체 모른다고 잡아떼더니 막상 대면시키니까 그 자리에서 까무러치고 말았습니다."

"음, 그래. 자네 보고대로라면 그 년놈이 초도인가 후추섬에선가 마지막 재미들을 봤군 그래. 이젠 지옥에나 가서 붙어먹을 차롄가? 하하하하."

경무국장의 웃음소리는 실내에 메아리쳤다. 그는 부하한테 묻는다.

"3월 폭동에 대한 허위정보도 자백했나?"

"물론입죠, 각하."

"어떤 놈의 조종을 받았다는 게냐?"

"도쿄에서 일어난 불온학생들의 조종인 것 같습니다. 각하."

"손병희의 조종이 아니고?"

"아직 그런 실마리는 찾지 못했습니다, 각하."

"재령 사건도 그놈의 소행이고?"

"물론입죠, 각하. 복사리에서 시라키 순사부장을 살해한 바로 그놈입니다."

"사형감이로구나!"

"물론이죠, 각하. 헌데 그 윤정덕이란 여자는 죽이기가 아깝습니다."

"미인인가?"

"물론입죠, 각하. 얼굴도 잘 생겼지만 실제로 사건과는 별 연관이 없는 것 같습니다. 그저 그놈의 정체를 모르고 사랑한 모양입니다. 아직도 지극한 정성으로 사랑하지만 곧 후회하게 되겠습죠, 각하."

"여자는 공소유지가 안 되겠다는 겐가?"

"글쎄올시다, 각하."

경무국장은 쩌렁하는 음성으로 별안간 미와에게 호통쳤다.

"이놈아, 너 계집 좋아하다가 코 다칠라!"

그러나 그는 왓핫하하 하고 웃어젖혔다. 미와는 어리둥절하다가 씽긋 웃었다.

"각하, 농담을 하셔두. 범정犯情이 있는 여자를 설마 제가 딴 맘먹겠습니까, 각하."

경무국장은 점잖게 말한다.

"범정은 네가 씻어줄 수도 있으렷다? 논공행상으로 내 모르는 척 할 수도 있고, 핫하하. 계집이 반반하면 네 맘대로 해라."

아카지는, 고통을 참으며 간신히 서 있는 사나이를 흘깃 노려보고는,

"그건 그렇구 고지마 사령관께는 보고했는가?"

무단파의 한 패거리인 헌병사령관에게 보고했느냐고 묻는다.

"이제부터 보고하러 가겠습니다, 각하."

"그럼 물러가라! 수고했다."

미와 경부보는 사나이를 이끌고 경무국장실에서 나왔다. 총독부의 청사를 나오자 박충권이라는 사나이는 후유하고 한숨을 뽑는다.

"이제 어디로 갑니까?"

그는 뒤따라오는 일경에게 서슴지 않고 묻는다.

"구치소로 일단 돌아간다."

그들은 광장을 가로 질러 경무국 유치장 쪽으로 묵묵히 발을 옮기고 있었다.

"나를 또 때립니까? 또 고문하느냐 말입니다."

박충권이라는 사나이가 다리를 절룩거리며 그런 말을 묻는다.

"이제 고문은 없다."

미와 경부보가 좀 퉁명스럽게 대답한다.

"사형은 거짓말이죠?"

"담배 주랴? 몰래 눈치껏 피워야 한다."

"징역도 안 하죠?"

"나는 약속을 지키는 사람이다."

미와는 아리송한 대답을 하고는 잠깐 발길을 멈추면서 입에 문 담배

에다 성냥불을 그어댄다.

산에는 눈, 하늘은 잿빛으로 흐려 있다. 일장기가 동녘 국기 게양대 끝에서 나부끼고 있었다. 총독 관사 쪽, 앙상한 은행나무 가지에서는 까치 한 마리가 까악! 하고 비명 같은 소리를 지르면서 날아갔다.

"윤정덕이란 여잔 정말 석방됩니까?"

박충권이란 사나이가 불쑥 물었다.

"네가 알 일이 아냐!"

미와는 손바닥으로 사나이의 잔등을 철썩 때렸다. 사나이는 잔등을 얻어맞고 절룩절룩 걸음을 빨리 했다.

1920년 1월 4일 저녁 무렵이다.

———◆◆◆———

1월 3일은 이른바 그들의 원시제元始祭, 총독부와 각 관청에선 시무식이 있었다.

그 다음날 저녁 무렵이었다. 아직 정초의 축제 기분이라 집무 분위기는 엉망이었다. 오후 4시가 되니까 총독부의 청사는 거의 텅텅 비어 버렸다. 총독의 관사는 총독부 청사에서 동녘으로 좀 떨어진 곳에 있었다. 관사 정문 앞에 자동차 한 대가 굴러와 부릉부릉 재채기를 하더니 숨을 죽였다. 헌병 하나가 뛰어내렸다.

군복 차림에 팔자수염을 짧게 자른 사나이가 헌병의 호위 아래 차에서 내려서더니 관사 정문으로 빨려들 듯 사라져 갔다.

그는 응접실로 안내되지 않고 내실로 인도되어 갔다.

"여어, 사령관 잘 오셨소. 새해에 복 많이….."

주인인 사이토 총독이 일본 옷차림으로 우쓰노미야 조선군사령관을 반갑게 맞이했다. 주인의 등 뒤엔 10만분의 1 크기의 조선 지도가 한 폭 걸려 있다.

"어서 오십쇼. 새해에 축복을 드립니다."

미닫이를 열고 들어온 여자. 미닫이 앞 다다미 위에 두 무릎을 모아 꿇고 두 손을 방바닥에 모아 짚으며 허리를 굽히고 인사한 여자, 총독 부인 하루코였다. 화사한 웃음이 모란처럼 피어 흐드러지는 바람에 방 안엔 단박 화기가 충만해졌다.

방문객도 만면에 웃음을 흘리며 같은 인사를 한다.

"새해를 축복합니다."

서로 축복하는 새해, 1920년, 그들은 잡인을 금하고 은밀히 대좌한 채, 새해의 조촐한 주안상을 받았다. 옆에서 직접 남편의 시중을 들고 있는 총독의 아내 하루코는 아름다운 귀부인의 면모가 약여했다.

"부인, 살벌한 조선에 오셔서 처음으로 맞으신 신정, 쓸쓸하지 않으십니까?"

"웬걸요. 풍속은 다르지만 사람들도 비슷하군요. 더구나 인정과 산천이 일본과 흡사한 고장이니까 조금도 어색하지 않은걸요."

안주인 하루코는 상냥하게 늘어놓으면서 손客에게 술을 따랐다.

그러자 옆에서 총독이 한마디 거든다.

"쓸쓸하기는커녕 아내는 건강이 퍽 좋아졌어요. 할 일이 많은 덕분이지요. 총독의 아내니까 총독이 하는 일을 적극 거들어야 한다고 아주 기백이 대단합니다. 우선 조선의 명류부인名流夫人들과 교류해서 감정

210

의 장벽을 허물고, 또 우리 거류민의 아낙네들을 지도해서 단결시키는 임무는 아내의 소관사지요, 하하하."

조선군사령관이 고개를 끄덕거리니까 총독은 한마디 덧붙인다.

"내선일체內鮮一體는 가정에서부터 그 핵이 싹터야 합니다. 그런 의미로는 아내의 힘이 필요합니다. 사령관도 부인을 모셔 오시오."

사령관은 총독을 흘끔 쳐다보며 술잔을 입에다 기울였다. 그의 귀에는 내선일체라는 어휘가 몹시 생소했다. 실상 총독이 내선일체라는 어휘를 쓰기 시작한 것은 어제 있었던 총독부의 시무식 훈화에서였다. 그는 자기가 표방하는 덕치德治 문화정책의 근본이념은 결국 내선일체, 다시 말하면 일본과 조선이 한 몸이 되어야 하는 것이라고 강조했다.

그는 훈화에서 다음과 같이 역설했던 것이다.

"나의 시정방침의 궁극적 목적은 내선일체의 실현에 있소. 나는 이 조선반도와 조선인을 지배하러 온 것이 아니라, 이 반도와 조선민중을 대일본제국 판도의 일환으로 포섭, 교화하러 온 것이오. 우리는 그들을 지배 습복시키려 말고 형제의 우애로, 육친의 정으로, 새로운 가족을 만들어야 하오. 즉, 내선이 일체가 돼야 한단 말입니다. 제군들은 이 내선일체의 신속한 구현을 위해서 힘써 주기 바라오."

총독은 자신이 착상해 낸 내선일체란 말이 몹시 마음에 드는 모양이었다. 그는 정월 초하루 첫 휘호, 즉 가키소메書初에서도 내선일체란 네 글자를 크게 써서 자기 집무실에 붙여 걸도록 지시했다.

하루코 부인이 자리를 뜨자 총독은 군사령관에게 걸맞은 화제를 꺼내기 시작했다.

"정초에 눈이 많이 오는 건 길조라 했지요? 저 북변의 나남부대羅南部

隊는 폭설 혹한으로 고생이 심하겠지만 ⋯. "

"우리 육군이야 이미 일청, 일로 양역兩役에서 폭설 혹한쯤은 퇴치해
낸 역전의 군대가 아닙니까. "

사령관이 가슴을 헤치면서 대꾸했다.

"올해부턴 우리 이념을 본격적으로 구현해야겠습니다. 시끄럽던 한
해는 이미 지나갔습니다. 베르사유 강화조약도 끝났고, 이달 중에는
국제연맹도 정식으로 창설될 것입니다. 조선 문제를 가지고 국제적으
로 시끄러울 단계는 이미 지나간 셈 아니겠소? 핫하하. "

총독은 기분이 퍽 유쾌한 모양이었다.

"군사령부의 일도 잘돼 가지요? 본국 정부에서도 작년의 3월 사건을
겪고는 조선 주둔군의 증강에 열의가 대단한가 싶은데 순조롭겠지요?"

조선 주둔군을 2개 사단 병력으로 급속히 증강하는 일이 잘 진척되고
있느냐는 질문이다. 조선 주둔군사령관은 군의 위계位階로는 조선 총
독 아래에 해당된다. 조선 총독은 일본의 선임 육군대장이나 해군대장
으로 보임한다는 것이 법령으로 제정되어 있다. 그러나 조선군사령관
은 조선 총독 밑에 예속되는 것이 아니라 일본정부 육군참모본부에 예
속되어 있다. 따라서 총독이 조선군사령관에게 주둔군의 증강 상황을
궁금히 여기는 것은 당연한 일이었다.

조선군사령관은 마침 벽에 걸린 조선 지도를 쳐다보면서 설명한다.

"북쪽 나남 사단과 평양 여단은 이미 배치가 끝났습니다. 용산 여단
도 완료단계에 있습니다. 이제 남은 것은 남쪽 대구 연대와 마산의 중
포병대대뿐인데 늦어도 4월에는 포진이 끝날 것입니다. "

"4월이면 끝이 난다? 그럼 내외에 대한 방비책은 완벽하게 됐구먼

요. 4월이라, 참 4월쯤에는 이왕 은殿 전하와 나시모도노미야 마사코 여왕 전하와의 혼례식도 거행될 예정이지요."

그러나 잠시 후 총독은 육군의 배치상황에 대해서 좀더 세밀한 설명을 요구했다. 사령관은 차트도 없이 다소 흥분기를 보이며 설명한다.

증강된 총병력은 2개 사단. 사단의 명칭은 제 19사단과 제 20사단.

제 19사단은 함경북도 나남에 그 사단 본부를 두고 조선의 동북방을 지키도록 한다. 19사단 예하의 제 37여단은 함흥에 두고 함경남도 일원을 틀어잡는다. 제 38여단은 사단 본부와 함께 나남에 두고 함경북도 일원을 지키는 게 그 임무다. 기병연대가 있다. 청진 부근에 있으면서 야포병연대를 사단 직할로 장악하고 있다. 그러나 두만강을 넘나드는 조선의 독립군을 막아내기 위해서 보병 75연대를 국경 근처인 회령에다 배치할 것을 잊지 않았다.

또 하나의 큰 병력은 제 20사단이다. 그 본부는 경성 용산에 둔다.

20사단 예하에는 제 39여단과 제 40여단, 그리고 공병 제 20대대와 중포병대대가 있다. 39여단은 관서 지방 평양에다 주둔시키며 그 예하의 77연대, 78연대로 평안도와 압록강 국경선을 지키도록 한다. 제 40여단은 용산에 자리 잡아 이 나라의 심장이며 총독정치의 총본산인 서울을 위압하도록 했고, 그 예하의 80연대는 대구에 두되 1개 대대를 빼내어 충남 대전에 배치토록 했다. 중포병대대는 마산에 둔다. 그래서 진해 해군기지를 엄호하는 한편 유사시에는 군함에 실려 동해안이든 서해안이든 아무 데로나 넘나들 수 있도록 했다.

이만한 병력이면 맨주먹 조선민중의 반란쯤 능히 진압할 수 있고 고 작해야 연대 병력을 넘지 못할 산발적인 독립군의 소란쯤은 쉽사리 무찔러 버릴 수 있으리라는 계산이었다.

삼천리 조선땅을 짓누른 일본 군력軍力은 그뿐이 아니었다.

본시 군대란 어느 나라나 마찬가지로 통수권자인 국가 원수나 작전최고사령관의 출동명령이 있어야 움직이는 만큼 평화 시의 군사력이란 다만 의연히 버티는 그 존재의 위력을 과시하는 것으로 족하기 마련이다.

하물며 문화통치를 표방하고 나선 총독의 정책을 지지하는 이상엔 이 땅에서 일어날 수 있는 크고 작은 소란에 대해서 사사건건 정규 군대를 투입하기는 명분상 난처한 일임을 저들도 안다. 그래서 저네들은 헌병사령부를 독립시켜서 경무국 예하의 경찰이 담당한 치안유지 문제를 강력히 뒷받침하도록 했다.

그뿐인가. 조선군 헌병사령부는 조선군사령관의 권한도 미치지 못하는 독립기구로서 그것은 도쿄 헌병총사령부에 직속되어 있었다. 그뿐인가. 헌병사령관은 포악하기로 일본 군부에서도 이름이 높은 고지마다. 그는 한때 경무국장까지 겸임했으니 조선민중을 총칼로 억누르며 해대는 데에는 강경파 중에서도 제일인자다.

그 헌병사령부는 5개의 헌병대를 두었다. 경성헌병대는 경기도, 황해도와 강원도의 중부를 통괄한다. 대구헌병대는 충청도, 전라도, 경상도를 틀어잡는다. 평양헌병대는 평안남북도를, 함흥헌병대는 함경남도와 강원도의 북부를, 그리고 나남헌병대는 함경북도를 손아귀에 넣은 것이다.

이 5개 헌병대는 일본 군인들의 군기를 통제한다는 본래의 사명을 도외시할 때가 많다. 그보다는 총독정치에 불만을 품은 불온한 조선인이나, 독립운동 제일선에 나선 독립군獨立軍들을 색출하고 처단하는 데

더 많은 정력을 기울인다.

헌병사령관 고지마가 경무국장인 아카지, 독립운동가 색출의 명수인 미와 경부보, 그리고 철저한 식민지 탄압주의 언론인인 아오야키와 함께 만월회를 조직한 것은 당연한 순서였을는지도 모른다.

결국, 삼천리 조선반도에 군림해서 2천만 민족을 주무르는 권력자는 세 사람인 꼴이 된다. 첫째는 총독이고, 둘째는 조선군사령관이고, 그 셋째는 헌병사령관이었다. 그들은 본국 정부와 제각기 다른 루트의 명령계통을 가지고 있는 게 특색이다.

그러나 그중에서도 역시 우두머리는 조선 총독이다. 그는 자기 나름대로 속셈이 있었다. 만일 군사령관과 헌병사령관이 한패가 되어 총독을 따돌리고, 협조를 거부한다면 아무리 천황의 대권을 위임받고 나온 몸이라도 로봇이 되지 않을 수 없다. 그래서 그는 조선군사령관을 자기편으로 끌어들이려고 은근히 손을 뻗은 것이다.

오늘, 조선군사령관만을 자기 집에 초치한 것은 그런 까닭이 있었다. 총독은 군사령관에게 한껏 추파를 보내면서 은밀히 말했다.

"사령관께 한마디 양해를 구해야 할 일이 있습니다."

"비밀에 속하는 이야기십니까?"

"이미 짐작하고 계신 일입니다만."

총독은 좀 열적은 웃음을 흘렸다. 그는 담배를 피워 물었다.

"사령관! 나는 셰익스피어의 〈헨리 6세〉를 읽은 기억이 있습니다. 케이드라는 폭도 두목이 이런 말을 했어요. '이젠 나 케이드가 이 도시의 영주다. 나는 이 런던의 표석 위에 앉아 명령한다. 이 템스 강물은 내가 통치하는 첫 해엔 클라래트 포도주만 흐르게 할 것이다. 물론 이

도시의 비용으로 말이다. 그리고 이제부터 나를 모티머 각하라고 부르지 않는 놈은 반역죄로 처단한다!'… 사령관! 나는 이제 이 왜성대에 앉아 명령합니다. '내가 통치하는 저 한강엔 조선민중이 마시고 취할 포도주만 흐르게 할 것이다. 물론 이 조선의 비용으로. 그리고 이제부터 나를 인자하고 문화적인 총독 각하라고 부르지 않는 놈은 반역죄로 처단할 것이다!' 사령관, 어떻습니까?"

"각하, 하필이면 왜 도둑 두목의 말을 이용하십니까?"

"아하, 사령관! 적어도 원주민에겐 외지에 온 지배자와 폭도의 두목과 대단한 개념의 차이가 있는 건 아닙니다. 그러니까 이제부터의 조선 총독은 권력자가 아니라 정치인이어야 합니다. 그래 나는 신임 선물로 조선인들에게 자유와 문화라는 포도주를 선사하려는 것입니다. 사령관, 이런 말이 있죠. 사나운 개를 잡으려면 몽둥이로 치느니보다는 고기 기름 몇 조각을 던져줘 낚으라는 말이외다. 그 수법으로 조선사람들에게 신문발행을 허용할까 합니다. 3개쯤 내정해 놨지요."

조선군사령관은 고개를 끄덕일 뿐 말이 없다. 총독은 아직도 설명 부족이라고 생각한 모양이다.

"… 신중히 검토했습니다. 조선인들의 힘을 분산시킬 안을 짜 봤습니다. 3개 세력이 서로 대치하게 말입니다. 우리 총독정치에 적극 동조하는 친일적인 민간신문을 하나, 조선사람들이 제멋대로 지껄이게 일반적인 신문을 하나, 그리고 시시비비를 표방하는 중립지도 하나, 이를테면 친일신문과 전도가 불안한 반일신문과 그리고 중립적인 논조의 신문, 이렇게 3개쯤을 허용하겠다는 겁니다. 사령관! 그중에서 반일적인 게 좀 골칫거리가 될지는 모르지만 그 대신 여차하면 철저하게 제재할 수 있는 규제만 있으면 되지 않겠습니까. 아마 군사령관과 헌병사령관이 좀 귀찮으시긴 하겠지만….”

조선군사령관은 어안이 벙벙한 모양이었다. 그러나 그는 헌병사령관처럼 우직하고 우악스러운 사람은 아니었다. 가계家系가 황족의 먼 친척이라는 데서 귀족적이고 지성적임을 자처하려고 은근히 노력하는 그는 총독의 복안엔 일리가 있다고 수긍해야 했다. 그는 소극적이나마 동조하는 눈치를 보였다.

그의 표정을 살핀 총독은 말에 힘을 주었다.

“사령관께서 협조해 주시면 나는 소신껏 일을 밀고 나가겠소. 헌병사령관이 또 뭐라고 반대론을 들고 나올는지 모르겠소만 그것은 군사령관이 잘 설득시켜 주셨으면 합니다.”

창밖에는 소담한 함박눈이 쏟아지고 있었다.

조선군사령관이 돌아간 다음 총독은 비서과장을 불러서 ‘조선 민간신문발행 허가신청 서류’를 가져오라 했다. 그는 이미 낯익은 서류들을 뒤척뒤척해 보다가 차례차례 결재 도장을 찍어가기 시작했다.

시사신문 — 발행인 민원식. 제일 미덥고 기대를 걸어 볼 신문이다.

조선일보 — 발행인 대정실업친목회의 예병석. 두고 봐야 알겠으나 대정실업친목회의 그동안 행적으로 보아 그 논조는 크게 염려될 것 없을 듯하다.

동아일보 — 발행 신청인 김성수. 그 성분으로 보아 불안하다. 그러나 그는 과격한 인물은 아니다. 중앙학교를 경영하고, 새로 방직회사를 설립한 30 전후의 젊은이라고 하니 일단 허가해 두었다가….

이리하여 1월 6일자로 조선총독부는 〈동아일보〉, 〈조선일보〉, 〈시사신문〉이라는 3개의 민간 신문발행을 허가했다. 그리고 그 신문들의 기사는 경무국 도서과의 통제를 받도록 했다.

이 나라엔 개화 이후, 〈황성신문〉, 〈독립신문〉이 있어 언론구국言論救國의 횃불이 밝혀졌었다. 그러나 을사조약, 경술합방이라는 거듭된 폭풍 앞에 소리 소문 없이 그 불꽃이 스러졌는데, 이제 사이토 마코토라는 이른바 덕치가德治家에 의해서 다시 소생하게 되었다.

◆━◆

그날 밤 만월회 멤버들은 종로 명월관 별실에서 그 소식을 들었다.

위로연이라 할까, 축하연이라 할까, 경부보 미와를 위한 연석宴席이었다. 미와가 기어이 송병택인가, 박충권인가를 잡고 말았다 해서 만월회의 수괴격인 헌병사령관이 한자리 베풀어 준 것이었다.

뒤뜰 별실에 아무도 모르게 그들은 모였다. 미와와의 계급차이 때문에 헌병사령관은 공공연히 그와 주석을 함께하기가 어려웠다. 그래 쉬쉬하며 뒷방으로 모였다. 모두들 일본옷 차림이었다.

그러나 그날 밤 가장 늦게 참석한 미와가 새로운 정보라고 하면서 그 소식을 터뜨렸던 것이다.

"방금 들은 믿을 만한 소식통에 의하면 총독 각하께선 조선 민간인들한테 신문발행을 허가하셨답니다."

이 말에 가장 펄쩍 뛴 것은 언론인 아오야키였다. 그는 개탄했다.

"드디어 사이토라는 철없는 아이가 불장난을 시작했구나. 일은 저네들이 저질러놓고 수습은 내가 하게 됐구나."

218

헌병사령관으로서의 분노였다.

"욕은 제가 먹습니다. 언론 탄압을 했다고 말씀이죠."

경무국장도 잠자코 있을 수는 없었다. 그가 탄압을 선언했다.

그들의 분노의 대상은 두 갈래로 갈라졌다. 총독과 정무총감을 비롯한 이른바 문치주의자文治主義者에 대한 분노가 그 하나였다. 다른 하나는 3·1 운동을 분명히 부채질하고도 구체적인 꼬투리가 잡히질 않아 체포 못하고 있는 조선의 문사, 언론인, 학자들에 대한 증오였다.

그들은 술맛도 제대로 안 나는 모양이었다. 불러들여 가야금을 뜯게 한 나이 어린 기생한테 누구 하나 손끝 한 번 대는 법 없이 씁쓸한 술들을 마셨다. 실상 그들이 총독부의 정책면에 대해서까지 그토록 신경을 쓸 이유는 없었다. 단순한 투기妬忌였다. 총검만을 정신적인 지주로 삼는 무단파들의 문치주의자에 대한 단순한 질투였다.

"그럴 것 없이 우리 대좌토론을 해봅시다."

마침 도쿄에 가 있던 정무총감도 귀임했으니 총독과 한자리에 묶어 앉혀 놓고 대좌토론을 해 보자는 아오야키의 제안이었다.

"그것 좋소. 한번 해 볼 만한 일이야!"

고지마 사령관은 즉각 찬의를 표했지만 아카지는 총독부의 국장인 만큼 달다 쓰단 말도 못했고, 더구나 미와 따위는 참견할 화제도 아닌 듯 가야금을 뜯고 있는 기생의 옆모습만 멀거니 바라보았다.

앳된 기생은 그들의 화제가 심상치 않게 심각한 것을 눈치 채고 슬며시 일어나다가 치맛자락을 밟히는 바람에 허릿단이 후드득 뜯어져 두 볼을 빨갛게 붉히고는 도망치듯 밖으로 나가 버렸다.

극성스런 패들이었다. 1월 16일 저녁, 그들은 총독 관저에 모이는

데 일단 성공했다.

총독은 자기 집에 온 손님들이라 그 성격대로 융숭히 그들을 맞았고, 하루코 부인은 총독의 아내로서의 품위에다 타고난 교태와 온몸에 밴 친절을 섞어 그들을 접대했다. 널찍한 응접실에는 샹들리에 불빛이 휘황했다. 총독과 정무총감이 나란히 앉고 그에 대결하듯 고지마, 아오야키, 아카지가 마주 앉았다.

"각하의 정책이 문화적인 만큼 저희들도 기탄없이 의견을 말씀드릴 수 있을 것 같아 찾아뵌 것입니다."

헌병사령관이 허두를 꺼내자,

"좋소. 우리는 어떤 의견이든지 충분히 교환하는 게 좋을 것이외다!"

총독은 허심탄회하게 대답했다. 고지마가 또 말했다.

"각하, 저희 생각으론 조선인의 신문은 하나로 족할 줄 압니다. 갑자기 3개씩이나 허가해 주신 점에 대해서 의아심을 갖지 않을 수 없습니다."

이 말에 정무총감이 반문한다.

"사령관 각하, 하나로 족하다고 하시지만 현재 조선인의 신문은 하나도 없잖습니까? 우리 총독부의 기관지밖에 또 신문이 어디 있습니까?"

헌병사령관이 정무총감에게 화살을 겨눈다.

"정무총감은 모르시는 말씀이오. 그자들은 이미 〈독립신문〉을 가지고 있잖습니까? 소위 '상해 임시정부'에서 발행하는 불온한 신문 말이외다."

"사령관 각하, 농담할 때가 아닙니다. 상해에서 발행하는 신문이 어떻게 조선민중의 신문입니까. 그것은 비밀 불온문서가 아닙니까?"

그러자 아오야키가 고지마를 편들며 나선다.

"〈독립신문〉을 무시할 순 없습니다. 이광수李光洙, 주요한朱耀翰 같은 청년 문사들이 파괴적이고 과격한 필치를 펴고 있는 그 〈독립신문〉이 하루에도 5백 장씩은 조선에 들어오고 있습니다. 그걸 무시할 수 있을까요?"

아오야키의 말에 정무총감은 반격의 대상을 경무국장에게 돌린다.

"경무국장은 왜 그 불온문서를 몰수하지 않고 내버려두고 있었소? 경무국 경찰들은 하루에 5백 장씩이나 들어오는 그런 불온문서를 몰수 않고 방치해 뒀다는 말인가요? 그건 직무유기가 아니오!"

정무총감의 재치 있는 역습에 경무국장이 꿀 먹은 벙어리가 되자, 이번엔 고지마가 변백辨白한다.

"물론 경찰에서도 압수하고 북쪽 국경지대의 헌병대에서도 모조리 압수하곤 있죠. 이야기가 이상한 방향으로 비약하는 것 같습니다. 우리들 이야기는 그런 것이 아니라 조선놈들에게 신문발행을 허용하는 것은 벌집을 건드리고 벌통의 문을 열어 주는 거나 마찬가진데 어떤 대책이 서 있기에 그런 조치를 취하셨느냐, 그게 궁금하단 말입니다."

"헌병사령관의 의견과 저도 동감이올시다. 나는 학자요 언론인이라서 조선사람의 기질과 그 민족성을 웬만큼 알고 있습니다만, 이번 조치는 아무래도 화를 자초할 경솔한 일이었다 이 말씀입니다."

아오야키가 학자요 언론인임을 앞세우며 나섰다.

"여러분이 찾아오신 진의는 대강 알겠소이다. 그런데…."

이번엔 총독이 반백의 머리를 쓸어 넘기면서 온화하게 입을 열었다.

"여러분의 염려는 당연합니다. 허나 나도 생각이 있어서 한 일이니까 너무 걱정하진 마시오. 사람은 누구나 속에 품은 생각을 밖으로 쏟아 놓아야만 직성이 풀리는 법 아니겠소? 조선인도 인간이외다. 그들도 눈이 가려지면 질식할 것 같아 폭발하고 맙니다. 언론이 없으면 그들의 원한과 양심은 불씨처럼 점점 속에서 커지기 마련이외다. 여러분은 부하 직원이나 휘하 장병들에게 때때로 주연을 베풀어 주는 일이 없습니까? 술 주정酒酊도 해 보라 한다면 그 상관은 그들에게 존경은 받을망정 배반은 안 당합니다. 그들에게 쌓였던 울분과 불평을 하찮은 술자리에서 주정으로나마 발산시키면 그 다음날 아침부터 훨씬 얌전하고 귀여운 녀석들이 됩니다. 이것이 사람을 다루는 한 가지 비결인 줄로 나는 알고 있소이다. 이런 논법으로 조선사람들에게 신문 한두 개쯤 허용해서 주정을 좀 부리도록 하는 것이 우리 총독부를 위해서도 얻는 바가 크리라고 나는 믿습니다."

"총독 각하, 그 주정도 한도가 있지 않겠습니까? 될 말 안될 말 마구 쏟아 민중을 선동해서 반일작당反日作黨이 크게 번지면 어떻게 수습하시렵니까?"

"허허, 고지마 사령관! 그 주장이 너무 심하지 않도록 경무국에서 단속하면 될 것 아니겠소? 신문은 발행시키고, 검열제도를 엄하게 하면 됩니다. 심히 불쾌한 소리는 삭제토록 하고, 너무 불온한 기사가 실리면 그날 신문을 압수하는 방법도 있잖소? 번번이 잘못을 저지르면 정간시켜 버릴 수도 있고. 울분과 불만이 있으면 쓰라고 합시다. 글을 쓴 사람은 써버렸다는 걸로 마음이 후련해서 만족할 게고, 우리는 미리 삭제, 압수해 버리면 누구도 그 기사를 보지 못하니까 그것으로 끝나는 것 아니겠소? 요는 경무국장의 수완 여하에 달려 있는 것이오. 도서과에 똑똑한 검열관 몇 놈만 앉혀 놓으면 염려 없습니다."

이때 아오야키가 성급한 말투로 발언한다.

"각하, 그렇다면 민원식의 〈시사신문〉, 좋습니다. 예병석의 〈조선일보〉, 그런대로 수긍할 수 있습니다. 허나 하필이면 김성수에게 〈동아일보〉를 하게 할 필요는 어디 있습니까. 김성수는 과격분자가 아닐 뿐 민족주의자들 중에서도 수괴입니다. 도깨비한테 철퇴를 쥐어주는 격인데, 허가하시는 의도를 이해할 수 없습니다."

그러자 총독은 빙그레 웃으면서 담담하게 대답한다.

"나도 김성수가 어떤 청년이라는 것쯤은 알고 있소. 내 알기로도 가장 경계해야 할 사람이지요. 그렇기 때문에 일단 그의 소망을 들어준 것이외다. 알아듣겠소? 나는 제 2단계로 그런 인물들을 주무를 구상을 하고 있어요. 무식하고 단순한 사람은 억압하는 방법도 있지만 그런 설익은 축에겐 '은혜라는 우유'를 실컷 먹일 필요가 있습니다. 신문도 발행시키고, 작위라도 주고 자꾸 표창이라도 하고 하는 식으로."

총독은 실로 교묘한 논리로 그들을 설복시켜 나갔다.

헌병사령관은 논제의 핵심에서 슬쩍 벗어난다.

"이건 경무국장이 더 잘 아는 일이겠습니다만, 나도 다년간 경무국장을 겸직했던 몸입니다. 이제 3월 폭동의 난동 여파는 대충 가라앉은 듯싶으나 반면에 조선놈들의 반항심은 지하로 숨어들어 눈에 보이지 않는 저류를 형성하고 있습니다. 어디 그뿐입니까. 우리 헌병사령부에서 파견한 대원의 보고에 의하면 만주 땅에는 저들의 독립군이 여기저기서 결성되어 지난 가을에는 그 수가 연대 병력을 훨씬 넘었다 합니다. 그중에도 홍범도洪範圖, 이청천李靑天, 김좌진金佐鎭이란 놈의 독립군 부대가 무시 못할 세력으로 커지는 모양인데 그 독립군과 국내의 불온분자가 함께 내통 규합되어 또 다른 무장폭동을 일으키는 날엔 수습이 난감하지 않겠습니까. 그런 경우 신문은 그들을 노골적으로 부채질할 테니 불길에 기름병을 던지는 꼴이 된단 말씀이올시다."

총독은 역시 빙그레 웃으며 대답한다.

"그만한 것은 나도 알고 있소이다. 그래서 나는 얼마 전에 조선군사령관을 만나 의논한 적이 있소이다. 조선 주둔군은 벌써 2개 사단으로 증강됐잖소? 만주에도 일본군이 들어갈 테니까 염려 없을 것이외다. 그가 장담하던데요. 독립군 1개 연대쯤은 열흘이면 말끔히 섬멸해 버리겠다고."

총독은 시가를 꺼내 불을 댕기고는 망설이는 듯하다가 정무총감에게 의미 있는 눈길을 보낸다.

"아직 간부들에게도 공개하지 않은 일이오만, 실은 정무총감과 결정해 놓은 정략이 있소이다. 여러분이 이렇게 찾아와서 성의껏 나라 일을 근심해 주시니 털어 놓지요."

그는 정무총감에게 그 비밀정략을 설명하라고 눈짓했다.

총독과 정무총감 단둘이서 짜놓은 이른바 5개년 정략政略이란 실로 면밀한 것이었다.

먼저, 신문 잡지의 발행을 허가하고, 문화 예술 활동을 은근히 지원하며, 스포츠를 장려한다. 이것은 두 가지의 이점이 있다. 하나는 독립운동이나 혁명운동으로 내달리려고 하는 과격한 정열을 문화, 예술, 스포츠 따위로 쏟게 함으로써 과격사상과 파괴행동을 둔화시키는 것이고, 다른 하나는 국제적으로도 조선사람을 문화적으로 통치한다는 좋은 여론을 조성하게 한다는 것이다.

둘째로는, 이미 작위를 가진 친일인사들의 그 작위를 한 계급씩 높여주며, 이은의 결혼식을 서두르며, 조선사람들을 관리로 많이 등용하며, 불타버린 창덕궁의 대조전大造殿을 서둘러 재건하며, 지방마다 학교 설립을 장려하는 따위의 선심정책을 추진한다.

이러한 선심공세를 밀고 나가면 공명심이 강하고, 현실 타산에 빠르며, 안일태평을 좋아하는 조선의 민중들이 독립운동 따위의 위험한 불장난보다는 우선 잘 살고 보자는 실리주의에 젖어 총독부의 권력에 아부 영합하려는 기운이 늘어난다. 그렇게 되면 만주, 시베리아, 상해에서 광신적으로 망동하는 항일분자와 국내 민중 사이엔 사고의 담장이 생기고, 민족분열, 동족상잔의 새로운 현상을 조성할 수 있다.

셋째로는 만주, 북경, 상해, 블라디보스토크 일본 영사관에 조선총독부 출장소를 설치한다. 경무국 경무과에서 우수한 인재를 선발, 각지 출장소에 파견해서 그곳에서 준동하는 독립운동가들의 동태를 파악하고, 밀정密偵으로 하여금 독립단의 간부들을 암살하거나 아니면 매수공작을 꾀한다. 공작에 매수되어 전향하는 자에게는 국내 귀환을 허용하고 그 가족들을 부조하며 적당한 관직까지 알선한다. 결국은 독립운동을 해 봐야 패가망신이 고작이고, 전향해서 총독부에 협력하는 자는 부귀를 누릴 수 있다는 풍조를 조성한다.

넷째로는 만주공작滿洲工作을 적극 추진한다. 동삼성東三省의 장작림張作霖을 구슬리거나 협박하여 조선 독립운동가들을 탄압하고 추방하도록 한다. 이것은 훨씬 정치적인 문제이지만 술과 아편과 금덩이만 던지면 만주의 군벌과 마적 두목들은 쉽사리 주물러질 것인즉, 그들을 앞세워 만주에서의 독립운동을 봉쇄하도록 한다. 이것은 조선민족과 만주족 사이의 적대감정을 조성하게 되므로 일거양득이기도 하다.

마지막으로, 함경도 나남羅南의 19사단과 평양의 77연대 병력을 동원해서 만주 밀림지대로 쫓겨 들어가는 독립군을 완전 소탕한다. 거기엔 남만南滿철도수비대의 병력도 합세시킨다. 만약 그 경우 독립군의 포위 섬멸이 실패한다 해도 그자들은 소련국경을 넘어 시베리아로 쫓겨갈 수밖에 없는데 시베리아에는 아직도 일본군이 출병하여 주둔하고 있다. 따라서 가장 귀찮은 독립군을 뿌리 뽑는 것도 그다지 어려운 일은 아닌 것이다.

이상과 같은 5대 지침을 5개년 동안에 모두 완수한다. 그러면, 1925년에는 동화정책의 제 1단계가 완전히 끝나게 된다. 이러한 정지작업을 끝내 버리면 앞으로의 조선통치는 순풍에 돛을 단 배처럼 앞길이 매우 순조로울 것이 아니냐.

제 2단계가 또 있다. 그러나 제 2단계는 정무총감이 설명할 필요가 없다. 총독이 끝으로 한마디 했다.

"제 2단계는 내가 간여할 바가 아니외다. 나는 이 5개년 계획만 성취하면 된다고 생각하니까요. 1925년이라, 그때쯤 되면 나는 조선 총독 자리를 그만두고 물러앉을 거외다. 아마 후임 총독은 일하기가 수월할 것이외다. 내 임무는 정지작업整地作業이에요. 천황 폐하께오서 나에게 내리신 대명은 조선의 정지작업입니다. 여러분! 눈 딱 감고 5년만 밀고 나가 봅시다!"

좌중은 숙연해졌다. 헌병사령관의 포악성도, 경무국장의 카랑한 결기도, 경성일보 사장의 과장된 식견도, 총독의 교활한 경륜 앞에서는 유구무언有口無言이었다. 혹을 떼러 갔다가 붙이고 돌아가는 꼴이 된

226

그들은 사이토에게 완전히 설복된 채 총독 관저를 물러 나왔다.

밤은 깊어 있었다. 대한大寒을 며칠 앞둔 밤바람은 몹시도 매웠다. 하늘엔 초롱초롱한 별들이 오들오들 떨고 있었다.

달이 없었다. 만월회의 거드름은 이날 밤을 기해서 시들기 시작했다.

오인 吾人은 살았도다

　1월 6일부로 신문발행 허가를 받은 민원식, 예병석, 김성수는 제각기 창간 날짜를 앞당기려고 안간힘을 썼다.

　민원식은 본시가 친일의 전위적인 사람이다. 거기다가 공명심이 남달리 강한 사나이. 그런데 그는 또한 조선의 자치주의自治主義를 열심히 주장하는 것으로도 선봉에 섰다. 그는 선언했다.

　"공정한 언론으로 민중을 계몽하는 게 우리 〈시사신문〉의 사명이다!"

　예병석은 일찍이 대정실업친목회의 중요 간부로 민영기 등과 함께 역시 총독부 권력에 빌붙어 출세 치부에 동분서주했다. 그러나 그는 표면에 나선 정치적 인물은 아니다. 경제 실업계에서 한몫 보기 위해 왜성대의 주변을 넘나들기에 바빴다. 그는 상리商利에 특히 밝았다. 이권利權을 위해서는 친일이고 반일이고 가리지 않았다. 그도 선언했다.

　"우리 〈조선일보〉는 정치에선 중립한다. 언론의 사명은 공명정대에 있다. 과감하게 시시비비를 가릴 것이다!"

　그는 다른 어느 신문보다도 창간을 앞지르려고 동분서주했다.

한편 계동桂洞 김성수의 집도 밤낮으로 붐볐다.

모여드는 면면은 양기탁, 유근, 이상협, 장두현, 진학문, 장덕수, 고희동, 김돈희, 장덕준, 이용문 등 제제다사들이었다.

연일의 숙의는 무르익어 갔다. 1월 14일에는 77명에 의한 발기인 총회가 열렸고, 정관 토의가 있었고, 간부진용이 선출되었다. 사장엔 박영효 후작, 편집 감독엔 유근, 양기탁, 주간 장덕수, 편집국장 이상협, 인쇄인 이용문.

항상 뒷전에 물러앉아 뒷바라지하기를 좋아하는 김성수는 주주 대표株主代表라는 명목으로 또 무대 뒤로 슬쩍 숨어 버렸다.

사옥은 화동花洞 138번지. 중앙중학교의 낡은 교사로서 한식 기와집 두 채였다. 두 채의 기와집 사이를 생철로 하늘을 막아 비를 가리게 했다. 그 공간을 이용한 게 편집국이었다.

편집국엔 진학문, 염상섭, 한기악, 김동철, 이서구, 김정진, 신길구, 장덕준, 고희동, 김형원, 김동성, 유광열 등이 벅찬 포부와 자랑스러운 정열을 토하며 드나들었다. 신출 기자들이었다. 또 있다. 최영목, 신상우, 서승효, 변봉현, 김명식, 김태병, 이승규 등.

창간 목표일은 3월 초하루였다. 3월 1일.

저 민족의 함성이 터지던 날. 그 제 1주년이 되는 날, 창간호를 낸다는 것은 민족지民族紙로서 뜻깊은 일이라고 했다.

더구나 경무국 촉탁 정운복의 귀띔이 있었다. 3월 중순경에는 3·1운동의 지도급 인사들인 손병희, 이승훈, 한용운, 최린, 최남선, 함태영, 송진우를 비롯한 관련자들에 대한 재판이 개정되리라고 했다. 그렇다면 3월 초순에 창간되어서 그 공판의 진행상황을 민중에게, 세계

만방에게 소상히 알려 주어야 할 의무가 있는 것이다.

그러나 길에는 언덕이 있고, 수렁도 있다. 앞을 막는 장애가 있게 마련이다. 일본으로 주문한 윤전기의 도착이 차일피일 늦어지기만 했다. 2월이 다 갔다.

그러는 동안에 3월 5일 〈조선일보〉가 먼저 창간호를 내놓았다. 사장엔 조진태, 편집국장은 최강이라 박혀 있었다. 그 논조는 친일은 아니었다. 배일도 아니었다. 이쪽도 저쪽도 다치지 않은 온건 중립의 노선을 표방했다.

〈조선일보〉가 먼저 창간되자, 화동 138번지는 초조하기만 했다.

윤전기의 도입이 지연된다면 평판 인쇄기라도 동원해야겠다는 비상조치가 취해졌다. 발행 날짜는 한 달 늦춰 4월 1일, 4월 초하루에는 무슨 일이 있어도 창간호를 내놓아야 한다. 3월도 중순이 지났다.

〈동아일보〉가 초조하게 그 창간준비를 서두르고 있는데 예상대로 경성고등법원에선 재판이 열렸다. 3월 22일이었다.

그러나 너무나 허망했다. 고등법원은 33인과 10여 명에 대한 예심을 마치자, "본건은 내란죄가 아니라 보안법 및 출판물법 위반사건으로⋯" 고법이 간여할 성질이 못 되며, 따라서 "경성 지방법원을 본건의 관할재판소로 지정한다". 어처구니없는 선언을 하고는 폐정해 버렸다.

그런데 이 고등법원의 판결주문이 뒷날 큰 말썽거리가 될 줄은 총독부의 그 누구도 짐작하지 못했다. 봄이 가고 여름이 여물었다.

삼복三伏의 염열炎熱이 초목을 무성케 하고, 사람은 찌들게 하는 7월 중순이었다. 정동 조선총독부 철도국 건물에 임시로 마련한 특별 법정은 아침부터 들끓는 방청객들로 해서 입추의 여지가 없었다.

230

다치가와 부장판사가 판사석 중앙에 좌정했다. 그리고 두 배석판사가 양 옆에 자리를 잡았다. 사카이 검사가 간여했다.

3·1운동 민족지도자들에 대한 재판이 열린 것이다. 방청석은 물결처럼 일렁이고, 입과 눈과 귀들은 술렁거렸다. 정말 할 말들이 많았다.

"처음엔 지방법원에서 고등법원으로 그냥 넘기더니, 이번엔 다시 고등법원에서 지방법원으로 밀어버리니 거 참 저들의 법은 묘하군!"

"누가 아니라나, 저놈들은 조선사람을 사람이 아니라 물건으로 취급하는 모양이야. 그래도 명색이 재판인데 재판소끼리 멋대로 넘겼다 받았다 한다?"

"그게 다 이유가 있소. 섣불리 판정을 내리면 조선민중이 가만있지 않을 테니까 차일피일 시간을 끌면서 민심도 진정시키고, 흥분과 관심이 어느 정도 가신 다음에 뚝딱 해치우려는 속셈일 게요."

"총독은 아주 가볍게 다루기를 희망한다는 소문입니다. 문화정치를 하겠다면서 민족지도자들을 혹독하게 다루면 역효과가 날 테니까."

술렁거리던 방청석이 물을 끼얹은 듯 조용해졌다.

재판정의 안팎은 극도로 긴장했다. 국내외의 이목도 긴장했다.

드디어 피고들이 입정했다. 낯익은 얼굴, 얼굴, 얼굴들, 의연한 모습으로 입정했다.

최린이 선두에 섰다. 권동진이 뒤따랐다. 오세창이 보였다. 권예환, 권병덕, 이종일, 나인협, 홍기조, 김완규, 나용환, 이종훈, 홍병기, 박준승, 이인환, 박희도가 차례로 나타났다. 최성모, 신홍식, 양승백, 이명룡, 길선주가 보이고, 이갑성이 들어섰다. 김창준, 이필주, 오화영, 박동완, 정춘수, 신석구, 한용운, 백상규, 안세환, 임규, 김지환, 최남선, 함태영, 송진우, 정노식, 이경섭, 한병익, 김홍규, 김도태, 박인호, 노헌용, 김길항, 강기덕, 김원벽, 유여대 등이 한 오랏줄에 줄줄이 묶여서 법정으로 들어왔다.

46명의 대가족이다. 1년이 넘는 옥고를 치렀다. 지치고 파리한 몰골들이었다. 그러나 그 눈빛과 입매들은 설한풍雪寒風에 단련된 참매鷹의 그것처럼 날카롭고 차갑고 슬기로웠다.

손병희孫秉熙가 안 보이는 까닭은 노구老軀라서 병을 얻어 감방 속에 누워 있기 때문이라 했다. 그러나 그날의 재판은 싱겁게 끝났다.

인정심문만으로 공판은 다음날부터 본격화했다. 개별심문의 첫 매는 최린에게 떨어졌다. 최린의 태도는 실로 의젓했다. 재판장의 물음에 당당한 어조로 대답한다. 재판장은 일본말로 묻고 최린은 조선말로 대답하니 통역 후지가와가 두 사람 사이에서 의사소통을 시켰다.

최린은 자기가 한 일을 하나도 숨김없이 다 털어 놓는다. 재판장에게 굴복해서 모든 것을 자백하는 게 아니라 떳떳한 일을 신념껏 했고, 지금도 그것이 옳았다고 생각한다는 당당한 소신의 피력이었다.

"피고는 1919년 1월에 불란서 파리에서 평화회의가 개최되고 국제연맹과 민족자결 원칙 등의 안건이 토의됐던 것을 아는가?"

"알고 있다. 당시 신문에 보도된 것을 잘 알고 있다."

"그러한 사실을 알자 조선독립의 좋은 기회가 왔다고 그해 1월 28일 밤, 같은 피고 권동진, 오세창과 함께 가회동嘉會洞 천도교주 손병희의 집에 모여 독립선언의 방법과 수단에 관해서 밀의密議한 일이 있는가?"

"있다. 나는 그 일을 적극 주선했다."

최린은 그 경위를 자랑스럽게 회고하며 유창한 언변으로 진술했다.

권동진, 오세창의 차례가 되자 그들 역시 태연자약하게 심문에 응했다. 이승훈, 박희도, 함태영, 이갑성 등 기독교계의 지도자들 역시 하나도 꺼리는 기미 없이 당당히 진술했다.

그러나 최남선은 실로 모호하게 진술하여 재판장의 판단을 아리송하게 만들었다.

"나는 학자여서 모든 의논을 꺼려했는데, 최린이 선언서는 부디 내가 만들어야 된다고 해서 그럼 외부엔 최린이 만든 것으로 말해 주기로 약조하고 기초해 주었소."

송진우는 처음부터 끝까지, "기억할 수 없다" 이 한마디로 일관하여 검사와 재판장을 골려 주었다.

공판은 제5일째에 접어들면서 일대 파란을 일으켰다. 독립만세 운동의 거성이고, 천도교의 영수인 의암 손병희가 이날 병구病軀를 이끌고 돌연 법정에 나타난 것이다. 아침 9시 정동 철도국의 특별 법정 앞은 인파로 들끓었다. 방청석에 들어가지 못한 군중들이 재판정 뜰을 메우고 있었다.

다치가와 재판장은 위엄을 가다듬으며 배석판사들을 거느리고 재판정에 나왔다. 손병희는 성성한 반백의 수염을 점잖게 쓸어내리며 피고석에 자리를 잡았다. 그의 눈은 조용히 감긴 채, 영겁永劫의 명상인 양, 보기 싫은 시계視界를 외면하고 있었다.

9시 정각, 개정의 벨이 울렸다. 재판장이 개정을 선언한 바로 직후였다. 변호인석에 앉아 있던 담당 변호사 허헌許憲이 벌떡 일어났다.

"재판장님! 본 변호인은 본건 심리에 들어가기 전에 중대한 이의신립異議申立을 합니다. 지금 열리는 경성 지방법원의 피고인들에 대한 공판은 명백한 위법행위임을 본 변호사는 발견하기에 이르렀습니다."

허헌은 첫 마디부터 도전적이었다. 옆자리에는 최진, 박승빈, 정구창, 이기찬 변호사들이 앉아 있었다. 그리고 일본인으로 이번 사건의 변호를 맡고 나선 기오 변호사는 회심의 미소를 지으면서 허헌에게 말 없는 성원을 보냈다. 허헌은 다시 말을 계속한다.

"지난 3월 22일 고등법원이 내린 본안에 대한 예심 결정서를 보면 '경성 지방법원을 본건의 관여 재판소로 지정함'이라고만 기록되어 있습니다. 본안을 경성 지방법원에서 관여하려면 '본건을 경성 지방법원에 송치送致한다'는 고법의 결정문이 있어야 하잖습니까. 지방법원은 언제 어떤 법적 요식행위로 이 사건을 송치받았는지 본인은 의심치 않을 수 없습니다. 법적으로 송치되지 않은 사건을 함부로 손대어 재판을 진행하는 것은 명백히 위법행위입니다. 따라서 본건은 마땅히 …."

허헌許憲은 억양을 높였다. 방청석에서는 벌써 소리 없는 함성이 터져 오르고 있다.

"본 법정은 마땅히 본건의 공소권公訴權을 아직 수리하지 못한 것이라고 주장합니다. 따라서 이 재판은 불법이므로 중단해야 합니다. 현명하신 재판장님의 명백한 단안을 촉구하는 바입니다."

허헌의 법리론적 기습을 당하자 당황한 것은 사카이 검사였다. 그는 허헌의 이론을 무시할 수는 없었지만 그렇다고 수긍할 처지도 아니었다. 그는 날카롭게 허 변호사를 쏘아보고는 일어섰다.

"담당검사인 본인은 의견을 달리합니다. 허 변호인의 말은 당치도 않은 궤변에 불과해요. 본건을 경성 지방법원에 송치한다는 말은 비록 그 주문主文에 없을망정 형사소송법 제 315조의 '지정한다'는 말은 '송치한다'는 것과 그 뜻이 다를 바 없다고 해석해야 합니다. 지정한다 하고 송치한다는 말이 없다 해서 본건을 이 재판소에서 다루지 못한다면 그럼 이 사건은 하늘로 날아올라야 합니까! 변호인은 당치도 않은 이론으로 이 재판을 천연遷延시키려고 하는 것이니 재판장님께선 단호히 묵살하셔야 되리라고 봅니다."

사카이 검사는 우격다짐으로 변호사의 말을 억누르려 했다. 그렇다고 만만히 넘어갈 허헌일까. 그는 다시 일어섰다.

"재판장님, 아시다시피 나는 조선사람이고, 내가 맡고 나선 저 피고들 역시 조선사람들입니다. 그렇지만 나는 변호인으로서 어떤 선입감을 가져서는 안 된다는 것을 알고 있습니다. 내가 이 자리에 선 것은 변호사 자격으로서이며, 나는 변호사가 되기 위해 대일본제국의 법률을 충실히 공부하고 연구해서 변호사 시험에 합격한 사람입니다. 따라서 법리론의 전개나 해석에는 출신이 일본이거나 조선이거나 가릴 일이 못됩니다. 이 점을 재판장님은 분명히 알아주셔야 합니다. 현명하신 재판장님! 나의 주장으로는 '지정한다' 함은 본건을 심리할 대상 재판소가 어디냐 하는 점을 가려서 짚은 것에 불과합니다. 즉, 해석에 지나지 않습니다. 실제로 본건을 지정된 재판소로 옮겨가려면 '송치한다'는 명문이 있어야 됩니다. 법률학의 ABC와도 같은 기초적 상식을 가지고 왈가왈부한다는 것은 적어도 대일본제국의 법조계의 일대 수치가 아니고 뭣이겠습니까?"

허헌의 말은 다분히 야유조차 섞여 있었다. 빈틈없는 논리를 그 바탕으로 해서 그들의 아픈 곳을 찌르며 비아냥거리는 바람에 재판장은 몹시 난처한 표정을 했다.

"사카이 검사, 다시 할 말이 없으시오?"

"본 검사의 소신에는 변함이 없습니다. 방금 변호인이 법리론적으로 전개하는 이야기라고 했습니다만, 적어도 본 검사가 터득한 일본 법률의 해석으로서는 지정은 곧 송치까지 내포한다고 확신합니다. 그러나 문제는 ···."

사카이 검사는 여기서 잠시 말을 끊고 피고석을 흘겨본 다음 목청을 가다듬는다.

"문제는 변호인의 주장이 과연 저 많은 피고들의 권익을 옹호하는 것인지, 결과적으로 고통을 더하게 하는 것인지를 냉철히 살펴볼 필요가 있습니다. 본건 재판은 벌써 1년 이상이나 시일을 끌어왔습니다. 처음엔 지방법원에서 다루다가 다시 고등법원으로 이관했는데 이것을 다시 지방법원으로 환송했습니다. 그런데 이제 다시 본 지방법원에서 사소한 법리론상의 애매한 해석 차이를 가지고 말썽을 부리다가 다시 고등법원으로 사건을 이송하는 일이라도 생긴다면 그 결과가 뭡니까? 공연히 피고인들의 미결수로서의 구류기간만 연장시키는 게 아닙니까. 나도 검사이기 전에 하나의 인간입니다. 비록 지금 죄인을 단죄하는 검사의 입장이지만 역시 피와 눈물과 동정심을 가진 인간이란 말입니다. 따라서 허 변호인의 공소불수리公訴不受理 주장은 일고의 가치도 없으니만큼 재판장께선 일소에 붙이고 심리를 진행하시는 게 모든 피고인들에게 실질적으로 도움이 되리라 생각합니다. 아마 저 피고인들도 변호인의 주장보다는 본 검사의 주장을 옳게 보리라는 것을 확신합니다. 안 그렇습니까?"

그는 논죄할 때의 그 몰인정한 태도를 표변시키며 오히려 피고들에게 인간적인 동정을 베푼다는 제스처를 했다.

그러나 방청석에서는 비웃는 웃음소리가 터졌다. '고양이가 쥐 생각하는 꼴'이라고 빈정거렸다. 피고들도 기가 막혀서 웃었다.

"사카이 검사의 인간적 호의로 우리는 풀려 나가게 됐소이다!"

재판정이 술렁거리자 재판장은 일단 휴정하고 다음날 다시 속개하겠음을 선언했다. 그는 휴정선언에 덧붙여서 내일 공판정에서는 그 점에 대한 피고인들의 의견을 직접 들어보겠노라고 밝혔다.

다음날은 27일. 공판 제6일째가 된다.

이날도, 허헌을 비롯한 5명의 변호사들은 이 사건을 다룰 법정은 이미 소멸한 거나 마찬가지니까 피고 47명을 일제히 석방해야 마땅하다고 거듭 강경하게 주장했다. 재판장은 심각한 표정으로 묵묵히 그 변론을 듣고 있다가 마침내 입을 열었다.

"그럼, 피고인들의 의견을 재판장 직권으로 물어보겠소. 이것은 어디까지나 참고적인 청취에 불과하오. 우선 오화영 피고 말해 보시오. 피고는 어제와 오늘 사이에 벌어진 변호인과 검사 간의 의견차에 대해서 어떻게 생각하는가?"

"본시 우리는 천지신명 앞에 부끄럼이 없이 떳떳한 일을 했고 앞으로도 역시 그럴 것이오. 그런데 듣자 하니 지금 우리들을 다루는 재판절차상 위법행위가 있는 듯한즉 이는 묵과할 수 없는 일이오. 나는 분명히 말해 두겠소. 정당한 재판절차에 의해서 재판장의 양식에 어긋남이 없는 재판이라면 비록 10년 징역이 아니라 무기 징역 혹은 사형을 당한다 할지라도 태연히 받겠소. 그러나 정당치 못한 위법적 절차나 재판에서 가벼운 형을 선고한다 해도 그것은 우리들에 대한 하나의 모욕이오.

이는 우리 조선사람들의 기백이며, 명분이며, 지조외다. 오로지 하늘에 부끄럽잖은 정당한 재판절차를 밟아 주시오!"

재판장은 조용히 듣고 있었다. 방청석은 물을 끼얹은 듯 숙연하다.

"다음 오세창 피고의 의견은?"

"물으나마나 한 질문 같소. 오화영 선생의 의견과 동일합니다."

"그럼 강기덕 피고는?"

"처음부터 일본 법률에는 허점이 많은 것 같소. 허나, 허 변호사의 주장에는 한 점의 빈틈도 없습니다. 우리는 이 재판이 어차피 양식과 법률로 진행되리라고는 믿지 않아요. 우리는 할 일을 했으니까 깨끗이 세계의 이목 앞에서 깨끗하게 최후를 마치고 싶을 뿐이오. 그러나 사카이 검사에겐 한마디 하고 싶소. 당신은 언제부터 인정이 그렇게 많고 우리들을 펀드는 측으로 돌아섰소. 그 허무맹랑한 조서작성을 위해 모진 고문을 자행한 당신이 이제 와서 입장이 난처해지니까 피고들을 동정하는 척 궤변을 농하다니, 천하의 사카이 같지도 않은 태도구나!"

재판장이 당황했다.

"가만, 조용하시오! 강기덕 피고는 더 이상 발언 말고 착석하라!"

재판장이 강기덕 피고의 발언을 제지하자 이번엔 사카이 검사가 벌떡 일어섰다.

"재판장님! 방금 강기덕 피고의 저 난폭한 언사는 본 법정의 질서를 문란케 하는 것으로서 마땅히 법정모독죄에 해당합니다."

사카이가 떠들어대자 변호사들도 일제히 일어서서 그를 규탄한다. 방청석은 단박 아수라장이 되었다.

재판장은 사태를 수습하기 위해 잠시 휴정을 선언했다. 그는 배석판사들과 한참 동안 귓속말을 주고받았다. 잠시 후 속개를 선포한 재판장은 선언했다.

"본건에 대한 당 법정에서의 심리를 반대하는 변호인단의 공소불수리 주장에는 일리가 있다고 인정한다. 따라서 당 법정에서의 본건 심리를 무기한 연기하며, 아울러 본건은 복심법원覆審法院으로 회송하겠음을 선언한다."

순간 사카이 검사는 반동적으로 자리에서 벌떡 일어났으나 입에서 말은 나오지 않는 모양이었다.

———◆———

4월 초하루 창간일을 하루 앞둔 3월 31일 밤, 화동에 자리 잡은 〈동아일보〉사 편집국은 흥분의 도가니였다.

드디어 신문이 나왔다. 석간 4면, 타블로이드 배대판倍大版이다.

아직 윤전기를 입수 못해서 대동인쇄大東印刷, 신대관新大館, 박문관博文館 세 군데 인쇄소에다 같은 연판을 나눠 줘 평판인쇄로 찍어낸 것이지만 지면에서 물씬 풍기는 잉크 냄새에 창간동인들은 하늘을 날 듯이 흥분했다.

어느 누가 그 선명치 못한 인쇄를 탓할 것이며, 어떤 사람이 그 활자가 투박하다고 불만스럽게 여길 것인가. 그리고 제1면의 창간사를 보고 어느 누가 감격과 충동을 안 받겠는가?

— 창천蒼天에 태양이 빛나고 대지大地에 청풍淸風이 불도다. 산정수류山靜水流하며, 초목창무草木昌茂하며, 백화난발하며, 연비어약鳶飛魚躍하니, 만물 사이에 생명과 광명이 충만하도다.

동방 아세아 무궁화동산 속에 2천만 조선민중은 일대광명을 견見하도다. 공기를 호흡하도다. 아, 실로 살았도다. 부활하도다. 장차 혼신용력渾身勇力을 분발하여 멀고 큰 도정道程을 건행健行코자 하니 그 이름이 무엇이뇨, 자유의 발달이로다.

세계 인류의 운명의 대륜大輪은 한 번 회전하도다. 쯔아는 가고 카이사는 쫓기도다. 자본주의의 탐람貪婪은 노동주의의 도전을 받고, 강력에 기본한 침략주의와 제국주의는 권리를 옹호하는 평화주의와 정의를 근본한 인도주의로 전환코자 하는도다. 그런즉 인민으로 말미암은 자유 정치와, 노동으로 말미암은 문화 창조와, 정의 인도에 입각한 민족 연맹의 신세계가 전개하려 하는도다 ….

창간사인 '주지主旨를 선명宣明하노라'는 그 서두에서 제1차 대전을 겪고 난 이 지구상의 새로운 사조思潮와 역사의 흐름을 도도히 논하면서 대전제를 펴나갔다.

— 이러한 때에 〈동아일보〉는 생生하도다. 희噫라, 그 생이 어찌 우연하리오. 회고컨대 조일합병朝日合倂 어언 10년. 그 사이에 조선민중은 일대 악몽의 습襲한 바 되었었도다. 그가 또한 사람이라 어찌 사상과 희망이 없었으리오. 그러나 능히 서敍치 못하며, 그가 또한 사회라 어찌 집합적 의사意思와 활력의 충동이 없었으리오. 그러나 능히 달達치 못하며, 그가 또한 민족이라 어찌 고유한 문명의 특장과 생명의 미묘함이 없었으리오. 그러나 감히 발發치 못하였으니 실로 개인이 간혹

경험하는바 부르짖고자 하되 개구開口치 못하며, 달음질하고자 하되 용신用身치 못하는 그 악몽에 조선 2천만 무고민중無辜民衆은 빠졌었도다. …

요컨대 〈동아일보〉는 태양의 무궁한 광명과 우주의 무한한 생명을 삼천리강산 2천만 민중 가운데 실현하며, 창달케 하여, 자유 발언의 국국局을 맺고자 하노니, (1) 조선민중이 각정성명各正性命하여 보합대화保合大和하는 일대一大 문화의 수립을 기하며, (2) 천하만중天下萬衆이 각득기소各得其所하여 상하여천지上下與天地로 동류동류同流하는 일대 낙원을 건설함에 동력공조同力共助하기를 원함은 본 일보日報의 주지主旨로다.

이렇게 창간 요지를 못 박아 놓았다.

그러나 〈동아일보〉는 창간된 지 겨우 닷새 만에 첫 번째 발매금지 처분을 받았다. 경무국 도서과의 날카로운 검열망에 걸려들기 시작한 것이다. 그러나 발매금지는 그날 하루치만을 없애버리면 되는 것, 신문은 주야로 발행되었다.

이 무렵은 이미 4월 중순. 조선총독부는 도쿄에서 벌어질 큰 잔치를 앞두고 법석을 떨어야 했다. 영친왕 이은李垠의 혼례식이 4월 28일에 거행되는 것이다. 사이토 총독이 주창한 대로 내선일체의 본보기를 위해서 혼혈정책이 추진되는 그 첫 번째의 본보기가 바야흐로 화려한 막을 올리려 한다. 이 혼례식은 고종의 갑작스런 죽음과 그 뒤에 벌어진 3

월 만세운동으로 어이없이 연기되어 온 것.

이제는 조선반도의 치안질서도 어지간히 평온해진 데다가 사이토 총독의 문화정책이 프로그램대로 펼쳐지기 시작한 때다.

총독은 부하들에게 독촉했다.

— 경축 기분을 한껏 조성하라. 조선사람들은 아직도 군신충의君臣忠義 사상이 투철하다! 그 심리를 최대한 이용하라.

— 남의 일이 아니라 조선민족 자체의 다시없는 경사임을 인식시키라! 황족皇族 왕족의 결혼이다. 천황 폐하의 성은에 감복토록 계도하라! 세기의 잔치로 만들라!

총독부 기관지인 〈경성일보〉와 〈매일신보〉는 4월 27일 이은의 화촉 기사로 해서 증면 특집을 해야 했다.

현해탄 바다 위가 떠들썩했다. 그 혼례식에 참례할 친일귀족과 총독부의 고관들이 무더기로 바다를 건너갔다. 순종의 어사御使로는 이왕직 장관 이재극 남작이, 운현궁 의친왕의 어사로는 김무관이 참례했다. 이완용과 윤덕영, 송병준, 배정자가 빠질 수는 없었다. 엄주익, 엄준원, 이용복은 친족 근친의 자격으로 바다를 건너갔다.

창덕궁에서는 천일청, 노盧상궁을 보내도록 했고, 경성 시민의 봉축 대표로서는 한상룡이, 일본 거류민단의 대표로는 후루키를 뽑아 보냈다. 사이토 총독도 그의 하루코 부인과 함께 도쿄로 떠났다.

또 있다. 이 왕가의 근친인 이달호 후작, 이윤용 남작, 조동윤 남작, 민영경 등도 호화로운 경축 행렬에 끼어 현해탄을 건너갔다.

조선 천지가 도쿄에서 벌어질 이은 혼례식에 들떠 있는 듯했고, 손꼽히는 명류들은 일본의 수도 도쿄로 달려갔다.

때는 화창한 봄, 4월. 남산의 벚꽃도, 인왕산의 진달래도, 덕수궁의 개나리도 총독 사이토가 씨 뿌린 온화한 문화 바람에 겉보기엔 지극히 평화스런 봄날을 구가하는 듯했다.

그러나 압록강 건너 만주 벌판은 아직도 늦겨울, 바람은 맵고, 나뭇가지에, 들풀에, 새순이 돋을 날은 멀었다. 눈은 쌓인 대로였고, 풀리지 않은 얼음은 산과 강에 널려 있었다.

장백산령長白山嶺은 춥고 험준하기만 했다. 그 준령은 북으로 북으로 파고들며 행군하는 사나이들이 수백을 헤아렸다. 홍범도洪範圖장군이 지휘하는 서로군정서의 독립군 용사들이었다.

"가자! 봉오동鳳梧洞으로 가자. 거기에서 결판을 내자! 봉오동 골짜기에서 일본군 부대들을 섬멸해 버리자!"

독립군은 봉오동으로 달려갔다. 인물과 행색들은 가지가지였다. 50이 넘은 반백의 장년으로부터 아직 청춘의 순이 피지도 않은 십오륙 세의 소년들이 너덜거리는 군복에 방한모들을 멋대로 썼다.

무기도 여러 가지다. 일본군으로부터 빼앗은 무라가미식 보총으로부터 만주의 마적단이 쓰는 구식 화총이 있는가 하면, 시베리아에서 사들인 체코식 소총과 연발총도 있었다.

같은 하늘 밑이고 같은 배달의 핏줄을 이은 조선사람이건만 참 다르기도 하다. 압록강 남쪽 조선땅에서는 총독부에 빌붙어 배에 낀 기름이 두꺼워진 친일배들이 도쿄로, 도쿄로 현해탄을 건너가는데, 압록강 북쪽 만주땅에선 건곤일척乾坤一擲 왜군을 무찌르려고 얼어붙은 험준한 밀림 길을 밤낮으로 달려가는 대열이 있었다.

이 독립군 대열 속에 아직 산길이 서투른 장정 하나가 섞여 있었다.

박충권, 황해도 후추섬에서 애인 윤정덕과 생애 최고의 로맨스를 맺고 서해를 건너 청도靑島에 상륙했던 박충권이 천진天津을 거쳐 다시 안동 교통국을 찾았다가 독립군 부대에 가담하려고 서로군정서의 홍범도 장군 행군 속에 낀 것이다.

유성이 흐르는 차가운 밤이었다. 독립군 부대들이 어느 밀림 골짜기에서 잠시 휴식을 취할 때, 박충권은 피곤한 다리를 쭉 뻗고 별빛 찬란한 밤하늘을 바라보면서 혼자 중얼거렸다.

'여기는 만주 땅. 그 사람은 도쿄로 떠났을까? 성악공부를 하겠다던 그 소원, 부디 성공해 다오.'

그는 후추섬에서 애인과 마지막 헤어질 때의 그 애처롭던 광경을 잊을 수가 없다. 눈물을 안 보이려고 얼굴을 옆으로 자주 돌리던, 아아, 그 여자의 슬픈 모습, 윤정덕의 그 눈물이 가득하던 두 눈을 잊을 수 없다.

그는 잠깐 생각해 본다. 이용삼이란 그 친구가 편지를 잘 부쳐 줄는지 근심해 본다. 이용삼은 안동 이륭양행怡隆洋行에서 우연히 만난 사나이다. 3·1운동 때, 지방에서 앞장섰다가 만주로 망명하여 방랑하다가 뜻한 바 있어 국내로 다시 잠입할 결심을 했다던 사나이다.

늘씬한 키에 시원스런 눈매, 그리고 도도한 언변과 강직한 의지의 사나이 이용삼을 이역 객사에서 만난 박충권은 그의 손을 잡고 몇 번이나 간청했다.

"고국에 돌아가거든 특히 몸조심하시오. 친일파 밀정들이 구더기처럼 득실거릴 게요. 부디 소원 성취하시오. 이 형, 부탁이 있소. 이 편지를 고국에서 부쳐 주시오. 혹시 서울에 들를 수 있다면 창성동 60번지 윤尹모 씨 댁을 찾아 윤정덕의 소식을 알아봐 주시오. 소식을 알게

244

된들 이 형과 다시 만날 기회가 있을지는 모르지만.”

박충권은 윤정덕에게 보내는 애절한 사연의 편지를 국내로 잠입하는 이용삼에게 부탁했던 것이다. 이용삼. 그는 이름을 장낙준이라고도 불렀다. 그는 고국으로 무사히 잠입하는 데 성공했을까.

‘아아, 그 사람 정덕인 내 편지를 볼 수 있을까?’

혹시 그 편지는 받는 사람 없이 어디서 스러지고 말지는 않을까. 박충권은 한숨을 뿜으며 남녘 하늘을 향해 소리 없이 외쳤다.

‘사랑이 뭐냐! 뭐냐? 사랑이라는 게 뭐냐! 여자에 대한 사랑, 조국에 대한 사랑, 그게 뭐냐? 뭐 길래 장부의 가슴을 이처럼 에느냐!’

눈물도 얼고, 숨결도 얼고, 별빛도 얼어붙는 밤. 허나 그의 심장은 뛰고, 피는, 뜨거운 피는, 소리 내며 흘렀다.

“정덕아! 나의 분신 정덕아!”

처절한 외침이었다. 한 사나이의 처절한 외침이 장백산령 얼어붙은 밤하늘에 소리 없이 메아리쳤다.

곡예사들

빼앗긴 산천에도 해마다 봄은 왔다. 그리고 갔다. 여름도 어김이 없이 왔다. 6월 초순의 어느 날 저녁 무렵, 서녘 하늘에는 놀이 유별나게 붉었다. 바람은 없고, 날씨는 청명하고, 따라서 경성의 거리는 땀내로 젖고, 먼지로 더럽혀진 채 또 하루해가 저물어가고 있었다.

한 달 이상이나 가뭄이 계속되었다. 사람들의 마음도 가물고 논밭도 가물었다. 왠지 살벌했다. 국가, 그것은 국토와 민중과 통치자로 형성된다. 빼앗겼어도, 국토 그것은 제자리에 변함없이 있다. 거기 빼앗긴 자, 민중이 그대로 살고 있고, 빼앗은 자, 통치자가 눈알을 굴리고 있다. 왠지 살벌한 그 이유를 따져 뭣하겠는가.

종로 종각 옆에 한 사나이가 누구를 기다리는지 꽤 오래 전부터 혼자서 있었다. 해사한 얼굴이었다. 키는 크지도 작지도 않으니까 중키라 할까. 옥양목 고의적삼에 철 이른 모시 두루마기를 입었다. 거기다가 밀짚으로 만든 이른바 캉캉 모자를 썼다. 약간 삐뚜락하게 썼다.

역시 들고 다니기엔 철이 좀 이르다. 전주산全州産일까, 꽤 큼직한 일곱 마디짜리의 합죽선合竹扇을 오른손에 들었다.

젊다. 그러나 제법 점잖아 보였다. 그는 이따금씩 부챗살을 호록호록 폈다 접었다 하면서 광화문 쪽에다 시선을 못 박고 있었다. 그쪽에서 누가 오는 것일까. 그는 값 비싼 흰 고무신을 신고 있다. 개화물을 먹은 인텔리 양반 차림이었다.

그는 가슴을 헤치더니 회중시계를 꺼냈다. 그는 빠르륵 빠르륵 태엽을 감아 주면서 시간을 확인했다. 오후 6시가 좀 지나 있었다. 그러나 그곳을 지나가는 수많은 사람들은 누구도 그에게 관심을 갖지 않는다.

시간이 또 좀 흘렀다. 그는 눈이 부시게 흰 손수건을 꺼냈다. 그는 손가락 끝으로 머리에 얹힌 캉캉 모자의 앞창을 가볍게 치키고는 이마에 송글한 땀을 닦았다.

마침 그때였다. 안국동安國洞 쪽에서 인력거 한 대가 네거리를 건너왔다. 그리고 그의 앞을 지나려 했다. 그러자 그는 재빨리 몸을 날려 인력거 앞으로 나서서 공손히 허리를 굽힌다.

"월남月南 선생님, 안녕하십니까. 오랫동안 찾아뵙지 못했습니다."

그의 발음은 지극히 유창했다. 그러나 발음이 유창하다면 어딘가 어색한 데가 있다는 뜻이 된다. 그의 발음은 정말 유창했다.

인력거는 잠깐 그의 앞에서 멈춰 섰다. 노신사 이상재李商在는 인력거 위에서 불의에 나타난 그 젊은이를 심상치 않게 잠깐 노려보고는 완연히 불쾌한 표정을 감추지 않았다. 이상재는 서슴없이 호통을 쳤다.

"이놈아, 너는 그런 옷을 입을 수 없어! 왜 또 둔갑한 게냐!"

순간 사나이는 또 허리를 굽실하면서 화사하게 웃었다.

"선생님, 조선 옷은 참 풍류적이며 실용가치가 있습니다. 여기다 대

248

면 일본 옷은 형편없이 천박해요."

그러나 인력거 위의 이상재는 '허!' 하고 탄식인지 노기인지 분간할 수 없는 한마디를 남기고는 '가자' 인력거꾼에게 소리쳤다.

회전하기 시작한 인력거 바퀴의 은빛 살이 저녁놀에 번쩍 빛나고는 어룽어룽 윤회輪廻의 혼돈을 일으켰다.

거기다 대고 사나이 미와가 교활과 위선과 아첨으로 혼돈된 미소를 흘리며 한마디의 소리를 보냈다.

"선생님 일간 댁으로 한번 찾아뵙겠습니다."

사나이는 아무 일도 없었다는 듯, 다시 제자리로 돌아가 섰다. 또 광화문 쪽에다 시선을 보냈다. 좀 초조한가, 미간에 세로 주름살이 이랑졌다.

그러나 그는 이내 기꺼운 표정을 하면서 서녘을 향해 몇 발자국 옮겨 놓기 시작했다. 그의 앞에는 젊은 여인 하나가 빠른 걸음으로 접근해 왔다.

"많이 기다리셨죠?"

윤정덕이었다. 남빛 짧은 갑사 치마에다 연옥색 숙고사 적삼을 받쳐 입은 아름다운 자태로 나타났다.

미와는 파안破顔, 여인에게 한마디 했다.

"다시 볼수록 윤 양은 이 땅의 일등 미인이십니다."

윤정덕도 그를 보며 감탄한다.

"선생님, 아주 멋지게 어울려요. 양복보다도 점잖으시고."

"하오리보다 풍류적이고."

"아주 일등 가는 멋쟁이시네요!"

그들은 나란히 인사동仁寺洞 쪽을 향해 걸어갔다. 인사동 넓은 빈터에는 일본에서 건너온 곡마단曲馬團이 공연 중에 있었다. 관중을 모으기 위한 트럼펫이 애조哀調어린 유행가를 쥐어짜고 있었다.

"곡마단이라는 거 재미있어요?"

두 사람은 벌써 여러 날 전에 이것을 구경하기로 약속했다.

"처음 보신다니까 재미있을 걸요."

기도 옆에 진열해 놓은 말, 원숭이, 코끼리들을 보면서 서로 묻고 대답했다. 마침 둥근 무대에서는 원숭이와 사람이 외바퀴 자전거를 신나게 타는 중이었다. 둥당거리는 북소리가 리드미컬했다.

두 사람은 땅바닥에 깔아 놓은 멱서리 위에 나란히 앉아 잠시 동안은 구경에 열중했다. 실팍한 반나체의 여자, 그 어깨 위에는 사다리, 사다리 꼭대기엔 소녀, 열두어 살 난 벌거숭이 소녀가 아슬아슬한 곡예를 하기 시작했다.

"애처로워요!"

윤정덕이 가슴을 조이면서 외면한다.

"인생은 너나없이 다 저런 곡예를 하면서 살아가는 게 아닙니까?"

미와가 합죽선으로 여인에게 퀴퀴하고 후덥지근한 바람을 보내면서 말했다.

"미와 씨도 곡예사지요? 저는 저 꼭대기에 있는 소녀구요."

"천만에! 윤 양에게만은 인간적인 교제입니다. 나도 인간이니까요. 하나의 직업을 가진 인간일 뿐이야."

"박충권 씨는 언제 석방되는 거예요?"

"나를 믿어요!"

"저의 일본 유학은 떠나게 되죠?"

"내가 모든 걸 보장하지요."

"대가는요?"

"요구는 안 해요."

"제 양심에 맡긴다 그 말이에요? 먼저 은혜를 베풀면 돌아오는 대가가 있다는 논리군요?"

음악이 바뀌었다. 경쾌한 리듬, 한 마리의 말이 두 사람의 기수를 등에 태우고 경쾌하게 둥근 무대를 빙빙 달린다. 그 달리는 말 잔등 위에서 곡예가 벌어진다. 갈기에 매달리고, 꼬리에 대롱거리고, 등에서 물구나무를 서고, 두 사람이 무등을 타고, 온갖 재주들을 부린다. 가운데에선 승마복 차림의 조련사가 채찍으로 두 필의 말을 조종한다.

"박충권 씨만 석방시켜 주신다면 저는 미와 씨의 의사대로 움직이겠어요. 그이는 절대로 살인범이 아니에요. 사상범일 수는 있죠. 허지만 사상범은 나타난 죄과에 따라서 용서할 수도 있잖아요? 설사 잘못이 있다더라도 단죄하기 전에 교화敎化시키는 게 관官의 아량이 아닌가요?"

경부보 미와는 빙그레 웃었다.

"박충권이라는 놈이 부럽군요. 이런 미인을 꼼짝 못하게 사로잡고 있으니… 질투가 나서 그 사람을 어떻게 용서한담!"

윤정덕은 구경거리에서 눈을 떼지 않고 말했다.

"그이가 옥문을 나서는 날, 저는 영원히 그 사람한테서 멀어져도 좋아요. 미와 씨두 밑질 건 없지 뭐예요!"

"밑질 게 없을까요?"

그는 담배를 피워 물었다.

윤정덕은 두 무릎을 세우고는 깍지를 꼈다.

색소폰이 애절하게 울기 시작했다. 박수가 홍수처럼 터졌다.

———◆◆◆———

용산 조선군사령부 연병장. 까마득히 넓은 연병장 둘레에는 위병처럼 늘어서 있는 포플러들이 한껏 무성했다. 그 연병장 중심부에선 일본군 제20사단 장병들이 총검술 훈련에 열을 올리고 있었다.

"에잇!" "아아앗!" 기성奇聲의 연발, 백병전을 방불케 하는 훈련이다.

사무라이 정신에다 스파르타식 단련을 강행하는 것. 병사들의 얼굴은 아귀처럼 일그러지고, 번뜩이는 총검엔 살기殺氣가 서린다.

"요오 얏떼루네! (잘들 하고 있구나.)"

포플러 그늘에 백마 한 필이 와서 머문다. 조선군사령관 우쓰노미야 대장이 거기 등장했다. 옆에는 20사단 참모장인 사카모도 대좌가 역시 적동색赤銅色 말 위에서 그 광경을 지켜보고 있다. 사령관은 말 위에서 훈련광경을 한참 바라보다가 금빛 찬란한 회중시계를 꺼내 대견스러운 듯 들여다본다.

"각하, 좋은 시계를 가지셨습니다."

"으응 좋지. 하사품이야. 이번에 사이토 총독이 가지고 왔다."

"미야 사마의 결혼식 기념품인가요?"

"사카모도 군은 직감이 빨라!"

회중시계는 왕세자 이은과 일본 황족 나시모도노미야 마사코와의 결혼식에 참례했던 총독이 가져다준 것이다. 사령관으로서는 이번 도쿄에서 있은 이은과 마사코의 혼례식에 꼭 참례하고 싶었으나, 조선 북변

252

의 치안상태가 상서롭지 못해 경성을 떠나지 못했다. 총독은 신경이 섬세하다. 그는 혼례식이 끝나자 하다노 궁내대신에게 부탁해서 참례 못한 군사령관에게 기념품이라도 하사토록 주선했던 것이다.

"한줄금 했음 좋겠군!"

조선군사령관이 하늘을 쳐다보았다.

"글쎄올시다. 너무 가뭅니다."

사카모도 대좌가 탄 말이 으후후후 하늘을 보고 울었다.

이때 본부 쪽에서 장교 한 사람이 그들한테로 달려왔다. 사령관의 전속 부관인가보다. 사령관에게 거수경례를 했다.

"각하, 나남 제19사단 사령부에서 방금 전황보고가 들어왔습니다."

군사령관은 예사로운 표정으로 전황보고서를 받아들었다. 그러나 그것을 훑어 본 그는 안면 근육을 씰그러뜨리면서 버럭 역정을 냈다.

"뭐야 이건. 패전敗戰보고 아니야! 19사단 놈들은 시베리아 땅에서 손가락이 얼어 가지고 왔단 말인가!"

그는 말머리를 돌려 사령부로 급히 돌아갔다. 돌아가자 나남에 있는 제19사단 사령부를 전화로 불렀다. 그가 그토록 화를 낸 것은 전황戰況에만 이유가 있는 게 아니다. 그는 헌병사령관과 경무국장이 증언한 정보에 의해서, 5명의 독립군 두목을 자기 손으로 처치하겠다고 공언했다. 만주에 파견되었던 첩자들의 정보를 종합하면 만주 일대에서 독립군을 지휘하는 자는 대충 5명으로 지목된다는 것이었다.

첫째는 서일徐一이라던가. 둘째는 김좌진이다. 셋째는 이청천이고, 넷째는 오동진이고, 다섯째는 홍범도라 했다.

독립운동의 체계는 대강 알려져 있다. 상해에 임시정부가 있고, 블라디보스토크에는 이동휘李東輝 일파가 있고, 만주 땅엔 역시 많은 독립운동가들이 준동하고 있다. 그러나 그런 부류들은 무장 독립군이 아니라 정치적 집단들이다. 따라서 그들에 대한 처치는 총독부 경무국이나 본국 정부의 외무성 같은 데서 책임져야 할 정치적 문제다.

조선군사령관인 자기로서는 무력으로 압도해야 할 총 가진 대상만 책임지면 된다. 서일, 김좌진, 이청천, 오동진, 홍범도 그들이야말로 북로군정서니, 서로군정서니, 광복군총영이니, 혹은 대한독립군이니 하는 독립무장군을 조직 지휘하면서, 북방의 국경지대를 소란하게 만드는 장본인들이다.

그중에서도 가장 먼저 타격을 가해야 할 자가 홍범도라고 알고 있다. 홍범도는 동간도국민회東間島國民會 소속 무장군 백여 명을 거느리고 있다. 그는 지난 해 8월에 두만강을 건너와서 갑산甲山, 혜산진惠山鎭 등의 일본군 수비대와 경찰서를 습격했다. 어찌 그뿐인가. 국내 침입에 한 번 성공한 홍범도 부대는 살얼음이 깔린 초겨울의 압록강을 건너와서 만포진滿浦鎭을 점령하고 그곳 일본군 헌병대와 경찰서를 불살라 버렸다. 또 그뿐인가. 자성慈城에 3일간이나 머무르면서 일본군과 교전을 벌여 70여 명의 '황군'皇軍을 사살하고는 귀신처럼 강을 건너 사라졌다.

그것은 합방 이후, 의병義兵들의 항일전투 전반을 통해서 일본군이 당한 가장 큰 타격이었다. 그래서 평양에 주둔했던 77연대 주력부대가 압록강 근처로 긴급출동하는 사태까지 벌어졌다.

듣자니, 상해의 임시정부에서도 저들의 승첩勝捷을 확인하기 위해서 강변팔군江邊八郡 임시교통국臨時交通局 참사參事라는 김응식을 파견해 40일간이나 현지의 전투상황을 답사 보고하도록 했다는 것이다.

홍범도는 만만치 않다. 그는 다시 최진동, 이태범이 지휘하는 도독부군都督府軍 3백여 명과 합류해서 1개 대대 이상의 대한독립군으로 그 군세를 늘리고는 새해에 들어서자 다시 두만강을 건너와 경성鏡城 헌병대를 습격하고 권총 5자루를 빼앗아 갔는가 하면, 계속 은성隱城에 쳐들어와 일본군 2명을 사살, 8명에게 부상을 입히고 7정의 권총을 강탈, 바람처럼 강을 건너 장백산맥으로 사라져버렸다는 정보였다.

그러니, 일본군 제19사단 사단장은 물론, 조선군사령관까지도 그 홍범도만은 까다로운 존재로 손꼽고 있다. 그런데 홍범도 부대의 본거지를 알아냈다는 정보를 입수했다. 남만주 왕청현 봉오동에 그 본거지가 있다고 했다. 사령관은 지체 없이 명령을 내렸다.

"제19사단은 봉오동을 점령하고 홍범도란 놈을 사살하거나 생포하라!"

야스가와 소좌가 지휘했다. 일본군과 남양수비대 전 병력 약 1개 연대로 하여금 봉오동 소탕전을 전개토록 했던 것이다.

그런데 오늘 나남羅南으로부터 보고된 전문에 의하면 홍범도 부대에 대한 정보조차도 정확하지 못했고, 더구나 전투는 일본군에게 불리해서 홍범도를 사살하기는커녕 3백여 명의 '귀중한 황군'이 사상死傷되었다는 것이 아닌가?

사령관은 노기등등하여 사카모도 대좌에게 소리쳤다.

"머저리 같은 새끼들! 3백여 명씩이나 당하다니! 그까짓 마적 떼한테 말이다. 허참 그런 오합지졸들한테 전멸돼? 개새끼들! 야스가와 소좌 그놈은 뒈지지 않았는가?"

그는 전화통에 매달린 사카모도 대좌에게 고래고래 소리를 질렀다.

며칠 후 나남의 제19사단 사령부로부터 조선군사령관에게 전달된 정식보고에선 봉오동 전투에서 일본군이 참패한 원인을 "결국 대만첩보對滿諜報 활동은 엉망이었음. 패전의 주인主因은 부정확한 첩보에 있음" 이라고 지적했다.

보고서는 다시 또 지적하고 있었다. 만주 왕청현 봉오동에 홍범도 부대가 있다는 정보는 잘못된 판단이었다. 봉오동에는 대한독립정의사大韓獨立正義司의 2백여 명의 무장군이 있었던 것은 사실이다. 그러나 그해 5월에 봉오동의 독립군과 홍범도 부대가 합류하기 위해서 당시 봉오동에서 1백여 리나 떨어진 장백산맥 줄기에 있던 홍범도 부대는 6월 초순 이동을 개시, 봉오동을 향해 밀림 속을 행군하고 있었다.

그런데 독립군이 봉오동에만 집결되어 있는 줄로 잘못 판단한 일본군은 그곳을 향해서 돌진해 갔다. 그것을 오히려 홍범도 부대가 먼저 발견하고 봉오동의 독립군과 연합작전을 벌여 일본군을 협공케 했다. 결국 일본군은 협공을 당해 일패도지一敗塗地가 된 것이다.

보고서는 계속해서 "일한 합방 이후, 조선독립군과 일본군과의 전투에서 이렇게 많은 손실을 일본군이 입은 것은 처음 있는 일이다. 바라건대 만주지방에 대한 좀더 강력한 정보공작이 필요하다."

사령관은 이 보고서를 훑어본 다음 솔직히 수긍했다.

"일리 있다. 그렇다! 첩보활동을 강화시켜야 한다. 그리고 장기전을 각오해야 한다! 장기전이라?"

그는 문득 캘린더를 바라보았다. 대정大正 9년 6월 15일이란 숫자에 그의 시선은 오랫동안 못 박혀 있었다.

"나는 벌써 2년 동안이나 이 말썽 많은 직책을 감당해 왔다! 이젠 그만둘 때가 됐어! 군인은 진퇴의 시기를 잘 포착해야 한다!"

그는 혼자 독백처럼 중얼거렸다. 그의 말은 옳았다. 그가 조선주둔 군사령관으로 부임한 것은 1918년 7월 24일이다. 벌써 2년이 되었다. 그동안 '3월 폭동'을 그 정도로 진압한 것만도 수월한 일이 아니다. 가장 어려운 시기에 가장 귀찮은 일을 해내면서 2년씩이나 한자리에 머물러 있었다.

따져보라! 조선군사령관을 2년씩 해먹은 전임자가 누가 있는가. 이구치 대장은 1915년 1월에 부임해서 다음해 8월에 가버렸다. 아키야마 대장은 1916년 8월에 나왔다가 다음해 8월, 만 1년 만에 다른 곳으로 전임했다. 뒤를 이은 마쓰가와 대장 역시 1년을 넘기지는 않았다.

그런데 우쓰노미야, 자기만이 1918년 7월에 건너 와서 아직도 이 시끄러운 자리를 2년이나 되도록 못 벗어나고 있으니 자랑일까, 창피일까. 지금은 평화 시다. 제 1차 대전은 벌써 끝났다. 대전大戰에서 일본은 이겼다. 보람으로 대일본제국은 번영과 평화를 누리고 있다. 이 판국에 본국을 떠나 이 골치 아픈 조선군사령관 자리를 자그마치 2년씩이나 지키고 있다니 동료 장성들은 그를 영웅으로 볼까, 바보로 볼까.

'장군이 전쟁을 싫어할 수는 없다. 허나 이것도 전쟁이라 할 것인가? 나라 잃은 족속의 소소한 저항을 진압한다 해서 그것이 육군대장의 전공이 될 것이냐?'

그날 밤 그는 긴 밀한密翰을 썼다. 육군대신 다나카에게 보내는 것이다. 그는 말미에 "육군대신 각하, 본관의 본직을 교체시켜 주시기를 바랍니다. 일신상 불가피한 사정이오니 청허해 주시길 간절히 바라옵니다"라고 썼다.

봉오동 전투의 일본군 참패상은 보도통제로 해서 조선사람들에게 곧 알려지지는 않았다. 그러나 그런 어마어마한 사실이 비밀이 될 수 있을까. 만주 땅에선 이미 공지의 사실이 되었다. 소문은 바람을 타고 압록강과 두만강을 건너 국내로 쏟아져 들어왔다. 민심은 다시 술렁거리기 시작했다.

이용삼은 안동에서 박충권과 헤어진 뒤 국내로 잠입하는 데 성공했다. 그는 장낙준이라는 이름으로 둔갑하고 연고지인 황해도 안악 땅으로 들어섰다. 안악군 용수면의 이창선을 찾아갔다.

이창선은 용순면 하무덤 기슭의 지방유지로서 일찍이 이용삼과 더불어 숭덕학교崇德學校를 설립, 후진양성에 전력하다가 3·1 운동에 가담함으로써 숭덕학교는 잠시 폐쇄되었지만 만세운동의 거센 바람이 잠잠해지기 시작하자 다시 학교 문을 열고는 육영사업에 골몰하는 인물이었다. 그는 얼싸안았다.

"이게 누구야, 용삼이 아닌가?"

"형님 그동안 안녕하셨소? 저는 이용삼이 아니고 장낙준입니다. "

"장낙준이? 오오라, 장낙준이라?"

그들은 등을 두드리고 눈물을 흘리며 반겼다.

"그래야만 될 게 아니겠어요? 왜놈들도 그렇지만 친일분자들이 이용삼을 그냥 놔두겠어요?"

"그렇지만 자네 얼굴은 그대론데, 개犬들이 몰라볼라고. "

"형님이 타일러 주십시오. 모른 척 눈감아 주라고 말입니다. 그래도 안 들으면 몇 놈쯤 창자에다가 화약 구멍을 내줘야죠, 뭐."

그들은 남의 눈을 피해 내실로 들어가 앉았다.

"그건 안 되네. 아무리 친일파라도 동족끼리 피를 봐선 안 되네. 길을 잘못 든 자에겐 가야 할 길을 밝혀 주는 게 우리의 사명이 아닌가. 그래야만 우리 숭덕학교도 명분이 서네. 낙준이! 저들에 대한 설득공작은 내가 맡을 테니 자넨 그 덥수룩한 수염을 자르지 말고 여기서 학교 일이나 보살피게. 그런데 그동안 어딜 다녀왔지?"

이창선은 장낙준으로 이름을 바꾸고 나타난 이용삼의 그동안 행적이 궁금한 모양이었다. 밤은 깊다.

"먼저 평양에 갔지요. 백기환 선생을 만났습니다. 만주로 가겠다니까 만 원을 선뜻 내주시며 뜻있는 비용에 보태 쓰라고 하시더군요. 만주에 가선 독립군에 들어갈까 했지요. 홍범도 장군, 이청천 장군, 김좌진 장군의 독립군이 특히 유명하더군요."

"그런데 왜 돌아왔나?"

"만주엔 우리 동포 청년들이 얼마든지 있어서 독립군의 병력이 부족할 것 같진 않습디다. 부족한 건 무기와 군자금입니다. 차라리 국내로 돌아와서 후진이나 양성하고 자금을 마련해서 그들을 후원하는 게 더 긴요한 일일 듯싶더군요. 마침 안동에서 좋은 동지 한 사람을 만났습니다."

"그래?"

"박충권이란 동지인데 일꾼 같습니다. 그 사람도 그쪽 실정을 좀더 살피고 국내로 돌아와 일하겠다고 하더군요. 머잖아 그 박 동지가 여기를 찾아올 겁니다. 결의형제結義兄弟가 돼서 일할 겁니다."

그러자 이창선이 깜짝 놀라는 표정을 짓는다. 그는 중얼댔다.

"박충권이라? 듣던 이름 같은데…. 가만 있자 …."

이창선은 손으로 이마를 짚고 잠시 동안 기억을 더듬다가 무릎을 탁 쳤다.

"그래. 박충권이다. 재령에서 왜놈 순사를 죽이고 도망친 사람이 박충권이다."

"그럴지도 모르죠. 그런 일을 할 만한 사람입니다."

그러나 이창선은 다시 고개를 갸우뚱했다.

"그런데 말이야. 그 사람 월여 전에 잡혔을 텐데. 신문에 사진까지 난 것으로 기억되네. 저 유명한 서울의 고등경찰 미와란 놈한테 체포됐을 걸세!"

이번엔 이용삼이 놀랐다.

"아닐걸요. 그 박 군은 아직 국내에 들어오진 않았을 겝니다. 잡힐 리가 없어요."

"아냐. 잡혔어. 내 기억으론 분명히 박충권이야. 중국으로 도망치는 걸 잡았다든가, 중국서 체포해 압송해 왔다든가 하여간 잡혔네, 동명이인인진 모르지만."

"그 신문이 보관돼 있습니까?"

"어디서 구해 보면 나올지도 모르지."

이용삼은 온몸의 맥이 탁 풀렸다.

'그가 잡히다니!'

여름밤은 덧없이 밝아 왔다.

이튿날 이창선이 어디서 구해 온 헌 신문을 보고 장낙준은 기가 막혔다. 박충권은 체포되었다는 것이다. 어디서 언제 어떻게 체포했다는 구체적인 내용은 없고 그의 '죄상'이라는 것만이 간단하게 보도되었다. 그리고 분명히 박충권으로 보이는 사진까지 곁들여 게재되어 있지 않은가.

장낙준 아닌 이용삼은 주먹으로 눈물을 씻으며 탄식했다.

"아까운 동지 하나를 잃었구나. 자아식! 그렇게 허무하게 잡히다니! 계집 때문에 신셀 망쳤구나. 윤정덕이란 계집애를 그처럼 못 잊어하더니. 여자 때문에 일찍 귀국했다가 잡혔구나!"

———◆———

봉오동 패전의 소식이 전해져서 가뜩이나 우울한 총독부에는 7월에 접어들자 또 하나의 두통거리가 생겼다.

미국 국회의 상하 양원의원兩院議員 원동시찰단遠東視察團이 그들의 가족과 함께 1백여 명의 무리를 이루어 일본을 관광하는데, 그 기회에 조선땅에도 들른다는 소식이다. 이것은 총독부로서는 크나큰 두통거리가 아닐 수 없다.

상해와 하와이에 있는 조선의 독립운동가들이 조선에 대한 일본의 학정虐政相을 선전할 때마다 일본 외무성과 해외공관에서는 그것을 강력히 부인하는 역선전을 전개했는데, 이번에 수십 명의 미국 국회의원이 직접 조선땅을 시찰하면 숨길 수 없는 총독정치의 치부恥部가 드러날 것이 뻔하다.

더욱이 미국은 민족자결주의民族自決主義를 앞장서서 제창했고, 비록 부결은 됐지만, 조선독립 결의안을 상원에 제출했던 나라가 아닌가. 어디 그뿐인가. 서재필, 이승만, 정한경, 안창호 등이 미주 본토와 하와이 등지에서 조선 통치에 대한 일본의 학정을 낱낱이 폭로해가며 반일 사조를 선동하는 판국이다.

총독부에서 구수회의 끝에 도쿄 외무성에 의뢰하여 그 미국 시찰단이 조선반도를 거치지 않고 만주에서 배편으로 곧장 일본 본토에 상륙하도록 교섭해 줄 것을 청원했다. 이유는 3·1 운동의 여파도 아직 채 가라앉지 않았고, 민중들은 미국 대통령 윌슨이 주창한 민족자결주의에 대한 엉뚱한 기대를 가지고 있을 뿐 아니라 총독부가 표방하는 문화 정치 체제로서 언론과 집회의 자유를 어느 정도 허가한 실정이니, 조선의 불순분자들이 미국 국회의원들에게 무슨 소리, 어떤 호소를 할런지 예측할 수 없다는 것이었다.

사이토 총독과 미즈노 정무총감은 연일 이 골치 아픈 문제에 어떻게 대처할 것인가에 대해서 이마를 맞대고 머리를 짜냈다.

그들은 아카지 경무국장을 불렀다.

"경무국장은 미국 국회의원들의 조선여행에 대한 신변보호에 어느 정도 자신이 있는가?"

총독이 직접 물었다.

"각하, 외국인들은 지금도 조선땅을 자유로이 왕래하고 있습니다. 조선놈들은 일본사람을 제외한 외국인에게는 모두 호의적입니다."

경무국장의 장담에도 불구하고 총독은 언성을 높였다.

"이봐요 경무국장, 그런데 장담할 성질이 아니야! 그들은 관광여행을 온단 말이야. 아무 데고 멋대로 돌아다닐 것이며 누구와도 자유로이 접촉할 게 아닌가. 문제는 그래서 까다로워. 정부나 총독부에서 정식으로 초청한 것이라면 그들의 일정을 우리가 짜서 보호하면 되지만 그들은 제멋대로 극동지방을 돌아다니는 패거리야. 그리고 그들은 세계 여론에 중대한 영향력을 끼치는 미국의 국회의원들일세. 그런 경우 그 자들의 동정과 신변보호에 경무국장은 만전의 책임을 질 수 있는가, 그게 문제야."

경무국장은 비로소 뒤통수를 긁었다.

그는 지난번 도쿄에서 있었던 서상한徐相漢 사건을 연상했다.

지난 봄 4월 28일, 영친왕 이은과 나시모도노미야 마사코와의 강제 정책 결혼에 분노를 느낀 서상한은 그 결혼을 방해할 목적으로 식장에 다 폭탄을 던지려 했다. 다행이랄까, 경무국 경무과의 끄나풀인 조선 인 대학생 신성호의 밀고로 사전에 범인을 체포하긴 했지만 생각만 해도 아찔한 사건이다. 만일 그때 그런 첩보원의 암약이 없었더라면 서상한이 던진 폭탄으로 일본의 황족, 귀족, 정객들은 물론, 사이토 총독이나 그 식전에 모였던 조선의 친일귀족 고관들의 생명이 어떻게 됐겠는가.

경무국장은 또 알고 있다. 장인환張仁煥과 전명운田明雲이 미국인 스티븐스를 피살한 사건을…. 벌써 10여 년 전의 일인가. 일본 외무성에 매수되어 일본의 조선 병탄을 극구 찬양한 바 있는 미국인 스티븐스를 미국 오클랜드에서 암살한 사건 말이다.

아카지 경무국장은 총독한테 말했다.

"소관의 생각으론 그것은 경비문제가 아니라 정치적인 대사건입니다. 신변보호쯤이야 자신할 수도 있습니다만 지금 마악 안정돼 가는 민심에 불기름을 던지는 격이 될지도 모릅니다. 오직 그들로 하여금 조선 땅을 밟지 않도록 하는 게 화를 미연에 방지하는 게 됩지요."

이제껏 묵묵히 담배만 빨고 있던 정무총감의 말투는 좀 퉁명스럽다.

"경무국장, 그게 그렇게 맘대로 될 일이 아니니까 골치가 아닌가. 그들의 여행목적은 관광이니 말이야. 관광여행을 한다는 외국 국회의원들의 입국을 거절한다는 것은 국제 관례상 쉽지 않은 일일 게요. 경무국장은 반도 전역의 치안확보와 그리고 조선인과 미국 시찰단원의 접촉을 철저하게 막는 방법을 연구해 보시오."

경무국장은 다혈질이었다. 그는 즉석에서 대답한다.

"압록강 철교를 건너는 순간부터 열차는 서울까지 직행시키면 되잖습니까. 그리고 조선호텔을 철통같이 포위해서 조선인들의 출입을 엄금하면 됩니다."

그 말에 총독은 테이블을 탕 치며 역정을 냈다.

"경무국장! 당신은 외국여행을 못해 봤소? 관광여행단을 죄수 취급할 작정인가! 내 말대로 하시오. 그들의 견문을 방해하려다간 역효과를 초래할 것이니, 보일 것 안 보일 것을 잘 분별하는 데 지혜를 짜시오. 그들 눈에 조선은 극동의 낙원으로 비치도록 온갖 스케줄을 마련해 보란 말이야."

명령하는 사람은 부하에게 속이 빤히 들여다보이는 것 같아 어색한 웃음을 흘렸다. 총독은 본국 정부와의 관계는 자기가 맡아서 처리할 것이니 경무국장은 일선의 일을 책임지라고 지시했다.

그리고 그는 안락의자에다 몸을 눕혔다.

"경무국장, 너무 덤비지는 마시오. 어떤 일에 대해서 하나의 기우杞憂를 가져보는 것은 조심성이지만, 아마 아무 일도 없을 게야."

정무총감은 담배를 새로 피워 물었다. 그도 한마디 한다.

"본시 조선인은 사대주의 사상이 짙습니다. 그들은 자기네에게 조금이라도 도움이 될 만한 상대에게는 무조건 영합하면서 추파를 보냅니다. 해로운 상대라고 인정하면 추근추근하게 귀찮게 굴고, 아마 별 사고는 없을 겝니다. 그들은 미국을 무슨 구세주나 되는 것처럼 생각하니까요. 미국인을 해칠 까닭이 없어요."

총독도 여유 있게 웃었다.

"무슨 일이 있을 것 같지만 아마 아무 일도 없을 걸세. 단지 명심할 것은, 기회란 먼저 이용하는 자가 주인인 법이지. 점잖지 못한 말이긴 하지만 이런 얘긴 성립 안 될까? '조선인들은 포악해서 사람을 함부로 암살하는 버릇이 있으니 조심하라! 우리 일본 관헌은 최선을 다해서 당신네들의 신변을 보호할 것이다!' 이런 역선전으로 그네들과 원주민들과의 접촉을 막는 것도 하나의 정치적 방법이 될 수도 있을 게요."

며칠 후 소문은 파다하게 퍼졌다. 미국 상하의원단이 극동지방을 시찰하는 길에 조선에도 들른다는 소식이 전해지자, 서울을 비롯한 철도 연변과 주요 도시에서는 뜻 모를 흥분을 감추지 못했다.

'어쩌면 조선한테는 계기가 될지도 몰라!'

뜻있는 사람들은 이런 막연한 기대를 가져 보기도 했다.

'그들은 우리의 억울한 사정을 실제로 보기 위해서 오는 걸 거야!'

8월 초순, 작열하는 태양은 불보라를 대지에 쏟고 있었다.

나무 이파리들은 시들거리고, 사람들은 그늘을 찾아 늘어지기에 바빴다.

동지 원방遠方에서 오다

한 노인과 한 장년이 사직공원社稷公園 느티나무 밑에서 이따금 한마디씩 주고받고 있었다.

"우리에겐 귀한 손님들입죠. 그들을 단순한 관광객으로 맞고 보내선 안 됩니다. 그들도 이 땅에서 뭣인가 듣고 보기를 원할 거구요."

장년의 사나이 신흥우申興雨가 부채질을 할랑할랑 했다.

"직접적인 호소는 막힐 게고 은근히 그들로 하여금 느끼게 해주면 됩니다."

칠순의 노인은 월남月南 이상재였다. 그들의 이야기는 조선을 방문하는 미국의원단의 영접절차와 그들에게 조선민족의 의사를 어떻게 전달할 것인가에 대한 화제다.

"중국에 가 있는 사람들이 꽤 활발한 움직임을 보인다는데 근자에 또 들려오는 소식은 없는가요?"

이상재의 음성은 카랑한 편이었다. 신흥우는 주위를 살피면서 나직하게 입을 연다.

"〈동아〉, 〈조선〉의 기사를 보면 상해, 남경, 북경에서 많이 움직이는 모양입니다. 〈동아〉에서는 특파원까지 파견해서 취재하는 모양입니다만, 총독부의 검열 때문에 많은 소식이 햇볕을 못 보고 깔린다는 풍문입지요."

"시찰단에 대한 얘기도 있겠지?"

이상재는 성성한 수염을 쓸어내린다. 말매미가 머리 위 높은 가지에서 찌르르륵 더위를 짜기 시작했다.

"미국 시찰단이 상해에 도착한 것이 8월 5일이라 합니다. 중국에 있는 조선민족 단체에서는 여러 가지 진정서를 그들에게 전달했다는 것입니다. 그리고 아스타 하우스에서 태평양협회가 주최한 환영연회엔 임시정부 측의 교제위원 전원이 참석했다는 소문이에요."

"교제위원이 누구누군지 잊었군."

"〈동아일보〉의 송진우宋鎭禹 얘기로는, 임정 측에서 정인과 여운형, 이희경, 여운홍이 나가고, 의정원議政院의원으로 이유필, 교회 대표로는 서병호, 부인회에선 김순애가 나갔다 합니다."

"미국의원들의 반응은 어땠는지 모르시오?"

이상재는 스틱으로 메마른 땅을 쿡쿡 찔렀다.

"중국에 있는 유학생회 대표와 신국권, 임춘희, 백영엽, 황진남 등도 그들과 접촉한 모양입니다. 임정 측이 마련한 임시헌법을 영문으로 번역해서 교부하기도 했다던가요. 그런데 미국의원들은 모두가 개인적으로는 조선의 독립을 돕겠다는 반응을 보였다 합니다. 그런데 선생님, 막상 서울에서 아무런 체계적인 움직임이 없는 것 같으니 탈입죠. 월남 선생님께서 선두에 나서셔야 할 듯싶습니다."

신홍우는 이상재를 쏘아본다. 이상재는 고개를 끄덕였다. 또 단장 끝으로 땅을 쿡쿡 찌른다.

"정작 국내에서 가만히 있을 수는 없지. 그렇지만 나는 좀 염려가 돼요. 미국의원단은 귀빈이고 정객임엔 틀림이 없소. 그러나 그들을 대하는 우리 조선민중의 태도는 경계해야 해요. 마치 물에 빠진 자가 지푸라기에 매달리는 그런 꼴이 돼선 안 되지요. 미국 사람들은 내가 알기론, 자립할 능력이 있는 자에겐 적극 도움을 주지만 나태한 자가 비루하게 매달리고 애걸하면 철저하게 냉담한 민족이외다. 우리들은 어디까지나 체통을 지키며 그들을 환영해야 할 것이야. 만일 무질서한 사태라도 예견된다면 나를 끌어내지 마시오."

"그런 논리로 설득하는 것도 선생님이 앞장서셔야 합니다."

"해 봅세다!"

종로에 있는 기독교 청년회관이 장소로 결정됐다. 이상재와 신홍우가 주동이 되어서 미국 시찰단의 환영준비에 골몰했다.

사세가 이렇게 움직이자, 총독부 경무국에서는 그 대책을 꾸미기에 여념이 없었다. 경무국장과 구로키 경무과장과 그리고 종로경찰서의 미와 경부보가 쥐어짠 지혜는 총독의 재가를 받았다.

1. 미국 시찰단과 조선인과의 공적인 접촉을 못하도록 하라.
2. 불온문서의 수교를 금하며 조선인 가정에의 개인 초청도 금하라.
3. 공식적 회합에 초청된 자 이외의 조선인이 미국 시찰단에 접근하지 못하도록 철저히 감시하라.
4. 관공서의 근무시간은 평시와 같으며 조선인 관리로서 당일 결근

하는 자는 징계 조치하라.

5. 경성, 평양, 부산 등 큰 도시의 상가가 철시한다는 정보가 있는데 모든 점포는 휴업 못하도록 강력하게 지시한다.

이 5가지 원칙의 실행은 무난한 것이었다. 그러나 그들로서 자꾸 신경이 걸리는 것은 서울의 기독교 청년회관에서 베풀 예정이라는 환영회에 대한 대책이다.

조선의 기독교는 그 근원이 미국 계통이다. 그런데 기독교 계통에서 미국인의 관광단을 환영하겠다는 것을 막을 구실은 없다.

"미와 군, 종로구역은 당신이 책임이니 묘책이 있거든 말해 보게."

경무국장은 기독교 청년회의 움직임이 불안스러워 종로서에 직접 들렀다.

"국장님, 만유감 없도록 대책을 세우고 있습니다."

서장을 젖혀 놓고 미와가 설명한다.

"양키들은 겁이 많다고 듣고 있습니다. 만약 만만찮게 군다면 '당신들의 신변안전을 보장할 수 없다'고 협박하면 될 줄 압니다. 청년회관의 집회를 금지할 순 없지만 관광단을 거기 참석하지 못하게 하기는 어렵지 않으리라고 봅니다."

미와의 솜씨를 익히 알고 있는 경무국장은 비용에 보태라고 금일봉을 내놓고 종로서를 나왔다.

———◆———

중국 시찰을 마친 미국의원단은 만주 봉천奉天을 거쳐서 마침내는 압록강 철교를 건너 조선땅에 들어왔다. 그들의 수효는 실제로 상하의원 9명과 그들의 가족 38명을 합해 일행은 47명이었다.

봉천에서도 말썽은 많았다. 성 내외에 있는 조선사람 260여 명이 일본 헌병대에 예비 검속되었다. 따라서 미국의원들은 아무 색다른 사건에도 부딪치지 않고 압록강을 건널 수 있었다. 이제 극동에서 가장 말썽 많은 조선땅에 발을 들여놓은 그들은 막연하나마 형용할 수 없는 서먹한 분위기를 발견하고는 의아해했다.

경무국 경무과에서는 만전을 다했다. 비상 대기실을 마련해서 신의주를 비롯한 경의선 연변의 각 경찰서와 헌병 분견대에서 보고되는 정보를 체크하는 한편, 필요에 따른 모든 지시를 하기에 바빴다. 그렇다고 무사했을까.

8월 23일 아침, 시찰단 일행을 태운 열차가 신의주역에 도착했을 때였다. 별안간 어디서 나타났는지 10여 명의 인력거꾼들이 플랫폼에 뛰어들며 태극기를 흔들고 조선독립 만세를 불렀다. 일본 관헌들은 설마 인력거꾼들이 소동을 피우리라곤 미처 예측도 못했다.

"시끄러운 족속들!"

그들의 눈은 충혈되었다.

곽산郭山과 정주역을 지날 때도 소동은 벌어졌다. 남녀 50여 명의 기독교 신도들이 성조기를 앞세우고 미국 시찰단 환영이라는 플래카드를 흔들면서 그들을 반기다가 일본 경찰에 끌려갔다. 그러나 신도들 가운데 날쌘 청년 하나는 기어이 열차에 뛰어 올라 조선독립을 탄원하는 열렬한 호소문을 전달하는 데 성공했다.

이미 선천역에서는 미국 선교사인 윤산온 목사가 조선사람들의 의사를 대변해서 조선독립청원서를 영문으로 번역하여 그들에게 전달하는 데 성공했다. 일본 관헌은 윤산온 목사의 신분이 미국인이라서 감히 그의 신병을 구속하지는 못했다.

말썽 많은 평양역의 경비는 철통같았다. 살벌한 감시망이 펼쳐져 조선사람은 누구 하나 얼씬도 하지 못했다. 불과 며칠 전에 평안남도 도청 폭파사건이 있었던 만큼 일본 경찰과 헌병들은 그 사건의 연루자를 수사한다는 명목으로 초비상 경계를 폈던 것이다.

시찰단 일행이 개성을 지날 무렵에는 어땠을까. 경무국장이 직접 개성에까지 나가서 진두지휘했다. 아무래도 개성은 만만치가 않다. 일본 장사치들이 발도 못 붙이도록 상권을 완전히 지배하는 데 성공한 개성 시민들은 관헌들의 제지를 무릅쓰고 역전으로 몰려들었다. 수백 명의 시민들은 삐라를 뿌리고 태극기를 흔들며 조선독립 만세를 힘차게 불렀다.

"저놈들을 모두 체포하라. 반항하는 자에겐 무차별 발포하라! 한 놈도 플랫폼에 못 들어가게 하라!"

개성 경찰서장은 고래고래 소리를 질렀다. 군중 10여 명이 일본 관헌의 총개머리에 맞아 피를 흘리며 쓰러졌다. 열차는 예정시간을 앞당겨서 개성역을 떠나 버렸다.

미국 시찰단을 맞이한 조선의 흥분과 소요는 서울에서 절정을 이루었다. 그들이 경성역에 도착하기 전날 밤 서울 거리에는 출처 불명의 삐라가 거리마다 골목마다에 뿌려졌다. 삐라는 격렬한 논조로 '문화통치'의 정체를 폭로하고, 미국 시찰단에게 조선민중의 진정한 의사가 뭣인가를 보여주자는 선동적인 내용이었다.

이튿날 아침 경무국장은 심각한 표정으로 총독실을 찾았다.

"각하, 경성부 내의 공기가 심상치 않습니다."

"그래서?"

총독은 예기하고 있었던 것처럼 즉석에서 반문했다.

"불순분자들의 난동이 있으면 발포하라고 명령할까 합니다."

총독은 테이블을 주먹으로 탕 쳤다.

"이미 발포는 시작해 놓고 무슨 소리야?"

총독은 의자에서 벌떡 일어났다. 해군대장의 정장을 한 그는 눈꼬리에 심한 경련을 일으키고 있다. 이런 경우 경무국장은 적당히 말을 끊고 물러가야 한다. 그러나 그는 무슨 의도에서인지 짓궂게 나온다.

"각하, 이게 그 불온 삐라입니다."

그는 삐라를 총독의 테이블에다 놓으면서 자진 설명을 붙였다.

"대한중흥단이란 비밀결사 단체가 뿌린 것입니다. 경성부 내 구석구석에 수천 매가 살포된 것으로 사료됩니다."

총독은 어이가 없는지 그를 멍청히 바라본다.

"각하, 아마도 기독교 세력이 중심이 돼서 환영회를 빙자하고 무슨 음모를 꾸미는 듯싶습니다."

총독은 귀찮은 표정으로 창밖을 내다본다.

"작년 3월 폭동 때는 천도교가 주동이 되고, 파고다공원에선 학생들이 궐기대회를 열어서 서로 어울렸던 것인데 이번엔 … 기독교가 주동이란 말이냐?"

총독은 버럭 소리를 지르면서 재떨이에다 담배를 비벼댔다. 그는 테이불 위에 놓인 삐라를 집어 잠깐 들여다보다 던져버렸다.

"자네 그 삐라의 내용을 아나?"

경무국장은 차려 자세로 삐라의 내용을 설명한다.

"각하, 일본어로 번역하면 대강 다음과 같은 내용이랍니다. '첫째 미국은 전통적으로 조선민족의 친구인 동시에 민족자결주의를 제일 먼저 제창한 정의 인도의 나라다. 그 미국의 국회의원들이 수십 명 조선에 오는데 이번 기회에 조선민중의 진정한 요망인 독립사상을 알려야겠다. 구체적 방법으로 경성부 내의 모든 상점은 25일을 기해서 일제히 문을 닫고 거리로 나가 미국 국회의원단을 환영하라. 만일 이 호소에 호응하지 않는 자는 민족의 반역자로 간주하여 엄중한 징벌을 받을 것이다.' 각하, 이런 뜻이랍니다."

총독은 입을 일자로 꽉 다물고 잠시 턱수염을 쓸었다.

"또 계속되는 말은 없나?"

"각하, 뒤에 단서가 붙어 있습니다. '미국인들은 정의, 인도, 신사도를 좋아하니 환영군중들은 난폭한 행동으로 경거망동하지 말고 질서정연한 가운데 열렬한 환영의 뜻을 표시하라!'"

총독은 피식 웃었다.

"'독립선언서'의 '공약 3장' 같구나!"

그는 간단명료하게 명령했다.

"미국인과 조선인이 접촉하지 못하도록 철저히 격리하라! 종로 기독교 청년회관의 환영회는 유회되도록 작전을 꾸며라, 알았나!"

미국 시찰단이 서울에 도착한 25일 아침, 서울 상가는 일제히 철시를 단행했다. 일본 경찰은 거리마다 뛰어다니며 상점 문을 열라고 독촉했다. 도처에서 상인들과 경관 사이에 실랑이가 벌어졌다.

오후 1시가 되자 종로 기독교 청년회관 강당에는 8백여 명의 시민들이 모여들었다.

— 북미 합중국 상하 위원단 조선 시찰기념 환영회장.

긴 종이 간판이 회관 정문에 나붙어 있었다.

주최 측 대표인 이상재는 모시 두루마기 차림으로 나와 있었고, 신흥우는 계획에 차질이 없나 해서 동분서주했다. 회장 안팎엔 일본 관헌들이 눈알을 굴리며 포위 감시하고 있었다.

오후 2시 정각, 국제친화회國際親和會의 간사인 니와가 작달막한 키에 어울리지 않는 스틱을 흔들며 회장 안에 들어섰다. 그는 곧장 이상재에게로 접근했다.

"이 선생, 이거 참 미안하게 됐습니다. 아무리 간청해도 저들은 여기까지 올 수 없다는 것입니다."

시찰단이 자기네의 환영회장에 오지 않겠다는 것이다. 이상재는 그러나 놀라지 않았다.

"그래요? 자기네를 환영하겠다는데 오지 않는다구?"

그의 말투는 좀 비꼬는 것 같았다.

"우리는 당신의 인격을 믿었는데 역시 믿어선 안 되는 것이었구려!"

그들에 대한 교섭은 니와가 책임지겠다는 자진 약속이었다. 이상재는 교섭대표인 그에게 경멸의 눈총을 보냈다.

"이 선생님, 너무 화내지 마십시오. 저는 성의를 다했습니다. 그렇지만 주빈인 저네들 자신이 안 오겠다는대야 낸들 어떻게 합니까?"

순간 이상재는 너그럽게 껄껄 웃었다.

"하긴 그렇지요. 당신은 민족과 피부색을 초월해서 국제친화를 도모하는 인도적 모임의 책임자니까 최선을 다했으리다. 그럼 일은 다 틀어졌소이다 그려. 할 수 없지, 저들의 의사가 그렇다면. 수고하셨소."

임원들이 모여들고 청중은 술렁거리기 시작했다. 니와는 돌아가고 경비는 더욱 삼엄했다.

"청중을 해산시키지 마시오!"

이상재는 이 한마디를 남기고는 청년회관을 나섰다. 신흥우가 뒤를 따랐다. 조선호텔에 들어간 이상재는 일본 관헌들의 방해를 무릅쓰고 시찰단 대표를 만났다. 그리고 실망했다. 조선의 통치자는 조선총독부였다. 경비행정의 집행자는 경무국이다. 미국 시찰단원들은 조선에 온 이상 조선 통치자의 말을 들어야 하는 것이다.

그들의 대표는 이상재 노인에게 정중히 사과했다.

"우린 조선사람을 좋아합니다. 이 아름다운 나라를 방문하게 된 것을 진심으로 행복하게 생각합니다. 따라서 여러분 조선사람과 만나서 이야기하는 것 역시 환영합니다. 그렇지만 총독부의 말이 우리들이 조선사람과 접촉하다가 생길 불상사에 대해서 책임지지 않겠다 합니다. 조선호텔을 한 발자국이라도 나가면 신변보호를 안 해주겠다 하니, 유감스럽게도 여러분의 환영회는 나갈 수 없습니다. 그렇지만 여러분의 진정한 뜻은 잘 압니다. 우리는 우리가 보고 느끼고 깨달은 것이 무엇인가를 압니다. 본국에 돌아가면 조선사람을 도울 수 있는 일에 힘껏 노력하겠습니다. 정말로 미안합니다."

이상재는 더 이상 할 말이 없었다. 그는 터벅터벅 종로의 회관으로 돌아갔다.

"여러분, 오늘은 미안스럽게 됐소이다. 총독부가 철저히 방해를 했습니다."

이상재가 연단에 올라가서 청중들에게 이렇게 사과 말을 시작했을 때 갑자기 정문 쪽이 어수선하더니 낯선 서양사람 하나가 뛰어들었다. 청중은 다시 술렁이고 일경의 눈초리는 더할 수 없이 날카로워졌다.

그는 미국 시찰단의 일원인 해리스만이었다. 해리스만은 그 긴 컴퍼스로 성큼성큼 연단 쪽을 향해 걸어왔다. 우레보다 더 큰 박수 소리가 회장을 들었다 놓았다. 그는 마련된 연단에 올라서더니 조심스럽게 연설을 시작했다. 그의 연설은 즉석에서 통역되었다.

"아름다운 조선의 신사 숙녀 청년 여러분! 우리 미국 상하의원단이 본국을 떠나 수륙 수만 리를 여행하며 동양의 여러 곳을 방문하는 동안, 항상 아름다운 나라 조선에 올 수 있기를 소망했습니다. 우리는 그 소망을 이뤘습니다. 대단히 기쁩니다. 더욱 이런 환영회를 마련해 주신 여러분에게 하나님의 축복이 있기를 진심으로 기도합니다. 그렇지만 여러분, 모든 일은 뜻대로만 되는 것은 아닙니다. 여러분이 아시다시피 우리들이 이 땅에 발을 딛고 있는 이상 총독부 당국의 스케줄을 무시하거나 벗어나 행동할 수 없는 처지입니다. 그러기에 이 사람은 순전히 개인자격으로 여러분을 만나려고 이렇게 달려왔습니다."

회장에는 또다시 열화 같은 박수 소리가 메아리쳤다. 회장 밖에는 어느새 정보를 들었는지 종로 경찰서장이 지휘하는 30여 명의 경찰대가 증파되어 왔다. 해리스만 의원은 침착하게 연설을 계속했다.

"조선에 와서 산자수명山紫水明한 강산을 보니 나의 고향인 캘리포니아 주가 생각나고, 여러분의 건강한 모습을 대하니 활기와 광채가 충만한 우리 미국 청년의 모습이 떠오릅니다. 하고 싶은 말이 많습니다만 지금 나에게는 장황하게 연설할 시간이 없습니다. 단지 나는 여러분한테 부탁드립니다. 여러분은 아무쪼록 학술 문화와 공업에 힘을 쓰고 정의의 정신을 함양해서 스스로의 힘을 길러 달라고 부탁합니다. 나는 이 아름다운 강산과 슬기로운 여러분을 대하고 본국에 돌아갑니다만 여러분의 나라를 길이 잊지 않겠습니다. 시간이 없습니다. 여러분, 미안합니다. 고맙습니다."

해리스만은 정중하게 동양식으로 허리를 굽혀 보이고는 강단을 내려가려고 했다. 실내에는 또다시 폭발적인 박수가 터졌다.

그 순간이었다. 증파된 일본 경찰이 대회장 안으로 쏟아져 들어오며 호루라기를 피리릭 피리릭 불어댔다. 해산명령인 것이다. 필요하다면 체포하겠다는 위협인 것이다.

그러자 드디어 청중의 분노가 폭발했다.

"죽여라! 왜놈들을 모조리 때려잡아라!"

위급했다. 어느 틈엔가 이상재가 연단으로 뛰어올랐다.

"여러분 진정하시오. 절대로 흥분 마시오! 우리는 지금 미국 상하의원을 환영하는 중이외다. 더욱이 지금 이 자리엔 어려움을 무릅쓰고 우리를 위해 달려온 미국의 신사 해리스만 의원이 계십니다. 여러분이 경거망동하면 그는 우리를 어떻게 볼 것이며 우리의 소망은 어떻게 될 것입니까, 여러분! 모든 일은 내가 책임질 테니 조용들 하시오! 진정하시오!"

이상재는 목이 메어 호소했다. 청중은 진정해 가기 시작했다.

일본 경찰 책임자는 고함을 쳤다.

"연설을 중지하라. 집회를 해산하라."

"이상재 회장은 단에서 내려오라!"

대회장은 삽시간에 또 질서가 흐트러졌다.

"우리의 할 말은 다 해야겠다."

"환영회를 하는 게 무엇이 나쁘냐!"

"회장님, 말씀을 계속하십시오!"

다시 흥분하기 시작한 청중들이 아우성을 쳤다.

이상재는 위의威儀를 가다듬었다. 그의 음성은, 인격은, 회장 안팎을 위압했다.

"여러분 진정하시오. 일본 경찰관도 잠깐 조용하시오. 우리는 예의상 해리스만 씨에게 답사를 말해야 합니다. 우리가 미국을 사랑하고 미국 사람을 환영함은 미국이 돈 많고 힘센 나라이기 때문이 아니외다. 오로지 하나님의 뜻을 받들고 정의와 인도를 주창하는 나라이기 때문에, 친애하는 마음이 생기는 것이외다. 자유와 정의와 인도의 자립적 정신은 지금 세계 도처에서 팽배하고 있습니다. 우리 2천만 동포의 마음은 그 정의와 인도와 자립정신을 좇고 있을 뿐이외다. 여러분, 이 자리에 나오신 해리스만 씨와 미국 시찰단 일행의 시찰여행이 많은 성과를 거두시도록 기원하는 뜻에서 다함께 박수를 보내시오!"

이상재가 아니었더라면 환영사는 일본 관헌들의 제지로 끝을 못 맺었을 것이다. 그러나 아무리 충혈된 일본 경찰이라 하더라도 그만은 무시할 수 없었다. 그는 구한말의 고관이다. 서재필, 윤치호 등과 함께 독립협회를 조직하여 부회장까지 지냈다. 나이도 이미 70이 지난 사람이다. 민중의 신망과 민중에의 영향력이 극히 큰 인물이다. 그리고 더구나 조선 기독교 청년회 회장으로 있는 이상재를 미국 국회의원이 보는 앞에서 함부로 다룰 수는 없었다.

그러나 이상재가 단상에서 내려오자마자 일본 경찰은 기다렸다는 듯이 대회장 정문을 폐쇄하고 1백여 명의 군중을 일시에 감금해 버렸다.

간신히 일본 경찰의 보호를 받으며 대회장 밖으로 나오려던 해리스만은 영문을 몰라서 어리둥절했다.

"미스터 신, 이게 무슨 일입니까? 일본 경찰이 이 군중들을 어떻게 하겠다는 것입니까?"

신흥우가 설명했다.

"해리스만 의원, 지금 일본 경찰대는 우리들을 모두 체포하겠다 합니다. 당신의 신변은 안전하니, 뒷일은 걱정 말고 어서 조선호텔로 돌아가십시오."

해리스만은 어깨를 움츠리며 주위를 돌아보았다.

"여러분은 무슨 나쁜 짓 한 것 없습니다. 내가 일본 경찰한테 항의하겠습니다. 경찰서장 어디 있습니까? 일본 경찰들 선량한 조선민중을 너무 업신여깁니다."

해리스만은 종로 경찰서장을 찾아내서 엄중 항의를 했다. 만일 여기 모인 군중들을 그대로 내보내지 않으면 자신도 이 대회장을 떠나지 않겠노라고 덤벼들었다. 종로 경찰서장은 해리스만에게 굴복하고 말았다. 종로 기독교회관에 모였던 군중은 무사히 해산되었다.

미국 상하의원 시찰단은 총독부가 짜놓은 스케줄대로 그들이 안내하는 경복궁, 창덕궁, 비원, 남산 일대, 상품 진열관, 총독부 부속병원, 중앙 실험소와 몇 군데의 교육기관을 돌아보고는 곧장 부산을 거쳐 일본으로 건너갔다.

며칠 후, 총독 관저에는 오래간만에 축연祝宴이 벌어졌다. 사이토를 비롯해서 미즈노 정무총감, 고지마 헌병사령관, 아카지 경무국장, 새로 부임한 오바 조선군사령관이 한자리에 모였다.

그들은 이 판국에 조선땅을 밟은 미국인 시찰단을 무사히 통과시켜 보낸 것을 이구동성으로 대견해하며 기뻐했다. 총독의 아내 하루코도 화사한 옷차림으로 총독 옆에 무릎을 꿇고 앉았다. 웃음이 헤펐다.

"결국 그들은 조선총독부의 시정이 밖에서 듣던 것과는 판이하다는 인상을 받았을 것입니다."

정무총감의 자화자찬이다.

"옳은 말씀이십니다. 총독 각하의 문화정책이 조선민중을 얼마나 흡족시키는지를 저들 눈으로 똑똑히 봤을 겝니다. 하하하."

신임 조선군사령관이 거나해서 한마디 거들었다.

총독은 경무국장에게 술잔을 건넸다.

"특히 경무국장이 수고했소. 그런데 말이야, 내가 듣기엔 조선사람들이 그들에게 무슨 선물을 줬다던데 뭘 줘 보냈는지 아시오?"

그는 원치 않는 화제인 듯 마지못해 대답했다.

"각하, 별다른 게 아니었나 봅니다. '미국의원 조선 시찰기념'이라

새긴 은대접 하나씩 주고, 그 밖에는 가족들에게 조선 약과와 개성 인삼을 한 상자씩 선물한 모양입니다."

"개성 인삼이라? 거 참 인삼 얘기가 났으니 말이지 그게 정말 몸에 좋은 영약이오? 본국에 있을 때 가끔 얘기 들은 적은 있지만."

이번엔 헌병사령관이 안면 근육을 씰룩거리며 한마디 했다.

"좋습니다, 각하. 한번 사용해 보십시오. 저도 몇 번 먹어 봤습니다만 정말 힘이 솟는 것 같더군요. 조혈제에다 정력제로도 최고라는 것입니다. 인삼은 그 성분이 분석되지 않는 게 특징이라던가요. 특히 깊은 산에 나는 야생이 좋답니다. 산삼이라고 합지요."

정무총감도 거든다.

"진나라 시황始皇이 조선에 불로초不老草가 있다고 수천 명 동남동녀童男童女를 보내 구해 간 게 바로 그 산삼이라던가요, 각하."

"그래 그걸 먹고 진시황은 불로장생했던가?"

"각하, 제가 듣기엔 그때도 조선놈들이 속임수를 좋아해서 가짜 산삼을 보냈답니다. 도라지를 산삼이라고 말입니다. 하하하."

"내가 듣기엔 도라지가 아니라 더덕이라더군."

총독이 시치미를 떼고 맞장구를 치자 모두 와자하게 웃었다.

"그건 다 농담이구 참 오바 장군! 아시다시피 장군은 이제부터 독립군인가 뭔가 하고 신경전을 하셔야 할 텐데 특출한 계획이라도 가지고 오셨겠죠?"

총독은 은근히 말머리를 돌려서 며칠 전에 우쓰노미야 대장의 후임으로 부임한 조선 주둔군 사령관 오바 대장에게 앞으로의 포부를 떠본다.

오바 대장은 청년 시절엔 초대 조선 헌병사령관 아카시와 같이 헌병장교였다. 그는 성질이 칼날 같아서 전임자와는 판이한, 전통적인 무골이었다.

"에에또, 포부라고 별 게 있겠습니까만, 앞으로 한 1년이면 남만주에 준동하는 그런 비적匪賊집단쯤이야 무난히 소탕할 수 있겠죠. 압록강, 두만강 근처 국경지대의 그런 비적 떼를 두고 여태껏 한세월閑歲月을 했으니 실로 딱합니다. 나는 워낙 성질이 급해 놔서 그런 것을 옆에다 두고는 몸이 근지러워 못 견디죠. 하하하."

총독의 아내 하루코는 무릎을 모으고 앉아 샤미센三味線을 뜯었다. 요염스런 자태에 좌중은 홀연히 취해 갔다. 여름밤에 봄노래를 부르는 건 샤미센의 애조哀調를 살리기 위해서일까. 모두들 몽롱한 눈초리로 총독 아내의 아름다운 옆모습을 언제까지나 바라보고 있었다.

오바 육군대장이 새로 부임하자 조선군사령부의 기강은 살벌할 만큼 엄해졌다. 그의 별명은 가미소리(면도날) 사령관이다. 그만큼 그는 성질이 칼날 같고 부하장병에게 엄격했다. 그의 장기는 음모와 전투지휘다. 헌병장교, 정보장교로 커 온 장성이기 때문일까.

그 솜씨가 혼춘성琿春城의 조선인 학살사건으로 나타났다.

9월 하순, 가을바람이 소슬하게 불기 시작한 함경북도 나남羅南에, 어느 날 오바 사령관이 돌연 초도순시라는 명목으로 나타났다. 그는 이번 초도순시에서 보람 있는 수확을 거두고 돌아가려고 나남 19사단 사령부에 도착하자마자 작전회의를 소집했다. 이 회의에는 함경북도 경찰부의 정보사찰 간부들도 참석했다. 그들은 만주 땅 혼춘성을 지목하고는 엉뚱한 음모를 꾸몄다.

혼춘엔 3천여 명의 조선사람이 살고 있으며, 그중 5백여 명은 독립군이나 혁명단에 관련된 불온분자들로 간주했다. 그들에 대한 인상, 경력, 연령, 본적, 특성 등은 함경북도 경찰부와 혼춘 주재 일본 영사관이 세밀하게 파악했다. 그들을 깨끗이 소탕해 버리자는 것이다.

그러나 혼춘은 중국 땅이다. 그곳에는 중국 군대가 주둔하고 있다. 아무리 반일 조선 독립운동가들을 친다는 목적이라 해도 중국 영토에, 중국 군대가 지키는 혼춘성에 함부로 쳐들어갈 수는 없는 일이다.

여기서 오바 사령관의 비상한 음모의 솜씨가 발휘되었다. 10월 2일 새벽, 중국인 마적단 두목 장강호는 4백여 명의 마적 떼를 거느리고 혼춘성을 공격하기 시작했다. 그는 오바 대장이 보낸 공작원으로부터 금괴와 아편을 두둑이 받고 그 대가로 혼춘성을 공격한 것이다.

그때 혼춘에는 겨우 백여 명의 중국군 수비대가 있을 뿐이었다. 일본 영사관 분관에는 미리 파견된 조선총독부 파견 경찰대장인 가다야마 경부와 함경북도 파견 경찰대장 시부야 경부가 마적단 두목 장강호와 내통되어 있었다.

마적단은 무난히 성문을 부수고 혼춘성에 쳐들어 와 중국병 70여 명과 조선사람 7명을 살해했다. 그들은 그것으로 그치지 않고 일본 영사관을 습격하여 그 내부를 파괴하고 시부야 경부의 친척들과 그 밖의 부녀자 9명을 살해했다. 이 일본 영사관과 일본 거류민에 대한 학살까지도 미리 짜인 각본이었음은 물론이다.

혼춘에서 일본 영사관이 피습되고 함경북도 파견 경찰대장인 시부야 경부의 가족 등 9명이 피살되었다는 소식이 전해지자 오바 대징은 나남 19사단 76연대에서 긴급출동 명령을 내렸다. 일본군 76연대는 함경북도 경찰대와 합류해서 혼춘성으로 쳐들어갔다. 뒤이어 함경북도 각 군 경찰서에서 선발된 포악한 살인 명수 수십 명의 경찰대가 혼춘에 들이 닥쳐 10월 4일부터 18일까지 조선 독립운동가의 색출에 착수했으니 체포된 자는 백여 명이고, 빼앗긴 무기가 50여 정이었다.

혼춘성 근처에 근거를 둔 독립단을 섬멸한다는 오바 사령관의 작전은 완전히 성공했다. 과연 헌병장교와 정보장교의 경력을 가진 오바다운 모략음모 작전의 개가였다. 그는 혼춘 사건의 성공을 훈장처럼 가슴에 달고 서울로 돌아왔다.

사이토 총독은 친히 용산의 조선군사령부로 그를 찾아가서 혼춘 작전의 성공을 축하했다.

"혼춘 작전의 성공은 봉오동 전투의 실패를 통쾌하게 설욕했소. 그런데 독립단의 두목들도 잡혔나요? 내 듣기엔 홍범도, 서일, 김좌진 등이 괴수라던데."

오바 사령관은 솔직히 자인한다.

"만주의 첩보망은 엉망이었습니다. 실인즉 이번에 백여 명의 독립단을 일망타진했다고 해서 좋아들 합니다만 잡힌 놈들은 모두 쥐새끼들뿐입니다. 굵직한 놈은 한 마리도 없었어요. 저는 예측하고 있습니다. 머잖아 그놈들의 보복이 있을 거라구요."

오바는 전투결과에 대한 득실을 정확히 파악하는 지휘관이었다. 그는 일진일퇴하는 독립군과 조선군 토벌대와의 거듭되는 숨바꼭질로 보아 앞으로 독립군이 어떤 전법으로 나올 것인가를 예의 연구 중에 있었다.

오바 사령관의 예측은 드디어 청산리靑山里 싸움에서 일본군의 대패로 이내 나타났다. 청산리, 만주 땅 청산리.

일본군이 대륙으로 발을 붙여서 전투를 계속한 지 수십 년. 그러나 이렇게 적은 상대에게 이렇게 많은 일본군이 맥없이 참패한 일이 언제 있었던가.

용산 사령관실에 앉아서 나남으로부터 들어오는 청산리 전투결과 보고를 듣던 사령관의 입술은 새파랗게 질려 가고 있었다. 그는 남만주 일대의 지도를 들여다보다가 돌발한 발작처럼 크게 소리쳤다.

"주구시단노 아호야로오도모! (19사단의 바보새끼들)"

청산리 전투의 전모는 전투가 끝난 지 10여 일이 지나서야 국내에 알려지기 시작했다.

신문 중에서도 〈동아일보〉와 〈조선일보〉는 경무국의 보도관제를 교묘히 뚫고 사건의 윤곽을 파헤쳤고, 만주에서 국내로 잠입하는 독립운동가들의 입에서 입으로 청산리 대첩大捷의 내막이 전해졌다.

어수선한 소문이 오락가락하는 사이에 세월은 흘러 겨울이 되었다.

승전고

해가 바뀐 1921년 1월 25일 밤, 눈이 길길이 쌓인 산길을 헤치며 신천에서 안악 방면으로 잠입하는 협수룩한 차림의 괴한이 있었다.

박충권이었다. 봉오동 전투에 참가하고 청산리 전투에 가담했다가 독립군이 시베리아 방면으로 이동하는 틈을 타서, 조국을 떠난 지 만 2년 만에 다시 고국 땅을 밟는 그였다.

그는 먼저 황해도 안악군 용수면의 이용삼을 찾기로 했다. 장낙준으로 변성명한 이용삼이 이창선과 더불어 주관하는 숭덕학교는 쉽사리 찾을 수 있었다. 교실에는 수십 명의 떠꺼머리총각들이 질화로를 둘러싸고 앉아 밤공부에 열중하고 있었다.

"누구를 찾으시오?"

교단에 섰던 젊은이가 교실 밖에서 어른거리는 낯선 사나이를 발견했다.

"여기가 숭덕학교지요?"

학생들이 일제히 돌아다보았다. 일본 경찰이 수시로 찾아와서 집적거렸기 때문에 학생들의 표정은 너나없이 긴장했다.

"여기 장낙준 선생이라고 계신가요?"

"누구십니까?"

"박충권이라 전해 주십시오."

"박충권 선생? 아, 박충권 씨, 알 만합니다. 이계진입니다."

젊은 교사는 숭덕학교 설립자인 이창선의 아들이었다. 정주 오산학교 1학년생인 그는 겨울 방학으로 고향에 돌아와서는 마을의 어린이들을 가르치기에 여념이 없었다.

이계진은 박충권을 내동內洞 자기 집으로 안내했다. 기별을 받고 이용삼이 달려왔다.

"오오 박 동지, 도대체 이게 어찌된 일이오? 언제 어떻게 풀려 나왔소?"

박충권은 무슨 소린지 몰라 어리둥절했다.

"어떻게 풀려 나오다니요?"

"경찰에 체포됐던 게 아니오?"

"무슨 말씀을?"

"그럼 만주에 계셨소?"

"청산리 싸움에 가담했었죠."

"그래요?"

이용삼은 비로소 짐작이 갔다. 박충권의 체포설은 경찰이 자기네의 공로다툼으로 조작해낸 날조된 사실임을 알았다.

그날 밤 이창선을 포함한 세 사람은 밤을 밝혀 가며 박충권이 전하는 청산리 싸움의 전말을 들었다.

"정말 굉장했지요. 통쾌했습니다. 굉장했습니다. 청산리에선 왜놈

들이 흘린 피가 골짜기마다, 나무와 풀포기마다 시뻘겋게 얼룩졌으니까요. 그 싸움은 혼춘성 학살사건에 대한 일대 복수전이었지요."

그는 차근차근 아직도 눈에 선한 기억의 숲을 파헤쳐 갔다.

"혼춘 사건의 급보를 듣자, 김좌진 장군은 장백산으로 행군하던 길을 갑자기 길림성吉林省 화룡현和龍縣으로 돌렸어요. 그때 일본군은 시베리아에 출전했다가 장고봉張鼓峰을 남하하는 사단 병력과 나남羅南에서 북상한 두 세력이 왕청현汪淸縣 대파구大坡溝에 있는 서로군정서를 목표로 협공작전을 전개했습니다. 우리는 대단히 위급했어요."

확인되지 않고 바람결에만 들려오던 청산리 싸움의 진상이 직접 그 전투에 참가했던 박충권의 입을 통해서 비로소 밝혀지기 시작했다.

이창선은 그 통쾌한 이야기에 꼬빡 취했다.

"자아, 한 잔 더 드시오!"

그는 박충권에게 거듭 술잔을 권했다. 구월산에서 따다 담근 머루술이었다. 검붉은 빛깔이 글라스에 투명했다. 그리고 진했다.

"배갈 마시던 입에 포도주는 설탕물입니다. 하하하."

박충권이 검붉은 액체를 입 안에 쏟아 붓고는 껄껄 웃었다.

"이건 포도주가 아니라 머루술이오. 구월산에서 따 온 머루로 만든 거외다."

이창선의 말에 박충권은 비로소 술빛을 다시 들여다보았다.

"이름 있는 술이군요? 말로만 듣던 구월산, 4대 명산 중의 하나가 아닙니까?"

"그렇죠. 금강산, 묘향산, 지리산과 함께 구월산을 꼽죠. 임진왜란 때에 서산대사가 4대 명산으로 꼽으셨다는데 불승부장不勝不壯으로는 아마 구월산이 좀 뒤지긴 할 게요."

"문화 류씨文化柳氏의 시조始祖가 개산開山했다는 말이 있죠?"

이용삼이 말했다.

"지금도 그 시조의 묘가 구월산에 있습니다. 명산입니다. 작년에도 용틀임을 했다는 소문이지."

"용틀임은 뭡니까?"

박충권은 2년 전에 이 고장을 거쳐서 후추섬으로 건너간 일을 회상하며 물었다.

"이 근처에서는 큰 사람이 나오는 건 구월산의 영검이라 해서 용틀임이라 하지요. 김구金九 씨가 왜놈을 쳐 죽였을 때 구월산의 용틀임이라 하더니, 작년엔 만주 독립군에서 파견돼 온 이명서가 구월산대九月山隊를 조직해서 은율군수 최병혁이란 놈을 처단한 걸 가리켜 또 용틀임했다는 것이외다. 그는 왜놈들에게 빌붙어서 숱한 독립운동가를 괴롭혔소이다. 최 가뿐이 아니지요. 구월산대에 응징된 친일 주구는 열 명이 넘어요. 자아, 한 잔 더! 얘기가 빗나갔군. 다시 청산리 싸움의 진상을 들려주시오!"

밤공기는 차가웠으나 세 사람의 가슴 속에선 모닥불이 활활 타는 것 같았다.

"총사령은 물론 김좌진 장군입니다. 참모장은 나중소羅仲昭, 연성대장은 이범석李範奭 씨구요."

부관 박영도를 비롯해서 홍충희, 강화린, 한근원, 이경성, 최인열, 오상세, 최인걸 등이 장백산맥에서 용맹을 떨쳤다는 것이다.

1920년 이래 조선에서 망명해 오는 열혈청년들의 수효가 격증했다.

거기다가 마침 노령露領 자유시自由市로부터 무기구입이 쉬웠으므로 만주에 흩어진 여러 지대支隊의 독립군은 통일된 부대편성이 가능케 되었다. 이에 위협을 느낀 일본은 중국한테 엉뚱한 항의를 했다.

— 귀국 만주지구의 관헌들은 조선독립군이라는 비적부대를 보호육성하고 있으니 이는 대일본제국에 대한 공공연한 적대행위가 아니냐!

이런 엉뚱한 항의를 받은 중국은, 궁리 끝에 독립군 총사령 김좌진에게 권고했다.

— 우리의 입장이 난처하니 귀하는 휘하부대와 더불어 일군의 눈을 피하여 되도록이면 산 속 깊숙이 들어가 내일을 기약함이 어떠냐!

당시 북로군정서北路軍政署가 주둔하던 왕청현 대파구에, 동삼성東三省 당국으로부터 맹부덕이란 관리가 찾아와 그런 뜻을 전했다.

그래 북로군정서는 장백산으로 깊숙이 들어가 실력을 기르기로 결정, 9월 20일 여행단을 편성했다. 단장엔 이범석.

그러나 그때 이미 일본은 북로군정서에 대한 협공작전을 개시, 나남으로부터 제 19사단이 북상하고, 시베리아에 출전했던 제 21사단이 장고봉을 넘어 남하해 왔다.

이런 정보에 접한 북로군정서는 장백산으로의 이동계획을 포기하고 10월 16일 전투단을 조직하여 화룡현 청산리 백운평白雲坪이란 밀림 속 유리한 지형을 골라 매복 대기했다. 부대는 2개 중대로 편성, 제 1중대는 김좌진이 직접 지휘하고, 제 2중대는 이범석이 지휘하기로 했다.

10월 19일이 되자 협공해 온 일군이 3면으로 청산리를 포위하고는 다음날 기병 1개 부대가 밀림 속으로 맹렬히 쳐들어 왔다. 매복해 있던 독립군은 기회를 포착해서 일제히 사격을 가했다. 놀라운 전과였다. 5

백여 명의 적은 완전히 섬멸되고 말았다.

그러나 그것은 일군의 전위부대에 불과하다. 뒤에 대기한 원대原隊가 있을 것인 만큼, 승리를 거둔 독립군은 그날 밤 새벽 3시경까지 실로 160리 길을 강행군해서 갑산촌甲山村으로 빠져 나갔다.

거기서 김좌진과 이범석은 다시 작전계획을 수립, 천수평千水平의 일본군을 공격했다. 천수평은 조선인의 부락인데 일군 120명이 주둔하고 있었다. 20일 새벽 독립군은 전격적인 공격을 개시했다. 여기서도 일군은 지리멸렬, 천수평 들판에는 일군의 피와 시체로 아비규환阿鼻叫喚을 이루었다. 이 작전에서 살아 도망친 일군은 불과 4명, 시마다 중대장 이하 전원이 살해된 데 비해서, 독립군의 전사자는 불과 2명뿐이었다.

이 작전에서 독립군은 중대한 정보를 얻었다. 시마다 중대장이 가지고 있던 비밀문서에서 일군의 사단 CP가 어랑촌漁郎村에 있음을 확인했다. 독립군은 일각을 유예하지 않았다. 어랑촌의 전방인 마록구 고지를 즉각 점령해 버렸다.

불의의 공격을 당한 일본군은 전 사단 병력으로 쳐들어 왔다. 실로 1천 대 1의 대혈전이 벌어졌다. 김좌진 장군의 군도는 적탄에 날아가 버렸다. 이범석 장군의 군도는 적탄에 맞아 두 동강이 났다.

기관총 대장 최인걸은 기관총수가 모조리 부상하자 자신의 몸을 총신에다 꽁꽁 묶어 놓고는 쏘아댔으며, 전방의 길목을 수비하던 한 부대는 1개 소대 40명이 전원 전사했다. 그러나 조선독립군은 승리했다.

22일 일본군은 실로 한 지점에서 가노 연대장 이하 1천여 명의 사상자를 내고 퇴각했다. 이틀 밤 이틀 낮을 싸운 청산리 혈전에서 일군의 사상자는 3천 3백여 명에 이르렀다.

그러나 독립군의 사상자는 믿어지지 않게도 백여 명에 불과했다.

"이것은 세계 전사戰史상에도 드물게 보는 일방적인 전과입니다. 망국 10여 년의 원한에 절치발분한 우리 독립군이 이역 땅에서 거둔 최대의 승리며 통쾌한 보복이 아니고 뭡니까?"

박충권의 청산리 싸움 보고는 드디어 날을 밝혔다.

이용삼이 밝아오는 창문을 바라보며 기지개를 켰다.

"박 동지, 참 통쾌한 얘깁니다. 실은 국내에서도 그동안 꽤 많은 일이 일어났지요. 정말 어수선했습니다."

"들어봅시다! 그동안 고국 소식에 굶주려서 미칠 지경이니까요."

박충권은 피로하지도 않은 모양이다. 두 눈이 번쩍 빛났다. 이용삼은 벽에다 등을 기댔다.

"작년 8월엔 평안남도 경찰부 폭파사건이 있었어요."

만주에서 잠입한 문일민이 김예진, 김용, 이춘성, 안경신 등과 함께 경찰부 건물에 수제 폭탄을 던져 일경 2명을 폭살시킨 사건이었다.

"안경신은 여자입니다. 여자로서 의거에 가담했다가 이원利原에서 잡혔지요. 10년 언도를 받았습니다."

같은 달에 신의주역 폭파사건이 일어났다. 23세의 이진무가 주동 인물이었다.

9월에는 부산 경찰서장이 폭사했다. 의열단원 박재혁이 폭탄을 안고 상해로부터 일본 나가사키長崎를 거쳐 부산에 상륙, 중국인 책장수로 변장하고는 9월 14일 아침 일본인 부산 경찰서장을 찾아가서 폭탄을 던졌던 것이다. 현장에서 자기가 던진 폭탄으로 중상을 입은 그는 체포되었고 옥중에서 단식한 끝에 9월 22일 꽃다운 청춘을 잃었다.

11월에는 밀양 경찰서가 날아갔다. 의열단원 이성우로부터 폭탄 제조법을 배운 스물한 살의 최수봉은 폭탄 2개를 만들어 밀양 경찰서를 폭파한 다음 품고 갔던 단도로 스스로의 목을 찔러 자결하려 했으나 미수에 그쳐 대구 복심법원에서 사형언도를 받았다.

청년단원 정인복은 겸이포 제철소兼二浦製鐵所에 폭탄을 던졌다. 조선땅의 철광석을 몽땅 앗아 먹으려는 불가사리인 겸이포 제철소를 파괴해 버리자는 것이었다.

사건은 선천에서도 있었다. 박치의, 박치조, 김석창, 김성호, 김학현 등이 선천 경찰서에 2개의 폭탄을 던진 사건이었다.

관철동貫鐵洞 사건은 서울 장안을 떠들썩하게 했다.

평안북도 의주군 동암산東岩山에서 김동식金東植, 백운기白雲基 등이 조직한 보합단普合團은 본거지를 남만주로 옮긴 다음 군자금을 마련하기 위해 김도원, 이광세, 장연용 등을 무장시켜 서울 관철동의 이종영 집으로 파견했다. 그들은 장석두, 조상백, 이성규 등과 합류하여 운니동雲泥洞의 부호 변석연을 찾아 독립군 자금을 얻어내기로 했다.

마침 변석연은 없고 그의 장남에게 군자금 3만 원을 요구하자, 3백 원밖에 안 내놓으니까 다음날 다시 찾기로 약정하고 12월 4일 김도원이 다시 찾아갔다 미리 대기하던 종로서 형사 곤토 다케오와 이정선, 유창렬 등의 습격을 받아 사격전이 벌어졌다. 김도원은 곤토와 이정선을 사살했으나 마침내 익선동益善洞 골목으로 몰려 체포되고 그들의 일당 모두가 잡히니 이것이 바로 관철동 총격사건이었다.

"국내의 사건은 어찌 그것뿐이겠소!"

9월 30일엔 오랫동안 끌어오던 3·1 운동의 민족지도자들에게 대한 언도 공판이 있었다. 고등법원과 지방법원 사이를 오락가락하며 1년 이상이나 결심 종결을 못 보았던 그 사건을 경성 복심법원에서 매듭지었는데 재판장 쓰가하라는 다음과 같이 판결 언도를 했다.

손병희, 최린, 권동진, 오세창, 이종일, 이승훈, 함태영, 한용운을 가장 엄하게 다루어 징역 3년.

최남선, 이갑성, 김창준, 오화영은 징역 2년 6개월.

이명룡, 장기덕, 김원벽을 비롯한 20명에겐 징역 2년.

이경섭을 비롯한 4명에게는 징역 1년 6개월.

그밖에 송진우, 김도태, 현상윤, 정노식, 길선주, 박인호, 임규, 안세환, 김지환, 김세환에겐 무죄를 선고했다.

당초 저들의 경무국과 검찰부에선 그들을 내란죄로 엄히 다스릴 것을 강조했지만 사이토 총독은 그가 입버릇처럼 내세우는 문화통치의 명분을 살리기 위해 내란죄를 적용하지 말고 출판물과 집회 단속법 위반혐의라는 비교적 가벼운 조항으로 다스리도록 지시했다.

따라서 그들 민족지도자들은 세간의 예상과는 달리 가벼운 형량으로 '후한 대접'을 받은 셈이다. 더욱이 총독은 3·1 운동의 실제적 지도자인 손병희를 10월 22일에 보석으로 석방하여 조선인의 민심에 추파를 던질 것을 잊지 않았다.

그러나 총독의 이러한 온건한 정책은 말단 헌병과 경찰관들의 반발을 샀다. 일선에서는 널리 알려진 지도자들에겐 후한 대접을 하면서도 그 이름이 하찮은 듯싶은 독립운동가들에겐 모진 고문과 악행을 자행했다. 이화학당의 애국소녀 유관순柳寬順이 그네들의 모진 고문으로 옥중에서 숨진 것이 바로 그 무렵 10월이 아니었던가.

박충권이 얻어 들은 국내 소식은 이것만이 아니었다. 그는 이창선, 이용삼의 입을 빌려서 국내에는 새로운 물결이 일고 있음을 직감했다.

이미 〈동아일보〉와 〈조선일보〉가 창간되었다 함은 익히 알고 있었다. 그런데 6월에는 이 나라 최초의 종합잡지인 〈개벽〉이 창간되었다는 것이다. 문학잡지 〈폐허〉도 7월에 창간됐고, 지금 〈계명〉이란 잡지가 창간을 서두르고 있다고 했다. 어디 그뿐인가. 3월에는 극예술회가 창립되었고, 7월에는 조선체육회가 발족했으며, 지난 12월에는 조선청년연합회가 결성되었다고 했다.

10월 25일에는 경복궁 대조전의 중수重修가 완료되어 융희 황제 순종이 오랜만에 정전正殿으로 돌아갔다는 소식이었다.

2년 만에 고국 땅을 밟은 박충권에게는 국내에서 일어난 일들이 하나같이 모두 감격적인 소식이었다. 동창이 완연히 밝아버린 무렵에야 술상을 물리고 자리에 든 그는 좀처럼 잠들지 못했다. 그의 눈앞에는 새로운 세상이 펼쳐진 듯 광활한 들판에 서 있는 자신의 모습을 역력히 보았다. 그는 눈을 지그시 감은 채 혼자 생각했다.

'세상은 크게 변해 가고 있다. 저들의 통치수법이 새로운 기틀을 마련해 가고 있다. 재작년엔 독립만세의 열풍이 불어갔다. 작년에는 사이토 총독의 문화통치의 기초 작업이 거의 끝났다. 그렇다면 이 해에는 무슨 일이 벌어질까! 간교한 총독의 고등전술이 서서히 꽃을 피울 것이다.

저네들에겐 꿀이 담긴 꽃이요, 우리들에겐 독가루가 든 꽃이 필 해다. 그 독가루는 아편과도 같다. 우리 조선백성들이 그 독가루에 취해 시들시들 병든다면 어떻게 되는 거냐!'

여기까지 생각을 더듬은 박충권의 머리엔 불현듯 클로즈업 되는 얼굴이 있었다. 윤정덕.

'그렇다 윤정덕! 당신은 그동안 어떻게 변했을까? 내가 경찰에 잡힌 것으로 조작됐다면 정덕, 너는 어떻게 됐느냐! 정덕, 너는 나와의 연루자, 일본 경찰은 너를 어떻게 했느냐? 고문을 당했느냐? 그 부드러운 살결에 채찍질이 가해졌느냐? 그 붉은 심장에 시퍼런 멍이 들었느냐? 나 아닌 나로 등장한 불쌍한 괴뢰는 누구냐? 정덕, 혹시 너도 스스로 그 연극에 가담한 건 아니냐? 아니지? 정덕!'

박충권은 자리에서 벌떡 일어났다. 그는 이창선 노인의 만류도 뿌리치고 그 길로 서울로 떠났다.

"서울은 이 땅의 심장부다. 서울에는 나의 윤정덕이 있다. 나라의 명맥은 서울이라는 심장이 조종한다. 나라의 운명도 내 사랑의 운명도 서울에서 판가름 난다."

그는 그날 흡사 몽유병자夢遊病者처럼 혼자 중얼대며 황해도의 험준한 산길을 걷고 있었다.

그는 신환포新換浦 나루로 나와 재령강載寧江을 건너 사리원으로 빠졌다. 서울행 야간열차를 타기 위해서였다.

◀━▶

가케스는 유명한 일본 요정이다. 남산 밑에 있었다. 겨울이라고 송림이야 푸르지 않을까. 푸른 송림 속에 묻혀 있는 벽이 흰 일본식 건물이었다. 어느 겨울 밤, 온 집안엔 전등불이 대낮처럼 밝았다. 가장 깊숙한 매실梅室에 주연이 무르익었다.

샤미센 소리가 뚝 그치더니 취한 듯한 여자의 음성이 날카로웠다.

"게이샤는 그만 물러가오! 내 다시 부를 때까지 물러가 있어요!"

조선 고풍의 어여머리와 비슷한 풍습일까. 다카시마다라는 커다란 가발을 쓴 일본 기생이 샤미센을 무릎에서 내리고는 공손히 절을 했다. 그리고는 후스마(장지)를 열고 물러갔다.

"누구를 위하여 모두들 자리를 피했다는 게야?"

배정자는 술기운으로 벌겋게 된 눈알을 굴리며 거드름을 피웠다. 정말 두 사람만이 남았다. 아카지 경무국장과 단둘이 되어 있다.

잠시 전만 해도 5, 6명의 인원이 술을 마셨다. 모두 경무국의 과장급들이었다. 그런데 하나 둘씩 자리를 물러가기 시작하더니 기생을 합쳐 세 사람만이 남았다. 이제 기생마저 내보냈으니 남녀 두 사람만의 오붓한 자리가 된 것이다.

풍만한 목덜미와 앞가슴이 온통 드러나는 일본옷 기모노를 입고 나온 배정자는 한 팔로 다다미를 짚으면서 옆에 앉은 경무국장을 흘겨보았다.

중년 여인 배정자는 서슴지 않고 말했다.

"여봐! 자네가 경무국장이야? 아카지 군이란 말이지?"

그는 졸지에 할 말이 없는가 싶다. 빈들빈들 웃으며 두 팔로 역시 다다미를 뒤로 짚으면서 다리를 뻗었다.

배정자는 입술을 쑥 내밀어 보이며 또 한마디 한다.

"자네가 내 뭐길래 만주 벌판을 좁다 하고 넘나드는 이 여장부를 오라 가라 하느냐 말이다, 응? 자네가 뭐야? 내게 명령하는 자네가 뭐야? 경무국장이라 그 말이지? 후후호호."

그는 어이가 없는지 멍청한 얼굴로 그러나 주정하는 배정자의 앞가슴을 들여다보았다.

"경무국장이면 제일이야? 그래 수륙 수천 리를 오라 했음 용건을 말해야 할 게 아닝겨? 설마 이깟 술 한잔 내기 위해서 오라 하진 않았을 게구. 내가 보고 싶어 불렀나?"

그는 피식 웃으며 고개를 끄덕였다.

"그래. 보고 싶어 불렀다!"

"그래애? 보고 싶어서 불렀음 그립던 회포를 풀어야 하지 않겠는가? 오나! 내게로 오나! 내 좀 안아 줄게."

기가 막힌지 담배에 불을 붙이는 경무국장에게 또 한마디 했다.

"나는 말야, 이 배정자는 말야, 일찍이 없다 그 말씀이야. 시시하게 남자 새끼의 품에 내 스스로 안겨 본 일은 일찍이 없다 그 말씀이야!"

몽롱한 눈초리로, 욕정에 들뜬 동공으로 말했다.

"제아무리 크고 높고 귀한 놈한테도 이 배정자는 가서 안겨 본 일이 없다 그 말씀이야. 다 내 앞에 와서 무릎을 꿇었지. 그러면 내가 안아 줬지. 전에 우리 영감 현 대감도 물론 그랬고, 일본 제국 일등공신들도 그랬고, 또 수염이 많은 어떤 영감님도 그랬고, 다 내가 무릎을 꿇렸단 말야. 자네야 졸장부가 아닌가. 일개 국장이지 뭐야. 어허, 왜 그런 눈으로 나를 보나! 내가 못할 말을 하나? 거짓말로 아나? 경무국장으로서 이 배정자한테 호통이라도 칠 작정이냐?"

배정자는 몸을 가누면서 가슴을 펴면서 한 다리를 뻗고 한 무릎은 세우고 팔을 벌렸다.

"그러나 내 자네를 귀엽게 본 바 있어 좀 안아주고 싶네 그려. 오나! 내 안아 줄게 이리 오나! 오되, 예의범절은 있어야 하지. 내 이렇게 세운 무릎 앞에 최경례最敬禮를 하고 안기란 말야. 제왕도 여자의 무릎 앞엔 코를 깊숙이 박는 법이 아닝교. 동서고금 제왕에서부터 한낱 초부樵夫에 이르기까지 다 그런 게 아닝교! 이런 때 아니꼽다고 뱁을 내는 사내가 가장 천한 졸장부라더군. 나폴레옹도 여자 무릎 앞엔 혼연히 혀를 뽑았어. 안 그런교? 오나! 그 벌레 씹은 얼굴 하고 있지 말고. 자네 여기선, 지금은, 국장이 아냐. 한 마리의 사내새끼지."

전임 조선군사령관 시절부터 만주 일대에 대한 첩보활동이 엉망이라서 토벌군이 고전한다는 핑계였다. 신임 조선군사령관 오바 대장은 부임하자마자 배정자를 만주로 밀파密派했다. 자그마치 50명의 민완 밀정을 그녀의 수족으로 붙여주었다.

비록 그동안의 시간이 충분한 것은 아니었지만 그들이 거미줄 같은 정보망을 펼치고 막대한 비용을 쓰며 활동했는데도 청산리 싸움이 그 꼴이 되고 보니 배정자를 일단 불러올리지 않을 수 없었다. 배정자는 수삼 일 전에 왔다. 공식적인 보고는 조선군사령관과 경무국장에게 했다. 이유는 시일이 없어 미처 왕청현 일대에 대한 첩보활동이 채 여물기도 전에 나남부대의 저돌적인 작전이 벌어졌다는 것이다. 그러나 어쨌든 오늘은 배정자에 대한 경무국장 개인의 위로연이었다.

일본옷이라는 것은 위도 아래도 앞이 터져 있다. 남자고 여자고 앉을 때는 두 무릎을 모아 꿇고 단정히 앉아야 한다. 한쪽이든 양쪽이든 무릎을 세워서는 안 된다. 술이 거나하게 취한 배정자는 한 무릎을 세웠다. 그리고는 한 손을 내밀었다.

"사령관 오바란 녀석은 아주 졸장부야. 그래 내가 만주에만 가 있으면 작전은 아무렇게나 해도 일본군이 이길 줄 알았나? 청산리 패전의 책임이 마치 나한테 있는 것처럼 말하니 말야. 그럴 바엔 나더러 차라리 작전지휘를 하랠 것이지. 이 배정자가 지휘했음 이겼을 거야. 내가 군복 입고, 긴 칼 차고, 백마를 몰면서 일본군을 지휘했으면 이겼을 거야. 잔 다르크처럼. 안 그래요? 국장님. 사령관에다 대면 국장님은 휴머니스트지 뭡니까. 이렇게 좋은 자리까지 마련해 주시니. 자아, 오나… 내 가슴으로, 자네 숨통이 막히도록 안아 줄게."

드디어 경무국장은 배정자 앞에 무릎을 꿇었다. 아늑한 매실엔 바람소리조차 들리지 않았다.

"만주에서 들으니 독립군 대장 이범석이 제법 호남好男이라잖아. 꼭 한 번 만나 이 가슴에 안아 줬렸더니 틀렸어. 내가 좀더 일찍 가서 그 친구하고 연애했다면 청산리 싸움의 판도는 달라졌을 텐데, 아주 유감 천만이야."

경무국장은 배정자를 떠보듯 한마디 한다.

"그래도 당신 나라 사람들이 이겼다는 데 대해선 일종의 쾌감을 느끼겠지?"

배정자는 사내의 얼굴을 가슴 위에다 굴리면서 말했다.

"천만의 말씀. 역발산기개세力拔山氣蓋世의 항우項羽도 댕댕이 덩굴에 걸려 넘어졌다는데, 그만한 승부쯤이야 병가兵家의 상사常事가 아닝교…."

난숙한 육체에 불은 켜지고 꺼지고 켜졌다.

"우리 아버지 이토 공작께서 일찍이 이런 말씀을 귀여운 딸인 나에게 하신 적이 있어. 남자의 가슴엔 온 우주가 안겨야 하고, 여자의 가슴엔 그 남자가 안겨야 한다고. 여자는 우주의 모체니까. 따라서 남자를 안 아줘야지, 시시하게 여자가 안겨서는 안 된다고 하십디다."

"그럼 그대는 이토 공작도 안아드렸는가? 그런 풍문이 있는 듯한데."

"그도 또한 남자 한 마리가 아닝교!"

"그럼 아까 말한 '수염 탐스런 영감님'이란 이토 공작인가?"

배정자는 고개를 옆으로 살래살래 흔들었다.

"아니. 그건 일본인이 아냐. 조선인 중에도 수염이 탐스런 영감님은 있으니까."

멀리서 야경꾼들이 두드리는 딱딱이 소리가 단조롭게 들려오고 있었다. 딱 딱 딱. 딱 딱 딱.

대한국 고종대황제

　　며칠 뒤 아침, 남산 중턱 조선총독부 회의실 앞에는 커다란 현수막이
걸려 있었다.

　　― 조선총독부 지방장관 회의장

　　그러나 회의실에 모여든 사람들로 보아 단순한 지방장관 회의만은
아닌 성싶다. 조선군사령관이 막료들을 거느리고 나와 앉았는가 하면,
동양척식회사의 수뇌급은 물론 이완용, 민영기를 비롯한 중추원의 핵
심인물들도 참석했다. 그리고 국민협회라는 친일단체를 이끄는 〈시사
신문〉 사장 민원식의 얼굴도 보였다.

　　말하자면 일본인 조선인 가릴 것 없이 사이토 총독의 조선 통치를 직
접 간접으로 보필하는 국내의 모든 수뇌급이 모여든 셈이었다. 비서과
장의 안내를 받고 회의장에 들어서는 총독은 해군대장 정장의 위엄이
었다. 그를 정무총감과 경무국장이 숙연히 따랐다.

　　마련된 자리에 앉은 총독은 모리야 비서과장이 준비한 식사문式辭文
을 뒤적이다가 서서히 일어섰다. … 어험!

"본 총독은 지난 한 해 동안의 총독부 시정에 큰 성과가 있었음을 인정하며 그것은 오로지 여기 모인 여러분이 본 총독의 의도를 파악 협찬해 준 덕이라고 생각합니다."

이렇게 전제한 총독은, 조선통치의 기틀을 잡으려면 10년쯤 장기계획을 세우고 서서히 단계 목표를 수행해야 한다고 말한 바 있음을 상기시키면서, 지난 2년 동안에 초보적인 기초정지작업이 거의 끝났다고 단정한 다음, 그 구체적인 실증을 조선민중의 민심과 국내외의 치안사정 그리고 경제개발이라는 3가지 부문으로 나누어 설명했다.

"… 에에 또, 첫째, 민심으로 말할 것 같으면 대정 8년(1919년)의 만세소동에서 들떴던 민심이 이제는 폭풍이 지난 뒤의 조용한 바다처럼 잠잠하게 가라앉았습니다. 일부 완고한 무리나 극렬분자들을 제외하고는 조선인 전체가 생업에 열중하게 되었고 그들은 총독부의 온건한 문화통치에 순응하는 것만이 한반도와 조선민중을 위하는 유일한 길임을 자각 체득했음이 분명합니다."

그는 이렇게 평하고는 본시 조선사람은 수백 년래로 나라와 정부의 혜택은 받지 못하고 가혹한 가렴주구苛斂誅求 속에서 시달림만 받았으므로 이기주의와 호신주의 사상이 농후하긴 하지만 그럴수록 총독정치가 온정주의로 나가기만 하면 그들은 쉽사리 황은皇恩에 감격하여 충실한 제국 신민이 되리라고 단정했다.

총독은 두 번째로 치안문제에 언급하여 지난 한 해 동안 국내와 만주지방에서 불상사가 속출하긴 했으나, 나남의 19사단과 경성의 20사단이 엄연히 건재하고, 만주 동삼성의 장작림張作霖과의 비밀공작이 결실을 보게 되어 머잖아 독립군의 준동도 숨이 끊어질 것이라고 전망하면서 좀더 음성을 높였다.

"반도의 치안을 유지하려면 강력한 무력을 유지해야 하지만 그보다 더 효과적인 방법으론 독립운동가들을 일반 민중과 완전히 고립시켜야 합니다. 그러기 위해서 조선인 관리와 경찰관을 더 많이 등용해서 불순 분자의 색출을 조선인 자신들의 손으로 완수하게 할 작정입니다."

그는 이 말 끝에 이완용을 비롯한 친일고관들에게 눈길을 보내면서 앞으로는 중추원의 기구를 더 확장할 것이며, 총독정치에 공이 있는 조선인에게는 승작의 영예를 베풀도록 본국 정부에 강력히 상신하겠노라고 추파를 보냈다.

그는 또한 학교를 더 많이 세우고 문화 예술 활동과 스포츠를 장려하며 국내외의 독립운동 경력자라 하더라도 과거를 회개하고 당국에 협력하기로 결심하고 전향하겠다는 사람은 따뜻하게 받아들여야 한다고 역설했다.

총독의 연설은 마지막으로 경제개발 문제에 언급해서 한층 열을 올렸다. 그는 먼저 쌀 문제를 쳐들었다. 현재 조선미朝鮮米의 생산량은 1년에 1천 4백만 석 정도이다. 일본으로 보내는 쌀은 3백만 석이다. 무엇보다도 산미産米증식 계획이 필요하다. 따라서 앞으로 15년 동안에 1억 6천 8백만 원을 투자하여 42만 정보의 토지개량을 실시함으로써 920만 석의 쌀 증산을 꾀해야 한다.

"920만 석을 더 수확하는 이 야심찬 계획이 성취되면 일본 본국으로 해마다 9백만 석을 실어 보낼 수가 있어요. 그렇게 되면 조선의 농민들은 쌀을 많이 팔아서 좋고 내지인들은 좋은 쌀을 배불리 먹어 언젠가 있었던 쌀 소동 따위는 먼 옛날의 신화처럼 잊어버릴 게 아니겠소?"

그는 산미증식 계획에 모든 지방장관이 적극 협력하라고 강조했다.

그는 또한 데라우치 총독이 제정했던 회사 허가령을 단호히 폐지하고 누구든 회사를 만들고자 하는 자는 계출만 하면 되도록 법을 개정했다고 자랑했다.

"전임 총독은 회사 설치를 통제했기 때문에 조선의 상공업이 발전하지 못했습니다. 그런 만큼 회사령會社令은 단연코 폐지해야 됩니다. 그리고 조선과 내지 간의 관세법도 그 라인을 두만강까지 연장해야 됩니다. 상품을 마음대로 드나들게 하여 경제적인 내선일체를 마련해야 된다는 말이에요. 그렇게 되면 본국의 자본가들이 대거 조선에 건너와서 공장도 짓고 상점도 크게 벌이고 무역도 활발히 하면 조선의 경제사정도 5년 안으로 크게 발전할 것입니다."

그가 늘어놓은 청사진대로라면 금방 조선 천지가 지상낙원으로 돌변할 것이 분명하다. 이완용, 민영기, 민원식은 총독의 말에 고개를 연신 끄덕거렸고, 도시자들은 총독의 연설 가운데 중요한 대목을 메모하느라고 펜을 바삐 움직였다.

총독의 식사가 끝나자, 정무총감이 산미증식 15개년 계획을 설명했고, 다음에는 경무국장이 국내외의 치안상황을 보고하고, 끝으로 조선군사령관의 극동 군사정세 설명이 있었다.

미즈노 정무총감은 도표가 그려진 괘도를 가리키며 총독의 식사에서 언급된 산미증산 계획을 소상하게 풀이했다.

"지금부터 10년 전 조선의 쌀 생산량은 1천 160만 석이었고 일본 내지로 보낸 쌀은 겨우 50만 석이었습니다. 그런데 10년이 지난 오늘날 본국으로 보내야 할 쌀의 수요량은 5백만 석으로 10배나 늘어났는데도 실제로 쌀의 산출고는 10년 전에 비해서 겨우 2백만 석 정도가 늘었을 뿐입니다. 본국의 조선미朝鮮米 수요량은 앞으로 10년 후엔 다시 1천만 석이나 될 텐데 지금 당장 산미증산 계획을 서두르지 않으면 내지와 조선은 식량 부족이라는 중대한 난국에 부딪칠 것은 명약관화明若觀火 할 것으로 사료됩니다."

정무총감의 설명은 계속되었다.

그는 조선 쌀을 본국으로 이출하는 데 대해서 조선민중 사이에 오해가 있다면 먼저 그것을 해소해야 한다고 강조했다. 조선의 농민들은 한 해의 소득이 형편없이 낮으니만큼 백미 같은 비싸고 사치한 양곡을 먹을 것이 아니라 만주에서 들여오는 좁쌀 정도로 배를 채워야 그들대로의 생계가 유지될 것이며, 본국으로 쌀을 보내는 대신 많은 공업 생산품을 사들여서 조선민중의 생활이 하루 속히 개화되어야 한다고 역설했다.

그는 경제학에도 자기 나름의 일가견을 가진 사람이었다. 본시 그는 법학자였고 또한 철학을 좋아하는 일종의 이상주의자였다. 그래서 그가 정무총감으로 부임한다 할 때 조선의 강경 무단파들은 철저한 문약 관리文弱官吏가 와서 어떤 철없는 짓을 저지를까 싶어 경계했다. 아니나 다를까 그의 시책은 고지마 헌병사령관이나 아오야키 같은 국수주의적 언론인에 의해서 크게 빈축을 샀다.

아오야키는 노골적으로 그를 비난하는 글을 〈경성신문〉에 발표했다.

미즈노 씨는 조선민족의 역사, 그 심리적 조직의 변천 및 유전의 법칙 따위는 안중에도 두지 않고 내선인의 평등사상만을 강조했다. 실로 어처구니없는 일이다. 그는 내선인의 불평등 사상이나 배율적인 성격은 필경 교육의 차이에서 비롯되었다고 주장하면서 결국은 제도를 교정해야 한다고 생각했다. 제도를 개정해서 일시동인으로 조선민족에게 내지인과 평등한 교육을 실시하면 불평등 사상이나 거친 성격은 자연히 없어지고 내선인은 완전히 융화될 게 아니냐고 주장했다. 조선을 통치하는 정치가로서 이 얼마나 소박하고 유치한 생각인가. 본인은 아연 비관하지 않을 수 없다.

이렇게 공격을 받은 미즈노였지만 총독은 그의 교육정책에 전폭적인 신임을 보냈다. 그 정무총감이 이번에는 산미증산 계획을 들고 나온 것이다. 시일과 투자액이 너무 아득해서 처음에는 난색을 표했지만 이론적인 설득력을 가진 미즈노에게 총독은 간단히 찬동하고 말았다.

'미즈노 계획'이란 다음과 같은 것이었다. 조선의 쌀은 조선경제의 중심이고 그것은 오로지 대일對日공급을 목적으로 하는 쌀 중심의 단종경작형 농업체제를 이루어야 한다. 조선의 모든 상업, 금융, 운수는 쌀을 중심으로 편성되어야 하며 공업부문 역시 정미精米, 주조酒造에 국한시켜야 한다. 조선의 경제가 쌀 중심의 단작형 경제로 바뀌면 조선경제의 자주성과 자족성은 완전히 와해될 것이며 오로지 일본 경제권에 예속하는 식민지로 떨어지고 만다.

그렇게 되면 완고한 불평분자들이 조선의 독립을 주장한다 해도 '조선은 독립해도 경제력이 허약해서 한 달을 지탱하지 못한다'는 점을 지적, 내선일체를 역사적인 숙명으로 돌리도록 설득할 수 있다….

"허어, 그것 참 원대한 계획이구려. 나는 무관이 돼서 경제학은 잘 모르지만 정무총감의 말이 그럴듯하구려."

총독은 이렇게 감탄하고는 이른바 '미즈노 계획'을 승인했다. 정무총 감은 총독과 본국 정부의 뒷받침을 받고 있느니만큼 지금도 신바람이 나서 야심적인 계획을 풀이해 나갔다.

그는 조선 지도를 펴 놓고 주요한 지역을 짚어가며 지방장관들에게 설명을 계속했다. 북쪽으로부터 더듬어 내려갔다.

평안북도 용천龍川, 평안남도 안주安州, 함경남도 함흥咸興, 황해도 재령載寧, 경기도 김포金浦.

자그마치 8군데가 지정되었다. 그는 그런 고장에 간척干拓사업을 전 개하고 수리水利조합을 마련하여 모든 전답에 토지개량 사업을 전개하 면, 약 9백만 석의 쌀을 증산할 수 있다고 장담했다. 지적된 고장의 도 지사들은 정무총감의 청산유수 같은 설명에 넋을 잃고 경청했다.

다음으로 등단한 경무국장은 지난해에 신의주, 선천, 평양, 겸이포, 부산, 밀양, 경성 등지에서 폭발사건이 적잖게 일어났지만 그 범인들 은 모두 체포했노라고 자랑하고는 민심은 점차 안정되어 간다고 낙관 론을 전개했다. 그는 음성을 낮췄다.

"치안유지에서 일본인 경찰관보다도 조선인 경찰관의 활약이 더 높이 평가돼야 하겠습니다. 그들은 고장마다 사정을 잘 알고 있으니 불온분 자를 색출하는 데도 훨씬 능률적입니다. 지난 1년 동안에 폭도들과의 싸 움에서 순직한 조선인 경찰은 2백여 명이 됩니다. 우리는 그들의 가족을 잘 돌봐줘야 하고, 사기를 북돋워줘야 합니다. 그리고 또 한 가지 반가 운 소식은 과거에 독립운동하던 사람들이 전비前非를 뉘우치고 전향하 는 기미가 부쩍 늘었습니다. 가령 상해 임시정부라는 괴뢰단체에서 〈독 립신문〉을 만들며 광분하던 이모 청년도 얼마 전에 사상전향을 서약하고 경성으로 돌아와 총독부 촉탁으로 일을 보게 됐습니다. "

　그는 전향자의 수가 늘어남을 자랑스럽게 늘어놓고는 이러한 경향은 자기가 지휘하는 경무국 공작원들이 안동, 봉천, 간도, 북경, 상해 등지에 많이 파견되어 눈부신 활약을 한 성과라고 자화자찬했다.

　경무국장의 보고가 끝나자, 오전 회의는 일단 막을 내리고 오후에 다시 속개하기로 했다. 그런데 속개된 오후 회의에는 조선인 고관들은 참석하지 않았다. 그것은 미리 짜놓은 계책이었다. 오바 대장의 극동지방 군사정세 보고를 아무리 친일적인 고관일망정 조선사람들에겐 들려주고 싶지 않았던 것이다. 그들은 이완용으로 하여금 조선인 고관들은 모조리 중추원 부의장인 자기의 초대연에 참석하도록 미리 안을 짜 놓았었다.

　오후 회의는 오전 회의에 비해서 냉랭한 분위기였다. 저네들끼리의 모임인 만큼 위장도 가식假飾도 필요 없기 때문이었다.

　오바 대장은 연단에 오르자, 몹시 불쾌한 표정을 지었다. 총독과 정무총감의 자리가 비어 있었다. 이건 조선군사령관인 자기를 모욕하는 게 아니냐고 생각했다. 그는 연설을 시작하지 않고 부릅뜬 눈을 한참 동안이나 문 쪽을 지켜보았다. 총독과 정무총감이 들어올 때까지 입을 열지 않겠다는 태도였다.

　그 기미를 알아차린 비서과장이 총총걸음으로 달려 나가 오바 대장에게 귓속말을 했다. 총독은 몸이 불편해서 관저로 돌아가 누웠다는 것이고, 정무총감은 조선인 고관들을 따로 영접하느라고 부득이 참석하지 못한다고 일렀다.

　비서과장의 해명을 듣고야 오바 대장은 말을 시작했다.

그의 군사정세 보고는 주로 시베리아와 만주지방에 대한 것이었다. 시베리아에 출병했던 일본군은 사명을 다했으므로 금년 안으로는 모두 철수하는데 그 병력과 장비의 상당 부분이 조선 주둔군에게 인도된다는 것이었다. 이미 파리 강화조약도 끝났고, 백계노군白系露軍의 재기도 불가능하게 된 마당에 일본군의 시베리아 주둔은 무의미하며, 그렇다고 해서 적색 소비에트군은 아직도 국내 문제에 골몰하는 실정이므로 두만강 건너 쪽의 국경지대에는 별다른 위협이 없다고 전망했다.

그렇지만 조선군사령부의 당면한 적은 여전히 존재한다고 강조하면서 그것은 만주와 시베리아에서 준동하는 조선독립군이라고 단정했다. 그는 서슴지 않고 청산리 전투의 참패상을 고백했다. 제 19사단의 가노 연대장을 비롯해서 대대장 2명, 중대장 5명, 소대장 9명이 전사했으며 하사관과 사졸의 사상자는 9백여 명이라고 했다.

그는 음성을 높였다.

"우리 일본군 19사단은 청산리에서 명백히 참패했소. 비적들의 교묘한 유도작전에 빠져들었기 때문이오. 그러나 청산리 전투는 국부적인 전투에 불과하오. 나는 이 청산리 패전소식을 듣고 평양의 77연대에게 긴급출동을 명령했소. 만주 일대에 준동하는 독립군이라는 것을 깡그리 소탕하라고. 우리 일본군은 이미 청산리 패전의 보복을 톡톡히 하였소. 독립군 그놈들은 하룻강아지 범 무서운 줄 모르는 격으로 봉오동과 청산리에서 잠시 해롱거렸지만 이제는 그런 짓도 다신 못할 거요. 이미 2만여 명의 잔도들을 깨끗이 소탕했고 남은 잔당들은 시베리아의 치타를 거쳐 자유시自由市로 도주한 모양이지만 우리는 최후의 작전을 포기하진 않을 것이오. 하나는 만주의 장작림에 대한 압력이고, 또 하나는 시베리아 적군赤軍에 대한 공작이오. 이 두 가지만 성공되면 독립군이라는 오합지졸들은 깨끗이 자취를 감추고 말 것이오."

오바는 탁자를 탕탕 치면서 기염을 토했다.

그가 청산리 패전 후에 만주의 2만 독립군을 소탕했다는 것은 조작된 거짓말이었다. 만주 땅에 있는 조선인을 무차별 학살하고는 그것을 독립군 소탕이라는 말로 허위선전하는 것에 지나지 않았다.

오바의 장황한 전과보고가 얼마만큼 날조捏造된 것이었는지는 당시 만주 축성築城에 거류하던 미국인 장로교 선교사 마틴의 수기에 의해서 정체가 드러난다.

마틴 선교사는 당시의 상황을 다음과 같이 기록하고 있다.

10월 31일 우리들은 축성에서 12마일 되는 찬납파위촌贊拉巴威村으로 사실을 알아보러 갔다. 목격자의 말에 의하면 29일 새벽에 무장한 일본군 1개 대대는 그 예수교 마을을 포위한 채 산적한 밀짚더미에 불을 지른 다음 눈에 띄는 남자란 노소를 막론하고 모조리 집 밖에 끌어내어 사살하였다. 채 죽지 않은 자는 불 속에 집어넣었다. 집 안에서 울부짖으며 그 비참한 광경을 보는 노파와 처자들까지도 마구 구타했으며 그들이 사는 집엔 모조리 불을 질러 온 마을이 잿더미로 화했다. 그들은 근처의 모든 촌락에 불을 질렀다. 그리고는 유유히 저들 병영으로 돌아가 일본 천황의 탄생일을 축하했다.

우리 일행이 부근 촌락에 이르렀을 때는 3년간이나 양곡을 보관했던 큰 창고가 아직 불타고 있었다. 그 잿더미 속에는 타 죽은 시체가 수없이 보였고, 시체엔 총탄 자국이 벌집처럼 뚫려 있었다. 우리는 사진을 몇 장 찍고 다른 데로 갔는데 방화한 지 26시간이 지났는데도 타는 시체의 악취가 코를 찔렀고, 어린애를 업은 아낙네들의 통곡 소리는 흡사 생지옥처럼 처절했다. 내가 그 장면을 촬영하고 있는데 마침 한 노인과 노파와 그 며느리가 통곡하면서 잿더미 속에서 불탄 고깃덩이와 부서진 뼈와 아직 타지 않은 가재들을 줍고 있는 것을 보고 나는 마을사람들을 모아 기도드리고 그 장면을 기록으로 남기려 사진기를 들이댔는데 어찌나 분하고 원통했던지 사진기를 고정시킬 수 없어 4번이나 고쳐 찍었다. 내가 알고 있는 부락에서만도 피살자가 1백 명이었다.

이러한 처참한 광경은 축성에서만이 아니었다. 훗다라는 다른 선교사는 다음과 같이 또 기록했다.

내가 11월 4일 누루마우촌에 갔더니 마을사람들은 다음과 같이 말해 주었다. "10월 30일에 왜병이 달려들어 31명이 사는 이 부락에 불을 지르고 총격을 했다."
　나도 민가 9채와 교회당, 학교가 잿더미로 화한 것을 직접 확인했다. 또 11월 1일에는 일군 17명과 일본 경찰 2명, 조선인 경찰 1명이 이 마을에 와서 남자는 모조리 끌어내다가 죽인 다음, 죽은 사람의 아내를 불러내어 남편의 경력을 말하라 고문하고는 다시 부락민 전부를 모아놓고 일장 연설 끝에, 외국인 선교사가 이곳에 온 일이 있는가를 물었다. 그들은 수많은 시체들을 부락민을 시켜 한곳에 모아놓고 석유를 뿌려 불을 지른 다음 재로 만들어 형적도 없이 땅 속에 묻어 버리고는 사라져 버렸다.

이런 학살 행위는 흥경현興京縣에서도 있었고, 왕청汪淸, 동대파자東大破子, 대황구大荒溝, 탁반구托盤溝, 용정龍井, 화룡和龍 등 조선인들이 모여 사는 곳에서는 예외가 없이 벌어졌다.

동척東拓에게 땅을 빼앗겨 비렁뱅이가 된 농민들이 유랑의 길을 떠나 만주 땅에 이르러 황무지를 개간해 겨우 입에 풀칠이나 하려던 판에 만주에 쳐들어 온 일본군은 봉오동과 청산리 전투의 참패를 복수한답시고 그들 농민들을 마구 학살했으니 그 수효가 실로 2만 명을 넘었다. 이것을 가리켜서 조선군사령관은 독립군 2만 명을 섬멸했다고 크게 자랑한 것이다.

오바는 더욱 기세를 올려서 앞으로도 계속하여 만주 땅의 조선인에 대한 감시와 토벌을 강화하겠다고 얼러댔다. 그의 보고는 봉오동이나 청산리의 패전을 모든 사람의 기억에서 씻어내려는 듯한 말투였다.

오바 대장의 보고가 끝났을 무렵이었다.

"군사령관 각하, 한 가지 질문이 있소이다."

사람들의 시선은 돌연한 발언자에게로 일제히 쏠렸다. 그는 사사키였다. 그의 자리에는 경남 도지사라는 푯말이 놓여 있다.

"난데스카? (무슨 말이오?)"

오바 사령관은 즉각 경계태세를 취하면서 경남지사에게 눈총으로 쏘았다. 사사키는 자리에서 일어섰다.

"만주 땅에서의 조선군사령부의 혁혁한 전공에 대해선 동경해 마지 않습니다. 특히 봉오동 전투와 청산리에서 우리 황군이 약간 실패했다는 소식을 전해 듣고 우울한 심사였는데 그 후 2만여 명이나 되는 독립군을 섬멸했다는 사령관 각하의 전과설명을 들으니 반갑기 그지없소이다. 그런데 말입니다. …"

그는 말을 잠시 멈췄다가 다시 용기를 일깨워서 계속했다.

314

"본국의 〈아사히신문〉이나 〈마이니치〉뿐만 아니라 조선사람들의 민간신문인 〈동아일보〉, 〈조선일보〉를 보면 일본군이 섬멸했다는 그 2만 명의 조선인은 독립군이 아니라 무고한 농민들이 대부분이라는 것이 아닙니까? 이것은 매우 중대한 문제라고 생각합니다. 물론 독립군과 내통하는 불순분자들은 응당 처벌해야 하겠으나 조선에서 그곳으로 이민가서 농사짓는 일반 백성들까지도 무차별 학살한다면 거기에서 오는 악영향이 훨씬 더 크리라는 견해도 있습니다."

"뭐, 무차별 학살이라구요? 사사키 지사는 말을 좀 삼가시오!"

사령관은 본능적으로 군도에 손을 가져가면서 버럭 화를 냈다. 그러나 사사키 경남지사는 조용히 자기 할 말을 했다.

"사령관 각하, 제 말씀을 오해 마십시오. 각하, 이 자리엔 마침 조선사람이라곤 한 명도 없으니까 솔직히 하는 말입니다마는, 나 역시 대일본제국의 신민이며 천황 폐하의 충실한 적자임을 명심하고 하는 말입니다. 지금 조선땅에는 인구가 너무 많습니다. 더욱이 본국에선 우리 동포들을 이 땅으로 더 많이 이식해야 할 절박한 처지인 만큼 앞으로 더 많은 조선농민을 만주 땅으로 보내야 합니다. 특히 총독부에서 추진 중인 산미증산 계획이 제국의 소득으로 고스란히 들어오려면 앞으로는 중단됐던 조선농민들의 만주 이민을 다시 추진해야 합니다. 그런데 만주에 건너간 조선농민들이 죄 없이 독립군으로 몰려 학살당한대서야 누가 만주로 가려 하겠습니까? 벌써 만주 땅의 소식은 파다하게 퍼졌습니다. 각하, 저도 군사령관으로서의 각하의 사명과 고충을 모르진 않습니다만 대국적 견지에서 볼 때 총독 각하의 원대한 포부에 보조를 맞춰야 하겠기로 이런 말씀을 드린 것입니다."

사사키의 말이 끝나자 일본인 도지사들은 그 말이 지극히 옳다는 표정들이었다. 사령관의 얼굴은 굳어질 대로 굳어졌다. 그는 벌떡 일어나서 내뱉듯이 외쳤다.

"나는 군인이오. 내 뼈는 전장에서 전투로 굵어졌소. 그런데 우리 일본군에 대항하는 독립군이라는 비적들이 코앞에서 준동했단 말이오. 여보시오! 당신은 전쟁터에서 옥석을 가려 총질하라고 나에게 충고하는 거요? 통치의 책임은 총독에게 있겠지만 변경을 넘나드는 독립군의 소탕책임은 전적으로 나에게 있어요. 속담에 이 잡듯 한다는 말이 있소. 이를 잡으려면 서캐도 잡아야 하오. 소방수가 불을 잡으려면 연소할 가능성이 있는 이웃 건물부터 헐어버리는 게요."

그는 더 할 말이 없다는 듯 군도를 절그럭거리며 회의실을 나가버렸다. 그의 막료들도 험상궂은 얼굴로 지방장관들을 노려보곤 상관의 뒤를 따라갔다.

한편 그 무렵에, 금곡에선 이색적인 사건이 벌어졌다.

그날 밤 금곡 홍릉의 밤하늘은 죽음처럼 고요했다. 이따금 얼어붙은 듯하던 별들이 싸늘하게 반짝였다. 그러나 바람 소리는 차갑게 울고 간다.

능묘陵墓, 능묘 위에 깔리는 밤. 그 밤하늘에 울부짖는 바람 소리, 그 바람 소리에 흰 머리터럭을 성성이 날리면서 홀로 우뚝 서 있는 노인 하나가 있었다. 능참봉 고영근高永根이었다.

경기도였다. 양주군 미금면 금곡리에 있는 홍릉洪陵, 거기엔 흡사 대지의 젖무덤과 같은 두 개의 큼직한 봉분이 있다. 고종황제와 명성황후가 잠든 곳이다. 본시 황후의 무덤은 청량리 밖 홍릉에 있었다. 4년 전 고종이 갑자기 변사하여 금곡리에 묻히게 되자 명성황후의 유해도 그곳으로 이장되었다. 한 나라의 제왕 내외가 잠든 곳이다.

비록 만년에는 외적의 침입으로 이태왕 전하로 격하되긴 했지만 고종은 조선왕조 5백 년의 제 26대 군왕이다. 황제였다. 황제가 잠든 왕릉이다. 그런데 그때까지 금곡에는 비석이 없었다. 왕릉에 비석이 없을 수 있을까. 나라야 뺏겼기로 국왕의 무덤을 쓴 지 4년이 지나도록 비석 하나 세우지 않았다는 것은 세계사가 있은 이래 처음인지도 모른다. 능참봉 고영근은 그 굴욕을 삭이지 못해 밤마다 봉분 앞에 서서 하늘을 우러러 눈물을 흘려온 노인이었다. 고영근은 그날 밤 유난히 흥분해 있었다. 두 주먹을 불끈 쥔 채 서울의 하늘을 응시하고 있었다.

그는 4년 전의 일을 잊지 못한다. 그의 머릿속에는 윤덕영의 얼굴이 떠오른다. 간교스런 그 입매. 구니이다 이왕직 차관의 능글스러운 얼굴도 어른거린다. 야마가다 정무총감의 난처해하는 얼굴도 보인다. 우유부단한 민병석 이왕직 장관의 얼굴도 섞여 있다.

애당초 대황제 고종이 승하하여 능비를 만들었을 때, 그 비명碑銘엔 '대한국大韓國 고종대황제高宗大皇帝 홍릉洪陵'이라고 새겼다. 당연한 비문이다. 그런데 그 능비를 세우려고 하자 총독부에서 말썽을 부렸다. 그것은 고지마 경무국장이 들고 일어남으로써 시빗거리가 됐는데 비문에 '이태왕 전하李太王 殿下'라고 써야 옳지 '대한국 고종대황제'라 쓸 수는 없다는 것이었다.

총독부에서는 이 난처한 문제로 머리를 앓던 끝에 본국의 궁내성과 여러 차례 절충한 결과 '전前 대한국 고종대황제大韓國高宗大皇帝'로 하여 전前자를 머리에 얹으면 허용하라는 군색한 지시를 받았다.

이 소식을 들은 창덕궁과 경복궁의 왕척들은 일제히 반기를 들었다. 대한제국의 대황제였던 고종의 무덤에 '전'이라는 무엄한 꼭지를 붙이다니 말이 되느냐고 분격했다. 윤덕영, 이완용, 송병준 등은 일본 궁내성의 절충안이 옳다고 했으나, 박영효, 민영달 등 뼈대 있는 척신들은 한사코 그 절충안을 반대했다.

3월 3일 국장이 치러진 후에도 비문 문제는 해결을 보지 못해 이미 마련해 놓았던 비석은 비각 한구석에 처참히 굴러 있었다. 그로부터 4년 세월이 흘렀다. 버림받은 능비는 여전히 비각 한구석에 방치된 채로 눕혀져 있었다. 그 비석을 바라볼 때마다 능참봉 고영근의 가슴은 떨렸다. 그의 나이 이미 칠순, 인생의 황혼 길도 막다른 몸이지만 그는 이 능비만은 자기의 힘으로 꼭 해결해 놓고야 죽겠다고 가슴 깊이 결심하고 있었다. 고영근은 명성황후 시해에 협조하고 일본에 도피한 우범선을 쫓아 일본에 가 그를 처단한 결기 있는 무인이었다.

바로 어제였다. 효심 지극한 순종이 부왕의 유덕을 추모하고, 명복을 빌기 위해 홍릉을 참배했다. 참배를 마치고 돌아가는 길에 순종은 문득 비각 안을 들여다보았다. 거기에는 부왕인 고종황제의 능비가 비바람 먼지 속에 버림받은 채 그대로 뒹굴고 있었다. 그것을 본 순종의 눈길은 안 볼 것을 본 듯이 옆으로 돌려졌다.

능참봉 고영근은 순종의 그 눈길을 본 순간 송구해서 가슴이 떨렸다. '고종황제의 극진한 사랑을 받은 이 몸!'

고영근은 자기가 시급히 해야 할 일이 무엇인가를 새삼 깨달으며 혼자 뇌까렸던 것이다. 그리고 오늘밤이 깊기를 기다려 비각 앞으로 나왔다.

"백 년 인생도 한 번 장한 일을 하면 족하다는 것, 이 늙은 인생 어찌 목숨이 아까우랴!"

그는 서울의 밤하늘을 응시하며 시조조로 한마디 읊고는 크게 소리 쳤다.

"여봐라! 거기 석공들은 속히 이리로 나오라!"

마치 어둠 속에서 망령이라도 부르는 것 같았다. 그는 저녁에 미리 4명의 석공을 대령케 해 두었다. 숨어있던 석공들은 겨울밤의 한기를 참기 어려운지 부들부들 떨면서 비각 앞으로 달려왔다.

고영근 노인의 명령이 떨어진다.

"너희들은, 새벽이 오기 전에 급히 해야 할 일이 있다. 먼저 관솔불을 밝혀라!"

그의 목소리는 우렁찼다. 관솔불이 밤하늘에 훨훨 타오르기 시작했다. 고영근의 우렁찬 음성이 또 밤공기를 뒤흔들었다.

"모든 책임은 이 늙은이가 진다. 너희들은 아무 걱정 말고 내 시키는 일이나 하면 된다. 밤이 새기 전에 대황제 폐하의 비석을 세워라!"

고영근 노인은 다시 한 번 엄숙하게 선언했다.

"저 대한제국 고종황제 폐하의 비석을 세운다. 우리 불쌍한 상감마마의 넋을 위로해 드리는 게다. 다른 생각일랑 아예 말고 너희들은 시키는 일만 해라! 비각문을 열어라. 그리고 그 누워 있는 비석을 제자리에 붙여 단단히 세워라. 천만 년이 가도, 어느 놈의 힘으로도, 쓰러뜨리지 못하도록 반석磐石 위에 꿋꿋이 세워야 한다!"

처음, 석공들은 서로 얼굴을 쳐다보며 망설이는 기색이었으나 고영근 노인의 형형한 눈빛 속에 반사되는 불꽃을 보고 묵묵히 비각문을 열어젖뜨렸다. 비석이 깨끗이 닦여지고 좌대의 틀이 다듬어지기 시작했다. 어둠은 대지를 덮고 삼라만상은 죽은 듯이 한숨을 죽였는데 석공들이 다루는 끌과 망치 소리는 땅 탁 땅 탁 힘차게 밤하늘에 울려 퍼졌다. 그러면서 새벽이 왔다.

아침 해가 금곡릉 동쪽에서 찬란한 햇살을 펴부을 무렵에는 '대한국 고종대황제 홍릉'이라 새긴 비석이 마침내 굳건히 세워졌다.

고영근 노인은 석공들에게 후한 보수를 쥐어 줘 돌려보낸 다음, 자기는 혼자서 오래도록 비석 앞에 무릎을 꿇고 있었다.

"상감마마 신의 이 미미한 충성을 받아 주시옵소서."

한낮이 되어서였다. 창덕궁 돈화문敦化門 앞에 한 늙은이가 무릎을 꿇고 앉았다. 무릎 앞에는 상소문 한 장이 펼쳐져 있었다.

그는 물론 고영근 능참봉이었다. 상소문엔 '대사는 이미 끝났고 나는 태황의 홍은鴻恩에 작으나마 보답을 했다. 이제 남은 것은 폐하의 처분을 바랄 뿐'이라는 내용의 글이었다.

홍릉의 소식과 고영근의 상소문과 돈화문 앞에서의 대죄 소식은 곧 순종에게 전해졌다. 순종은 흐뭇한 미소를 지으며 그 소식을 반겼다. 그러나 이왕직 사무국은 그 소식으로 발칵 뒤집혔다. 이왕직 차관 감바야시 게이지로는 이 변보를 듣고 버럭 고함을 질렀다.

"뭐야? 어느 놈이 그런 대역죄를 저질렀어! 그놈은 대일본제국과 황실을 모욕한 것이야. 빨리 경무국에 통보해서 그놈을 체포하라!"

감바야시 차관은 허둥지둥 남산 총독부로 달려갔다. 그는 지난해에 구니이다 차관이 조선호텔에서 갑자기 맹장염으로 급사한 뒤를 이어

320

그 자리에 앉은 성미 급하고 경솔하기 이를 데 없는 인물이었다.

이왕직 차관의 보고를 받은 총독도 깜짝 놀랐다. 그러나 그는 장자長者의 풍도를 곧 되찾으며 침착한 어조로 말했다.

"이것은 총독 단독으로 해결될 일이 아니오. 왜냐하면 이왕가는 이미 대일본제국의 황족이니 황족에 관계되는 일이라면 본국의 궁내성이 그 직능을 관장하고 있소. 너무 떠들지 말고 사건의 전말을 상세히 궁내성에 보고해서 지시받도록 하시오."

총독은 이렇게 말하고는 경무국장을 불렀다.

"경무국장! 꽤 시끄러운 문제가 생겼는데, 이 사건만은 철저히 보도 관제하도록 하게!"

그는 사건이 세상에 알려지지 않도록 하라 하고, 이어 지시했다.

"도대체 그 고영근이란 영감이 어떤 인물인지 신상기록을 급히 조사 보고하게!"

다음날 마루야마 경무국장이 조사해 올린 고영근의 신상기록을 물끄러미 바라보던 총독은 혼자 중얼댔다.

"으흠 등천 못한 용의 새끼는 늙어도 바람을 일으키게 마련인가."

고영근은 일찍이 경기도 장단長湍군수로 출발해서 차츰 고종황제의 총애를 받았는데 특히 민 씨 일가를 위한 일이라면 물불을 가리지 않았다. 그는 김옥균, 우범선 암살계획에도 간여하여 자객刺客으로 일본에 건너가 명성황후 시해에 관련된 우범선을 암살하고 한때 히로시마 감옥에 갇혔다가 고종의 탄원으로 석방된 뒤에는 귀국하여 계속 왕가의 총애를 받았다. 그리고 그는 고종이 세상을 떠난 후에 누구보다도 서럽게 울었고 끝내는 홍릉의 능참봉을 자청하여 여생을 보내는 듯했으나, 천생이 풍운아風雲兒이고 반골정신의 소유자였으므로 그런 엄청난 사건을 저질러낸 모양이라고 기록은 보고하고 있었다.

일본 궁내성에서는 이 문제를 놓고 여러 날 고민한 끝에 드디어 단안을 내렸다.

— 이미 세워 놓은 비석을 철거하기란 힘들다. 그러나 이 사건에 관련된 사람들에게는 엄중한 조처가 취해져야 한다.

그렇지만 고영근은 칠순의 노인, 그를 체포한다는 것은 도리어 역효과가 있을 듯하여 총독은 그를 능참봉 직에서 해직시키고 그 대신 이왕직 장관 이재극과 차관 감바야시를 해임하는 정도로 사건을 수습해 버렸다.

풍우가 순조로우면 풍년이 들고 풍년이 들면 태평성세라 한다. 그리고 태평성세는 어진 통치자의 음덕蔭德이라 일러 온다.

최근 각 지방에서 들어오는 각종 보고를 종합해 보는 총독 사이토의 마음은 여간 흐뭇한 게 아니었다. 토지개량 사업은 순조롭겠다, 간척 공사도 계획보다 빨리 진척되겠다, 거기에 올해의 일기는 심한 한재旱災나 홍수가 없었으니 농사는 대풍년이 될 거라는 반가운 전망이었다.

1923년 여름이었다.

총독은 하나의 풍류적인 계획을 꾸몄다. 8월만 무사히 넘기면 조선의 농사는 이미 판가름이 나는 법, 만약 별 사고만 없으면 9월로 접어드는 그 초하룻날에 흥겨운 뱃놀이나 벌여 보자는 것이다.

그는 언젠가 한상룡으로부터 데라우치 전임 총독의 삼방협 사냥 이야기를 들은 바 있었다. 그것은 이완용이 후작으로 승작되어 자축연을 벌인 자리에 초대되어 갔을 때의 화제였는데, 사이토는 그 자리에서 자기는 사냥을 즐기지 않노라고 천명한 적이 있다.

"나는 물에서 늙은 호반이오. 해군대장이란 말이외다. 그러니 사냥 대신 언제 기회를 봐서 멋진 선유船遊놀이를 마련해야겠소. 사냥도 통쾌하긴 하겠지만 뱃놀이의 풍류 또한 그런대로 흔쾌합니다."

이런 일이 있은 다음부터 한상룡은 기회 있을 때마다 총독에게 뱃놀이는 어떻게 됐느냐고 독촉해댔다. 이제 그 언약을 실현하게 되었다.

9월 1일 아침, 한강 백사장 나루터에는 10여 대의 자동차가 몰려들었다. 총독은 1년 전에 미즈노의 후임으로 온 아리요시 정무총감과 마루야마 경무국장을 대동했다.

그동안 총독의 수족이었던 미즈노 정무총감은 본국 정부의 내무대신이 되어 갔다. 사이토는 그를 중앙 무대의 실권자로 보내 자칫 등한시되기 쉬운 현재의 위치를 커버하려는 정치적 포석을 잊지 않았다. 동시에 조선군사령관 오바도 경질되었다. 항상 총독의 문화정책을 못미더워했던 그는 청산리 전투의 패전과 이를 보복하기 위한 재만在滿 조선인 2만 명의 학살 등으로 여론이 악화되어 사이토에게 쫓겨난 것이다.

기쿠치 신노스케 육군대장과 사카이 제20사단장도 나타났다. 기구치는 지난겨울에 오바의 뒤를 이은 조선군사령관이다. 여기에 이완용이 빠질 수는 없다. 그 곁에는 민영기와 한상룡이 양복차림으로 나와 있었다. 그런데 그 옆엔 낯선 얼굴 하나가 있었다.

총독은 그 낯선 얼굴을 민영기와 한상룡에게 소개했다.

"이분은 우리나라 헌정의 권위이신 오사키 유키오 대의사代議士이십니다. 이쪽은 민영기 남작과 한상룡 씨."

오사키 유키오는 일본의 중의원이 휴회 중이라서 조선과 만주 땅을 여행하느라고 서울에 들렀다가 이날 그 자리에 참석했다.

그러나 약정된 시간이 다 되어도 보이지 않는 얼굴들이 있었다. 정무총감은 비서과장에서 약간 역정스러운 소리로 물었다.

"모리야 군! 아직 안 보이잖나!"

"각하, 두 분께서는 몸이 불편해서 참석 못하겠다는 전갈이 있었습니다."

옆에서 이 말을 들은 총독의 미간이 찌푸려졌다.

"몸이 불편하다니 언제부터 병석에 누웠다던가? 이상재는 엊그제만 해도 오사키 선생과 정담 토론을 했다는데, 오사키 의원 그렇지요?"

그러자 민영기가 그들의 말을 가로챘다.

"청하는 잔치에 안 오는 사람들, 내버려두시죠. 모처럼의 흥겨운 기분을 그 사람들 때문에 잡칠 것까진 없잖습니까."

민영기는 이상재, 박영효가 어째서 이 뱃놀이를 보이콧하는지 익히 알고 있다. 그들은 이완용과 동석하게 되는 자리라면 한사코 외면했다. 총독은 알고 있었다. 왕족 인척의 대표로서의 박영효를 사로잡아서 그들의 협력을 얻는 편이 민심을 끌어당기는 데도 몇 갑절 유효하다. 그래서 사이토는 무슨 일이 있을 때마다 그들에게 추파를 던졌는데 반응은 매양 차갑기만 했다.

총독은 기분이 상했다. 그렇지만 본국 정계에서도 쩡쩡 울리는 오사키를 초대한 자리라서 불쾌한 기분을 애써 죽였다.

"총독! 군함에는 여자를 안 태우는 줄 아는데 이게 웬일이오?"

오사키 의원이 조크를 던졌다.

대령해 놓은 놀잇배에는 하루코 부인을 비롯한 장안의 명기들이 먼저 와 앉아 있었다. 그리고 마침 만주에서 돌아온 배정자도 한자리 잡았다. 배정자는 이런 자리엔 자청해서라도 한몫 끼는 여자다.

"호오 그렇군요. 그렇지만 이 배에는 대포가 없잖습니까?"

총독은 놀잇배는 군함이 아니라고 대답하며 웃음을 터뜨렸다. 오사키 의원의 조크와 총독의 걸걸한 웃음소리로 잠깐 음울하던 분위기는 말끔히 가셔 버렸다.

유선遊船 한 척은 오늘을 위해 새로 만들어졌다. 용의 머리 둘이 선두에 달렸다 해서 쌍룡선이라는 이름이었다. 총독 일행과 여자들이 거기 탔다.

여섯 척의 크고 작은 유선들이 뚝섬 쪽으로 거슬러 올라가기 시작했다. 뚝섬까지 올라가는 동안은 이것저것 세상 돌아가는 한담으로 즐기다가 뚝섬에서 점심을 하고 오후에는 뱃머리를 돌려 마포나루로 내려오면서 한바탕 질탕하게 뚱땅거려 보자는 계획이었다.

빈객은 아무래도 오사키가 아닐 수 없다. 그는 명치유신 이래 으뜸간다는 일본의 대웅변가이고 자유사상에 물든 헌정憲政주의자다. 그렇지만 그 역시 일본의 국수주의國粹主義를 완전히 탈피한 인물은 아니었다.

"총독, 당신의 조선통치에 대해선 본국 정계에서도 평판이 좋습니다. 역시 이곳에서도 그렇겠죠?"

"허허, 과분한 말씀을. 아직도 나를 알아주지 않는 조선사람이 많은 걸요."

"말하자면 이상재 같은 노인 말씀이오?"

오사키의 물음에 사이토는 솔직히 수긍했다.

"어디 이상재뿐이겠소. 작년에 작고했지만 김윤식金允植이나 손병희 같은 사람도 끝내 나와 상통하질 못했어요."

한말의 대유학大儒學 김윤식은 지난 해 정월에, 천도교의 영수 손병희 역시 지난 해 5월에 한 많은 생애에 종지부를 찍었다.

"그러면 지금 남아 있는 거목巨木이란 이상재 정도겠군요?"

"또 있어요. 이승훈, 조만식이 있어요. 그리고 나이는 아직 젊지만 김성수, 송진우, 장덕수 같은 만만찮은 인물들이 있죠. 이 사람들을 모두 휘어잡는 날에야 나도 큰소리 칠 수 있을 겝니다. 그런데 오사키 의원! 엊그제 이상재 노인을 만난 인상이 어떠시오?"

총독은 '이상재·오사키 회담'의 결과가 몹시 궁금한 모양이었다.

"그 노인은 뼈대가 있습니다. 기개가 대단하더군요. 내가 찾아갔더 니 돗자리 하나를 둘둘 말아 들고는 뒷산으로 올라가서 이야기나 하자 는 거예요. 내가 이렇게 말했지요. 일본과 조선은 이미 부부관계나 같 은 몸이니 아내격인 조선사람들이 남편인 일본과 사이좋게 지내야지, 독립운동이다 항일이다 하고 떠들어대면 그 가정은 파경에 이르지 않 느냐구 했어요. 그랬더니…."

"그래 그는 뭐라고 합디까?"

"말도 마시오. 원하지도 않는 부부관계를 강요하는 것은 강간强姦과 같잖냐고 하더군요. 싫다는 상대를 폭력으로 다스리는 폭군이 곧 일 본이랍니다. 그런 부부관계란 곧 이혼이 아니면 파경이 될 거라는 거예요."

"이혼을 하자구 합디까?"

듣고 있던 기쿠치 사령관이 웃어대며 비아냥거린다. 그러나 오사키는 정색을 했다.

"내 동양 천지를 두루 다니며 많은 인물을 만나 봤지만 이상재 노인만큼 크고 매서운 혓바닥을 가진 사람도 드뭅디다."

오사키는 이상재의 인품에서 많은 감명을 받은 모양이었다.

이때, 이완용은 저네들의 화제가 몹시 못마땅한지 들은 척도 안 했다. 조선의 인물론, 더욱이 일본사람들이 쳐드는 조선의 인물이라면 누구보다도 앞서서 이완용 자기를 쳐들어야 할 텐데 엉뚱하게 이상재니 조만식이니 하는 배일排日분자들만 추어올리는 데 심사가 뒤틀렸는지도 모른다.

이완용의 그러한 기미를 알아차린 정무총감이 슬며시 한마디 했다.

"이완용 후작께선 요즘 신변의 위험 같은 건 안 느끼시죠?"

"신변의 위험이라뇨? 그런 거 없습니다."

이완용이 무뚝뚝하게 대답하자 아리요시는 웃었다.

"없으셔야죠. 조선땅에선 이제 테러분자들은 자취를 감췄을 겝니다."

정무총감은 오사키를 힐끗 바라보며 들어보란 듯이 크게 지껄였다.

시베리아로 건너갔던 조선독립군이 소련 붉은 군대의 배신으로 흑룡강黑龍江에서 결딴을 맞은 후 북방의 독립군도 최근엔 잠잠해지고 말았다.

국내 사정을 말하자면 친일분자 민원식이 도쿄에서 암살되고, 의열단원 김익상金益相이 총독부에 폭탄을 던졌고, 경원慶源과 삭주朔州, 삼

수三水에 독립단이 불길을 질렀고, 종로경찰서에 폭탄을 투척한 김상옥金相玉이 서울 장안을 발칵 뒤집었던 총격사건이 있기는 했다. 의열단원 김시현金始顯의 폭탄음모 사건도 심상찮은 일이긴 했다.

그렇지만 3·1 운동이 일어났던 기미년 이후의 2, 3년에 비하면 이런 사건은 그들에게 대단한 게 아니었다. 더욱이 경무국이 위협과 포섭공작을 병행한 결과 많은 조선사람들이 그 미끼에 걸려 동화同化다 전향이다 하고 친일적 변신을 하고 있으니 그만하면 조선 천지는 가위 태평성세라 할 수 있지 않느냐는 게 그들의 낙관론이었다.

정무총감은 이러한 실정을 오사키에게 알려 주려고 능청을 떨었던 것이다. 마침 그때였다. 경찰 쾌속정 한 척이 초고속으로 접근하는 바람에 모두들 그 쾌속정을 쏘아보며 긴장했다. 물살을 가르며 달려오는 쾌속정, 아무래도 무슨 다급한 일이 돌발한 모양이다.

"배를 세워라!"

총독은 자기네가 탄 유선을 세우라고 명령했다.

"각하! 도쿄에 대지진이 일어났답니다!"

강상江上 뱃놀이 도중에 받는 긴급보고 쳐놓고는 유쾌하지 않았으나 총독은 지극히 태연하게 대꾸했다.

"도쿄야 어느 날 치고 지진 없는 날이 있는가!"

그러나 경무국장은 부동자세로 입술을 떨고 있다.

"각하, 그런데 그게 보통 지진이 아닌가봅니다. 관동 일대가 쑥밭이 된 유사 이래 가장 처참한 지진이라 합니다. 지금 현재 이 시각에도 진동은 계속되고 있는 모양입니다. 곧 회정回程하시지요!"

총독은 빈객 오사키를 돌아보며 그래도 여유 있게 대거리를 했다.

"우리가 돌아간다고 본국의 지진이 그칠까? 핫하하. 본시 지진이란 전전긍긍하며 좀 기다려 보면 그치고 마는 것. 폼페이 최후의 날 같은 대지진이 또 있을 것도 아니고 … 안 그렇소? 오사키 의원! 외지에 있으니까 본국의 소식이 늘 과장돼서 들려오기 때문에 이젠 저만 한 일엔 놀라지 않지요, 핫하하."

그러나 오사키 유키오가 맞장구를 친다.

"아닌 게 아니라 일본은 천재지변이 너무 많아요. 사시장철 지진이다, 태풍이다, 홍수다, 설화雪禍다, 마치 대해에 뜬 조각배처럼 일본 열도列島는 항상 불안에 떨게 마련이군요."

"거기다 대면 이 조선 천지는 낙원이에요, 낙원입니다."

유선들은 그대로 뚝섬을 향해 유유히 물결을 거슬러 올라가고 있었다.

오사키가 강변의 평화로운 풍경을 바라보며 또 말했다.

"그러나 일장일단이 있습니다. 자연조건에 따라 민족성이 형성되는 것이니까요. 말하자면 우리 일본은 험한 자연조건에 순응된 민족이어서 나쁘게 말해서 악바리 같은 전투적인 의지가 승勝한 것입니다. 좋게 말한다면 진취적이고 적극적인 야마도다마시大和魂가 됐다고도 볼 수 있지만. 자연이 순후한 이 조선은, 때문에, 안일 나태한 민족성을 지닌 게 아닌가요? 당쟁이 심한 것도 원인은 거기 있어요. 자연에의 투지鬪志가 인간에게로 돌려지는 거지요. 싸움의 상대가 자연이 아니기에 잘아져서 동료 동족끼리 물고 할퀴고 할 수밖에요."

이번엔 경무국장과 쑥덕거리던 정무총감이 총독 앞으로 다가왔다.

"각하, 아무래도 본청으로 돌아가셔야 하겠습니다. 내무성의 전문이 몹시 심각하답니다. 고쿄皇居마저 위태로운 모양입니다."

비로소 총독은 실색을 했다. 천황이 사는 황궁마저 위태로운 지경이라면 정말 심상찮은 이야기다. 유선단은 일제히 뱃머리를 돌려 남하하기 시작했다. 그래서 그런지 동쪽의 하늘은 몽골의 황진黃塵이 나는 것처럼 누렇게 보였다.

이튿날 오후에는 드디어 이 조선 천지에도 일본 관동 대진재大震災의 여파가 밀어닥쳤다. 그것은 전문 한 장 때문이었다. 전에 총독부 정무총감으로 있던 미즈노 내무대신이 발송한 전문 한 장 때문이었다.

내각의 수반은 가토였다. 그러나 그는 지난 8월 24일에 사망했고 따라서 가토 내각은 이미 총사직을 단행했으나 전문에는 아직 그 가토 내각의 내무대신이었던 미즈노 렌타로의 명의로 되어 있었다.

총독실은 정말 그 전문 한 장으로 발칵 뒤집혔다.

—9월 1일 11시 58분에 일어난 관동지대關東地帶의 대진大震으로 도쿄 요코하마橫濱 일대는 아비규환의 생지옥임.

이 참담한 혼란에 편승하여 조선인들의 만행이 자행되고 있음. 즉, 그들은 살인, 방화, 우물에 독약 투입 등의 만행을 자행하고 있을 뿐 아니라, 그 조직된 세력은 폭동군으로 화하여 제도帝都 도쿄를 무법 점령할 기세에 있다는 정보가 있음.

조선 총독은 이 점을 감안 참작하여 조선 내에서도 발발할지 모를 불령선인不逞鮮人의 난동을 예방 진압하며 거류민의 안전과 치안확보에 필요한 만반의 조치를 강구하도록 요망함.

내무대신 미즈노 렌타로

이 전문의 내용이 날조된 목적 있는 허위이거나 아니거나 조선 총독
은 어쨌든 당황하지 않을 수 없었다. 즉각 경무국장에게 명령했다.

"비상 경비령을 펴라!"

"각하, 이미 비상 경비령은 각 도에 하달됐습니다!"

"허 그래? 약삭빠르구나!"

"각하, 이미 보도관제령도 내렸습니다."

총독 사이토는 방 안을 성급하게 서성대기 시작했다.

"일체의 선박을 통제하라! 조선인의 내지(일본) 내왕을 철저히 금
하라!"

아아 광화문이여

조선 총독 사이토는 좀 색다른 사람이다. 그는 전형적인 군인이며 노련한 정치가며 문화를 숭상하는 진보적인 문화인으로 자처하는 사람이다. 그는 이런 때일수록 마음에 여유가 있어야 한다고 생각했다. 그는 정무총감을 불렀다.

"총감! 나하고 거리구경이나 나갑시다. 총독부 청사 공사장에도 오랫동안 못 나가봤어. 많이 진척됐겠죠?"

저녁 무렵, 총독과 정무총감은 경복궁 정문인 광화문 앞에 섰다.

하세가와 전 총독 재임 시 터를 닦기 시작한 공사였다. 벌써 몇 해째 계속되는 대사업인가. 6백여만 원의 건축이라면 동양에서도 없는 예가 아닌가. 그는 이 공사만은 자기 재임동안에 완공을 보아 새 청사 안에서 집무해 보겠다고 결심했다.

그는 장중하게 쌓아올려지는 그 동양 제일의 화강암 궁전을 바라보며 감회에 젖었다. 정말 말썽도 많았다. 경복궁의 지맥地脈을 틀어잡는다고 그 정문인 광화문光化門을 헐려고 했을 때에 비등하던 여론.

그 여론을 대표한 것은 조선사람이 아닌 일본의 민속학자 야나기 무네요시柳宗悅다. 총독도 일본의 유수한 종합잡지인 〈개조〉改造에 실렸던 야나기의 그 대논문을 한 자 한 구도 빼놓지 않고 읽었다.

그래 일단 파괴하는 것은 보류했으나, 어디로든 옮겨야 한다는 생각엔 지금도 변함이 없다.

"경복궁이 아닌 조선총독부의 대청사 앞에 경복궁의 정문인 이 광화문을 그대로 언제까지나 둬 둘 수야 있는가?"

총독은 공사장을 한 바퀴 돌고 난 다음 남녘 시계視界를 가로막는 웅장한 광화문을 바라보면서 몇 번이고 되풀이해서 읽은 바 있는 야나기 무네요시의 그 준엄한 반대론을 회상했다.

〈아아 광화문이여.〉

— 이 한 편의 글을 공개할 시기가 나에게 다가왔다고 생각한다. 이제 거침없이 감행되려는 동양 고건축古建築의 무익한 파괴에 대하여 나는 지금 가슴을 쥐어뜯는 느낌이다.

조선의 수도 경성에 경복궁을 찾지 못한 분들에게는 우리 일본인들이 그 왕궁의 정문인 그 장대한 광화문을 부숴버리려는 일에 대해선 아무런 신경도 쓰지 않을는지도 모른다. 그러나 나는 모든 독자가 동양을 아끼고 사랑하는 어진 마음의 소유자임을 믿고 싶다.

이를테면 조선에서 하는 일이 직접적인 주의를, 독자들에게 크게 영향을 주지 않더라도 점차 쓰러져 가는 동양의 고예술古藝術을 위하여 이 조그만 한 편을 읽어 주기를 바라는 마음 간절하다.

— 이것은 잃어선 안 될 하나의 예술을 잃어버리려는 운명에 대한 추석追惜의 문자이다. 그리고 특히 작자인 그 민족의 그 눈앞에서 파

괴를 여지없이 강행하려는 데 대한 나의 이루 말할 수 없는 쓸쓸한 감정의 표현이기도 하다. 그러나 아직도 이 글의 제목이나 내용이 뼈저리게 생생하게 독자들의 가슴에 파고들지 못한다면 다음과 같은 생각을 가져주기 바란다. 이를테면 지금 조선이 부흥하고 일본이 쇠망하여 마침내는 일본이 조선에 병합되어 도쿄의 궁성을 부숴버리고 그 자리에다 방대한 양옥을 지어 일본총독부를 세우고 저 푸른 물 도랑 너머 멀리 보이는 에도성江戶城의 흰 벽들이 부서지게 되었음을 상상하기 바란다. 아니 이미 부서지는 망치 소리가 가까워졌다고 상상하기 바란다.

한 민속학자의 감상적感傷的인 글이라고 하기엔 너무나 준열峻烈할 뿐 아니라, 그 한 편의 글을 발표함으로써 민족 반역자의 낙인이 찍히고 무서운 형벌을 받게 되리라는 것을 각오했을 야나기 무네요시의 기백에는 총독도 고개를 숙였다. 아닌 게 아니라 그는 그 글을 쓴 이후로 본국에서도 '요시찰인'의 불온분자가 되어서 항상 미행당하는 불안 속에서 살고 있다.

총독은 그가 또 다른 글에서 마치 조선민족에게 불온하게도 민족혼을 불어넣는 한 대담한 말을 하고 있음을 알고 있다.

"도대체 그놈은 조선놈이냐, 일본놈이냐?"

이름부터가 알쏭달쏭하다는 말도 있었지만 분명 일본인이라는 조사 결론이었는데, "예술은 국적도 없이 너그러운 것인가?"

―조선의 벗이여. 당신들은 민족의 독립을 항상 그 믿지 못할 변화무쌍한 정치에다만 구하려 하고 있다. 그러나 조선의 불멸의 독립이 그

예술에서 이미 훌륭히 이루어지고 있음을 왜 깨닫지 못하는가. 이제야
말로 영원한 것에 마음을 쏟을 중요한 때가 왔다. 무엇 때문에 물려받
은 미美의 혈액을 더욱 따뜻하게 하려 하지 않는가. 시험 삼아 생각해
보라! 아크로폴리스(Acropolis)의 기둥은 쓰러져 있다. 나라는 벌써
그것을 세워 일으킬 기력을 잃었다. 그러나 쓰러진 그 기둥의 한 조각
이 루브르(Louvre)에서 불멸의 광채를 떨치고 있다.

조선의 벗이여, 소리도 없는 재 속에는 아직도 그을린 불길이 남아
있다. 바라건대 그것을 높이 들고 심정의 등불을 밝히라. 그리하여 일
찍이 옛사람들이 한 것처럼 그 민족의 예술로 다시 돌아가라. 조국의
운명을 유구하게 하는 힘이 예술에 있음을 굳게 믿으라. 멸하지 않는
힘이 미美 속에 깃들어 있다고 굳게 믿으라. 칼은 약하고 미는 강하다.
이 보편 불멸의 원리애原理愛로 모든 민족은 굳은 신앙으로 삼아야 할
것이다 ㅡ.

총독은 〈동아일보〉에 설의식薛義植 기자가 쓴 광화문 고별사를 읽고
도 분통을 터뜨린 적이 있다. 작은 오동나무를 뜻하는 '소오小梧'라는
아호를 가진 그는 조선총독부 청사가 완성되고 그 앞 광화문을 다른
곳으로 옮길 때 다음과 같은 글을 1926년 8월 11일자 〈동아일보〉에 올
렸다.

ㅡ 헐린다, 헐린다 하던 광화문은 마침내 헐리기 시작한다. 총독부 청
사 까닭으로 헐리고, 총독부 정책 덕택으로 다시 짓게 된다. 원래 광
화문은 물건이다. 울 줄도 알고 웃을 줄도 알며 노할 줄도 알고 기뻐할
줄도 아는 사람이 아니다. 밟히면 꾸물거리고 죽이면 소리치는 생물이

아니라 돌과 나무로 만들어진 건물이다. 의식 없는 물건이요, 말 못하는 건물이라 헐고, 부수고, 끌고 옮기고 하되 반항도, 회피도, 기뻐도, 설어도 아니 한다. 다못 조선의 하늘과 조선을 땅을 같이 한 조선 백성들이 그를 위하여 아까워하고 못 잊어할 뿐이다. 오랜 동안 풍우를 같이 겪은 조선의 자손들이 그를 위하여 울어도 보고 설어도 할 뿐이다.

— 석공의 망치가 네 가슴을 두드릴 때 너는 알음이 없으리라마는 뚜닥닥 하는 소리를 듣는 사람이 가슴 아파하며 역군의 지렛대가 네 허리를 들출 때에 너는 괴로움이 없으리라마는 우지끈 하는 소리를 듣는 사람이 허리 결려 할 것을 네가 과연 아느냐, 모르느냐. 팔도강산의 석재와 목재와 인재의 정수精粹를 뽑아 지은 광화문아! 돌덩이 한 개 옮기기에 억만 방울의 피가 흐르고 기왓장 한 개 덮기에 억만 줄기의 눈물이 흘렀던 광화문아! 청태靑苔 끼인 돌 틈에 이 흔적이 남아 있고 풍우 맞은 기둥에 그 자취가 어렸다 하면, 너는 옛모양 그대로 있어야 네 생명이 있으며, 그 신세 그대로 무너져야 네 일생을 마친 것이다.

— 풍우 기백 년 동안에 충신도 드나들고 역적도 드나들며, 수구당과 개화당도 드나들던 광화문아! 평화의 사자도 지나고, 살벌의 총검도 지나며, 일로日露의 사절과 청국의 국빈도 지나던 광화문아! 그들을 맞고 그들을 보냄이 너의 타고난 천직이며, 그 길을 인도하고 그 길을 가리킴이 너의 타고난 천명이었다 하면, 너는 그 자리 그곳을 떠나지 말아야 네 생명이 있으며 그 방향 그 터전을 옮기지 말아야 네 일생을 마친 것이다.

총독은 혼자 오랜 감회에 잠겼다가 문루에서 내려왔다. 그때 총독 앞에 경무국장이 달려왔다.

"각하, 방금 들어온 전문에 의하면 새 내각이 조직됐다 합니다."

"그래? 누구라더냐?"

"야마모토 곤베 제독이라 하는군요."

"그래? 야마모토 제독은 내 선배지. 반갑군."

<hr/>

그날 일본 도쿄에서는 실로 이색적인 내각이 조직되었다.

가토가 갑자기 사망하여 후계 내각이 채 조직되지 못하고 있다가 1923년 9월 1일에 관동 대지진이 일어났다.

천황은 이 긴급사태를 수습하려고 일본 해군의 원로급인 야마모토 곤베를 총리대신으로 지명하여 긴급 내각조직을 위촉했다. 그래서 야마모토 내각은 엉겁결에 무난히 조직되어 지진으로 폐허가 되다시피 한 도쿄 히비야리궁 잔디밭에서 간소한 취임식을 거행했다.

사이토는 경무국장이 가지고 온 본국 소식에 신경을 세웠다.

"각하, 계속 들어오는 정보로는 조선놈들의 불온한 행위가 늘어간다 합니다. 본국에선 흡사 전쟁상태인 듯합니다."

"그래 그게 정말인가? 일본에 가 있는 반도인이 얼마나 되나?"

"숫자로야 별것 아니지만 저 3·1 운동 때의 난폭한 소동이 재현된 느낌입니다. 더욱이 의심할 여지가 없는 것으로는 상애회相愛會의 박춘금이 제보한 것을 봐도 알 수 있는 일입니다. 그가 조선인들의 폭동 내막을 도야마에게 털어놓았고, 도야마가 내무성과 경시청에 제보한 것이라니까 틀림없는 얘기일 겁니다."

"그래서? 그럼 우리 총독부에선 어쩌란 말인가? 조선에서도 뭐가 일어난다는 겐가?"

총독은 경무국장에게 까닭 없이 짜증을 냈다.

"각하, 그런 건 아니고 단순히 보고드렸을 뿐입니다. 이미 각하의 분부대로 부산, 목포, 군산, 여수, 마산, 진해, 포항, 인천, 원산, 청진, 진남포 등의 모든 항구가 폐쇄됐습니다."

"신문 단속은?"

"철저합니다. 특히 〈동아일보〉와 〈조선일보〉엔 직원을 파견해서 감시하고 있습니다. 요샌 〈조선일보〉의 논조도 〈동아일보〉를 닮아 반일적이 돼 있으니까요."

그러나 총독부 도서과의 보도관제가 아무리 엄했다 해도 도쿄의 소식은 파다하게 퍼져나갔다.

〈동아일보〉와 〈조선일보〉에서는 조선 동포가 무더기로 학살된다는 정보를 입수하고는 완곡한 필치로 그것을 보도했고, 좀더 자세하고 끔찍한 내막은 사람들의 입에서 입으로 번져 나갔다.

관동대지진과 조선인 학살

항만港灣 경계가 삼엄한 9월 중순이었다.

경상도 영일군迎日郡 한적한 어촌에 낯선 젊은이 하나가 일본옷을 입은 한 여인과 함께 나타났다. 그들은 얼핏 봐도 밀항꾼으로서 이미 모든 차비가 된 듯 태연한 기색으로 날이 저물기만 기다렸다. 해가 저물고 밀물이 들자 그들은 바닷가로 나가서 자그마한 목선에 올라탔다.

남자는 박충권, 일본 여자옷으로 몸을 감싼 여자는 윤정덕이다.

밀항선은 소리 없이 컴컴한 바다로 미끄러져 나갔다. 벌써 초가을이라서 밤바다의 바람은 차갑고, 뱃전에 부딪치는 파도의 포말은 잠깐 사이에 그들의 옷자락을 적셔버렸다.

30톤급인 모터보트가 잽싸게 바다 가운데로 밀려나가자 하늘엔 별이 총총했다. 박충권은 윤정덕의 몸을 끌어안아 그의 넓은 가슴에 보듬어 주었다.

"춥지?"

"괜찮아요. 하룻밤만 고생하믄 될걸요 뭘."

"바닷길인데 나 혼자 떠나올 걸 그랬어."

"당신도. 그건 위험해요. 제가 같이 있어야만 일본에 상륙해서도 무사히 도쿄까지 갈 수 있어요."

"당신의 일본 옷은 제법 어울리는걸. 영락없는 일본 여자로 알 거야."

"그렇죠? 일본말도 자신 있고요."

박충권이 밀항선을 탄 것은 관동 대지진의 여파로 발생한 조선인 학살사건의 진상을 파악하기 위해서였다. 김성수가 풍문이 믿어지지 않는다며 경비를 내고 밀령을 내려 떠나는 길이었다. 수집되는 진상은 적당한 시기에 〈동아일보〉에 소상히 보도될 것은 물론이다. 처음에 그들은 부산항에서 관부연락선을 타고 건너가려 했지만 조선인의 출국이 금지됐으므로 밀항선을 세내어 떠난 것이다.

윤정덕을 동행키로 한 것은 그동안 그녀가 도쿄에 한번 다녀온 경험이 있어서 일본 풍물이 몸에 익은 데다가 일본 옷을 입고 가면 누구도 의심하지 않을 것 같기 때문이었다.

만일 시마네현島根縣에 상륙하다가 일본 경찰에 체포된다 해도 윤정덕이 일본 여자로 행세하며, 동행한 남자는 조선사람이긴 해도 자기의 남편이며, 이번 관동 지진으로 도쿄의 친정집이 재난을 입었다는 소식이라 부득이 밀항했다 하면 무사히 방면될 것이라는 계략에서였다.

"보이소! 저어기 불빛이 보이지예? 저게 대마도對馬島로구마."

얼마 후, 똑딱선 선장이 소리쳤을 때 그들은 진작부터 그 불빛을 보는 중이었다.

이 정인情人들이 서울에서 극적으로 해후한 것은 불과 한 날도 채 안 된다. 윤정덕의 설명을 듣고 보면 미와의 흉계는 마각이 드러났지만, 박충권은 미와라는 자와 자기 정인의 사이를 반신반의半信半疑하지 않을 수 없었다. 뭔가 석연치 않았다. 그러나 어쩌랴, 정인을 믿어야 한다.

믿으면 마음이 편했다. 그는 비교적 담담하게 창신동 어느 오두막집에 정덕과 깊숙이 숨어버렸다. 그리고 그동안의 살을 깎던 회포를 풀고 있었다. 그러다가 김성수를 찾았다.

김성수는 2년 만에 자기를 찾아온 박충권에게 말했다.

"어쩌시오? 당분간 일본에 가서 지내는 게. 거기선 박 공의 정체를 모를 것이고, 또 가서 해야 할 일도 있고 하니."

해야 할 일을 설명 듣고 난 박충권은 말했다.

"저 때문에 몹시 고생한 여자가 있습니다. 함께 가고 싶습니다."

박충권의 여자에 대한 설명을 듣고 난 김성수는 빙그레 웃으며 쾌히 승낙했다.

"훌륭한 색시로군요. 함께 떠나시오. 유학비용은 내가 대리다!"

파도는 차차 거세어지고 뱃소리는 점점 바다 속으로 잦아들고 있었다. 두 연인은 부둥켜안은 채 밝는 날의 모험을 생각지 않았다.

"이것이 지옥으로의 길이라도 저는 좋아요."

여자는 남자의 가슴에다 얼굴을 비비며 감격적으로 속삭였다.

"나도, 나도, 나도!"

사나이는 여자의 가는 허리를 힘껏 끌어안으며, 그 아래로 흐르는 완만한 곡선을 손끝으로 실감하면서, 상하로 넘실대는 선창의 율동에 순응하면서, 그것이 지옥의 길이라도 좋다는 여자의 말에 소년처럼 '나도, 나도, 나도'를 연발하고 있었다.

"이 세상엔 우리 두 사람뿐인 것 같죠?"

"이대로 시간이 정지해 버렸음 좋겠군!"

그들은 더욱 힘껏 부둥켜안은 채 몇 번이고 거듭해서 몸을 뒤챘다.

그들은 운이 좋았다. 다음날 무난히 도쿄로 가는 열차에 탈 수 있었다. 도쿄는 문자 그대로 폐허나 다름없었다. 육중하게 큰 건물들은 앙상한 기둥마저 제대로 서 있지 않았고 거리는 어디나 일그러진 팥죽 그릇처럼 몰골사나운 지옥도地獄道였다. 그 폐허의 거리 위에 이재민들은 벌써 판잣집을 짓기에 부산스러웠다.

박충권은 자기의 눈으로 도쿄의 참상은 물론 조선 동포가 그 난리통에 당한 처참한 사건의 진상을 알아보려 했다. 눈으로 볼 수 있는 것은 다 보았다. 들을 만한 이야기도 어지간히 들었다.

〈동아일보〉의 특파원인 이상협李相協이 온갖 위험을 무릅쓰고 이미 현지를 취재했다는 소식을 듣자, 박충권은 김성수의 속셈이 자기를 일본으로 피신시키려는 것이었음을 알고 감격했다. 그리고 곽상훈郭尚勳이란 청년이 일인들에게 날벼락을 맞은 조선인 부락을 두루 살피며 동포의 억울한 참상을 답사했다는 소식도 들었다.

그러던 어느 날, 우에노 미술학교에 적을 둔 친구를 찾아갔던 윤정덕이 희한한 소식을 전해 듣고 왔다.

윤정덕의 동창의 남편이 좌익계 잡지인 〈중앙공론〉의 견습사원으로 근무하는데 〈중앙공론〉에서는 이번 관동지진 때 조선인과 일본 좌익 분자들이 억울하게 당한 학살虐殺참상을 소상히 보도하려 했지만 경시청의 검열 때문에 그 내막을 폭로하지 못한다는 것이며, 그중에서도 요시노 사쿠소라는 정치학 교수가 쓴 원고가 가장 공정하고 정확하다는 이야기였다.

"요시노라는 사람을 한번 만나 보시래요. 그 사람 빼놓곤 양심적으로 또한 대담하게 이번 사건을 말해 줄 지식인은 드물 거라네요."

윤정덕의 말을 듣고 보니 박충권은 문득 떠오르는 기억이 있었다.

"요시노 사쿠소? 요시노 사쿠소라? 옳지 그 사람이었구나!"

박충권은 무릎을 탁 쳤다. 요시노 사쿠소라면 동경제국대학의 유명한 정치학 교수이다. 일본인으로는 드물게 보는 양심적인 학자다.

어찌 그뿐이랴. 저 3·1 운동 직후 일본이 상해로부터 여운형을 불러다가 정치적 홍정을 하려 했을 때, 요시노는 여운형을 개별적으로 초청하여 자기가 이끄는 신인회新人會란 서클에서 강연을 시켰다. 그때 여운형의 강연이 얼마나 감명적이었던지 강연이 끝나자 그는 사회석에 올라가서 외쳤다.

"여러분, 여운형 선생의 말씀엔 한마디도 그른 데가 없소이다. 그런즉 우리 모두 조선독립 만세를 부릅시다!"

그의 선창으로 일본인 청중들은 덩달아서 조선독립 만세를 불렀다는 에피소드가 있다. 그 에피소드가 알려지자 경시청에서는 요시노 교수를 몹시 괴롭혔지만 그는 끝내 자신의 학자적 신념을 굽히지 않았다는 소문을 누군가에게서 들은 바가 있었다.

박충권은 윤정덕의 제보를 고마워했다. 어째서 지금까지 왜 요시노 교수의 이름이 떠오르지 않았던가 싶을 정도였다.

요시노 교수를 찾아간 박충권은 정중히 인사하고 자기가 조선사람임을 분명히 밝혔다. 낯선 방문객을 경계하는 그는 첫마디에 물었다.

"당신은 박춘금이란 건달을 아십니까?"

"이름만 들었지 만난 적은 없습니다."

"그러면 상애회 회원도 아니시겠군요?"

"상애회가 있다는 소문만 들었을 뿐입니다."

상애회란 일본에 있는 박춘금이 만든 제 2의 일진회 같은 것으로서 일본의 야쿠자(깡패) 두목의 지도를 받는 단체였다.

박충권의 신분에 안심한 듯한 요시노는 서서히 말문을 열었다.

"당신은 조선사람이고 나는 일본사람입니다. 그런데 서로 부끄러워해야 될 일이 있습니다. 당신의 동족 가운데 박춘금이란 자가 있다는 것을 조선사람들은 부끄러워해야 하고, 우리 일본사람들은 집단 학살의 명수라는 점을 통탄해야만 합니다. 정말 부끄러운 일입니다. 나는 이번 사건을 보고 통탄을 금치 못했습니다. 무정부주의자 오스기 살해 사건도 역시 그러합니다."

요시노는 자신이 사회주의자거나 혹은 공산주의자는 절대로 아니며 자기는 어디까지나 민족주의자라는 점을 명백히 하면서, 책상 서랍을 열고는 두툼한 원고뭉치를 꺼내 보였다.

〈조선인 학살사건의 진상〉이라고 표제가 붙은 원고였다.

"나는 이것을 발표하려 했습니다. 그렇지만 일본 천지 어디를 둘러봐도 이런 글을 실어줄 만한 용기 있는 신문 잡지가 없습니다. 아마도 한 50년쯤 후에나 나의 유고라 해서 햇볕을 볼는지는 모르겠소만 ….."

박충권은 그의 손에서 이 원고를 받아들고는 맹수를 쫓는 사냥꾼처럼 두 눈을 부라리며 읽어 내려갔다. 그 원고는 일본인 자신이 기술한 것인 만큼 부족한 점은 있어도 결코 과장된 내용은 아니었다.

· 조선인 학살사건의 진상

요시노 사쿠소

조선인 학살사건은 지난번 진재震災에서 일어난 가장 비참한 사건이다. 이것은 실로 인도상人道上 정치상 커다란 문제인데 사건의 진상은 아직도 의혹에 싸여 있어 일종의 수수께끼처럼 남아 있다. 어쩌면 영원한 비밀로 매장될는지도 모른다. 필자는 여기에서 필자가 견문한 각종 사실을 간단히 기술하는 데 그치겠다.

1

진재지震災地의 시민들은 진재 때문에 극도로 불안한 상태였는데 이때 전율할 만한 유언비어流言蜚語가 나돌았다. 이것 때문에 시민들은 이성을 잃어버리고 각자 무장자경단武裝自警團을 조직하여 도처에서 몸서리칠 만한 불상사를 저질렀다. 그 유언비어가 아무런 근거도 없는 수작이었음은 물론이거니와 당시 이 소리가 그럴듯한 얘기처럼 신속히 전파되어 일시적이나마 전시민이 그것을 확신하게 되었다는 것은 실로 기괴한 일이 아닐 수 없다.

황당무계한 유언비어가 전파되기는 1923년 9월 2일 한낮이었다.

조선인에 관한 풍문을 종합해 보면 대략 다음과 같은 터무니없는 소리가 들렸다.

'조선인은 9월 10일부터 9월 20일 사이에(이 기간은 일본에 계절풍이 불어오는 무렵이다) 제도帝都를 중심으로 폭동을 일으킬 계획이었는데 때마침 대진재가 일어나 질서가 혼란된 틈을 편승하여 본래의 폭동계획을 실행한 것이다. 그들은 도쿄, 요코하마, 요코스카, 가마쿠라 등 재해지에서 약탈, 학살, 방화, 강간, 독약 투입 등 온갖 흉악한 짓을 자행했는데 6연발 권총, 도끼, 칼들을 들고 대오당당隊伍堂堂히 도처를 누비며 만행을 했다. 진재 당시의 화재가 그렇게 크게 번진 것도 그들의 만행 때문이다. 그들은 대오를 짜고 배회하면서 수령이 먼저 어떤 민가에 점을 찍으면 졸개들이 달려가서 폭탄을 던지거나 석유를 뿌려 방화했다. 그리고 우물엔 독약을 넣었다. 그러다가 계엄령이 퍼지자 그들은 지방으로 도망쳐버렸다. 이러한 만행은 결코 조선인만의 소행이 아니라 사회주의자와 노국露國과격파와의 연루관계도 깊다.'

이러한 허무맹랑한 소리를 그럴듯하게 퍼뜨렸는데 당시 일본 시민들이 얼마나 이성을 잃고 흥분상태에 빠졌는가는 다음의 신문보도를 보아도 알 수 있다.

〈동경일일신문〉은 '불길을 피해 생존고에 시달리는 우시고메,' '비와 불길과 조선인의 3면 공격'이라는 제하에 다음과 같은 기사를 실었다.

― 화재를 입지 않은 유일한 지역인 우시고메의 9월 2일 밤은 불령 조선인의 방화와 우물에 대한 독약 투입을 경계하기 위해서 청년단, 학생, 유지들이 경찰, 군대와 협력해서 밤을 꼬박 새웠고 통행인들은 누구나 검문을 당했으며, 각자 곤봉, 단도, 일본도를 들고 나와 살기 등등했다. 심지어 소학교 어린이들까지도 몽둥이를 들고 집 주변을 경계했으니 이는 마치 재외거류지在外居留地의 의용병 출동을 방불케 했다.

〈아사히신문〉(9월 6일) 은 '동경부하 오시다大島 부근, 선인鮮人과 사회주의자가 약탈 강간 자행'이란 제하에 또 이렇게 썼다.

― 오시마 부근은 많은 선인과 지나인 (중국인) 이 빈 집에 뛰어들어 약탈 강간을 일삼았고, 또한 사회주의자는 시군市郡에 있는 선인과 지나인을 선동하여 내지인과 투쟁하도록 하고, 나아가서는 관헌과 지방인과의 난투로 내란을 선동할 뿐 아니라 많은 이재민들이 울부짖는 속에서 그들은 혁명가를 높이 부르며 떠들어대며 시민들의 격앙은 극도에 달해 있다.

2

진재지의 민중을 대혼란으로 몰아넣은 "선인습래鮮人襲來"의 유언流言은 그 출처가 구구하여 일정치 않다. 경시청 간부의 설명에 의하면 (1923년 10월 22일 〈보지신문報知新聞〉) 유언의 근원은 9월 1일 밤, 요코하마 형무소에서 석방된 죄수들이 여러 곳에서 능욕, 강탈, 방화 등의 나쁜 짓을 하며 돌아다녔는데 이것을 조선인의 폭동으로 오인하여 누군가의 입에서 그런 낭설이 퍼져나간 게 아닌가 싶으며, 그 유언은 전광석화처럼 각 방면으로 전파되어 그렇게 엄청난 불상사가 유발됐다고 한다. 한편 가나가와현神奈川縣 경찰부의 말에 의하면 지난날 강도 약탈로 요코하마 형무소에 수감된 입헌노동당의 야마구치 일파가 이것을 유포시켰다고도 한다. 이 유언이 도쿄에 전파되자 허무맹랑한 소리는 불길처럼 번져서 민심을 한층 혼란하게 만들었고, 경시청 간부들도 처음에는 이 유언을 믿었을 정도였다 한다.

그 유언비어의 출처에 대해서는 아직 의혹이 많은데 당시의 관헌과 군경들이 취한 조치가 엉터리였음은 부인할 여지가 없다. 이제 그 한두 가지 실례를 들겠다.

〈예例 1〉 사이타마현埼玉縣 당국의 통첩

서발 〈庶發〉 제8호, 대정 12년 9월 2일

사이타마현埼玉縣 사무부장, 군정촌장 앞 불령선인 폭동에 관한 건

— 금번 진재에 있어 도쿄에서는 불령선인의 망동이 있었음. 또한 과격사상을 품은 자들도 이와 뇌동雷同하여 점차 그 독수毒手를 휘두르고 있음. 따라서 차자에 마치무라町村 당국자들은 재향군인분회, 소방대, 청년단과 일치 협력하여 그 경계에 임할 것이며 일조 유사시에는 신속히 적당한 방책을 강구하도록 긴급지시하며 이를 이첩 통보함.

〈예例 2〉 나가이 대의사의 질문

중의원 본회의 석상에서 헌정 대의사 나가이 씨는 정부 상대로 질문 연설을 했는데 이에 의하면,

—9월 1일, 내무성(당시의 내상은 미즈노 렌타로)은 선교船橋 무선 전신국을 통해서 조선총독부에 조선인 강력 취체取締에 관한 전보를 보낸바, 당시 야마구치현 지사와 각 해군 진수부에서 조선인의 불법행위에 대한 훈령을 전보로 보내고 있다. 나가이 씨는 유언비어의 근원을 추궁하면서 설파했다.

"요새 와서 자경단원의 점거만으로 일을 수습하려 하는데 이는 극소수의 관리들이 공연히 조선인에 대한 공포심을 품고 있다가 이런 불상사를 야기한 것이라고 단언한다."

3

다음으로 조선인의 피해상황을 보자. 이 조사는 1923년 10월 31일까지의 것인데 포함되지 않은 숫자도 많을 줄로 안다.

요코하마 방면: 학살 1,300명, 사이타마현 방면: 학살 500명, 지바현 방면: 학살 200명, 도쿄 방면: 학살 600명, 기타 지역: 학살 100명, 합계 2,700명

(이 논고는 일본 경시청의 방해로 햇볕을 못 보다가 전쟁 후 1964년 9월에야 그의 예언대로 유고遺稿로 〈중앙공론〉에 발표되었다.)

이 원고를 읽는 동안 박충권은 가슴에 불끈불끈 치솟는 불덩이를 가라앉히느라고 몇 번이나 눈을 지그시 감아야 했다. 그리고 그에게 머리를 숙였다.

"잘 읽었습니다. 일본사람인 요시노 교수께서 이렇게 사건의 진상을 똑바로 규명해 주셨으니 뭐라고 감사해야 될지 모르겠습니다."

그는 빙그레 웃었다.

"고맙다고 할 것도 없소이다. 나는 학자로서의 양심이 명령하는 대로 기록했을 뿐입니다."

"그런데 제가 듣기에는 피학살자가 2천여 명이 아니라 6천 명도 넘는다는데요?"

"그럴지도 모르죠. 귀신도 모르게 막 찢어 죽이고 태워 죽이고 생매장했으니까, 그런 희생자를 다 통계로 잡을 수 있나요."

"이번 사건으로 일본인이 조선사람보다 문명개화했다던 자랑이 여지없이 전복된 게 아닐까요?"

"당신의 말씀 옳습니다. 사이토 총독이 문화통치를 한다고 4, 5년간 떠들어댔지만 그 공든 탑이 모두 무너진 셈이죠. 그런데 당신은 조선에서 건너왔다니까 그쪽 민심을 잘 알겠구먼요?"

그는 자기 나라 관동지방에서의 조선인 무차별 학살사건에 대한 조선민중의 반향이 퍽 궁금한 눈치였다.

박충권은 조선의 실정을 대충 설명해 주었다.

"엄중한 보도관제가 돼 있지만 그런 소문은 순식간에 퍼져나가게 마련이죠. 누구나 불쌍한 동포가 이국땅에서 억울하게 학살됐다고 해서 원통해 합니다. 조선의 민간신문에서는 학살된 동포의 구휼금救恤金 모집을 전개하고 있습니다. 벌써 많은 금품이 신문사 문 앞에 답지했답니다. 그런데 이 운동을 방해하는 자가 있습니다. 동냥은 못 주나마 쪽박까지 깨버리는 행패지요."

"누가 그따위 만행을 합니까? 총독이 그렇게 비신사적인가요?"

그는 버럭 화를 내며 주먹을 불끈 쥔다. 같은 일본인으로서 모욕을 느낀 모양이었다.

"총독이 뒤에서 조종하는진 모르겠습니다만 앞장 선 자는 박춘금의 상애회가 지랄을 치고 있습니다."

"박춘금이? 그럴 테지. 박춘금이면 능히 그런 짓을 할 만하죠. 박춘금은 제 2의 송병준이 아닙니까? 나는 정치학자로서 조선의 식민지 통치내막에 대해 관심이 지대합니다. 조선의 친일파들도 이제는 세대교체를 하는 줄로 압니다."

그는 정말 소상히 알고 있었다.

"다음 세대의 친일거두는 박춘금일걸요? 한상룡도 있지요? 또 알고 있어요. 문명기, 김갑순, 김명준 등이 뒤따르고 있습니다. 어디 그뿐입니까? 앞으로 두고 보시오. 당신네 나라의 명사 급에 속하는 윤치호, 이광수 등도 절개를 지키기가 어려울지 모릅니다. 조선총독부는 탄압과 회유라는 양면작전을 교묘하게 펴는 모양이니까."

그는 제 손금을 풀이해 보듯이 조선의 친일 군상들의 동태를 파악하고 있었다.

"나도 일본인입니다. 내 조국 일본을 사랑합니다. 그렇기 때문에 우리 정치인들의 침략주의를 싫어하는 겁니다. 언젠가는 그 보복을 당할 거니까요."

"선생님, 이 원고를 조선에 갖고 가서 현지 신문에다 실으면 어떻겠습니까?"

박충권은 요시노 교수의 〈조선인 학살사건의 진상〉이란 원고를 기필코 활자화해야겠다고 간청했다.

"안될 겁니다. 일본인인 내가 본국에서도 발표 못하는 글을 식민지인 조선에서 어떻게 발표할 수 있습니까. 몇 신문사의 문을 아주 닫게 할 각오를 해야만 가능합니다. 이 원고는 역시 몇십 년 동안은 햇빛을 못 볼 겁니다."

박충권은 요시노 교수에게 정중히 인사하고 그의 집을 나왔다.

거리엔 사람이 넘쳐흘렀다. 박충권은 거리의 모든 일본인들이 아귀 餓鬼처럼 보였다. 간혹 저희들끼리 키득거리며 가고 오는 일본인들의 모습이 아귀의 그것처럼 몸서리쳐졌다. 그들의 거개가 조선사람을 타살한 피 묻은 손의 주인공인 것 같아 소름이 끼쳤다.

───◈───

해가 바뀐 1924년 1월 하순의 어느 일요일 저녁이었다. 총독 관저 깊숙한 객실에는 마작판이 한창이었다.

"세상엔 불가사의도 있긴 있어!"

별안간 총독이 한마디 불쑥 꺼냈다.

"뭐가 말입니까?"

원탁을 사이에 두고 마주 앉은 정무총감이 반문했다.

"아나키스트라는 것 말야!"

"박열朴烈이란 놈 말씀이군요?"

"정부 없이 민족이 어떻게 생존하나? 그놈이 오스기 사카에와 손을 잡은 건 같은 무정부주의자니까 가능한 일이지만 말야. 그 가네코 후미코는 명문의 딸년으로서 뭐가 답답해 그런 미치광이 조선놈과 운명을 같이 하느냐 말야? 난 그게 불가사의야! 그게 사랑의 힘인가?"

"계집이 사내 뭣에 미치면 못할 것이 없는 게죠. 미화하면 사랑이굽쇼, 각하."

옆에 자리한 조선군사령관이 한마디 거들었다.

그것은 지난해 9월 2일 일본에 가 있던 박열이 일본인 아내 가네코 후미코와 공모해서 히로히토 천왕을 암살하기 위한 폭탄을 입수하려다가 미연에 발각 투옥된 이른바 '도라노몬虎門 대역 사건'을 두고 하는 말들이었다.

"그 계집 굉장한 미인이라면서?"

총독은 박열의 아내를 말하고 있다.

"미인이니까 그처럼 사내한테 빠질 수가 있습지요. 아마 년놈이 함께 사형대에 오를 날도 멀지 않을 겁니다."

경무국장의 말이다.

"야마모토 내각도 재수가 어지간히 없었어."

총독은 마작 쪽을 손끝으로 훑으면서 혼잣말처럼 말했다.

"4개월 만에 무너졌죠?"

정무총감의 말에

"내각이 무너진 건 박열 사건보다도 이번 니주바시二重橋 폭파사건 때문이 아닙니까?"

경무국장이 총독의 표정을 훔쳐보며 말했다.

"그놈 이름이 뭐지?"

"김지섭金祉燮이란 놈이죠."

의열단원 김지섭이 일왕의 궁성 정문으로 통하는 유일한 다리인 니주바시에다 폭탄을 던진 것은 이해 1월 4일의 일이었다. 이 어마어마한 사건으로 야마모토 내각이 불과 4개월 만에 와해되고 말았다.

"하여간 조선놈들은 모조리 테러리스트야. 테러에 소질이 있어. 저들의 명분은 독립운동이라지만 그런 개별적인 행동이 무슨 소용이 있겠어. 아무리 요동쳐도 그런 흐트러진 힘은 힘이 아니야!"

총독은 이 말 끝에 대수롭지도 않은 듯이 자기의 새로운 계획을 토로하기 시작한다.

"흥남쯤에다 질소비료 공장을 크게 세워볼까 해요. 총독부 청사도 곧 준공될 것이니 이번엔 경성부청京城府廳 청사도 새로 지어야겠소. 모두 동양 제일의 규모로. 이 3대 건설이 다 동양 제일의 규모를 자랑하게 하는 게 내 당면한 포부야."

총독은 이날 비로소 경성부청 건물의 신축계획을 피력했다.

"총독부는 저 경복궁의 영기靈氣를 짓누르고, 부청 건물은 덕수궁을 내려다보며 우뚝 솟게 지을 작정이오!"

그는 즉석에서 정무총감에게 지시했다.

"공사비는 얼마가 들어도 좋으니 덕수궁을 위압할 건물을 짓도록 설계를 시켜보시오. 또 저 야나기 무네요시柳宗悅가 들으면 파르르 떨지 모르지만. 적어도 2, 3년 안엔 준공시키시오."

총독은 마작 패를 섞으면서 두 번째 구상이라는 것을 또 설명했다.

그는 조선민족을 사상적으로 분열시켜 그들의 힘을 약하게 만들어야한다고 했다. 그는 서슴없이 말했다.

"요즘 본국에서도 사회주의社會主義 과격사상이 유행하는 모양인데 조선이라고 무풍지대無風地帶일 순 없잖소. 그러니 마루야마 국장, 당신은 이 문제를 잘 다뤄야 해. 무턱대고 탄압하는 것만이 능사가 아니란 점을 알아야 하오!"

총독은 조선의 좌익사상 분자들도 처음에는 은근히 키워주라는 것이다. 지금까지는 온건한 민족주의자만이 독립운동을 한다고 앞장서서 조선민중을 이끌었는데 사회주의 좌익분자들의 대두擡頭도 당분간은 허용해서 좌우익이 서로 아귀다툼하도록 하면 조선민족의 반일세력은 저절로 분열돼서 그 힘이 약해지리라는 것이었다.

"마치 두 어린애들한테 싸움을 붙여 놓고는 한 놈은 발라 맞히고, 한 놈은 찍어 누르는 격이군요? 각하."

조선군사령관은 빈정대듯 말했으나 그러나 감탄했다. 총독의 주도 면밀한 구상에 혀를 차며 감탄했다.

총독은 세 번째 구상이라면서 이번엔 해외 독립운동가를 소탕하는 방략을 말했다.

"치안유지상 가장 시끄러운 곳은 만주 지방이오. 만주의 독립운동가들을 소탕하는 방법이 있지. 왜 우리 손으로 직접 그들과 싸워야만 하오? 만주의 군벌軍閥과 마적단馬賊團을 잘 이용해 보시오. 특히 동삼성 도독인 장작림을 완전히 수중에 넣으면 돼요. 장작림과 협정을 맺어 그로 하여금 저희 땅에서 시끄럽게 구는 조선독립군을 소탕해 버리라고 하면 될 게 아니오. 이것은 경무국에서 맡아 할 일이고."

사이토는 이 일에 대해서는 더 자세한 말을 하지 않았다. 외국 군벌과 비밀 흥정을 하는 일인 만큼 직접 관계자들 이외에는 극비에 부치는 것이 좋으리라 생각했기 때문이다.

"그리고 끝으로는 내가 직접 조선반도를 일일이 시찰하고 싶소. 지금까지 알아본 지식으론 조선의 백성들은 나라의 통치자를 직접 만나

본 예가 드문 모양이야. 국왕은 궁궐 밖에 나간 일이 없고, 대신들은 당파싸움에 여념이 없었으니 당연한 일이지. 역대 총독들도 지방 시찰 여행을 별로 안했던 모양인데 그래선 안 될 것 같소. 나는 생각을 달리 하고 있어요. 우선 민정과 치안이 가장 시끄럽다는 서북지방과 국경의 변방까지 두루 살펴보겠소. 거참 강계江界미인이 유명하다더군. 강계에 가선 한바탕 놀아볼 수도 있겠고, 핫하하."

앞으로 지방여행을 떠나겠다는 것이다.

———◆———

사이토 총독은 겉으로는 온유하고 속으로는 음흉하면서도 한 번 계획한 일은 끈질기게 밀고 나가는 그런 기질이었다.

그의 계획은 곧 실천으로 옮겨졌다. 덕수궁을 위압할 만한 태평통 한복판에다가 경성부청의 대지를 정하고는 130여만 원이란 막대한 돈을 들여 청사 건축에 착수했다.

"준공 목표는 2년 후다. 총독부 청사가 낙성되는 그해에 함께 준공토록 하라. …"

이리하여 1926년 10월, 총공사비 640여만 원을 들여 자그마치 9년만에 기어이 완공을 본 조선총독부 청사의 준공과 전후해서 경성부청의 청사도 낙성 테이프를 끊게 했다.

남산 왜성대의 총독부가 경복궁 안의 신축 청사로 이전하자, 왜성대 청사는 과학관을 만들도록 했다. 문화통치를 하는 사이토의 참모습을 그런 데서까지 보여주자는 심산이었다.

경성역서울역도 새로 준공되었다. 그가 총독으로 부임하던 1919년, 폭탄세례를 받으며 총총히 문을 나선 경성역은 이름도 남대문역이고, 초라하기 짝이 없는 간이 건축물이었다. 사이토는 남대문역만 생각하면 강우규姜宇奎의 얼굴이 떠오르고, 폭탄 파편이 귓가를 스치던 악몽 같은 기억이 되살아나서 소름이 끼치곤 했다. 따라서 서둘러 새로 짓기로 한 것이다. 그 남대문역이 갑자기 헐리고 1925년에 194만 원의 공사비를 들인 현대식 역사가 마련된 것이다.

사이토가 주위의 반대를 무릅쓰고 설립을 허가한 경성제국대학도 1926년 4월에는 의학부와 법문학부의 신입생을 모집하기에 이르렀다. 입학생의 대부분은 조선에 나와 있는 총독부 고관들의 자녀들이었지만 하여간 식민지 땅에 제국대학의 교문을 열게 했다는 것만으로도 그는 흐뭇했다. 그렇잖아도 이상재, 이승훈, 한용운 등이 민족적인 민립대학 설립 기성회를 만들고는 동분서주하다가 재정적 뒷받침을 못 얻어서 기성회의 간판마저 떼어버렸다는 사실을 아는 그는 경성제국대학의 학부 개교는 떵떵거리며 자랑해도 무방하리라 생각했다.

이렇게 조선통치에 자신이 생긴 총독은 언론 문화정책에서도 신축성을 가질 만한 여유가 있었다.

〈시대일보〉의 발행 허가서에도 그는 자신 있게 도장을 찍었고, 이광수와 방인근의 본격적인 문학잡지 〈조선문단〉 발행도 허가했다. 심지어는 조선사편수회의 설치까지를 인가하자 또 일부 과격한 국수주의자들의 맹렬한 공격을 받았지만 그는 두 눈을 찡긋하며 무시해 버렸다.

그의 분열정책은 조선민중의 사상운동에도 결정적 영향을 미쳤다. 공산당 이르쿠츠크파가 '조선공화국'을 조직했다는 정보를 듣고 은근히

부채질을 하는 그였다

"거참 잘됐군! 상해 임시정부라는 것과 세력다툼을 하느라고 피투성이가 되겠지!"

조선노동총연맹이 창립되고(1924년), 신사상연구회가 화요회火曜會로 발전하고, 북풍회北風會가 급진적인 선언을 발표하고, 1925년에는 조선공산당이 김재풍, 조봉암, 박헌영 등에 의해 조직됐는가 하면, 좌익계의 문화인들이 '조선프롤레타리아 예술동맹'을 만들어 민족진영에 대한 공격의 화살을 펴는 것을 보면서 은근히 쾌재를 부르는 그였다.

그러다가도 좌익운동가들의 음모가 심상치 않은 한계를 넘으면 이따금씩 검거선풍을 일으켜 일망타진하곤 했다. 1925년의 제1차 공산당 사건이나 다음 해 12월의 제2차 공산당 사건이 바로 그런 것이었다.

"싹을 미리 자르지 말고 길러서 자르라!"

총독은 경무국 간부들에게 항상 그렇게 말했다. 민족주의자건 좌익분자건 한동안은 방관해서 동정을 살피다가 위험 한계선에 이르면 냉큼 잡아치우라는 지침이었다.

그의 만주 정책도 일단 성공했다. 마루야마의 후임으로 부임한 미쓰야 경무국장은 본시부터 만주통이었다. 음모와 막후교섭으론 미쓰야를 따를 만한 경찰간부가 없다 할 만큼 그의 명성은 본국에서도 높았다. 이 경무국장이 직접 만주 봉천으로 장작림을 찾아갔다.

미쓰야한테 장작림이 호락호락한 인물일 수는 없었다. 그러나 그는 이미 노쇠한 데다가 중국 본토의 정치정세가 너무 혼란했기 때문에 신경쇠약 증세마저 있었다. 미쓰야는 장작림의 그런 약점을 재빨리 간취했다. 회유懷柔 반 공갈 반의 집요한 공작이 진행되었음은 물론이다.

"장 도독 각하! 만주 광야의 영웅이신 각하는 너무나 많은 일거리를 짊어지고 계십니다. 영웅은 본시부터 큰 일 작은 일을 잘 분별해야 됩지요."

"당신이 나를 찾아온 용건은?"

미쓰야는 단도직입적으로 말했다는 소문이다.

"장 도독의 적은 우리 일본이 아닌 줄 압니다. 우리도 당신네를 적으로는 생각지 않지요. 그런데 당신이 우리의 적을 도와주고 있으니 무슨 까닭입니까? 만주 땅에 있는 조선놈들, 특히 독립군은 우리 대일본제국의 적이오. 그자들을 당신네가 비호하고 있으니 이건 우리 일본을 적대시하는 것과 마찬가지가 아니오?"

"나는 조선독립군을 특별히 비호한 적은 없소. 그대로 내버려두었을 뿐이지."

"만주를 지배하는 분이 장작림 도독이 아닌가요? 그런데 당신 치하에 있는 땅에서 무기를 가지고 난동을 일삼는 조선독립군을 방관한다는 건 스스로의 치안을 확보 못함은 물론 우리 일본군에 대한 간접적인 적대행위가 아니고 뭡니까?"

미쓰야는 이렇게 협박하고는 청산리 전투 이후 조선독립군이 시베리아로 흘러가서 힘을 기르고 있는 사실이며, 그 후에 남북 만주의 독립 단체들이 정의부正義府로 개편된 내막이며, 최근에는 김혁, 김좌진 등이 신민부新民府를 조직하여 계속해서 불온한 운동을 전개한다는 사실을 일일이 예거한 다음 단도직입으로 제의했던 것이다.

"우리와 협력합시다. 그러자면 우선 조선독립군이란 걸 함께 토벌하고, 만주에 와 있는 조선인들의 정치, 경제 활동을 엄중 단속하는 명령을 내리시오. 만주의 지배자는 장 도독이시니까 도독께서 우리와 약정한 다음 도독으로서의 명령만 내리면 되는 것이 어떻겠습니까?"

장작림은 미쓰야 경무국장의 협박에 꼼짝 없이 묶이고 말았다.

1925년 6월 심양瀋陽: 奉天에서 장작림·미쓰야의 협약이 성립되어 만주에 있는 조선인 통제령이 내리게 되었으니 이를 사람들은 '미쓰야 협정'이라고 부른다.

이 소식은 곧 도쿄 일본정부에 보고되었다. 그리고 조선 총독 사이토 마코토는 그런저런 치적으로 남작에서 자작으로 승작되었다.

따라서 사이토는 자기의 정치신념에 대해서 더욱 굳건한 자신이 생겼다. 그는 조선민족은 어떻게 주물러야 하는가를 완전히 파악했다고 자신했으며, 식민지 정책의 모델케이스로 '사이토의 조선 통치'를 길이 역사에 남길 것을 결심했다.

그러나 일본의 군벌軍閥은 그의 그런 정책을 인정하지 않았을 뿐 아니라, 조선에서 만주대륙에서 심지어는 자기네 본토에서 날이 갈수록 극성을 부리기 시작했다.

—정의란 칼이다. 칼로써 불가능한 일은 없다.

일본 군벌의 이런 사조는 조선에서, 만주에서, 자기네 본토에서 어떤 일을 저질렀으며 무슨 일을 해냈는가.

그리고 조선총독부는 어떠한 역할을 담당했는가.

세대는 암흑이었으나 그러나 1930년은 서서히 다가왔으며, 계절의 봄은 이 땅에다 화사한 꽃가루를 뿌리기 시작했다.

어느 날, 고양이도 졸음에 취한 어느 봄날, 일본인촌으로 유명한 서울 남산 아래에서는 웃어야 할지 통곡해야 할지 모를 실로 어처구니없는 정경이 벌어졌다.

음지에 카메라를

배금장군拜金將軍이라는 별명으로 불리는 군인이 빗발치는 배척 여론 속에 제4대 조선 총독으로 부임한다. 너무나 많은 발자취를 남긴 사이토 마코토 총독에 비해 예비역 육군대장 야마나시 한소山梨半造는 사람과 사람 사이의 격차를 한층 두드러지게 했다. 그 무렵 조선 천지의 영상映像을 좇는 카메라의 렌즈가 있어 양지가 아니라 음지를 살펴봤다고 치자.

1927년 봄….

제1경

"옥상! 하나花 이리마셍까?"

봄꽃을 아름으로 머리에 인 젊은 아낙네가 분명히 뜻을 아는 일본말이란 이것밖엔 없었다. '주인아줌마 꽃 안 사시나요?'라는 뜻이 된다.

고양高陽 땅에서 새벽 3시에 집을 떠난 그 아낙네는 아침 7시를 전후해서 진고개 일대와 아사히마치회현동 일대의 일인촌日人村 현관들을 기웃거리며 산에서 꺾어 온 산백합, 꽃집에서 받은 동백가지 등속을 팔러 다닌다.

어느 집 창살문 현관을 기웃했다. 젊은 주부가 현관에다 물을 뿌리고 있었다. 조오리草履에 발가락을 끼운 다비일본 버선가 유난히 희다.

"옥상! 하나."(아줌마! 꽃.)

꽃장수 아낙네가 머리에 이고 있던 양철 꽃함지를 내리며 얼굴 가득히 열등감에 물든 웃음꽃을 피웠다. 그러나 콧날이 선 일본 주부는 야멸차게 톡 쏘아 붙인다.

"이리마셍요!"

필요 없다는 것이다. 그리고 현관문을 드르륵 닫아 버렸다.

꽃장수 아낙네는 다시 꽃함지를 머리에 인다. 그 얼굴엔 함빡 피웠던 조작적인 웃음 대신에 고통스러운 자기모멸이 번져 나간다.

꽃장수 아낙네는 또 어느 집 현관 앞에서 발길을 멈춘다. 단골이었다. 믿거라 하는 마음에서 현관문을 드르륵 밀고 꽃함지를 내려놓는다.

"옥상! 하나 이리마셍까?"

또 한 번 소리쳐 본다. 그 순간이다. 쩌렁쩌렁 온 집안이 울릴 만큼 개가 짖어대더니 승냥이만 한 셰퍼드가 쏜살같이 달려 나오면서 아차 하는 찰나에 꽃장수 아낙네의 넓적다리를 물어 젖혔다. 정말 순간적인 돌발사다. 꽃다발이 현관에 흐트러지고 아낙네는 아랫도리의 치맛자락을 갈기갈기 찢긴 채 넓적다리에서 피를 줄줄 흘렸다. 그러나 아낙네는 겁결에 도망을 치려고 버둥대다가 길바닥에 풀썩 쓰러지고 만다.

하오리일본옷에 게다를 신은 늙수그레한 집주인이 달려 나왔다.

"도둑년이다! 순사를 불러라!"

집주인은 마구 소리치며 아직도 짖어대는 셰퍼드를 끌고 집안으로 사라진다. 이웃 일본인 주민들이 삥 둘러선다. 한마디씩 한다.

"조선년놈들은 죄다 도둑놈이니깐 ···."

잠시 후 파출소에서 자전거를 탄 순사가 달려와 꽃장수 아낙네를 질질 끌고 간다. 이른 아침의 조그마한 사건은 완전히 막을 내리고 골목 안엔 화사한 햇빛이 부서진다.

제 2경

얼굴이 퉁퉁 붓고 눈마구리가 구지레한 영감 하나가 사쿠라이마치인 현동의 일인촌을 걸어간다.

걸음걸이는 피로에 지쳐 있었다. 상투는 삐뚤어지고 머리에 쓴 갓은 희뿌옇게 낡은 것이었다. 그는 물푸레 지팡이를 질질 끌다가 어느 집 현관에 이르러 발돋움을 하고는 문패를 읽는다. 손에 든 종이쪽지를 펼쳐 주소 성명을 대조해 보다가 '이제야 찾았구나!' 뇌까리며 긴 한숨을 뿜는다.

순간 그는 맥이 풀리고 피로가 엄습해서 쭈그리고 앉는다. 이내 입을 딱 벌리고 잠들어 버린다. 등에는 괴나리봇짐.

전라도나 경상도에서 올라온 영감일 것이다. 일본집 식모로 와 있는 딸이나 손녀를 찾아보려고 헤매다가 지쳐버린 것이다. 막상 찾고 보니 긴장이 풀려 쓰러진 것이다. 이때 외출하려던 그 집의 주부가 현관을 나서다가 그 광경을 보고 눈살을 찌푸린다. 일인들은 결벽이 자랑이며 민족성이란다.

"기다나이와네!"(지저분하구나!)

이때 찬거리를 사 가지고 돌아온 식모에게 일녀는 같은 말을 되풀이해 뇌까린다.

"기다나이와네!"

머리를 땋아 내린 식모아이는 자기가 할 일이 뭣인가를 즉각 눈치 챈다. 영감을 흔들어 깨워 멀리 가라고 손짓으로 쫓아버린다. 그리고 수돗물을 한 동이 길어다가 영감이 앉았던 곳에 끼얹고는 대竹비로 쓸고 닦고 문대어 버린다.

그 광경을 확인한 다음에야 일녀는 외출한다. 일녀가 골목길에서 보

이지 않게 되자, 쫓겨 갔던 영감과 그를 쫓아버리던 식모아이는 동시에
달려들어 와락 얼싸안고 울부짖는다.

"할베이!"

"순나야!"

제 3경

경기도 양주군 노해면 상계리에는 여섯 가구의 일인 농민들이 살고
있었다. 동척東拓에서 사준 전답에는 배梨과수원을 차려 놓고 부락농민
들을 상대로 고리대금을 하면서 기세가 등등한 일인들이 살고 있었다.

마쓰무라는 아내가 병석에 누운 지 1년이 넘는다. 장난질을 치고 싶
었다. 자기네 소작인 중에 어수룩한 사람이 누군가를 생각해 봤다. 박
원삼이라는 소작인이 불려갔다 와서 젊은 자기 아내와 함께 한탄한다.

"마쓰무라가 올부터 우리 논을 떼겠다는구려."

이튿날 밤엔 박의 아내가 마쓰무라의 집을 찾아가 애원을 하고 밤늦
게 돌아와 남편한테 말한다.

"막 떼를 썼더니 그럼 한 1년만 더 부쳐 먹으래요."

며칠 후 마쓰무라의 전답을 소작하는 아무개네한테도 논을 내놓으란
다는 말이 마을에 퍼졌다.

"우리한테도 내놓으라구 그랬지 뭐야."

샘가에서 박원삼의 젊은 아내가 여자들끼리의 귓속말을 한다. 그리
고 얼굴을 붉힌다.

"그래두 차마 그럴 수야!"

소작인의 젊은 아내가 찾아갔다가 돌아오면 마쓰무라는 논을 떼지

않는다.

어느 날 밤 마쓰무라의 집은 원인 모를 화염에 싸여 게다짝 하나 건지지 못하고 홀랑 불타 버렸다. 그의 병처病妻는 타 죽고 말았다.

"이건 틀림없이 조선놈들의 살인 방화다! 박원삼이가 방화한 거다!"

마쓰무라는 인과응보인 줄은 알면서도 미친 듯이 날뛰었다. 그는 박이 방화하는 것을 목격하지도 않았고 증거가 있는 것도 아니지만 방화범은 박이라고 혼자 단정했고 주장했다.

"자식, 계집 사냥이 심하더니…."

마을사람들은 먼 산을 바라보며 '목구멍이 중요하냐, 아내의 정절이 소중하냐'를 심각하게 생각해 본다.

제4경

때, 1924년 4월 중순. 곳, 평안남도 신안주新安州, 안골마을.

경찰관 주재소에 나이 50이 가까운 촌부村婦 한 사람이 나타났다.

서슴지 않고 마침 혼자 있는 일인 순사부장에게로 다가간다.

"순사부장 나으리! 내 이것 좀 보라우요!"

늙은 아낙네는 서슴지 않고 치마의 앞자락을 쳐들었다. 고쟁이 앞을 밑으로 내렸다.

"순사 나으리! 이걸 당신한테 뵈줄라구 왔쇠다! 간나 새끼야, 똑똑히 보라구!"

늙은 아낙네는 드러난 치부를 그에게 내댔다.

"이 미친년 나가라! 빠리 빠리(빨리 빨리)."

구레나룻이 짙은 순사부장은 일본도를 번쩍 쳐들면서 고함쳤다. 그러나 늙은 아낙네는 낄낄대고 자지러지게 웃었다. 실성한 모양이다.

"이 간나 새끼야! 내 이걸로 께끈한 쌔끼를 내질렀다고 동네방네에서 조리를 돌렸다. 너도 봐두란 말이다! 잉! 똑똑히 봐라! 간나 새끼야!"

그 아낙네의 아들은 일경日警의 밀정이었다.

마침 만주에서 신안주로 잠입해 와 군자금 모금을 하던 독립군의 두 청년을 경찰에 밀고해서 체포된 일이 있다. 아낙네의 아들은 3·1 운동 직후에도 꽤 여러 관련자를 밀고해서 투옥시킨 일이 있다. 그 청년은 자기가 그 짓을 안 하면 경찰이 저를 죽일 것이라는 공포에 사로잡혀 있었다. 그의 당숙도 독립운동가였다. 그는 당숙의 행방을 추궁당하다가 고문 끝에 가벼운 정신착란을 일으켰다. 그는 자기의 신명身命을 보전키 위해선 경찰의 요구대로 밀정 노릇을 하는 길밖에 없다고 생각했다. 그래 그의 손에 벌써 6명의 열혈청년들이 희생당했던 것이다.

어느 날 밤 그의 집에 복면을 한 괴한이 침입했다.

괴한의 목적은 그 청년을 죽여 없앨 작정이었는지도 모른다. 그러나 그 청년은 마침 집에 없었고, 그의 어머니가 잠결에 고함을 쳤다. 당황한 괴한은 그의 어머니에게로 덤벼들었으나 죽일 생각은 없었다.

권총을 빼들고 협박하기를 더러운 자식을 낳았으니 그곳을 씻겨준다고 옷을 비집게 하고 물 사발을 엎어 버렸다. 그리고 무서운 한마디를 남기고 도망쳤다. 더러운 자식을 낳은 대신 동네 사람들에게 그곳 치부를 보이고 사죄하지 않으면 언제고 다시 와서 죽여버리겠다고 선언했다는 것이다.

아낙네는 기어코 미쳐 버렸다. 괴한이 분김에 내뱉은 협박대로 치마폭을 쳐들고 동네방네로 돌아다니다가 주재소로 찾아든 것이었다.

"이 미친년, 또 오면 죽여 버린다! 미쳐도 더럽게 미쳤구나!"

순사부장은 칼을 칼집에서 쑥 뽑아 들고 위협하다 제자리에 털썩 주저앉으며 뇌까린다.

제5경

6월 중순의 내리쪼이는 땡볕은 대지의 만상萬象을 불사르려는 듯했다. 5월이 다 가고 6월이 중순인데 오뉴월에 걸쳐 비 한 방울 안 뿌리고 가뭄이 계속되고 있었다.

여주驪州에서 서울로 올라오는 신작로, 광주廣州 땅에 접어들면 경안京安이라는 곳이 있다. 그 경안가도京安街道의 자갈길을 타박타박 걸어오는 한 무리의 유랑 가족이 있었다.

30대 부부가 아이 셋을 데리고 피로에 지친 걸음으로 걸어오고 있었다. 남편의 등에는 옷인지 이불인지 큼직한 보따리가 매달려 있었고 그 보따리 위에는 바가지 몇 쪽이 대롱거리고 있다.

9살쯤 된 그다지 실팍하지도 않은 사내아이가 아버지 손에 매달려 아픈 다리를 질질 끌고 걷는다. 아낙네의 손에도 7살짜리의 사내아이가 질질 끌리고 있었다. 그리고 아낙네의 꽁무니에도 3살짜리 사내아이가 울음에 지친 채 고개를 발랑 젖히고 매달려 있다. 역시 구지레한 보따리 하나가 아낙네의 머리 위에 무겁고.

트럭 한 대가 먼지를 날리며 그들 옆으로 지나간다. 먼지와 땀과 피로 때문에 눈도 제대로 뜨지 못하는 그들이다. 목교木橋 하나가 있었다. 아내는 목교 난간에 몸을 기대며 찡그린 얼굴로 하늘을 쳐다본다.

"정말 이젠 더는 못 걷겠어요!"

남편도 목교 난간 위에다 잔등의 짐을 얹으면서 찡그린 얼굴로 하늘을 쳐다본다.

"그래도 걸어야지 못 걸으면 어쩌겠소."

아내가 잔등에서 칭얼대는 아이를 투덕거리며 또 말한다.

"이러다간 서울 가기도 전에 다 지쳐 죽겠어요."

남편도 손에 매달린 9살짜리가 땅바닥에 주저앉는 것을 보고 말한다.

"아버님 말씀이 서울 도정궁都正宮만 찾아가서 당신 얘기만 하면 어떻게 솟아날 구멍이 있다고 하셨어."

그가 아버님이라고 하는 사람은 여주에 사는 유세열이었다. 그 고장에선 이름 있는 한학자이며 한량이며 지사였다. 항일 의병을 일으켰다가 쫓기는 몸이 됐다. 그의 집은 일본 경찰이 석유를 뿌려 불살라 버렸다. 그는 가족을 버리고 고향을 떠나면서 서울 도정궁에 가서 자기 이야기를 하면 어떻게 어린 자식들하고 목숨을 부지할 수 있을 것이라고 아들에게 일렀다.

"도정궁에서도 모르는 체하면 어떻게 하죠?"

아내는 등에 업힌 3살짜리를 앞으로 돌려 말라붙은 젖꼭지를 물리고는 불안해한다.

"동대문 밖의 박영효 대감댁엘 찾아가 보라고도 하셨으니까 어떻게 되겠지…."

"누가 이 거러지들을 달갑게 받아 주겠어요. 아버님은 공연한 짓을 해서 그 많은 재산 다 버리고 자식들을 거러지로 맨들고…."

아내의 얼굴엔 땀인지 눈물인지 뒤범벅이 된다.

"나도 처자 새끼들만 없다면 왜놈 몇 놈 때려잡고 죽어버릴 텐데."

남편은 일본 경찰에 시달리던 생각을 하면 치가 떨리는 모양이다.

"자아, 갑시다."

남편이 엉덩이를 추척거린다.

"여보. 주현이는 이 다리 밑에 버리고 갑시다."

아내는 보채는 3살짜리를 아예 버리고 가자고 한다.

"무슨 소리야?"

"어차피 약질로 태어나서 골골하는 걸 끌고 댕김 뭘 해요. 큰 애들이나 살리게 내버리고 가요."

"쓸데없는 소리 말고 어서 갑시다. …"

그러나 아내는 농담이 아니었다. 울상이 돼서 또 말한다.

"여보. 아무래도 그러는 게 좋겠어요. 누가 주워다 기르면 기르고. 난 이 애를 기를 수 있을 것 같지 않아요."

남편의 얼굴은 한없이 일그러진다.

"세상에 태어난 놈은 살게 마련이야. 어서 일어서요."

바람 한 점 없는 불볕이었다. 서녘 남한산南漢山 숲에선 뻐꾸기가 한가롭게 울었다.

아내의 등으로 되돌아간 3살짜리는 또 까르르 울어 보챈다. 여름 감기가 기관지염으로 악화돼 있었다.

"서울에 간다고 살 수 있을라고요?"

아내는 한숨처럼 뇌이며 남편을 따라 일어선다.

(이 어린아이는 자라서 바로 이 작품을 쓰고 있다.)

'누구의 죄냐!'

정치와는 직접적으로 관련이 없는 일인들과 조선인 사이에 벌어지는 그런 사건들을 좇는 렌즈가 만일 없었다면 그 후 3년, 1927년 봄의 조선 천지는 사이토 총독의 문화통치로 말미암아 전례 없는 안정을 얻었다고 할는지도 모른다.

실제로 총독은 지난해 겨울 동양 제일의 규모를 과시하며 준공을 본 조선총독부 청사 낙성식 축하연 석상에서 자랑한 말이 있다.

"사람의 욕심이란 한이 없다면 없는 것이지만, 이렇게 훌륭한 청사를 지어놓고 보니 내가 조선에 왔던 족적을 남긴 것 같아 흔쾌하기 비할 곳 없소이다. 사실을 말하면 과거엔 조선 통치를 일종의 포고 없는 전쟁으로 안 사람들이 있었는데 적어도 이 사람은 그런 그릇된 사고를 뒤집어 놓았습니다."

과거의 역대 통감이나 총독은 조선인의 반일사상을 어떻게 억누르며 거역하는 자들을 어떠한 방법으로 처단하는가에만 온갖 신경을 썼다고 했다.

"결국 조선민중과 총독부는 보이지 않는 전투를 해온 셈이었는데 10년 동안 계속 수세에 몰렸던 그들이 반격한 것은 저 3·1 만세사건인 것입니다. 나는 그 후 총독으로 부임하면서 조선민중과 과거처럼 맞붙어 싸움하는 게 아니라 경쟁해야 한다고 생각했소이다. 조선민중의 반일사상과 이 사이토 총독의 문화통치가 선의의 경쟁을 해 보자는 것이었어요. 이제 경쟁의 판결은 난 듯합니다. 누가 뭐라 해도 지금 조선 천지는 이 반도의 4천 년 역사상에서 문화적으로 가장 백화난만百花爛漫한 시대를 구가하지 않느냐 말씀이외다. 학교는 늘고, 신문 잡지도

마구 쏟아져 나오고, 과학관도 세워질 거고, 경성부 내에는 큼직한 현대 건축이 늘어나고, 제국대학까지 문을 열었고, 많은 조선사람들이 관리로 등용되어 우리 총독부 정치에 협력하게 됐소이다. 경쟁을 통해서 조선민족을 우리 야마토大和민족과 동화시키자는 나의 정치철학이 어느 정도 결실을 본 것이에요. 여러분, 그러한 성과의 상징적 결실이 이제 남산 위에 또 나타날 것이외다. 무엇인지 아십니까?"

총독은 그날 장장 30분 이상을 혼자 지껄였다. 그리고는 이제 남산 위에다 관폐대사官弊大社 조선 신궁神宮을 세우겠다고 선언했다. 일본의 신도神道 사상을 조선반도에까지 보급시켜 조선민중의 넋을 사로잡아 보겠다는 것이었다.

"이 조선신궁에는 황공하옵게도 아마테라스 오미카미天照大神와 메이지 덴노明治天皇의 이주신二柱神을 모실 예정입니다."

총독의 그날의 선포대로 그 해 10월 15일엔 남산에서 조선신궁 진좌제鎭座祭가 벌어졌다. 그리고는 전국 각 지방에 신사神社와 신사神祠를 세우도록 강력히 지시했다. 그는 이 신사의 설립으로서 자기의 조선 총독 생활의 마지막 결실로 삼으려 했다. 그로선 일단 만족하는 게 당연했다.

1926년 4월 창덕궁의 이왕純宗이 승하했을 때에도 3·1 운동 때의 전철을 밟지 않으려고 모든 의식 절차를 이왕직 사무소와 왕족 근친들의 요구대로 순전히 왕실 제도대로 거행하기를 허용할 정도의 여유마저 보였다. 6·10 만세운동이 있기는 했어도 그것은 3·1 운동에 비하면 대수로운 것이 못됐다. 총독은 6·10 만세운동의 자초지종을 보고받고는 담담히 웃어 버렸었다.

"몇백 명 정도의 난동 군중이 멋대로 구호를 외쳤다 해서 개의할 필요는 없어. 그만한 소동도 없으면 너무 심심하지 않겠나. 신경을 굵게 가지고 조선민중 위에 의연히 군림하면 되는 거야."

새로 부임한 유아사湯淺倉平 정무총감에게 그는 그런 식의 자신감을 보였다. 유아사라면 야마모토 내각 때의 도쿄 경시총감이었다가 의혈단원 김지섭金祉燮의 니주바시 투탄二重橋投彈 사건 때문에 물러났던 사람이다. 따라서 그는 조선인과는 얄궂은 인연을 가진 경찰출신의 고급관리였다.

1926년이 저물어 가자 총독은 자신이 할 일을 다 했다는 듯이 유유자적했다. 그는 총독부 새 청사에 등청해서 정무는 주로 정무총감에게 일임하고는 정원의 나무나 가꾸며 소일하는 날이 많았다. 그는 겉으로는 내비치지 않았지만 마음은 벌써 도쿄 무대를 생각하고 있었다.

그러던 어느 날 도쿄에서 전보가 날아들었다.

다이쇼 천황大正天皇이 세상을 등졌다는 소식이었다. 1926년 12월 25일. 사이토는 마침 잘됐다고 생각했다. 천황 장례식에 참례를 기화로 이제는 총독 자리를 후임자에게 넘겨주고 자기는 중앙 정계로 화려하게 진출할 결심을 했다.

1927년의 봄은 조선에도 일본에도 혹심한 정쟁의 바람을 몰고 왔다. 그 소용돌이는 일본 도쿄가 물론 핵심이었으나, 어파는 일본의 속방屬邦인 조선땅에도 여지없이 밀어닥쳤다.

더욱이 사이토가 3대 총독으로 부임한 지 어느덧 8년, 그동안 문화통치라는 미명 아래 장기목표를 세우고 이른바 내선일체의 동화정책을 꾸준히 벌여온 지금에 와서는 경성의 정가政街는 곧 본국 수도의 정가와 일의대수一衣帶水처럼 직결돼 있었다.

3월에는 제네바 국제연맹에서 세계열강의 군축회의가 열리게 됐고, 따라서 일본 정계와 군부에서는 누구를 그 군비축소회의의 전권대표로 파견하느냐에 관심이 집중돼 있었다.

와카쓰키若槻 내각은 외무대신 시데하라幣原喜重郎, 대장대신(재무부장관) 하마구치濱口雄幸, 육군대신 우가키宇垣一成, 해군대신 다카라베財部彪, 체신대신 아다치安達謙藏 등이 주요 멤버로서 그들은 일본의 재정적 궁핍을 타개하기 위해서는 대담하게 군비축소를 단행해야 되리라는 생각을 갖고 있었다.

그러나 일찍이 워싱턴 군비축소회의에서 일본 대표 가토 제독이 국내의 강력한 반대여론을 외면한 채 영국, 미국, 일본의 해군력을 5·5·3으로 못을 박는 데 동의함으로써 그 후에 벌어진 일본 국내의 일대 소란을 기억하는 와카쓰키 내각으로서는 다시 제네바 군축회의에 파견할 대표인선 문제로 크게 골머리를 앓아야 했다.

"내 생각 같아선 사이토 마코토 제독밖엔 없다고 봅니다. 그분은 인품도 원만하고 조선 총독이란 직책으로 오랫동안 본국을 떠나 있었으니 욕을 먹어도 덜 얻어먹을 겝니다. 이번 기회에 본국 정치무대로 길을 터주는 것도 그분에게 도움이 될 거구요."

장내는 잠시 조용해졌다. 너무나 의외의 인물이 천거되었기 때문이었다. 그러나 다음 순간 너도 나도 이구동성으로 사이토 후보에 찬성했

374

다. 그들의 생각은 모두 같은 추리를 더듬고 있었다.

무엇보다도 사이토는 본국에서는 상처를 입지 않은 정객이다. 군비 축소 문제의 찬성과 반대로 엇갈리는 비난을 받아온 사람이 대표로 선정된다면 기성관념이 있으니만큼 더 많은 비난을 받을 것이다. 그런데 사이토는 그렇지가 않다.

둘째로, 사이토는 조선 총독으로 외지에 나간 지 벌써 8년이나 된다. 야마모토가 가고 가토加藤友三郞 역시 세상을 떠난 이 마당에는 사이토 같은 비교적 온건한 성격의 해군 출신 정치가를 본국으로 불러들여 해군의 주도권을 잡도록 해주어야 한다. 사이토라면 나이, 경륜, 성격으로 보아 능히 가능하다.

셋째로, 정우회政友會나 민정당民政黨 같은 정당이 일본 정치를 요리하는 오늘의 현실을 못마땅하게 여기는 군부의 일부 지도자들이 군국주의 사상을 앞세우고 불온한 음모를 꾸미고 있다는 소문이 들린다. 이런 마당에서 사이토 같은 군인 출신이면서도 문치文治주의를 신봉하는 사람을 자기들 편으로 끌어들이는 것은 어디로 보나 이롭다.

"그러면 곧 조선 총독에게 연락하겠습니다. 사이토 씨가 건너올 때까진 이 일을 극비에 부쳐둡시다. 정보가 새면 또 시끄러울 테니까요."

와카쓰키 수상은 그날로 조선 총독 사이토에게 전보를 쳤다.

"폐하께서는 귀관에게 특명을 내리시려 하고 있음. 유아사 정무총감에게 모든 일을 위임하고 즉시 상경하시압."

이리하여 조선 총독 사이토 자작은 제네바 군축회의 일본 전권대표로 떠나게 됐다. 그가 없는 동안은 육군대신 우가키가 조선 총독 임시 대리를 겸임토록 했다(그는 와카쓰키 내각이 곧 사직함으로써 육군대신 자리를 내놓았지만).

————◆◆————

사이토가 총독 자리를 비운 동안 총독부는 유아사 정무총감과 가나야 조선군사령관의 독무대가 됐다. 정무총감과 사령관은 서로 상대방을 경계하면서도 총독 부재중의 기간을 무사히 넘기려고 보이지 않는 안간힘을 썼다.

정무총감은 총독이 제네바로 떠나는 그날 아침 총독부 관하의 모든 관리들에게 특별집무규정을 시달했다. 근무시간을 엄수하고 관리들의 요정 출입을 삼갈 것이며 무사고 책임 완수에 투철하라는 엄명이다. 군청이나 경찰서는 말할 것도 없고 심지어는 면사무소에까지도 이 관리집무규정을 벽에 붙이게 하고는 그 옆에다 큼직한 '신상필벌信賞必罰'이라는 방榜을 달았다.

한편 조선군사령관은 예하 19사단과 20사단 장병들에게 특별명령을 내렸다.

"만주와 중국 본토의 군사정세가 긴장함에 따라 대일본제국의 전방 생명선을 지키는 조선군사령부의 전체 장병들은 항시 임전태세를 갖출 것이며, 특히 선만鮮滿국경의 경비를 엄중히 하여 불온 파괴분자들의 준동을 철저히 분쇄하라."

정무총감과 조선군사령관의 엄명이 얼마나 추상같은 것이었는지 1927년 봄부터 가을까지는 조선 관내에서 이렇다 할 사고 하나 없을 만큼 오히려 살벌한 봄이고 여름이고 가을이었다.

376

송학선宋學先 의사義士에 의한 창덕궁 금호문金虎門 앞의 척살擲殺사건이나, 나석주羅錫疇 의사에 의한 식산은행과 동양척식주식회사 건물에 대한 폭탄투척 사건 등은 모두 그 전해, 사이토가 총독 자리에 있을 때 발발한 것이다.

정무총감과 조선군사령관은 배짱들이 맞았다. 정무총감 관저는 조선군사령관의 관사와 용산에 이웃해 있었다. 총독부 청사는 이미 준공되어 쓰고 있었고, 문제의 광화문은 기어코 경복궁 동쪽으로 옮겨졌으며, 총독 관저는 북악산 밑에다 겨우 터를 닦고 있었다. 총독의 관저는 주자동鑄字洞에 있었으나 정무총감은 용산에 기거했다.

정무총감과 조선군사령관은 저들의 관저를 밤늦게 오락가락 하며 곧잘 술자리를 벌였다. 부하관리와 장병들에게 기강을 바로 하고 군기를 엄정히 지키라 했으니 아무리 정무총감이고 군사령관이라 해도 그들 자신이 고급요정 출입을 할 수는 없었다.

어느 날 밤, 자리를 같이한 그들은 정계의 요화 배정자와 기생 계월선을 불러 술벗을 삼고 노닥거렸다. 술이 몇 순배 돌자 정무총감은 그동안 맺혔던 감정을 거리낌 없이 쏟아 놓았다.

"나는 말요, 이 유아사는 말요, 조선에 건너올 때 단단히 복수할 걸 각오했다오. 내 관운官運이 누구 때문에 똥바가질 쓸 뻔했는지 아십니까? 김지섭이란 놈 때문이외다."

의열단원 김지섭이 일본 천황의 궁성 어귀인 니주바시에다 폭탄을 던졌던 사건으로 경시총감 자리에서 밀려났던 지난날의 자기 수모를 되새기는 말이었다.

군사령관이 그의 비위를 긁었다.

"당신은 참말 조선놈들과는 원수가 진 것 같소. 도쿄에서 조선인 때문에 벼락을 맞고 조선해협을 건넜는데 작년에는 또다시 6·10 만세 사건이니 나석주 사건이니 하고 뒤통수를 맞았으니 말야, 하하하."

"그러기에 요즘 이 유아사의 본때를 보여주는 게 아닙니까. 자아 보시오. 사이토 총독이 제네바로 떠나신 동안 조선 천지 어디에 폭탄사건이 있었고, 만세소동이 일어났던가를. 조선인은 숨 쉴 겨를을 주지 말고 두들겨 패야 하는 겁니다. 사이토 각하는 원대한 포부를 갖고 조선놈들을 문화적으로 다루며 선도하자고 하지만 어디 보십시오. 지난 8년 동안 이 조선 천지에 폭탄 안 터지고, 총소리 안 나고 암살사건 없었던 달이 있었습니까? 실팹니다. 실패예요. 총독은 조선사람들의 마음을 완전히 휘어잡았다고 착각하지만 어림도 없는 소립니다. 어림도 없어요. 조선놈들에게 문화니 동화니 하는 건 돼지목에 진주목걸이예요. 놈들에겐 주먹밖에 없습니다. 나 그런 의미에서 가나야 사령관 당신을 좋아하오, 핫핫하!"

그러나 배정자가 핏대를 올렸다.

"여봐요! 아무리 배정자지만 조선사람 앞에서 조선놈 조선놈 마시라구요. 거 몹시 듣기 거북하네요. 자아 조선년의 술 한잔 받으실까."

가나야가 배정자의 허리를 끌어안으며 말했다.

"사다코 상이 조선인이었던가? 왓핫하, 이봐! 월선이, 노래 하나 뽑아 보시지. 요즘 유행하는 신식 노래 말이야."

이번엔 배정자가 가나야의 팔을 떨어버리며 핀잔을 준다.

"가나야 군! 나를 기생으로 착각하시나? 손버릇이 점잖지 못하시군."

군사령관은 얼굴이 벌게지며 술잔을 들었다.

그는 육군대신 우가키의 심복으로서 일본 육군의 이른바 우가키 군벌을 형성하고 있었다. 그들과 대치되는 하나의 군벌은 우에하라 원수元帥를 정점으로 한 규슈지방 출신장성들로 형성돼 있다. 이 우가키파와 우에하라파는 1920년부터 서로 피로 피를 씻는 듯한 갈등을 전개한 만큼 조선군사령관은 정무총감 따위 경찰 출신한테 내장을 빼 보이는 말은 되도록 삼갔다.

"그래 좋다. 계월선이 노래 하나 해라. 신식 유행가로, 요즘 조선인들이 잘 부르는 노래를 하란 말이다."

정무총감은 거슴츠레한 눈으로 계월선을 낚아채며 호통을 쳤다.

기생 계월선은 서슴없이 한 곡 뽑았다.

강남달이 밝아서 임이 놀던 곳 구름 속의 그의 얼굴 가리고 갔네
물망초 핀 언덕에 외로이 서서 울었던 이 한밤을 홀로 새우네.

영화 〈낙화유수〉落花流水의 주제가였다. 이 노래는 마침 서울 장안은 물론 전국 방방곡곡을 휩쓸고 있는 신식 유행가다.

"야. 계월선, 그 노래 궁상맞게 센치하구나!"

유아사 정무총감이 타박을 주자,

"노래가 궁상맞은 게 아니라 내 목청이 쉬어서 그렇지 뭐예요."

계월선은 술잔에 술을 왈칵 넘치게 따랐다.

가나야 사령관이 말했다.

"조선의 노래는 모두 그렇더군. 지 아리랑이니 양산도니 하는 것들도 모두 청승맞아요. 궁상맞은 민족의 노래란 그럴 수밖에 없잖겠소."

이때 배정자가 또 한마디 끼어들었다.

"아따 일본군의 군가도 다를 게 없습니다. 내 만주에 가서 들으니 그 뭐 있잖소? '고코와 오쿠니노 난뱌쿠리'라는 거. 지독하게 애상적이구 퇴폐적인 노랩디다요."

"그건 메이지 시대의 대표적인 군가야. 거기서 애상을 느끼는 건 여자의 마음이고 나 같은 장부는 신바람이 나는 노래지. 한번 해 볼까."

가나야 군사령관은 목청을 쥐어짰다.

고코와 오쿠니노 난뱌쿠리 하나레데 도키 만슈노
아카이 유히니 데라사레데 도모와 이스코소 이시노 시다
(여기는 고국에서 몇백 리 멀리 떨어진 만줏벌
저녁 햇살 붉게 물이 드는데 전우는 어디멘고 돌 밑이냐)

정무총감도 사령관을 따라서 흥얼거렸다. 바로 그때였다. 사령관 관저의 현관문을 두드리는 소리가 요란했다.

전속 부관이 나타났다. 그는 방안에 들어서자 거기에 조선인 기생이 앉아 있는 것을 보고 잠시 망설였다. 그러자 사령관이 눈치를 알아차리고 껄껄 웃는다.

"괜찮네, 무슨 일인가?"

"본국의 다나카 총리 각하로부터 전화가 왔습니다. 후임 조선 총독에 관한 문젠 것 같습니다."

"뭣이 후임 총독? 총독을 아주 갈아치울 생각이란 말인가?"

"그 의도는 잘 모르겠습니다만 아무튼 곧 이 밤 안으로 전화해달라는 말씀입니다. 지금 총리대신 관저에서 기다리시겠다고요."

그동안 사이토가 반 년 이상이나 자리를 비우고 멀리 유럽으로 나가 있으니 조선 총독 자리를 놓고 야심 있는 정치가들이 침을 흘리기 시작했다.

그동안 내각은 와카쓰키로부터 육군대장 다나카 기치에게 넘어가 있고, 다나카 총리와 우가키 임시 총독 대리는 세상이 다 아는 절친한 사이였으므로 정계나 언론계에서는 혹시나 우가키가 아주 '임시대리'라는 딱지를 떼는 것은 아닐까 하고 관측했다.

그러나 우가키는 육군의 장성 중에선 그릇과 식견과 야망이 비교적 큰 인물이었다. 그는 언젠가는 내각 총리대신이 되기를 꿈꾸는 야심가였다. 그래 그는 자기의 선배이며 다나카의 동료인 야마나시山梨를 적극 밀었던 것이다.

사이토가 없는 동안 야마나시의 총독 후임설이 전해 오자 조선의 정계와 언론계에서는 맹렬히 반대했다. 한때는 만월회를 조직하고 사이토의 이른바 문화통치를 맹렬히 비난하여 그와 등이 졌던 아오야키까지도 필봉을 휘둘러 '반야마나시'운동의 앞장을 섰다. 이는 곧 조선 총독 경질이란 문제가 저들 사이에 얼마나 복잡하고 시끄러운 일인가를 증명한다.

야마나시의 조선 총독 부임설에 반대하는 소리는 일반 정계에서도 물 끓듯 했다.

"그는 너무 무능하다."

"야마나시는 돈을 가장 사랑하는 배금拜金장군이다."

이런 인격적인 모욕과 함께,

"그는 일본 역사상 가장 말 못하는 육군대신이었다. 이런 자가 어떻게 조선 총독이 될 수 있느냐. 조선을 망쳐 놓는다."

그렇지만 야마나시에게는 한 가지 장기가 있었다. 그 장기는 그로 하여금 '배금장군'이란 별명을 얻게 했다. 군인답지 않게 돈을 잘 긁어모으고 그 돈을 잘 감추며, 돈을 부인이나 훈장보다도 더 사랑하는 장군이란 뜻이었다.

미친 세월

　일본 도쿄의 미야케사카三宅坂라 하면 육군 수뇌본부를 상징하는 동
명洞名이다. 스미다가와隅田川에 가을이 짙고, 무사시노武藏野 벌판에
스산한 바람이 불어 닥친 11월 어느 날이었다.

　미야케사카 깊숙한 기밀실에 다나카 수상과 시라가와 육군대신, 하
다 육군차관, 그리고 이제는 예비역이 돼버린 야마나시 한소山梨半造가
모여 앉았다. 표면상의 목적은 한참 시끄러운 만주와 몽골의 군사정세
를 토의한다는 것이었지만 실은 수상인 다나카의 정치자금 염출방안을
밀모密謀하기 위해서였다.

　다나카는 일본의 여당인 정우회 총재로서 수상 자리에 앉아 있긴 하
지만 그는 예비역 육군대장이니만큼 군부와는 특별한 인연을 갖고 있
었다. 그가 계속 군부와의 관계를 유지하려면 민간 정치가나 정당과는
다른 또 하나의 복선적인 자금 루트가 있어야만 했다.

　그 자금 파이프를 야마나시에게 의뢰하려는 것이었다.

　"만몽滿蒙정책을 수행하려면 두 가지 전제 조건이 필요하오. 첫째는

돈이오. 다음에는 전진기지에 믿을 만한 사람을 앉혀두는 일이고. "

다나카의 설명에 하다 육군차관이 반문한다.

"돈은 정우회에서 마련하면 될 게 아닙니까. 정우회는 지금 여당이니까요. 그리고 전진기지란 조선을 말씀하시는 겁니까?"

"정우회의 루트에서 들어오는 돈은 정치자금으로밖엔 못 쓰오. 만몽공작에 유용했다간 곧 정치문제가 되니까. 그러니만큼 조선엔 믿을 만한 사람을 내보내야 하겠는데. "

다나카의 의중이 무엇을 뜻하는지 재빨리 알아차린 시라가와 육군대신이 입을 열었다.

"그건 간단한 일입니다. 여기 야마나시 선배가 앉아 계시는데 야마나시 선배가 조선 총독으로 나가시면 만사는 해결입니다. "

"나도 그런 생각이오만 야마나시 자네가 수고해 주겠나? 조선 총독은 잘만 하면 돈벼락이 쏟아지는 자리야. 그리고 거기 앉아서 만주의 관동군을 적극 밀어 주는 것이지. "

다나카 수상은 같은 조슈파이고 사관학교 동창인 야마나시에게 조선 총독 취임을 종용했다. 돈이 노다지로 쏟아져 나온다는 소리에 야마나시는 귀가 번쩍 띄는 모양이다.

"다나카 군, 자네를 도울 수 있는 일이라면 못할 것이 있겠나. 그런데 사이토가 그 자리를 호락호락 내놓을까. "

"그건 내게 맡겨두게. 이제 곧 사이토 총독이 제네바에서 돌아올 테니 그 문제는 내가 해결하지. "

그러자 시라가와 육군대신이 우스갯소리를 던졌다.

"그것 참 기이한 인연이군요. 다나카 수상은 언젠가 상해에서 조선인 테러분자의 습격을 받은 악연이 있는데, 이번엔 야마나시 선배가 조선에 나가 다나카 수상의 정치자금을 마련하게 되셨으니, 핫핫하."

"예끼 이 사람, 그런 소리 말게. 시라가와 육상, 당신이라고 조선사람과 인연이 없을 줄 알아? 앞으로 두고 봐야 알지."

좌중은 가가대소呵呵大笑를 했다. 그러나 그 웃음 뒤에는 어딘지 모르게 꺼림칙한 여운이 달리는 것 같았다. 특히 시라가와 대장의 얼굴은 유난히 심각해진 듯했다.

사이토 총독은 그 해 10월 하순에 제네바로부터 돌아왔다. 그가 도쿄에서 며칠 머무르며 천황과 정부 요로에 경과보고를 하는 동안 그는 자신의 신변에 어떤 변화가 올 것임을 감지했다.

그러나 그는 둔감한 척 총총히 현해탄을 건너 경성으로 귀임했다. 경복궁 경회루에서는 성대한 환영연이 벌어졌다. 우가키 임시 대리총독을 비롯해서 유아사 정무총감, 가나야 군사령관은 차례로 사이토를 위해 건배를 들었다. 친일파 조선인들도 다투어 추파를 보냈다.

그러나 그 자리에 있어야 할 두 사람의 얼굴이 이제는 안 보였다. 송병준과 이완용이었다. 송병준은 이미 전전해에 일본 나고야에서 원인 모르게 세상을 하직했고, 이완용 역시 전해에 오욕汚辱의 생애를 끝마쳤다.

이완용은 임종 때 자녀들을 불러 놓고 이런 말을 했다고 전한다.

"내 생애는 오욕으로 끝난다. 그러나 남들은 영광을 치지도외置之度外하고 오욕의 생애만을 클로즈업시킬 것이다. 그것은 당연하다. 인생은 동기보다 남긴 발자취가 중요하니까."

그는 착잡한 심경으로 흐느끼는 자녀들에게 또 말했다.

"친청親淸이나 친로親露파에겐 무관심의 아량들을 베풀면서 왜 친일파에겐 그토록 가혹한지 모르겠다. 아마 결과적으로 나라가 망해서 그렇겠지. 나도 자주독립만을 절대치絶對値로 믿는 사람이다. 단지 그 차선次善이 친일이었을 따름이다. 왜, 합방조약을 전후해서 이 나라의 독립주의자들이 나를 타살하지 못했는지 못내 아쉽게 여긴다. 이재명李在明, 그 얼빠진 녀석은 왜 나를 헛찔렀어!"

그의 얼굴은 형편없이 씰그러지면서 폐부에서 쥐어짜는 절규를 회한으로 남겼다고 들린다.

"내가 왜 농군의 자식으로 태어나질 못했는지 한스럽구나!"

이완용은 안간힘을 쓰면서 마지막 말을 했다.

"역사적 관점에서 보면 일본도 언젠가는 망할 날이 올 것이다. 이 나라가 흥할 날도 있을 게다. 그때 이완용이 늘 본보기로 비판이 된다면 나의 존재의의가 거기 있다. 이완용은 역시 세상에 태어난 것을 후회하지 않는다."

그는 아들 이항구의 손을 부여잡고 눈물을 주르르 흘렸다던가.

"너나, 네 아들이나, 아들의 아들이 또 그 아들들이, 이완용의 후예임을 창피하게 여겨 기를 못 펴고 살겠지? 그들에겐 아무런 죄도 없는 걸. 내 선친(이호준)은 척족戚族 김 씨네에게서 대원군한테 정권을 넘겨주는 역할을 했고, 나는 내 나라를 일본에게 넘겨주는 교량의 구실을 했다. 이 무슨 숙명의 소치냐!"

3·1 운동 때도 가만히 있지 못하고 동족에게 대한 경고문을 발표해서 끝까지 동족의 분노를 산 그였으나, 죽음을 의식했을 순간엔 통절한 마음의 가책 앞에서 오열했을지도 모른다.

그의 부음訃音이 전해지자, 시민들은 단 한마디로 소감을 표현했다.

"기어코 제 명命에 죽었구나!"

총독 사이토도 이완용의 임종 장면을 전해 듣고 무릎을 쳤었다.

"그도 역시 고민했구나!"

사이토는 자기가 없는 동안 그밖엔 아무런 사건도 없이 지극히 평온했다는 보고를 받았다. 정무총감은 신바람이 나서 주워섬겼다.

그동안 국내에선 독립운동 소요나 폭탄사건이 한 건도 없었다고 했다. 총독의 지시대로 남산 왜성대 자리엔 과학관이 개관됐다고 자랑했다. 흥남興南에 설립중인 질소비료 공장도 완성됐고 함경남도 부전강赴戰江의 수력발전 시설도 예정대로 발전량을 확보했고 이 동력을 뒷받침으로 해서 본격적인 개발사업도 진행중이라 했다.

그밖에 조선인들 사이엔 신간회新幹會라는 단체가 생겨서 민족진영과 공산진영의 조선인들이 단일 사회단체를 조직했는데 그동안의 동태를 보면 별로 대수로운 것은 없다고 했다. 오로지 특기할 일이라곤 상해에서 '한국유일독립촉성회'가 열렸다는 정보가 들리는 정도라고 했다.

사이토는 다음날부터 총독 집무실에는 별로 나오지 않고 관사에서 두문불출하다시피 했다. 하루코 부인과의 노염풀이로 기진맥진했으리라는 우스갯소리가 총독부 하급관리들 간에 파다했다. 그러나 그는 병을 앓고 있었다. 지병이던 인후염이 악화된 것이었다.

그는 지병을 치료하러 본국으로 건너갔다. 그러나 인후염은 좀처럼 낫지 않았다. 신병에 장사는 없다. 사이토는 그 해1927년 12월 7일 마침내 천황에게 사표를 내기에 이르렀다. 조선 총독 생활 8년에 일단 종지

부를 찍은 것이다.

다나카 수상은 지체하지 않고 12월 10일 야마나시 한소 예비역 육군 대장을 천황에게 제청하여 제4대 조선 총독으로 친임토록 했다.

사이토는 추밀원 고문으로 추대되었다.

남대문역이란 이제 옛 이름이었다. 경성역 플랫폼은 12월의 매운 날씨 못지않게 냉랭하고 삼엄했다. 일본군 헌병대와 경무국 형사대들이 네 겹 다섯 겹으로 삼엄한 경계망을 펴고 있었다.

1927년 동짓날을 사흘 앞둔 12월 10일이었다. 이날 제4대 조선 총독 예비역 육군대장 야마나시 한소山梨半造가 부임한다.

경성역에서 남대문을 지나 경복궁 앞뜰에 우뚝 솟은 총독부 청사에 이르는 거리에는 질서정연한 환영대열이 양 옆으로 늘어섰다. 그러나 그 환영대열은 총독부 산하의 관리들이 아니면 일본인 학생들이 대부분이었다. 일반 시민은 물론 일본 거류민들의 얼굴조차도 별로 보이진 않았다. 경계가 워낙 삼엄해서 그런 것은 아니었다.

저, 사이토 총독이… 부임 첫날 강우규姜宇奎의 폭탄세례를 받은 8년 전의 불상사를 다시 재연하지 않으려고 일부러 복잡한 군중의 출영을 삼가도록 한 때문만도 아니었다. 그런 게 다소의 이유라면 이유이긴 했다. 그러나 환영군중이 그처럼 적은 데에는, 일본인 거류민들까지도 신임 총독을 외면한 데에는 또 다른 이유가 있었다.

싸락눈이 내리는 둥 마는 둥 하는 투명찮은 날씨였다. 종로 파고다공원 양지쪽에는 겨울인데도 담장 밑에 장기판을 벌이고 앉아 잡담을 시작하는 사람들이 있었다.

"총독이라카모 조선의 제왕 아닝교. 그런데 요번 총독은 와 그래 환영을 못 받노?"

경상도 억양이 높은, 중절모를 쓴 장년이 불쑥 말을 꺼냈다.

"그야 뻔한 일 아니겠소. 야마나시란 자는 본국에서도 무능하기로 정평이 나 있는 놈이라니 그럴 수밖에."

박보 장기판을 펴놓고 맞손님을 기다리던 턱수염이 꺼칠한 사나이가 제법 아는 척을 했다.

"지 나라에선 그렇다 캐도 조선 총독으로 나올 만한 인물이모 만만찮은 위인이 아닝겨?"

중절모가 콧수염을 잡아채고는, 그래서 눈물을 쑥 뽑고는,

"자아, 한판 뛰어 볼랑가?"

장기짝을 손가락 사이에 끼더니 딱 딱 딱 맞소리를 내기 시작했다.

이때 파고다공원 정문을 들어선 또 다른 젊은이 하나가 어슬렁어슬렁 육모정을 삥 돌아 박보 장기판 앞에서 걸음을 멈추더니 중절모한테서 와락 장기쪽을 뺏었다.

"나하구 한판 둡시다. 차車를 선수로 4수면 이긴다 그 말씀이죠?"

이 말끝에 그는 수염이 꺼칠한 사나이에게 대수롭지도 않게 또 말했다.

"다 글렀습니다. 놈들의 경계가 원체 삼엄해서…."

사나이는 10전짜리 동전 하나를 종이쪽 장기판에다 던져 주고는 땅바닥에 펄썩 주저앉았다. 털벙거지를 내려 쓴 눈알이 부리한 사나이는

고개를 들지 않았다.

그는 박충권이었다. 광화문 네거리 기념비각 근처에서 그는 불심 검문을 당할 뻔했다. 걸음아 날 살려라 하고 단숨에 이곳으로 뛰어든 것이었다. 그는 한 손으로 턱을 고이고 보수풀이에 열중한 것처럼 고개를 갸웃거렸지만 신경은 딴 데 가 있었다. 중절모가 박충권에게 말을 걸었다.

"야마나시 총독은 다나카 총리와 아주 친분이 두텁다면서?… 나도 실패요."

그들은 아는 사이인 모양이다.

"그게 바로 말썽거리인 모양이야. 엊그제 일본의 〈마이니치〉 신문도 그 점을 지적했더군. 데라우치나 사이토는 그래도 본국 정계에서는 초연한 입장에 있었는데 정우회가 정권을 잡자 자기네와 가까운 사람을 총독으로 임명했으니 앞으로는 정권이 바뀔 때마다 조선 총독도 자주 갈리게 되리라는 거야. … 이번에도 그놈한테 맛을 봬야 했을걸!"

박충권의 말이었다. 몹시 아쉬워하는 말꼬리였다.

"사이토의 8년 세월은 너무 길었지. 그렇지만 너무 자주 총독이 갈리면 우리 조선 하늘도 칠면조처럼 변덕을 부릴 걸 …. 자칫 했다간 걸릴 뻔했어, 놈들한테."

"그 돌배장군이란 작잔 돈을 엄청나게 좋아한다더라."

"돌배장군이라니?"

박충권이 키득 웃음을 터뜨렸다.

"야마나시는 메 산山에 배 이梨가 아닌가? 그러니까 '돌배'지 뭐야. 그 돌배도 설익은 돌배지. 하필이면 이름이 반조半造란 말이야 핫핫 … 총

390

소리만 냈어도 기절할 놈인데 틀렸어.”

그러자 턱수염이 벌벌한 사나이가 상象 한 쪽을 탕 놓으면서 핀잔을
준다.

“예끼 이 사람들. 놈들이 들으모 불경죄不敬罪로 몰리네. 박 공은 성명
철학 간판이나 걸어보모 어떻소… 내 실패할 끼라고 첨부터 생각했네!”

“그런데 그 돌배장군이 어찌나 인기가 없는지 저들 거류민들까지도
부임반대 결의를 했답니다.”

“〈경성일보〉에도 그런 기사가 났더군. 거류민 대표가 야마나시 배
척결의서를 가지고 도쿄로 갔다고 말야.”

중절모가 맞장구를 쳤다.

“그렇지만 결국은 묵살된 거 아이가?”

“일본 군부에서 야마나시를 강력히 미는 통에 반대 진정도 쑥 들어갔
답니다.”

“그자가 앞으로 무엇을 해댈지 궁금하구만 … 이번 기회를 놓쳤으니
까 아무 일도 없던 걸로 치고 다른 투쟁방법을 강구합시다.”

“그자가 하긴 뭘 합니까? 아마도 하세가와의 재판이 되겠죠. … 오늘
경비는 아주 조직적입니다.”

“쉬잇!”

별안간 턱수염이 벌벌한 사나이가 쉬잇 소리를 내고는 포包 조각으
로 종이 장기판을 내려쳤다.

“저기 인력거가 들어오네.”

인력거가 들어온다는 말에 두 젊은이는 단박 긴장을 하며 고개를 더
욱 땅으로 떨어뜨렸다.

"저 새끼가 무슨 냄새를 맡은 거 아냐?"

종로경찰서 고등주임 미와 경부가 공원 안으로 어슬렁어슬렁 들어오고 있었다. 인력거란 미와의 별명이다. 두 개의 수레바퀴에 인력거꾼을 합하면 삼륜三輪이 된다.

독립운동가를 잡아내는 데 귀신같은 솜씨를 가졌다는 미와는 서울 장안의 어린애들까지도 그의 얼굴을 알고 있었다. 미와는 승마복 차림이었다. 채찍을 휘적휘적 저으며 건들건들 다가오고 있었다.

"저놈이 이쪽으로 오는걸."

중절모가 긴장을 하면서 포包를 번쩍 들었다.

"장이오. 포장이다."

"멍이오."

박충권이 마馬를 옮겨 치며 소리쳤다.

"죽일 놈, 일선 경비는 않고 뒤로만 슬슬 도는 게 정말 구렁이야."

중절모자가 휘파람을 불다 말고 그런 말을 했다.

"그냥 가는군."

턱수염이 벌벌한 사나이가 가슴을 펴면서 말했다.

"그놈 오늘 재수 좋았군. 여차하면 다급한 대로 해치울랬더니."

뒤를 흘금 돌아본 다음 박충권이 또 말했다.

"저놈을 귀신도 모르게 잡아야겠는데. 저건 나라의 원수이자 나 개인의 원수야. 허지만 떠들썩하게 암살하기엔 너무 작은 존재이고 … 귀신도 모르게 없애고 싶어."

"으음, 쓸데없는 사건을 일으킬 필요는 없지. 그놈 하나 없앤다고 경찰력이 약화될 것도 아니니까."

턱수염이 벌벌한 사나이는 이런 말을 하며 담배를 꺼내 물었다.

광화문 네거리 쪽에서 군악 소리가 들려왔다. 신임 야마나시 총독이 경성역에 내리자 곧장 총독부로 들어가려고 광화문께를 통과하는 모양이다. 조선군사령부 군악대가 환영 주악을 불어댔다.

박충권은 남대문 부근에서, 의열단으로부터 파견돼 온 중절모 이승수는 경성 부청 근처에서 신임 총독에게 한 방 던질 계획이었으나 경비가 너무나 삼엄해서 직전에 모두 철수해 버린 것이다.

━━━◆◆◆━━━

야마나시는 총독으로 부임한 다음날 저녁, 유아사 정무총감과 가나야 조선군사령관을 총독 관저로 불러 놓고는 먼저 조선의 정치정세와 경제사회상에 대한 일련의 보고를 받았다. 정무총감은 사이토가 그동안 이룩한 실적을 칭찬 반 비판 반으로 주워섬겼다. 그리고는 결론으로 이렇게 말했다.

"사이토 총독 각하 8년 동안에 얻은 것은 문화면의 향상입니다. 사이토 자작은 문화정책으로 조선민중들이 감복 동화될 수 있으리라고 생각하셨죠. 어떤 면에서는 성공도 한 셈입니다. 조선민중의 사상을 많이 동화시켰으니까요. 그렇지만 그들의 민족의식을 뿌리 뽑진 못했습니다. 신문이다 학교다 하고 문화시설이 늘어가니 그것을 발판으로 민족독립 사상이 더 뿌리 깊이 자리 잡은 셈이에요. 그러나 친일파와 배일파를 극단적으로 갈라놓은 점은 8년 동안의 공로입니다."

그리고는 새로운 총독은 어떤 포부와 경륜을 가지고 부임했는가를 당돌하게 물어보는 정무총감이었다. 군사령관은 별로 말을 하지 않고 신임 총독과 구임 정무총감의 대화를 듣고만 있었다. 그런데 야마나시 총독의 대답이란 것이 너무 알쏭달쏭했다. 아니 흐리멍덩했다.

"나는 이렇게 생각하오. 첫째 사이토 자작이 이루어 놓은 문화적 발판을 더 발전시키고, 둘째는 본국 정부의 의도하는 바와 고충을 잘 감안해서 무리 없이 통치할 작정이오. 여러분의 협력이 있어야겠소."

정무총감은 그 전부터 이미 야마나시의 무능과 눌변을 알았지만 이제는 거기에다 노쇠한 무기력까지 보태졌으니 더 이상 기대할 것이 없다고 단정했다.

"거참 조선총독부 청사는 아주 멋지게 지었더군. 사이토 자작의 수고가 컸던 것 같소. 돈도 많이 들었겠지?"

그는 벌써부터 돈에 대한 관심을 보이기도 했다.

'정말 배금拜金장군인가!'

한편, 야마나시의 수완과 능력을 알고 있는 일본 중앙정부의 다나카 수상은 그를 조선으로 내보낸 다음에도 안심을 못했다. 그러던 차에 우가키 대장이 그를 찾아와 정무총감을 새로 추천했다.

"야마나시 총독이 특별 임무를 수행하려면 조선 통치의 실무는 아주 유능한 정무총감을 앉혀야 합니다."

"나도 그렇게 생각해요. 유아사 정무총감은 경찰 출신이어서 야마나시와 의견충돌이 자주 생길 것 같소. 더욱이 그 일을 해내자면 행정수완이 뛰어나면서도 야마나시의 하는 일에는 대범하게 눈 감아 줄 사람이 정무총감으로 가 있어야 하겠는데…."

그 일이란 바로 정치자금을 비밀리에 빼내는 공작을 뜻한다.

"그래서 수상 각하를 찾아온 게 아닙니까. 내 한 사람 추천하리다."

"우가키 장군이 추천하는 인물이라면 눈 감고 승낙해도 되겠소. 도대체 누굽니까? 그 후보가?"

"이케가미 시로 씨가 어떻겠습니까? 저 오사카 시장으로 있을 때 솜씨를 보인 이케가미 말입니다."

이케가미 시로란 말을 듣고 다나카 수상도 즉석에서 찬성했다.

며칠 후, 유아사 정무총감이 해임되고 새로 이케가미가 정무총감으로 부임해 왔다. 신임 정무총감은 야마나시 총독의 특별 임무를 은근히 도와주기 위해서 조선총독부의 일반 행정을 자기가 도맡아 처리했다.

이러한 야마나시의 총독시대가 되자 조선의 독립운동가와 해외의 망명지사들은 새로운 정세에 당면하여 그들의 투쟁태세를 재검토해야 했다. 더욱이 중국 대륙과 만주의 정세는 급격한 변전을 가져왔다.

이 무렵 장개석蔣介石이 이끄는 국민당군은 상해, 남경, 서주徐州를 점령하여 중국 본토의 남부와 중부를 평정했다. 그러자 중국 본토에 대한 만만찮은 야심을 가진 만주의 왕자 장작림張作霖은 북경으로 진출하여 스스로 대원수大元帥라 칭하고는 중국의 지배자로 군림하려 했다.

장개석이 그것을 좌시하지는 않았다. 국민당군은 제 2차 북벌北伐을 결행키로 하고 계속 황하黃河를 건넜다. 이것은 순전히 중국의 국내적인 문제였지만 중국과 만주에 자기네 발판을 구축하려고 책동하는 일본군으로선 방관할 일이 아니었다.

더욱이 만주에서의 일본 배척운동은 날로 격심해졌다. 만주의 장작림으로서는 자기가 일본 제국주의의 후원을 받는 인상을 중국 국민에게 주어서는 안 되겠다는 계산 밑에서 갑자기 일본에 대한 반항자세를 선명히 내걸었다. 이런 정세를 일본 군벌이 묵과할 리 없다.

1928년 봄이었다. 엄청난 음모가 북상하고 있었다.

경성역을 떠나 신의주로 가는 경의선 열차 1등 객차엔 두 사람의 일본 군인이 몸을 싣고 조용히 속삭이고 있었다. 한 사람은 만주에 주둔한 일본 관동군의 고급 참모인 가와모토 대좌이고, 옆의 사람은 조선군 사령부 공병연대의 구레 소좌였다.

가와모토 대좌는 까칠한 콧수염을 매만지며 말했다.

"이 경의선 철도야말로 우리 대일본제국의 젖줄과 같은 생명선이지요. 그렇지만 이 철로가 압록강에서 멎어버린다는 건 지극히 애석한 일입니다."

"이 사람아, 만주가 어디 조선땅처럼 일본의 판도인가. 만철滿鐵만이 겨우 일본의 권익일 뿐 만주 땅은 아직도 중국 영토야."

"이 기회에 구실을 잡아 만주를 제 2의 조선처럼 병합해 버리면 될 텐데요."

"자네도 내 생각과 같군 그래. 그렇지만 도쿄의 정객 놈들은 너무 우유부단해서… 정치인들을 믿고 일을 하다간 만몽滿蒙개척도 백년하청百年河淸일걸."

만몽 개척이란 통일 중앙정부를 못 가진 만주와 몽골을 일본의 속방으로 아주 병탄해 버리자는 침략공작이다. 이 공작은 일본군의 좌관급 청년장교들이 앞장서서 암암리에 추진하고 있었다. 다나카 수상이나 시데하라 외상이 이끄는 본국 정부에서는 너무 과격한 만주 진출을 견제하는 입장이었다.

그런 본국 정부의 유약한 정책에 불만을 품은 가와모토 대좌는 자기 독단으로라도 일을 꾸며 보려고 우선 동지를 규합하러 조선땅에 나와 조선군사령부의 청년장교들과 기맥을 대고 있었다.

　"만주를 차지해야 돼. 만주를 먹어치우면 조선반도도 안심이거든. 지금은 조선반도의 압록강과 두만강이 최북방의 국경선이니까 조선민족들이 국경선을 넘나들면서 독립이다, 자결이다 하고 소란을 피우지만 만주가 일본 영토로 편입되면 그놈들이 갈 곳이 어디야. 시베리아인가?"

　그는 자신이 추진중인 공작의 일단을 구레 소좌에게 귀띔했다.

　"좋습니다. 조선군사령부의 젊은 장교들도 찬성할 겝니다. 조선에서의 공작은 내가 책임지지요."

　구레 소좌는 평양에서 내렸다.

　"알겠습니다. 4월까지는 보내 드리지요. 여기 일은 염려 마시고 건투하십시오."

　구레 소좌는 손을 번쩍 들고는 북으로 가는 가와모토 대좌에게 큰소리를 했다.

　가와모토 관동군 고급 참모는 치밀한 두뇌와 호탕한 기백을 가진 사람이었다. 일은 그의 스케줄대로 척척 맞아 들어갔다.

　장개석이 이끄는 국민당군이 제남濟南을 점령하고 계속 북으로 진군하자 장작림은 일전을 각오하고 북경에 머물며 버티려 했다. 이때 일본 공사 요시사와가 조정역에 나서서 장작림에게 북경을 내놓고 만주로 돌아가기를 강력히 종용했다.

　"북경은 중국 역사 5천 년의 유서 깊은 수도입니다. 이 수도를 전쟁의 불길 속에 빠뜨려선 안 됩니다. 당신은 봉천奉天으로 돌아가서 광활한 만주대륙을 차지하시오."

장작림은 완강히 반대했다. 그러나 북경에 주재하는 다른 나라 외교관들도 한결같이 요시사와와 똑같이 충고하는 바람에 그는 하는 수 없이 그곳을 버리고 자기의 옛 고향인 봉천으로 돌아가기로 했다.

장작림을 태운 특별열차가 북경을 떠난 것은 6월 3일 밤이었다. 그러나 그 특별열차는 봉천역에 무사히 도착하지 못했다.

6월 4일 새벽 5시 30분, 봉천역 도착 10분 전, 경춘선과 만철선이 교차하는 육교에 이르렀을 때 그 육교는 엄청난 굉음과 함께 폭파되었고 장작림은 열차와 함께 무참히도 잿가루가 되고 말았다.

이 장작림의 폭살사건은 가와모토 대좌의 짓이었다. 조선군에서 파견돼 간 공병대를 지휘하여 백여 개의 폭약을 그 육교에 장치했다가 장작림의 열차가 그곳을 통과할 순간에 스위치를 눌러 버렸다. 만주 벌판을 주름잡던 장작림, 한때는 일본의 적이 되고 한때는 일본군과 결탁하여 백만의 조선 거류민을 괴롭히기도 했던 장작림. 그는 끝내 일본군의 한 장교가 꾸민 함정에 걸려 파란 많은 일생을 극적으로 끝맺었다.

장작림 폭살 사건이 보도되자 일본 정계는 발칵 뒤집혔다. 그 여파는 조선에도 몰려왔다. 다나카 수상은 노발대발했다. 누가 봐도 그 사건은 일본 육군이 저질렀음을 알 수 있다.

그리고 장작림 폭발사건을 들은 조선인의 식자들도 씹어 뱉었다.

"쳇, 수법이 같구나. 명성황후 시해사건과 같단 말야."

남의 나라 조선의 국모를 살해한 저 명성황후 시해사건이나 중국의 3대 걸물로서 장개석, 단기서와 어깨를 겨루던 장작림을 폭살한 그 짓이나 그 수법은 완전히 같은 것이다.

398

특히 이 사건에 조선군사령부의 공병대가 관련됐다는 사실은 심상치 않은 문제를 제기한다. 만주에서 만약 전쟁이 터진다면 그 불길은 어느 방향으로 넘나들 것인가. 바로 조선땅이다. 만주와 조선, 그것은 조선과 일본보다도 더 밀접한 지리적 관계에 있다.

전쟁. 무서운 전쟁의 불길이 지금 바야흐로 일어나려 한다.

일본보다도 조선사회가 더 술렁거리기 시작했다. 조선총독부는 이 새로운 정세 앞에서 조선민중을 어떻게 꼼짝없이 다스릴 것인가에 대한 대책을 강구해야 했다. 이런 판국에 야마나시와 같은 무능하고 노쇠한 총독이 소임을 다할 수 있을까 하는 게 일인들의 불안이었다.

그는 벌써부터 금전 문제에 대한 스캔들을 퍼뜨리기 시작했다. 조선의 공업 분야에서 치열한 경쟁을 벌이는 미쓰이, 미쓰비시 등의 대재벌들과 흥남 질소비료 공장을 추진하는 누구치 재벌한테서 막대한 액수의 뇌물을 받아 챙길 뿐 아니라 일본인 거류민들의 상권 거래까지 돈이 아니면 성사되는 일이 없다는 소문이 저들 사이에 파다했다.

배금장군이란 별명에 손색이 없는 추문이었다. 모두들 말했다.

"늙은 부부가 손이 맞고 배가 맞아서 잘들 긁어 들인단 말야."

서울의 일본 거류민들은 음으로 양으로 야마나시의 추방론을 내세웠고 일본의 신문들도 그의 스캔들을 집요하게 들쑤시며, "반도 통치에 적신호!"라는 경종을 소리 높여 외치기 시작했다.

이런 판국에서 야마나시 한소 총독이 어느 만큼 뱃심 좋게 저들의 정적政敵과 그리고 조선민중을 상대로 싸워 나갈 것인가는 일종의 지대한 흥밋거리이기도 했다.

가짜 박충권

　오랜 입맞춤에, 지구의 회전도 인간들의 호흡도 딱 정지돼버린 순간이 흡사 영겁인 양 흐르고 있는 창변窓邊, 거기엔 눈부신 아침 햇살이 폭포처럼 쏟아져 들어오고 있었다.

　1928년이 밝아 온 지 이틀째 되던 날 아침이었다. 서울 관철동貫鐵洞 뒷골목에 있는 오복五福여관 2층 객실.

　"난 아무래도 당신이 불안해."

　박충권이 궁신弓身처럼 뒤로 휜 여자의 허리를 바로 가누며 말했다.

　"왜요? 미와와 어떻게 될까봐서요?"

　윤정덕은 아침 화장이 화사했다. 올이 굵은 스포텍스의 투피스 차림, 가슴 왼쪽에 꽂힌 붉은 장미는 조화造花 같지가 않고 햇빛에 이글거리는 것 같다.

　"그 자식 수완이 원체 비상한 놈이니까."

　"농담 그만. 당신이야말로 파라다이스의 일본 여급과 친했다는 정보데요. 만주에 가시면 또 중국 여자와 어쩌구저쩌구 하시겠죠?"

파라다이스는 관철동에 있는 바였다.

"내가 일본 여잘 유인하는 건 목적이 있는 행동이야."

"핑계도 좋은 무덤이네요. 일본사람들에 대한 앙갚음을 일본 여자와 정분 내는 것으로 대신한다는 말씀."

"난 정분을 내본 일이 없어. 번번이 겁탈했지. 미와 경부의 애첩愛妾도 겁탈해 버린 나니까."

"아아, 그만 그만."

윤정덕은 남자의 넥타이를 매만져 주고는 다시 또 숨이 막히는 입맞춤 끝에 뒤로 뒤뚱거렸다.

"자아, 먼저 나가."

여자가 오버코트를 걸치고 먼저 여관을 나섰다. 한 30분 간격을 두고 남자도 여관을 나섰다.

종로 거리는 쓸쓸했다. 일인촌인 진고개와 아사히마치 일대는 문전마다 일장기와 가도마쓰門松가 내걸려 있어서 정초의 기분으로 들떠 있지만 종로 일대는 쓸쓸하기가 여느 날보다 더했다.

이날 종로 보신각 옆에는 게시판 하나가 세워졌다. 그 게시판에는 총독 야마나시 한소의 유고문이 나붙어 있었다. '새해를 맞이해서'라는 제하의 유고문엔 총독의 반신 사진이 큼직하게 인쇄돼 있다.

거기 박충권이 나타났다. 그는 유고문을 보자 씹어뱉듯이 중얼댔다.

"자식, 되게 영양실조로구나. 배금장군이라더니 밑 빠진 항아리처럼 설사만 했는가."

광대뼈가 앙상하고 두 볼이 움푹 팬 야마나시의 사진을 보고 그는 킥! 하고 웃음을 터뜨렸다.

402

"누가 눈알을 파냈구나."

야마나시의 사진은 두 눈알이 찢겨져 있었다.

박충권은 시간을 맞춰 그곳에 나타난 것이 분명했다. 그는 종로경찰서 쪽에서 걸어오는 한 쌍의 남녀를 발견하자 잽싸게 골목 안으로 몸을 감췄다가 다시 나와서 큰길 저쪽으로 파고다 공원을 향해 걸어가는 그들을 먼발치로 뒤쫓기 시작했다.

윤정덕은 눈치가 빠른 여자다. 스케줄이 그렇게 돼 있지는 않았지만 길 건너에서 박충권이 미행하는 것을 즉각 눈치 챘다.

윤정덕은 미와에게로 몸을 바싹 붙이면서 말했다.

"차 한잔 마실 걸 혼마치(충무로)까지 나갈 것 없지 뭐예요. 가까운 데 없어요?"

미와가 필요 없이 싱글대며 대답했다.

"좋은 의견이요, 카추샤로 갑시다. 커피 맛이 괜찮죠."

"카추샤는 또 어딘데요?"

"파고다공원 뒤. 조선인이 경영하는 다방이니까 우리 한번 가 봅시다요."

이렇게 해서 그들은 YMCA 앞을 가는 중이었다.

"정덕 씨가 여기서 귀국 독창회를 가진 게 작년 9월이던가?"

"10월이에요."

지난 가을 윤정덕은 YMCA 대강당에서 화려한 독창회를 가진 바 있다.

일본 정계와 박춘금을 중심으로 한 친화회親和會의 동태, 그리고 조선 유학생들의 움직임을 살필 겸 해서 그곳 도쿄에 혼자 떨어져 있던 윤정덕은 지난해 가을에 귀국했다.

돌아오자 윤정덕은 도쿄에 있는 우에노 음악학교를 졸업한 귀국기념 독창회를 가졌다. 그날 밤 윤정덕은 마지막 프로그램으로 바로 전해에 현해탄 푸른 물결 위에 몸을 던짐으로써 못 이룰 사랑을 승화시킨 윤심덕이 남기고 간 〈사死의 찬미〉를 불러 만당의 갈채를 받았다.

　"그날 밤에 부른 〈사의 찬미〉는 지금도 귓가에 은은해."

　"저야 그 언니의 흉내도 못 냈죠. 심덕 언닌 사랑의 화신化身이었으니까요."

　윤심덕은 정말 이 나라의 뭇 젊은이들을 울리고 간 여자다. 토월회土月會의 여배우이며 가수였던 그녀는 일본 오사카에 있는 콜롬비아레코드 회사에서 취입하다가 상사相思의 사이가 된 호남湖南의 갑부 김우진과의 사랑이 끝내 이루어지지 않음을 비관해 연인과 함께 연락선을 타고 현해탄을 건너다가 홀연히 몸을 날려 바다로 뛰어든 사랑의 화신이다. 윤심덕이 마지막으로 취입한 노래가 〈사의 찬미〉로서 어찌나 구슬픈지 젊은이들은 그 노래를 부를 때마다 윤심덕의 죽음을 생각하고 흐느끼기를 잘했다.

　"내년쯤엔 제 2차 음악회를 가져야지?"

　미와가 YMCA의 붉은 벽돌 건물을 쳐다보며 말하자,

　"이제 음악 따윈 집어치웠어요."

　윤정덕은 미련 없이 잘라 말하면서 큰길 건너를 흘끔 돌아봤다.

　"음악보다도 할 일이 더 많잖아요."

　"겸해서 하지 뭐."

　"두 마리의 토끼를 쫓다간 한 마리도 못 잡는다잖아요."

　"하긴 그렇지만."

윤정덕은 오버 깃을 세우며 목을 움츠렸다.

미와의 말대로 다방 카추샤는 파고다공원 뒤편에 있었다.

"조선인이 경영하는 다방은 이거 하나일걸."

미와의 말은 옳았다.

영화 〈장한몽長恨夢〉을 감독했던 이경손이 조선사람으로선 최초로 차려 놓은 다방이다. 진고개나 메이지마치명동 일대엔 일본인들이 경영하는 다방이 여러 개 있었다. 메이지, 모리나가, 가오리, 나카무라 따위의 간판들을 볼 수 있었다. 그러나 그런 일인 경영의 다방엔 주로 그들 일본인이 고객이었다. 총독부의 관리들이나 친일 군상群像이 자주 모이는 곳이었다.

이경손은 그 점에 착안해서 장소도 파고다공원 근처에다 이름도 카추샤라는 다방을 차렸다. 따라서 카추샤엔 조선의 인텔리 청년들과 돈 있는 한량들이 모여들기 시작했다. 고등경찰의 괴수인 미와 경부가 다방 카추샤에 주목한 것은 당연했다. 그는 하루에도 두세 번씩 그곳에 나타나곤 했다.

미와가 윤정덕과 더불어 카추샤에 나타나자 한편 좌석에서 잡담들을 하던 너덧 명의 청년들이 일제히 입을 다물었다. 정초부터 재수 없다는 표정들임을 미와도 알지만 그는 태연했다.

미와는 윤정덕과 마주 앉자 대뜸 엉뚱한 화제를 꺼냈다.

"참 도쿄의 친화회 본부에서 조회가 왔더군."

"뭐라구요?"

윤정덕의 반응은 몹시 민감했다.

다방의 음악은 〈황성 옛터〉, 구성진 노래였다. 미와는 잠깐 그 음악에 신경을 쓰다가 화제를 잇는다.

"정덕 씨가 다시 도쿄로 돌아오지 않을 것인지, 본부에서 명단을 지울 것인지 조회해 왔더군."

"그래요? 지우래죠."

"나도 총독부 도쿄출장소의 보고로써 정덕 씨가 친화회에 가담한 것을 알곤 있었어. 친화회는 좋은 단체니까."

재일在日 친일괴수인 박춘금이 이끄는 '친화회'가 그들에겐 좋은 단체임엔 틀림이 없다. 다방의 레코드는 다시 〈황성 옛터〉를 반복하기 시작했다.

황성 옛터에 밤이 되니 월색만 고요해/ 폐허에 서른 회포를 말하여 주노라/ 아아 가엾은 이 내 몸은 그 무엇을 찾으려고/ 끝없는 꿈의 거리를 헤매며 있노라.

미와는 눈살을 찌푸리며 투덜댔다.

"저놈의 노랜 지독하게 퇴폐적이야."

그러나 노래는 제 2절로 넘어가고 있었다.

성은 허물어져 빈 터인데 방초芳草만 푸르러/ 세상이 허무함을 말하여 주노라/ 아아 외로운 저 나그네 홀로서 잠 못 이뤄/ 구슬픈 벌레 소리에 말없이 눈물지네.

귀 기울여 듣고 있던 미와 경부는 다시 한 번 씹어뱉듯 말했다.

"아무래도 저 노랜 불온하단 말야. 즉각 발매금지 처분을 내리도록

406

조처해야겠다!"

그러자 윤정덕은 마침 뒷자리에서 수군대는 어떤 청년의 야유를 우연히 귀에 담았다.

"저 계집은 제 2의 배정자야."

윤정덕은 그 말을 듣자 멍청한 미와에게 말했다.

"참 늘 말씀드린 것처럼 저는 학교에서 분필가루나 마시다가 시들고 싶진 않아요. 제 소망은 배정자 여사처럼 여자로서 크게 나래를 쳐보는 거예요."

그 말에 미와 경부는 한껏 자애로운 눈으로 윤정덕을 바라봤다.

"나하고만 손발이 맞으면 배정자 여사가 문제 아니지."

"그이는 늙어가니까요."

"맞았어. 정덕 씬 한껏 싱싱하구, 자아 커피 들지."

미와는 윤정덕에게 정신적인 부담을 가지고 있다.

벌써 8년이나 되는가. 경무총감부의 촉탁이면서 3·1 운동 전야에 이르러 일본 경찰을 농락했던 박충권을 체포하려고 황해도 후추섬에까지 추적했다가 꿩 대신 닭 격으로 애매한 청년을 붙들어서는 박충권을 체포했노라고 떠들어댔을 때, 윤정덕은 그 애매한 청년이 송병택이라는 가명의 박충권이라고 위증僞證을 해서 미와의 가슴에다 훈장을 달게 해줬던 일이 있다.

그 비밀은 미와가 영원히 묻어두고 싶은 극비 중의 극비사항이었다. 만일 윤정덕이 어느 계제에 그 내막을 폭로라도 한다면 조선에서 독립운동가 색출의 귀신이라는 미와의 쟁쟁한 이름은 하루아침에 땅에 떨어지고 마는 것이다. 윤정덕과 미와는 그러한 인연과 곡절이 있다. 그래서 미와는 윤정덕을 한편 경계하면서도 업신여길 수 없는 여인으로 생각하고 있다. 그런데 오늘 윤정덕이 배정자처럼 일본세력에 붙어서 제2의 배정자가 돼보기를 꿈꾼다 하니 미와로선 일생일대의 모험을 윤정덕에게 걸어봄 직하다고 생각했다.

그러나 윤정덕은 그녀대로 속셈이 있었다. 그것은 박충권과 군게 약속한 스케줄대로 움직이는 일이다. 그런 줄을 모르는 미와는 자기의 손아귀에 꼼짝없이 잡히고 만 윤정덕을 최대한으로 이용하리라 결심했다.

미와와 윤정덕은 그날 저녁부터 장소를 옮겨가며 더욱 은밀하게 만났다. 윤정덕은 미와에게서 여러 가지 새로운 소식을 전해 들었다. 그중에서도 가장 중요하고 흥미를 돋운 것이 만주 벌판에서 활약하던 독립운동의 거성인 오동진吳東振의 체포 소식이었다. 오동진은 만주 벌판에서 독립운동을 전개하는 주요한 단체인 정의부正義府의 군사위원장 겸 총사령이다.

청산리 전투 이후 시베리아로 건너갔다가 흑하사변黑河事變으로 홍역을 치른 독립운동가들은 다시 만주 땅으로 건너와서 무장독립 단체를 만들었는데 그중에도 신민부新民府, 정의부正義府, 참의부參議府가 가장 유력한 단체들이었다. 정의부는 오동진, 김동삼金東三, 현익철, 최동오, 김이대, 김윤식 등이 주동이었다. 신민부는 김좌진, 김동진, 황학수, 여호림, 송상하 등이 이끄는 단체였다. 참의부의 간부는 심용준, 김조하, 임병무 등이었다.

이처럼 독립운동 단체의 3대 산맥 중 정의부의 수령격인 오동진을 일본 경찰이 체포한 경위를 미와로부터 전해 들은 윤정덕은 혀를 깨물며 의분義憤을 참았다. 미와가 극비 중의 극비사항이라고 하면서 일러준

오동진 체포 내력은 실로 어처구니가 없었다.

총독부 경무국에서는 만주에 파견된 고등경찰의 정보에 의해서 오동진의 옛 친구인 김종원이란 조선사람이 지금은 신의주와 안동 사이를 오락가락하며 아편장사를 하는 사실을 포착했다. 평안북도 경찰부의 스에나가 경부가 그에게 손을 뻗쳤다. 스에나가 경부는 김종원을 마약 밀수범으로 체포해서 며칠 동안 고문한 다음에 은근히 매수의 손길을 뻗쳤다.

"네가 오동진의 친한 동지라는 걸 알고 있다. 너는 과거엔 독립운동을 했고 이번에는 마약밀수를 했다. 이 두 가지 범죄만 가지고도 교수형에 마땅하다. 그렇지만 우리 일본은 사람의 목숨을 아낄 줄 아는 민족이다. 네가 살아날 수 있는 유일한 길이 있다."

스에나가 경부의 공갈과 회유가 얽힌 고문은 잔인했다. 매일 거듭된 고문으로 기진맥진해진 김종원은 자기가 살아날 수 있는 한 줄기 길이 있다는 말에 귀가 번쩍 띄었다.

"경부님, 저를 살려 주시기만 한다면 무슨 일이든지 하겠습니다. 제가 독립운동에서 손을 뗀 것도, 마약 밀수를 한 것도 모두 집안의 처자식을 먹여 살리기 위해서였습니다. 오직 처자식이 불쌍해서 그랬을 뿐입니다."

김종원은 자기가 독립운동에 투신한 동안에 처자식들이 얼마나 굶주림에 허덕였던가를 소상히 회고하며 눈물을 흘렸다. 스에나가 경부는 그의 그런 심약한 허점을 미리 알고 있었다. 일이 제대로 맞아들어 간다고 생각했다.

며칠 후 스에나가 경부의 지시를 받은 김종원은 실로 엄청난 음모의 하수인으로 등장했다. 장백산맥 험준한 골짜기에 자리 잡은 정의부의 본거지로 오동진을 찾아간 김종원은 조금도 꺼리는 기색이 없이 태연하게 말했다.

"독립운동을 하려면 뭣보다도 군사자금이 필요할 게 아니겠소? 그동안 나는 국내에 들어가서 아편장사로 군자금 만들기에 힘써 왔소. 자, 여기 1만 원이 있습니다. 이것을 정의부에 기부하려는 거외다."

오동진은 눈시울을 붉히며 고마워하지 않을 수 없었다.

"고맙소. 그렇잖아도 우리들은 군사자금이 모자라서 곤경에 빠져 있던 중이오. 정말 고맙소."

그러자 김종원은 능청스럽게 말을 계속했다.

"단돈 1만 원 가지곤 아무짝에도 못 쓰오. 정의부와 고려혁명당의 책임 간부인 오 동지로서는 백만 원이 있어도 부족할 거외다. 그래서 내한 가지 좋은 생각을 해 봤어요. 성사될는진 만나 봐야 하겠지만."

"만나 보다니 누구를?"

오동진이 무릎을 바싹 당기면서 김종원에게 물었다.

"실은 그동안 본국에 들어가서 최창학 씨를 접촉해 봤어요. 듣던 바완 달리 최창학 씨가 독립운동 단체에 무척 호의를 갖고 있습니다."

"최창학 씨라면 우리나라의 금광왕金鑛王이라는 그분 말입니까?"

"바로 금광왕 최창학 씨 말이오. 그분이 오 동지를 직접 만나서 독립운동을 도울 수 있는 방법을 함께 의논해 보자는 거요. 이것은 극비 중에서도 극비에 속하는 일이지만."

오동진은 너무나 뜻밖의 말이라 처음엔 믿어지지가 않는 눈치였다.

그러나 옛날의 다정하던 동지인 김종원이 1만 원을 가지고 와서 독립자금이라고 선뜻 내놓았고, 거기다가 최창학과의 접선을 간곡히 권고하는 바람에 그는 반신반의하면서 우선 최창학을 만나 보기로 했다.

주위의 동지들은 김종원의 말이 너무나 넝쿨에 호박이라서 일본경찰의 어떤 계략이 아닐까 의심했다. 그들은 오동진에게 최창학과의 면담을 거절하라고 권고했다. 그러나 오동진은 김종원을 믿는 나머지 주위의 만류를 뿌리치고 약속장소로 단신으로 나갈 결심을 했다.

이튿날 그가 김종원의 안내로 장백산 밀림에서 나와 길장현 구릉참까지 나왔을 때 스에나가 경부가 지휘하는 일본 고등경찰들은 무난히 오동진을 체포하고 말았다. 체포된 오동진은 신의주로 끌려와서 신의주 지방법원에서 재판을 받아 무기징역이 선고됐다.

오동진의 체포는 신임 총독 야마나시에게 바치는 가장 푸짐한 선물이 되고 말았다. 총독은 오동진 체포 소식을 듣고는 흐뭇해진 나머지 만주지방에 대한 고등경찰의 공작을 더욱 활발히 하라고 강력한 뒷받침을 해줬다.

미와는 그러한 곡절을 윤정덕에게 일러주고는 지난 봄 만주 길림에서 벌어진 나석주羅錫疇 의사의 추도회장을 습격해서 안창호를 비롯한 3백여 명의 독립운동가들을 체포했을 때도 역시 선민부鮮民府나 한교재향회韓僑在鄕會 같은 조선인 친일단체의 도움이 컸다는 점을 자랑 삼아 늘어놓았다.

며칠 후 어느 날, 밤 미와와 윤정덕은 또 밀회를 했다.

"이제는 조선사람들의 사고방식이 아주 달라졌단 말야. 전에는 총독부에 협력하는 조선인을 개라고 부르며 고립시켰는데, 이제는 도리어 총독부에 대한 협력자가 많아지고 독립운동가들이 고립돼 버렸거든. 윤정덕 당신도 잘 생각했어요. 당신이 만주 땅에 가면 할 일이 많거든.

당신처럼 머리 좋고 어여쁜 여성이면 제2의 배정자가 아니라 배정자를 깔고 뭉갤 여걸이 될 것을 내가 보장해. 자아 여기 편지가 있어. 이것은 봉천에 있는 후쿠지마 경부에게 보내는 사신私信인데 윤정덕 당신을 잘 보살펴 주라는 내용이오. 공작工作의 지령은 그 후쿠지마 군으로부터 현지에서 들으면 돼."

미와는 두툼한 밀봉 편지를 정덕에게 수교했다.

윤정덕은 미와가 마련해 준 여행증명서와 공작금을 받아서 1월 10일 아침 평양으로 가는 열차를 탔다. 명목상으로는 만주에 있는 독립운동 단체를 교란 파괴하고 그 두목들을 유인 체포하기 위한 고등경찰의 여자 첩보원이라는 것이다.

그러나 미와를 비롯한 경무국 간부들은 윤정덕이 평양 을밀대乙密臺에서 박충권과 만나서 실은 친일단체들을 결단내기 위한 공작을 전개하리라곤 상상도 하지 못했다.

1월 16일, 평양을 떠나 만주로 달리는 경의선 열차엔 박충권과 윤정덕이 나란히 앉아 있었다.

열차가 청천강을 건너 국경지대로 가까이 가자 이동경찰이 번갈아 올라와 낯선 그 두 남녀를 날카롭게 불심 검문했다. 윤정덕은 그럴 때마다 방실방실 웃으며 교만한 자세로 여행증명서를 내보였다. 미와가 경무국으로부터 만들어 준 통행증이다. 붉은 줄이 열십자로 그어진 증명서, 그것은 총독부 경무국의 고등경찰이 공작원에게나 나누어 주는 특별 신분보장 증명서다.

"이분은 나와 같은 목적으로 가시는 분이니 더 귀찮게 굴지 말아요."

윤정덕이 약간 성을 내면서 박충권을 변호하면, 이동경찰들은 황송하게 되었다고 허리를 굽실거리면서 지나갔다.

신의주역에 열차가 닿았을 때는 평안북도 경찰부의 스에나가 경부가 모네 순사부장과 김덕기라는 조선인 형사를 대동하고 차내에 올라와서 윤정덕을 찾았다. 그들은 미와 경부로부터 미리 연락받았노라고 하면서 그들에 대한 대접이 실로 융숭했다.

박충권은 윤정덕의 그늘에 숨어서 아무런 의심도 받지 않고 압록강 철교를 건너는 데 성공했다. 윤정덕의 행선지는 만주 봉천이고, 박충권의 목적지는 길림이었다. 길림성이라면 만주의 독립운동가들이 가장 많이 집결된 곳이다.

박충권은 그곳 길림시에 국민부國民府의 비밀본부가 있다는 것을 알고 있다. 그들의 계획으로는 박충권이 먼저 그곳을 찾아 독립운동가들과 접촉하는 동안에 봉천에 들른 윤정덕이 일본 경찰의 비밀임무를 띠고는 그곳으로 오게 되어 있었다.

박충권이 길림시 우마행호동牛馬行胡同에 있는 국민부 비밀본부에 도착하자 이웅, 최동오, 현정경, 김이대 등이 그를 반겨 맞이했다. 처음에는 박충권의 신분을 의아스럽게 생각한 사람도 있었지만 그가 지난날 행적과 윤정덕과 더불어 짜놓고 있는 공작의 내막을 소상히 듣고 10년 지기처럼 그를 뜨겁게 맞이했다.

그들은 으슥한 골방에서 문을 굳게 잠그고 밀담들을 했다.

"동지 고맙소. 그런데 우리가 가장 궁금한 것은 국내 사정이외다. 야마나시란 자가 새로 총독에 부임했단 소린 들었지만, 국내 정세가 어떠하오?"

"지금 국내에는 총독이 갈리어 뒤숭숭합니다. 야마나시란 자가 이른바 동북파東北派의 관리들을 숙청하는 바람에 총독부는 그 인사파동으로 공중에 떠 있어요."

"동북파라면 일본의 관동지방이나 오우지방 출신들인가요?"

"그렇습니다. 사이토 총독은 그 지방 사람만을 중용했는데 야마나시는 저쪽의 장주파거든요. 그래서 자기 고장 출신을 대량 끌어내다 앉히고는 동북지방 출신은 모조리 목을 자르거나 좌천시키는 거죠."

박충권은 야마나시가 1월 1일부로 단행한 총독부 인사이동의 내막을 소상히 알려 주었다.

배금장군으로서 정치자금을 마련하는 게 중대한 부임 목적이었던 야마나시는 본국을 떠나기 전에 다나카 수상과 함께 미리 그 문제를 의논하여 서울에 부임하는 즉시 대대적인 인사이동을 단행했다. 총독부의 국장들은 대량 경질되고 심지어는 과장, 계장에 이르기까지 동북지방 출신자는 모조리 본국으로 소환되거나 지방관서로 추방 좌천됐다. 그런 만큼 총독부의 행정은 일시 마비상태에 빠진 상태였다.

"그렇지만 경무국은 요지부동입니다. 우리 독립운동가를 색출하는 고등경찰만은 옛날의 조직을 그대로 굳히고 있으니까요. 총독도 경무국만은 손을 못 대고 있습니다. 그들마저 흔들었다가는 조선의 치안유지가 불가능하다는 걸 아니까요. 더욱이 지난번 오동진 동지를 유인해서 체포한 공으로 경무국에 대한 야마나시의 태도는 여간 좋은 것이 아닙니다. 공작 기밀비를 물 쓰듯 해도 뒤를 척척 대주는 형편이죠."

414

박충권은 윤정덕이 미와를 통해서 탐지해 낸 경찰 정보를 국민부 간부들에게 세세히 일러 줬다.

그밖에도 박충권이 전해 주는 국내의 소식들은 고국을 등진 지 오랜 독립운동가들에게는 반갑고도 신기한 뉴스인 듯했다.

본국의 학자들은 '조선어연구회'를 조직해서 우리나라의 글자인 한글에 대한 연구를 진행하여 기관지로 〈한글〉을 내기 시작했다고 했다. 이 연구회는 이미 1921년부터 휘문의숙徽文義塾을 중심으로 장지영, 김윤경, 최현배, 이윤재, 권덕규, 신명균, 최두선, 이병기 등이 모여 우리 국문을 갈고 닦기 위해 노력했는데, 1926년에 이르러 한글 반포 480주년을 맞이해서 한글 반포일을 '가갸날'이라 정하고 강연회와 기념식을 가졌으며 한글 맞춤법 통일안을 마련하려고 무진 애를 쓴다는 것이었다.

신간회에 대한 박충권의 보고도 그들에겐 신기하기만 했다.

월남 이상재를 필두로 기독교 측의 현동완, 김창준, 박동완, 불교 측의 한용운, 천도교 측의 권동진, 박내홍, 여성 측의 김활란, 유각경을 비롯해서 홍명희, 안재홍, 조병옥, 김병로, 허헌, 신석우, 이승복, 이관호, 이원혁 등 제제다사들이 주동이 돼서 조직된 '신간회'는 어느덧 전국에 2백여 개의 지회支會를 조직하고 회원만도 10만이 넘는다는 소식에 모여 앉았던 독립투사들은 모두 환성을 올렸다.

"그렇지만 너무 기뻐할 일만은 못됩니다. 신간회 속에 끼어든 과격 분자들 때문에 벌써 분열될 징조가 엿보입니다."

박충권의 말에 그들의 표정은 단박 굳어지고 잠시 침묵이 흘렀다.

"그 공산주의자들 말이지요? 그자들은 여기 만주에서도 골칫거리입

니다. 그들은 겉으로는 독립운동이다 광복투쟁이다 하면서도 실은 동
지들을 분열시키면서 마르크스・레닌주의 사상의 선전만을 일삼고 있
거든요. ”

국민부 군사위원장인 이웅의 탄식이었다.

“그자들을 경계해야 합니다. 지금 우리 민족이 노동자다 자본가다
하고 헐뜯을 때입니까? 온 민족이 한 덩어리가 돼서 침략자를 몰아내야
할 판국인데 계급사상이 어떻고 유물론이 어떻고 쓸데없는 잡음을 일
굴 때냐 말이에요. ”

이것은 외교위원장 최동오의 말.

“제가 국내에서 듣기로는 상해에서도 ‘한국독립당’ 조직운동이 진행
중이라 하더군요. 공산주의자들이 임시정부 안에 침투해서 분열공작
을 벌이니까 그것을 막기 위해서도 민족진영 지사들이 임시정부를 뒷
받침할 만한 굳건한 정당을 조직하려고 준비 중이래요. ”

박충권은 역시 윤정덕으로부터 입수한 정보를 모조리 털어놓았다.

“한국독립당이라면 안창호 동지가 만드는 것인가요?”

같은 독립운동을 하는 사람들이지만 모든 일이 비밀 속에서 진행 중
인 까닭에 서로의 정보교환은 매우 느리고 어두운 모양이었다.

“아니죠. 안창호 선생이야 미국에서 만든 홍사단을 이끄는 중이지
요. 한국독립당은 이시영李始榮, 이동녕李東寧, 김구金九 동지들이 만
드는 모양입니다. 김원봉金元鳳은 본시 좌익사상에 물든 사람이니까 의
열단을 기간으로 해서 ‘조선민족혁명당’을 만들 계획이랍니다요. 이런
모든 정보는 총독부 경무국에서 손금을 보듯이 환하게 알고 있더군요. ”

“그놈들 정보망은 거미줄 같아. 그렇다면 우리 국민부로서는 무슨

416

대책이 있어야 하겠는걸."

김이대가 그런 말을 하자 박충권은 갑자기 열을 올리며 역설했다.

"제가 여길 찾아온 건 두 가지 목표가 있습니다. 첫째는 만주에 있는 우리 독립단체들도 하나로 뭉쳐서 유일당唯一黨을 만들어야 합니다. 그리고 둘째로는 우리 독립운동가를 왜놈들에게 고자질해서 민족과 동지를 팔아먹는 주구기관走狗機關을 때려 없애야죠. 이 일을 위해서 미력이나마 몸을 바치겠습니다."

박충권은 자기와 함께 한만韓滿 국경을 넘은 윤정덕이란 여자가 지금 봉천을 거쳐서 통화通化에 있는 일본 영사관을 찾아 공작하는 중이므로 윤정덕이 길림에 도착하는 대로 그 친일 주구단체인 선민부鮮民府를 박멸하는 작전을 벌여야 한다고 했다.

만주 땅에는 선민부 외에도 몇 개의 친일단체들이 있었다.

1920년 이후 만주지방에서 무장 독립운동이 치열하게 벌어지자 조선총독부 경무국과 만주의 일본 영사관에서는 서로 합작하여 그 독립단체들을 박멸하기 위한 계책의 하나로서 친일적인 조선인들을 망라해서 조선인보민회朝鮮人保民會니 조선인거류민회朝鮮人居留民會니 하는 따위의 괴뢰단체들을 만들어 놓았다.

제1대 데라우치 총독의 조선인 만주 추방정책 이래 농토와 집을 빼앗긴 조선사람으로서 한만 국경을 넘어 만주 땅에 흘러 들어간 유랑민은 실로 1백만이 넘었다. 이 유랑민들은 대개 세 갈래로 나눌 수가 있다. 첫째는 민족의식이 강렬한 반일적인 피란민, 둘째는 민족의식 따위는 생각할 엄두도 못 내는 단순한 농민들, 셋째는 만주 땅에 와서 살판을 개척하여 영화를 누려 보려는 야심가들이 그들이다.

이 세 갈래의 부류 중에서 맨 뒤 치부 영화를 꿈꾸는 사람들이야말로 일본 관헌이 유혹의 손을 뻗치기 가장 알맞은 족속들이었다.

　— 독립운동가를 밀고하면 1천 원을 준다.
　— 독립운동의 주모자를 잡아오면 1만 원을 준다.
　— 독립운동하다 귀순하는 자는 토지와 5백 원의 영농자금을 준다.
　— 일본 영사관에 협력하는 자는 중국 관헌의 횡포로부터 생명과 재
　　산을 보호해 준다.

일본 관헌들은 이러한 미끼를 던져서는 만주 땅의 1백만 조선민족을 분열시키기에 혈안이 돼 있었다. 그러나 조선인보민회나 조선인거류민회는 이내 너무나 악평이 자자하게 돼서 만주에 있는 조선사람들의 거개는 그들을 미워하고 외면해 버렸다.

그 무렵 조선총독부 경무국에서 파견된 외사과外事課 특무원特務員인 후쿠지마 경부는 새로 친일단체를 마련하려고 계획했다. 선민부였다.

선민부의 주요 인물은 김선봉, 이영재, 송운봉이었다. 그들은 본시 참의부에서 활약하던 독립운동의 전력을 가진 사람들이다. 그러나 후쿠지마 공작원의 집요한 유인에 넘어가 마침내 동지들을 배반하고 일본 관헌의 꼬임대로 선민부라는 괴뢰단체를 만든 것이다.

후쿠지마 경부가 총독부 경무국장에게 보낸 선민부의 내막 보고서를 보면 다음과 같은 문구가 읽힌다.

　— 첫째, 그들은 독립운동의 경력이 있으므로 조선민중 사이에 신
　　망을 얻을 수 있다.

―둘째, 이자들은 독립운동가들과 면식이 많으므로 불순분자를 색
　　　출해 내는 데 큰 역할을 할 수 있다.
　　―셋째, 그들은 독립운동의 소굴을 잘 아는 점이 유리하다.
　　―넷째, 독립운동가들의 심리적 약점을 잘 알고 있으므로 그들에
　　　대한 반대공작을 하기 좋다.
　　―대체로 이러한 구성분자로 운영되는 선민부는 장차 만주를 평정
　　　하고 반항적인 조선민중을 선무 교도하는 데 결정적 역할을 할
　　　수 있다.

　　그들은 선민부를 이렇게 높이 평가했다. 거기에 또다시 제 2의 배정
자와도 같은 윤정덕이란 여자가 본국 미와 경부의 알선으로 끼어들었
으니 후쿠지마로서는 이거야말로 금상첨화라고 생각했다.

　"당신이 미와 경부의 말처럼 배정자가 될 수 있는가 없는가의 첫솜씨
를 봅시다. 먼저 길림성에 들어가서 독립운동가들의 앞으로의 비밀계
획을 빼내 와 보시오."

　그러나 윤정덕으로서는 누워서 떡먹기의 지령에 불과했다. 왜냐하
면 길림성은 이미 자기의 애인이며 동지인 박충권이 들어가 있으니 말
이다. 박충권과 만나서 대강의 이야기만 들어도 후쿠지마가 바라는 귀
중한 첩보를 제공할 수 있다.

　그날부터 윤정덕은 후쿠지마 경부의 절대적인 신임과 신분보장을
받고 독립운동가들의 근거지와 일본 비밀경찰 사이를 후조候鳥처럼 오
락가락하면서 이중첩자의 일을 도맡아 진행했다. 그러나 윤정덕의 정
체는 오로지 조국 광복과 그의 애인인 박충권의 일을 돕는 것이다.

　윤정덕이 전해 주는 선민부의 정보는 독립운동가들이 자신의 신분을

보호하고 그 주구기관을 때려 부수는 데 결정적인 도움이 됐다.

1929년 봄 국민부國民府에서는 드디어 선민부 토벌 지휘소를 조직했다. 사령관엔 이웅, 부사령관엔 양세봉이 취임했다. 그리고 그들은 용감하게 싸웠다. 통화通化, 환인桓仁, 집안集安 등지에 번져 있던 선민부의 근거지를 모조리 습격하여 그 주구 두목들을 깨끗이 숙청했다.

그러나 그러한 습격이 벌어지기 몇 달 전에 윤정덕과 박충권은 시치미를 딱 떼고 다시 국내로 들어와 있었기 때문에 총독부 경무국에서는 선민부의 피습 궤멸이 윤정덕의 이중첩보 행위에 의한 것이었음을 전혀 몰랐다.

두 여걸

　세상은 한없이 어리석을 수도 있다.

　윤정덕이 만주에서 한 일이란 국민부를 도운 것이고, 틈을 내서는 사랑하는 사람 박충권과 광활한 대륙에서 혹한을 녹이는 사랑에 도취하는 즐거움이었다.　애정 행각의 주무대는 봉천, 길림 그리고 하얼빈이었다.　후쿠지마 경부가 대어주는 기밀비는 태반이 국민부로 흘러 들어갔고 그들 두 사람을 위한 비용으로 대치됐다.

　넓은 천지였다.　은신할 곳은 어디에든지 있었다.　돈이 있고 무대가 넓었다.　그리고 그들의 사랑은 변할 줄 모르는 뜨거운 것이었다.　북국의 썰매 위에서도 마차 속에서도 그들의 사랑은 무르익었다.　젊음의 정력은 샘처럼 솟아올랐다.　해야 할 일은 보람 찬 것이었다.　실로 즐거운 만주생활이었다.

　그런데 돌아온 윤정덕은 총독부 관리들 사이에 여왕처럼 군림했으니 세상이란 어리석은 일면이 있었다.

　어느 날 밤 총독이 직접 윤정덕을 연회석상에 초청했다.　장소는 순조

선식 요리점인 식도원食道園이었다. 가희佳姬들이 가야금을 뜯는 호화
판 연석이었다. 총독부 경무국은 두 여걸을 자기네의 첩자로 얻은 이상
조선사람들의 지식층에 대한 동태 파악은 완벽한 것이라고 자부할 만
큼 배정자와 윤정덕을 높이 평가했다.

그날 밤의 주빈은 총독이 아니라 그 두 여성이었다. 총독은 술기운이
얼근해지자 그 짧은 혀가 더욱 짧아진 눌변이 됐다.

"자아 우리 사다코 씨, 내게 한 잔 더 주시겠소."

배정자는 오른쪽에, 윤정덕을 왼쪽에 앉힌 총독은 '두 손에 꽃'이랄
까 기분이 매우 좋았다.

"각하, 그만 드시죠. 시간도 너무 늦었는데."

배정자는 마지못해 술을 따르지만 흥이 깨어진 어투였다. 회색 공단
치마저고리에다 양털 남빛 배자를 받쳐 입은 그녀의 눈꼬리엔 피로한
빛이 역력했다. 총독은 받은 술잔을 상 위에 놓고 따지듯 말했다.

"이것 봐요, 배 여사. 그대는 내가 늙었다고 업신여기는군. 이래
뵈도 난 천하의 호걸이야. 도쿄 바닥에서도 다나카 군과 내가 쌍벽이
었어."

야마나시는 툭 하면 정우회의 총재이며 총리대신인 다나카를 자기의
막역한 친구로 내세우는 게 하나의 긍지였다.

"그런 뜻이 아니고요. 너무 과음하시면 건강에 해로우세요."

"어허, 사다코 씨의 고마우신 말씀. 허나 배 여사. 배는 조선말이 배
腹라면서? 그리고 사람을 태우는 배도 된다면서? 아하, 이것 봐! 전임
사이토 군을 태운 그대의 배에 이 사람도 태워야 할 게 아닌가?"

그러자 조선군사령관이 손뼉을 쳤다.

"그것 참 좋은 말씀. 배는 타자는 배. 총독 각하를 태워 드리시지."

순간 발끈 성을 낼 것 같았으나 배정자는 유들유들했다.

"내사 좋십니다만 배가 헐었습니더. 보다도 윤정덕 씨의 배는 마악 진수進水한 새 배. 이왕 타시려면 저런 배를 타 보셔야 안능기오. 홋호호."

이 말에 윤정덕은 배정자완 달리 발끈 성을 냈다.

"배 여사. 말씀 삼가시죠! 배 여사와 저와는 하는 일이 비록 같기는 하지만 저는 윤정덕이구 배 여사는 배정자세요. 성은 배腹시구 이름은 정자精子이세요. 배 여사야말로 남자 없인 의미가 없을 게 아녜요?"

암팡지게 쏘아 붙이는 윤정덕은 역시 나이가 젊은 탓인지도 모른다. 좌중은 웃음바다가 되고 배정자는 반박할 말을 찾지 못했다.

'서로 질투들을 하고 있구나.'

정무총감은 혼자 고개를 끄덕이며 능청을 부렸다.

"배 여사, 무슨 말씀을. 이쪽은 이미 임자가 있습니다!"

그는 보란 듯이 윤정덕의 허리를 껴안으면서 잘 다듬어진 콧수염을 쭝긋거렸다.

그러나 윤정덕은 또 깔끔하게 쏘아 붙였다.

"이 양반들이 누굴 기생으로 부르셨나. 착각들 마시라우요."

윤정덕은 누구의 손도 자기의 몸에 닿는 것을 싫어했다. 정인情人 박충권만을 위해 존재하는 육체인 것이다. 비록 술기운에 농지거리라도 그들의 허튼 수작을 받아들일 기분이 못되었다.

이때 조선군사령관이 정색하면서 짓궂은 말을 했다.

"이봐, 그렇게 노할 건 없어. 그건 그렇구 조선 여자들은 젖통을 아무데서나 내놓는데 어디 자네 그것 좀 구경시켜 주게나!"

미개민족이라는 야유였다. 윤정덕은 기가 막혔다. 그러나 마주대고
성만 낼 수도 없다.

"일본 여자들은 한쪽 다리를 번쩍 쳐들고 일어선 채 '쉬이'를 하는데
그건 왜 그렇죠?"

그가 질 까닭이 없다.

"조선 영감들은 상투를 꼭 아래에 달린 그것 모양으로 트는데 그 까
닭은 뭐지?"

윤정덕은 어느 쪽이 미개민족인가를 증명하고 싶었다.

"일본 옷은 앞이 타개져서 걸을 때마다 벌룩벌룩 벌어지는데 그건 왜
그렇죠?"

"조선 처녀들은 댕기 꼬랭이를 엉덩이에까지 치렁치렁 늘이고 다니
는데 그건 몽골족의 후예라는 뜻인가?"

"일본 버선은 발가락이 하필이면 두 개로 찢어졌는데 그건 섬나라라
서 가재 발을 닮아선가요?"

"조선 영감들의 담뱃대는 지게 작대기만큼이나 긴데 그건 도둑놈이
많은 나라라서 무기 역할을 한다지?"

"일본사람들은 게다짝을 따까닥 끄는데 그건 야경 도는 소릴 대신하
기 위해서라죠?"

수수께끼처럼 서로들 주고받았다.

이때 정무총감이 화제의 방향을 바꿔 버렸다.

"자아 사실은 총독 각하가 취임해 오신 지 1년이 넘었으니 오늘은 지
나간 1년 동안의 회고담이나 하면서 앞으로의 시정施政자료로 삼는 게
뜻이 있을 줄로 압니다."

그는 엉뚱한 제안을 했다. 사람들은 묵묵 불언이었다. 오직 기생들이 뜯어대는 가야금 소리만이 심야의 정적을 깨뜨리고 있었다.

총독이 쾌히 동조했다.

"그렇지, 그래. 벌써 1년이 넘었던가. 그동안 조선 천지는 유사 이래 가장 평온했을걸."

총독은 자기의 치적 중엔 자랑하고 싶은 게 많다고 생각했다. 다른 사람 눈엔 그것이 자랑거리가 될지 안 될지 모르지만 그는 모두가 자랑하고 싶은 일로 여겼다.

하긴 몇 가지 일을 지적할 수는 있었다. 부산항의 제 2기 공사가 지난여름에 끝났다. 그것으로 일본 본토와의 무역 거래가 더욱 활발해질 것이다.

정우회와 밀접한 선을 대고 있는 총독은 본국의 재벌인 미쓰이, 미쓰비시, 스미토모, 노구치 등과 흥정 끝에 조선에 대한 공업시설의 개척을 적극 추진함으로써 공업진흥의 바람을 일으켰다. 물론 그러한 공장 유치를 미끼로 막대한 정치자금을 집어삼킨 것은 비밀에 속한다.

그는 또 동양척식회사에 의한 일본인의 조선 이민을 제한하도록 했다. 이것은 일본의 쌀 생산력이 늘어나서 조선 쌀의 대일 공급이 거의 필요 없게 된 만큼 조선에서 생산되는 쌀의 처리가 곤란해진 탓이었지만 하여간 겉으로는 조선인의 복리를 증진시키기 위한 총독 자신의 근본 방침이라고 떠들어 댔다.

그리고 총독이 특히 자랑스럽게 여기는 것은 자기가 부임한 이래 조선의 치안이 평온하다는 점이었다. 그는 부임한 지 얼마 안 돼서 초도 순시를 하다가 경무국에 들러 이렇게 말한 적이 있다.

"적을 쳐부수는 데는 직접적으로 두드리는 정공법과 간접적으로 적을 분열시키는 측공법이 있다. 지금 조선에는 집단적인 적이란 있을 수 없다. 만주와 중국 땅에는 이른바 독립군이 있는 모양이지만 반도 내에는 그런 폭도들이 없단 말이야. 그렇다면 우리의 적은 조직화되지 못한 일단의 미미한 세력에 불과하다. 그자들을 다스리는 데는 정공법보다는 측공법이 좋다. 분열 이간책을 쓰라. 특히 내가 알기로는 조선의 불온분자들은 민족주의를 신봉하는 계층과 공산주의를 신봉하는 테러리스트들로 대별된다. 누가 더 위험한가? 물론 공산주의자들이다. 모름지기 공산주의자들은 철저히 단속 검거하고 민족주의자들은 은근히 수호하는 척하라. 물론 민족주의자라 해도 해외의 불온한 분자들과 기맥을 대고 음모를 꾸미는 자는 가차 없이 잡아내겠지만."

그는 노회한 군인이었다. 조선의 사회주의 공산분자들에게 용서 없는 탄압을 가하면, 탄압받는 그들은 탄압을 덜 받는 민족주의 진영을 향해서, 너희들은 총독부와 암암리에 묵계를 맺은 것이 아니냐고 시기하면서 자기네들끼리 헐뜯고 비난 끝에 분열하리라는 계산이었다.

그것은 전임 사이토 총독의 수법과 합치되는 것이었다.

그의 지시대로 1928년 3월에는 제3차 공산당 사건이 일어나서 신간회에 들어 있는 좌익계열들이 일제히 검거되기에 이르렀다.

그 당시 조선의 공산세력은 박헌영, 최익한, 조봉암, 이영, 이주하, 김삼룡 등에 지하에서 준동했는데, 그들에 대한 검거 선풍이 불자 저들은 총독이 예견한 대로 총독부를 미워하기보다는 오히려 신간회의 민족진영을 사상적인 배신자니 교활한 부일배니 하면서 힐난하기에 이르렀던 것이다.

술잔들이 다시 몇 순배씩 돌아갔다. 아까보다 좀더 눈이 거슴츠레해진 총독은 정무총감과 대화하는 윤정덕에게 시선을 보내며 또다시 희롱거리기 시작했다.

"이봐 젊은 색시. 윤정덕이라 했지? 그대의 양아빈 누군가? 이 배정자는 이토 공작을 아버지로 삼았기에 아시아의 여걸로 나래를 펼 수 있었지만, 윤정덕 그대의 양아비는 누구냔 말이다."

윤정덕이 새침하게 말했다.

"각하, 각하를 제하고 저의 양부가 될 분이 어디 있겠어요?"

"요것 봐라. 나를 늙은이로 취급해서 양부로 모시겠다고. 나 같은 늙은이는 그대의 상대가 못된단 말이지."

"그런 듯이 아니오고 저의 보호자는 총독 각하를 빼놓고 따로 있을 것 같지 않아서…."

"닥쳐라. 나는 알고 있어. 그대의 정부가 미와 경부라는 것을. 그놈은 아주 유능한 고등경찰이지. 그가 없으면 경무국도 경성의 경찰부도 면목을 유지하지 못하는 걸 내 다 알고 있다. 그렇지만 윤정덕. 그대를 그놈의 미와란 놈이 차지했다는 것은 약간 불쾌한 일이야. 군사령관 그렇지 않소?"

정무총감이 총독에게 일침을 놓는다.

"각하, 옆에 앉으신 배 여사가 무척 무료하신가 봅니다. 배 여사에게 잔을 권하시지요."

"오오 그렇던가, 배 여사. 미안하게 됐군. 늙으면 술도 약해지거든. 조선에는 인삼과 녹용이 명물이라면서? 그 인삼 녹용을 먹으면 회춘할 수도 있다지?"

총독은 엉뚱한 이야기로 화제를 돌려 자신의 가벼운 실태를 얼버무리려 했다.

"좋고 말구요. 이토 아버지도 데라우치 대장도 사이토 제독도 모두 강원도의 산삼과 산방협의 사슴뿔을 자시고 효험을 보셨지요. 각하께서도 그런 영약에 맛을 들이시면 조선땅을 떠나실 수 없을 거예요. 필요하시다면 제가 특별히 구해다 드려도 좋습지요."

배정자는 파장이 되어 가는 이 술자리를 그래도 용케 수습하려고 애쓰는 눈치였다. 그녀가 아까보다 진중한 몸가짐을 가지는 것은 순전히 윤정덕이라는 무시 못할 후배 때문이었다.

배정자의 안목에는 야마나시나 이케가미 따위는 지극히 신통찮은 인물들이었다. 그녀는 이토의 양녀였고, 데라우치와 절친했고 사이토 총독과는 속살을 맞댄 처지였다. 이완용과도 그런 사이고, 송병준쯤은 근본적으로 업신여긴 프라이드다.

요즈음 한창 이름을 떨치는 한상룡, 박춘금, 이진호, 이규완, 문상기 따위의 친일파 2세들은 배정자 자기의 얼굴빛을 살피기에 신경을 쓰는 판세가 아닌가. 그런 만큼, 야마나시 총독 같은 무골충에게 빛 잃은 노기老妓처럼 웃음을 판다는 것은 그녀의 경력과 자존심이 허락하지 않았다.

그러나 배정자는 정무총감과 대화하는 윤정덕을 등한시해선 안 되었다. 정치가와 사귀고 그들과 교유하며 그들을 손아귀에 넣고 농락하려면 때로는 여왕처럼 군림해야 되지만 때로는 여항閭巷의 기녀처럼 요염한 아양을 떨기도 하고 인자한 어머니처럼 뭇사람의 시중을 들어주어야 함을 알고 있으며, 만만찮은 후배인 윤정덕에게 그 시범을 보여줘야 한다는 것도 알고 있다.

"솔직한 말씀이지 나이는 어쩔 수 없어요. 이제 나는 늙었습니다. 나는 별 수 없이 저 윤정덕 아우에게 밀려남을 섭섭하게 생각지 않아요. 나보다 몇 배 똑똑한 애니까요. 물론 여자의 마음으로 질투가 없진 않아요. 하지만 정덕인 도저히 미워할 수가 없는 신비로운 인품을 지녔어요. 정덕이야말로 '조선의 여자'입니다."

이때 기생 하나가 갑자기 "백구야 껑청 날지를 마라. 너 잡을 내 아니로다" 소리를 높였다.

청하지도 않았는데 별안간 목청을 뽑는 이유가 뭘까. 비록 기생일망정, 배정자의 노는 수작이 지나치게 눈꼴사납다는 뜻이 아니겠는가.

정초부터 계속되는 추위는 삼한사온三寒四溫을 무시했다. 매일 빙점하 20도를 오르내리는 강추위가 계속됐다.

"왜놈의 설은 예외 없이 이렇게 춥단 말야."

"쪽발이들 게다짝 끄는 소리를 들으면 더 추워요."

양력 정월은 일인들의 설이고, 음력 정초는 조선사람들의 설이라고 했다.

그렇게 추위가 계속되던 어느 날, 총독은 도쿄 아사쿠사淺草에 있는 자택에서 걸려온 지급전화를 받고 혼비백산했다.

"뭐야? 하루에가 죽었어? 망할 자식. 위독했으면 미리 연락하잖구 죽은 다음에야 전화냐. 멀쩡하던 사람이 왜 죽는단 말이냐?"

전화통에다 대고 아무리 역정을 내도 하루에는 죽었다는 것이다.

총독의 아내였다. 연말에 일본으로 돌아갔다가 불일간에 조선으로 돌아올 예정인 그녀가 급성복막염을 일으켜 숨졌다는 소식이었다. 그는 즉석에서 비서과장을 불러 명령했다.

"곧 도쿄로 간다. 열차 준비를 해라. 수행은 자네 혼자면 된다. 노처老妻가 죽었다는구나!"

그는 그 밤으로 경성역을 출발했다. 이튿날 새벽 관부연락선을 탔다.

겨울의 현해탄도 결코 만만치는 않았다. 파도가 높이 1미터나 가까웠으니까 바람이 꽤 거세었던 듯싶다. 5천 톤급의 연락선도 나뭇잎처럼 바다 위에서 노닐었다. 그는 심한 뱃멀미를 하다가 옆에 있는 비서과장에게 고함을 꽥 질렀다.

"그놈의 비행장은 언제나 완성되나?"

"각하, 여의도 비행장은 8월에야 준공이 된답니다. 울산 비행장은 새해 12월에야 공사가 끝나고요."

"아직도 1년이나 남았느냐? 너무 느리다. 정무총감과 군사령관에게 전보를 쳐라. 비행장 공사를 서두르라고."

"각하, 지금은 상중喪中이신데 업무에 관한 일은 삼가시는 게 좋을 듯하옵니다."

"자네는 내가 이렇게 뱃멀미로 고생하는 꼴이 재미있어 보이는가? 상중이고 이렇게 급한 걸음이니까 더욱 화가 난단 말이다. 비행장이 완성됐더라면 비행기로 이 조선 해협을 건넜을 게 아니냐!"

총독의 짜증을 듣고 비서과장은 관부연락선 배 위에서 무전을 쳤다. 비행장 공사를 가일층 서둘러서 6월까지 끝내도록 하라는 것이었다.

총독의 짜증도 전혀 근거 없는 일은 아니었다. 이미 일본 본토에는 여러 곳에 비행장이 설치되어 육군비행대와 해군항공대 소속의 비행기들이 일본 정계와 군부의 고위 간부들을 태우고 단시간에 아무 곳에나 나르고 있다.

그러나 조선군사령부에는 아직도 항공대가 창설되지 못했고 변변한 비행기 하나도 없었다. 그래 총독은 지난여름에 우가키 육군대신과 다나카 수상에게 진언해서 경상남도 울산과 한강 여의도에 비행장을 닦게 했다. 특히 두 곳에다 마련토록 한 것은 비행기의 항속거리가 짧기 때문에 여의도에서 뜬 비행기는 울산 비행장을 징검다리로 해서 현해탄을 건너도록 조처했다.

'왜 그저 완성 안 됐는가?'

갑자기 상처를 당하고는 본국으로 돌아가는 급한 길이다. 몇 시간이면 갈 곳을 하루 종일 걸려서 바다 위 연락선에 있었고, 더구나 뱃멀미가 심했으니 그로서는 분통을 터뜨릴 만한 일이었다.

도쿄에 도착한 총독은 늙은 아내의 장례식을 치르고도 곧 귀임하지 않고 한 달 가량이나 그곳에 머물러 있었다. 그는 본국에 돌아간 김에 전부터 추진하던 정치적 흥정을 끝맺어 버리자는 배포였다. 그것은 물론 정치자금에 관한 일이다.

총독부의 고급관리들이 본국에 돌아가 임시로 자리 잡는 곳은 으레 제국호텔 특별실이다. 그는 조선에 진출하기를 희망하는 재계의 거물들을 차례로 초대해서 흥정을 벌였다.

조선에서의 일본인 실업가들의 경기는 1차 세계대전이 벌어진 1914년부터 활짝 열렸다. 산업진흥이라는 슬로건으로 하루아침에도 회사

가 10여 개씩 간판을 내걸었다. 그 증거로 〈아사히신문〉은 조선 특파
원의 현지 취재기사라 해서 다음과 같이 보도한 일이 있다.

— 사업 명세서만 그럴듯하게 만들면 몇백만 원 자본의 회사라도 하루
아침에 설립할 수 있다. 또 수완만 좋으면 전화 한 대만 놓고서도 장사
할 수 있고 수입을 올린다. 조선은행에서는 새로운 주株를 모집하고
있는데 프리미엄이 50만 이상이나 따라붙는 실정이다. 바야흐로 조선
은 일본 실업가들의 황금시장으로 변해 가고 있다.

이처럼 호경기를 보이던 조선의 상업계도 1차 대전이 끝나고, 3·1 만
세소동이 일어나고, 관동 대지진을 겪고는 퇴조 기미를 보였다. 조선의
불경기는 지난해까지도 계속되었다. 그러나 부전강赴戰江과 장진호長津
湖의 수력발전 시설이 설치되고 흥남에 질소비료 공장이 들어앉으면서
일본 자본의 대륙진출 기세가 상승하자 조선에 대한 일본 실업가들의 산
업시설 투자는 점차 늘어나기 시작했다. 따라서 현지의 제왕격인 조선
총독은 그들 산업가들과의 흥정으로 정치자금이 막대하게 거래돼 왔다.
   그런데 최근 총독으로서 한 가지 두통거리는 조선 쌀의 생산한도와
그 수출 문제였다. 사이토 총독이 1920년에 마련한 '조선미 증산계획'
에 따라서 조선 쌀은 해마다 증산되어 일본으로 건너갔다. 그러다가 일
본 본토에서도 증미增米운동이 대대적으로 벌어져서 1927년에 와서는
조선 쌀의 일본 공급을 제한해야만 될 실정에 이르렀다.
   쌀을 중심으로 형성된 조선의 산업구조가 조선 쌀의 과잉생산 때문
에 뒤흔들리게 됐다. 일본정부에서는 일본 농민의 농가 수입을 보장하
기 위해서 조선 쌀의 생산을 줄여야 한다는 압력을 가해 왔다. 자기네

의 쌀이 부족할 때는 조선농민들에게 쌀을 증산하라고 호령하더니 자기들의 뱃속이 채워지자 이제는 쌀을 그만 생산하라고 야단들이었다.

조선의 쌀값은 날로 떨어졌다. 그러자 일본 자본가들 가운데서도 비명을 올리는 자가 생겨났다. 조선농민들에게 비료를 팔아먹던 비료회사가 바로 그들이다.

그날 제국호텔 귀빈실로 총독을 찾아온 사람은 오키 비료 주식회사의 오키 사장이었다. 그는 흥남의 비료공장이 생기기 전에는 엄청난 양의 비료를 팔았다. 그는 조선농민들에게 터무니없이 비싼 비료를 강제로 팔고는 거기서 얻어지는 막대한 이익금의 일부를 총독부 고관들에게 떼어 주는 식으로 치부한 대표적 인물이다.

그런데 흥남 질소비료 공장이 생기는 바람에 자기 회사의 생산품이 주요한 판로를 잃게 됐다. 이번엔 또 조선의 쌀 생산을 제한하라는 본국 정부의 방침이 내려졌으니 자기네 비료 판매량은 더욱 엄청나게 줄어들 것을 근심했다. 파국에 처한 그는 총독이 정치자금을 긁어모으는데 귀신처럼 재빠르다는 사실을 알고 이날 그를 찾아온 것이었다.

"부인께서 그토록 허망하게 세상을 떠나셨으니 얼마나 심란하십니까? 삼가 영전에 바치는 저의 조그마한 성의로, 약소하나마 ….”

그는 총독에게 자그마치 일금 10만 원짜리의 수표를 내밀었다.

"심려를 끼쳐서 도리어 죄송하외다. 이건 너무 과분한 위로 같은데.”

총독은 10만 원짜리 수표를 대견한 듯 만지작거리며 웃음을 흘렸다. 그는 서서히 속셈을 털어놓기 시작했다.

"다나카 수상의 정치자금 파이프가 총독 각하라 함은 익히 알고 있습니다. 그렇지만 요즘은 군부의 우에하라파와 야당인 민정당民政黨의 감시가 심해서 퍽 어렵겠지요."

정계의 내막을 소상히 알고 있는 그는 총독의 가려운 곳을 슬슬 긁어 주며 능청을 부렸다. 그는 두 가지 안을 제시했다.

"조선 쌀의 생산제한을 총독부가 한사코 반대해야 합니다."

그 다음엔 조선 농토에 가장 효과적인 비료는 자기 회사에서 생산되는 금비金肥가 으뜸이라는 점을 과학적으로 입증하는 조치를 취하자는 것이었다.

"조선의 농업경제가 불경기로 파탄된다면 각하의 치적은 반감되는 것이 사실 아닙니까?"

그런즉 본국 정부의 농림상農林相인 야마모토와 대장상大藏相인 다카하시를 잘 구슬리자면 상당한 정치자금이 필요하리라고 했다.

"그 자금을 제가 대겠습니다. 나도 살고 총독 각하도 살고, 또한 2천만 조선농민도 살 길은 그 방법뿐이 아니겠습니까?"

그는 다시 한 눈을 찡긋하고는 또 하나의 간계를 제의했다.

"수원에는 농사시험장이 있다지요? 거기 시험관들에게 우리 오키 회사의 비료와 흥남 공장에서 나오는 비료를 시험 시비施肥해서, 가령 경상도든 전라도든 어느 지방의 토질에는 우리 회사의 비료가 알맞다는 결론을 내도록 하시죠. 이 오키 비료회사가 파산하지 않고 살아 나갈 길은 그것밖에 없습니다. 각하! 각하께서 만약 우리 회사 비료의 계속 공급만 보장하신다면 눈 딱 감고 백만쯤은 뚝 떼서 정치자금으로 드릴 수 있지요."

총독은 오키 사장의 너무나 치밀한 계책에 약간 당황했으나, 1백만 원의 정치자금을 대겠다는 말엔 마음이 동하지 않을 수 없었다.

"백만 원이라, 대금이긴 하군요. 좋소이다. 조선에 돌아가는 대로 수원 농사시험장에 지시하지요. 그렇지만 그 시험관들을 움직이는 것은 당신이 전적으로 맡아야 해요."

시험관을 매수해서 오키 비료회사의 비료를 쓰도록 결론 내게 하는 공작은 오키 자신이 직접 책임을 지라는 것이었다.

그러나 오키와의 묵계가 야마나시 자신의 정치적 생명을 죽이게 하리라고는 두 사람 다 미처 상상도 못했다. 총독이 오키와 함께 조선으로 돌아와서 저들의 밀약을 은근히 추진할 때 서울에 파견된 일본 신문 기자들은 재빨리 그 냄새를 맡고 오키 사장의 뒤를 밟기 시작했다.

그들은 오키가 수원의 농사시험장엘 빈번히 내왕하는 것을 발견하고는 그가 비료 상인임에 착안해서 사건을 추리한 기사가 본국 신문에 대대적으로 보도되기에 이르렀다. 그렇지 않아도 야마나시가 조선 총독으로 부임한 것을 마땅치 않게 생각하는 일본 정계에서는 물실호기勿失好機라고 그에 대한 비난을 폭발시키고 만 것이었다.

야마나시에 대한 치열한 공격은 다나카 수상에 대한 간접적이면서 치명적인 공격이기도 했다. 마침 다나카 내각은 지난해에 있었던 만주의 왕자 장작림張作霖 폭살사건의 여파로 말미암아 궁지에 빠져 있었다. 저들의 관동군 참모인 가와모토 대좌가 단독적으로 다이너마이트를 철로에 매설해서 국제적인 인물인 장작림을 폭살해 버렸다는 것은 이미 천하 공지의 사실이었다.

그러나 일본정부로서는 자기네 군인이 그처럼 엄청난 일을 저질렀다고 자인할 수가 없었다. 다나카 수상은 정부 각료들과 협의한 끝에 대일본제국의 군인이나 남만주철도 주식회사의 관계자가 장작림 폭살 사건과 관련됐다는 일부의 소리는 조사결과 전혀 근거 없는 오보임이 판명됐다고 선명치 않은 변명을 시도했다.

그것으로 무사할 수 있었을까. 장작림의 뒤를 이은 그의 아들 장학량張學良은 동삼성 보안총사령으로 취임하는 즉시 만주 벌판에다 청천백일기靑天白日旗를 내걸고는 일본에 대한 노골적인 반항을 시도하기에 이르러 일본정부는 다시 궁지에 몰렸다.

만주 사태가 이처럼 악화돼서 일본 정계가 그 문제로 들끓게 되고 한편 일본 재계에 불경기가 밀물처럼 밀어닥치자 다나카 수상은 1929년 7월에 이르러 부득이 총사직을 하고 말았다. 다나카 수상의 퇴진은 야마나시의 해임까지도 몰고 왔다.

조선 통치가 본국 정치의 정쟁으로부터 초연한 입장에 있던 시대는 이미 갔다. 정우회의 끄나풀로 다나카 수상에게 정치자금을 긁어모아 주기 위해 파견됐던 야마나시가 상전의 사직과 함께 자동적으로 해임 됐으니 제 5대 조선 총독 야마나시 한소는 괄목할 만한 치적도 남기지 못하고 허망하게 물러났다. 그는 부임할 때와 마찬가지로 세간의 차디찬 눈길을 등 뒤에 받으며 초췌한 몰골로 경성역에서 기차를 탔다.

이제 일본정부는 누구를 제 6대 조선 총독으로 임명할 것인가. 일본의 정계는 말할 것도 없고, 조선의 2천 5백만 민중도 다음에 부임할 총독이 누구인가에 대해서 비상한 관심으로 그 추이를 지켜보고 있었다.

"어떤 놈이 또 오느냐?"

돌아온 총독

사람의 역량은 선천적이라 했다. 조선 총독으로선 역시 그가 가장 적임자라 했다. 그들은 그렇게 생각했다. 그러나 번번이 순조로울까. 사이토 마코토齊藤實. '최후의 봉공奉公'을 다짐하면서 제5대 총독으로 자작 해군대장 사이토 마토코가 다시 이 땅에 군림한다.

시원찮은 자는 물러가고, 똑똑한 사람은 활개를 치는 게 인간세人間世다. 야마나시 한소 제4대 총독은 싱겁게 물러갔다. 사이토 마코토가 다시 두 번째로 지명을 받았다.

"잘됐군. 역시 그는 문화인이니까."

"무서운 놈이 또 오는구나. 아아."

같은 조선사람이면서 시원찮은 사람은 잘됐다고 했고, 똑똑한 사람들은 큰일이라고 개탄케 하는 사이토 마코토. 여하간 그는 문제의 인물임에는 틀림이 없었다.

— 사이토 8년에 조선은 망했다.

— 사이토 8년에 조선은 안정됐다.

두 가지의 평가를 남겨 놓고 갔던 그가 불과 2년도 채 안 돼서 다시 이 땅에 오는 것이다.

8월 하순 늦여름, 조선의 하늘은 까마득 높푸르고, 구름은 눈부시게 희고, 말매미의 울음은 쇳소리처럼 여물고, 따악 탁 따악 탁 대장간의 망치 소리는 '조선의 소리'인 양 한가롭게 메아리치고, 산은 검고, 들은 만경창파, 허수아비는 팔을 벌린 채 졸고, 잠자리는 떼를 지어 창궁蒼穹을 날고, 살모사는 산에서, 두더지는 메밀밭, 뜸부기는 논두렁, 가재는 개천에서 제각기 약이 오를 대로 오르는 8월 하순 늦여름.

조선은 계절의 혜택을 받아 그런 대로 지극히 평화로웠다.

그러나 바다 건너 일본이란 고장은 그렇지가 못하다.

8월 하순이면 여름의 상처가 곪어 헤친 부스럼 자국처럼 참담한 상흔傷痕을 남기는 계절이다. 홍수, 태풍, 전염병, 거기다가 지진, 해일, 그 나라는 여름이 늦어갈 무렵이면 자연의 횡포로 해서 기진맥진해지기 일쑤였다. 하늘은 언제나 흐리멍덩하고 날씨는 짓궂게 지분거린다.

— 아아 오늘은 오랜만의 니혼바레日本晴다.

어쩌다가 늦여름의 하늘이 푸르면 일본의 특유한 푸른 하늘이라고 해서 니혼바레를 자랑할 만큼 하늘은 그들에게 인색했다.

그날도 바람이 거셌다. 빗발이 사나웠다. 붉은 벽돌로 된 웅장한 도쿄역, 몹시 붐비고 있었다.

"각하께선 도카이도센東海道線을 타시기로 했습니다."

수많은 가라가사 (종이우산) 들이 비가 들이치는 플랫폼을 덮고 있는데 해군 군악대가 4열 횡대로 도열한 채 때를 기다리고 있었다. 북녘 우에노上野역 쪽의 시그널이 내려진 지는 이미 오래다.

거기 우가키 육군대신이 육군대장의 정장 차림으로 야마모토 조선총독부 도쿄 사무소장의 안내를 받아가며 나타났다.

"좀 늦어서 헐레벌떡 달려왔습니다."

그는 오늘의 주인공인 사이토 조선 총독에게, 손을 내밀면서 콧수염

을 쭝긋거렸다.

"아하, 이렇게 나와 주셔서 감사합니다."

백색 해군대장의 정복에다 수많은 훈장을 가슴에 단 사이토도 만면에 웃음을 흘리며 그의 손을 잡고 흔들었다.

"가시거든 부디 건강에 유의하십시오. 이젠 과히 젊지도 않으시니까, 하하."

"70 늙은이니까 아마 폐하께 대한 마지막 봉공일 것입니다." 사이토는 쓸쓸하게 웃으며 대답했다.

옆에는 시데하라 외무대신, 다카라베 해군대신, 마쓰다 척무대신拓務大臣 등이 그들을 지켜보고 있었다.

미나미 지로 육군대장도 있었다. 그는 새로 조선군사령관에 임명된 사람이다. 나가이 루타로도 보였다. 그는 중의원衆議院의 대의사代議士이며 일본에서도 저명한 웅변가다. 고다마 히데오도 있었다. 그는 두 달 전에 정무총감으로 현지에 부임했지만 지금 새 총독을 맞이하기 위해서 여기에 와 있다. 그리고 수많은 가족 친지들이 외곽에 원진을 치고 서서 그들을 조용히 지켜보고 있었다.

쿵 꽝 꽝!

갑자기 악대가 요란하게 저들의 '군함 행진곡'을 울리기 시작했다.

"각하, 열차가 들어옵니다."

고다마 정무총감이 총독의 옆으로 다가서며 말했다.

환송객들은 일제히 술렁대기 시작했고, 악수의 공세가 사이토 총독에게로 집중됐다.

"그럼 미나미 장군은 며칠 뒤에나 오시겠지요?"

440

그는 신임 조선군사령관에게 물었다.

"네, 전 며칠 뒤에 비행기로 가겠습니다. 날씨가 좋았더라면 각하께서도 마쓰에松江에서 떠나실 걸, 좀 지루하시겠습니다."

"뭐, 그렇게 바쁜 길도 아니니까. 그리고 난 비행기보다 배가 좋아요. 하하하."

"하하하, 하긴 해군이시니까."

"공중에서 잘못되면 헤엄을 칠 수도 없고, 하하하."

정말 날씨가 좋았어도 그는 관부연락선을 이용했을 것이다. 그는 비행기의 안전도를 그다지 믿지 않았다. 이미 마쓰에와 조선 울산 사이엔 군용 비행장이 완성돼 조선을 왕래하는 고관들은 그 비행기를 많이 이용하고 있었다.

사이토 부처夫妻를 비롯한 일행이 귀빈차에 오르자 빗발은 더욱 세차게 차창을 때려서 마치 그의 험난한 전도를 예고하는 것 같았다. 이윽고 서서히 미끄러지기 시작하는 기차, 떠나는 사람들, 환송하는 사람들, 흐려진 차창, 그리고 떠들썩하는 만세 소리, 군악, 도쿄역은 잠시 어수선했다.

잠시 후, 그들을 태운 기차가 비 내리는 무사시노의 황량한 벌판을 달리고 있을 때, 늙은 정객 사이토의 두 눈엔 뜻 모를 눈물이 번뜩였다. 그는 자기 나이를 생각한 모양이다. 71세였다. 외지에 나가 있다가도 제 고장에 뼈를 묻기 위해 돌아와야 할 나이다. 그는 한 인생으로서 좀 섭섭했던 듯싶다. 은퇴할 나이에 또 저 시끄러운 조선으로 나가는 것이 불안하기도 했을 것이다.

오랜 군인생활, 오랜 정치생활, 이젠 늙었다고 자인하지 않을 수 없었다. 1919년 조선에 만세소동이 일어나서 하세가와 총독이 죽을 쒀놓은 뒤치다꺼리를 하려고 제3대 조선 총독으로 부임할 때만 해도 그의 나이 61세였고 조선총독부의 기틀을 굳히기에 가진 바 정열을 모조리 불태울 수가 있었다. 조선 총독으로 군림하기 8년. 그는 자기 나름대로는 반도 경륜半島經綸 1백 년의 터전을 닦아 놓았다고 흐뭇해했다.

그래서 3년 전에 총독 자리를 미련 없이 내던지고 추밀원 고문으로 옮겨 앉아서 남아 일대의 최고 영예인 내각 총리대신 자리가 굴러오기를 기다렸던 것이 아닌가.

그런데 세월은 무심하고 인정은 야박했다. 총리대신 자리는 끝내 그에게 돌아오지 않았다. 이제 배금장군 야마나시가 아마도 망쳐 놓은 조선총독부를 수습하려고 늙은 몸이 다시 외지로 나가게 되었으니 사이토로서는 자신의 정치적 운명을 스스로 한탄하지 않을 수 없었다.

'내 나이 일흔하나!'

야마나시가 망쳐버린 총독부의 기강을 다시 바로 세우려면 3, 4년은 족히 걸려야 할 것이다. 그는 주머니에서 손수건을 꺼냈다. 눈 가장자리와 이마를 문지르고는 가벼운 한숨을 쉬었다.

그러자 동석한 대의사 나가이 루타로가 입을 열었다.

"각하의 이번 부임기간은 아마 그다지 길지 않을 것입니다.

"왜요, 늙어서?"

"곧 돌아오셔야죠. 총리대신이 되셔야죠."

사이토 자작은 고개를 가로저었다.

"내야 이젠 늙어서. 연부역강年富力强한 사람들이 있는데."

이번엔 나가이가 고개를 가로저었다.

"우리나라엔 재상 재목이 몇 없습니다. 자작께선 당연히 한번 하셔야 할 어른이십니다. 그 시운時運이 다가오고 있습니다."

나가이는 진심으로 그렇게 생각하는 사람이었다.

"나하고 함께 경성으로 직행하십시다."

"저는 부산에서 내려 동래로 가야 합니다. 동래엔 옛 친구가 있어서 미리 전보를 쳐 놨으니까요."

나가이는 관광여행이었다. 그러나 총독 사이토는 말했다.

"나하고 함께 다니면 오해받겠죠?"

"그럴 건 없지만두요."

미상불 정치인들의 처신은 까다롭다. 정우회다 민정당이다 혹은 오니몽鬼門이다 해서 정치적 분란이 한창인 일본의 정정政情이었다. 그런 때 총독으로 부임하는 사이토 일행에게 국회의원인 나가이가 그림자처럼 따라 붙는다면 내외의 정계에선 또 반드시 어떤 모략중상들을 할 게 뻔했다.

오니몽이란 일본 정계에 마구 파고드는 군부, 특히 육군을 말한다. 그들은 너무 팽창하는 육군의 세력을 좋아하지 않았다. 사이토 총독이 훗날 내각 총리대신이 되자 나가이 루타로를 척무대신으로 발탁한 데는 이때부터 이미 기맥이 서로 통한 까닭이다.

사이토 총독은 부산에 상륙하자 숨 돌릴 사이도 없이 경부선에 몸을 옮겨 일로 경성으로 달렸다. 그를 위해서 마련한 특별열차는 대구, 대전, 조치원에서 잠시 멈췄을 뿐 그대로 달렸다.

연변의 경계는 전례 없이 삼엄했다. 삼엄하지 않을 수 없었다.

바로 10년 전인 1919년 가을, 그가 처음 부임할 때 남대문역에서 강

우규봉宇奎의 폭탄세례를 받은 일이 있었고, 1925년에는 경무국장과
함께 서북지방을 순시하다가 압록강 근처에서 독립단의 기총사격을 받
아 혼비백산한 사건이 있었던 만큼 사이토 총독의 이번 두 번째 부임길
에는 초비상 경계망이 펼쳐져 있었다.

특히 지금 동행한 정무총감 고다마 히데오는 제 1대 총독 데라우치의
사위로서 일찍이 데라우치의 비서과장을 거쳐 재정과장 총무국장까지
역임했던 사람이다. 따라서 그는 오래 전부터 데라우치 총독의 경호가
얼마나 어마어마했던가를 잘 기억하는 사람이다.

그는 데라우치가 본국의 내각 총리대신으로 영전하자 내각 서기관
방장(비서실장)으로 발탁되어 중앙 정계에서 관운 좋은 줄타기를 거
듭하다가 얼마 전에 조선총독부의 제 2인자인 정무총감으로 부임한
것이었다. 따라서 고다마 정무총감은 직접 엄중, 면밀한 경호를 명령
해 뒀던 것이다.

그는 우선 총독부 경무국의 민완敏腕 정수분자가 누구인가를 파악해
서 총독의 경호역을 그들에게 직접 맡겼다. 그 당시 경무국의 4대 실무
중견은 역시 미와, 요시노, 최석현 경부와 스에나가 경부가 손꼽혔다.
미와는 종로경찰서, 요시노는 서대문경찰서의 고등과 베테랑으로 서
울 경기 일원을 틀어잡고 있었고, 스에나가는 신의주경찰서에 배속된
채 한만韓滿국경의 관문을 지키는 민완이었다. 그리고 최석현은 대구
에 있는 친일파 경관의 대표로서 영남지방을 쥐락펴락하는 자였다.

고다마 정무총감은 이 4명의 경찰간부를 긴급 소집해서 총독 부임길
의 경호를 책임지라고 시달했다. 그는 알고 있었다. 야마나시 총독 재
임 동안 총독부 관리들의 기강이 극도로 문란해졌다는 것을.

444

그리고 그는 또 알고 있었다. 요인의 경호를 헌병사령관이나 경무국장에게 지시하면 피라미드식의 행정체계를 따라서 전국에 시달되니까 광범위한 경비망을 펼 수는 있어도 그 어딘가에 허술한 구멍이 생기고 책임의 소재가 모호해진다는 것을.

그래서 그는 어떤 특정 인물과 특정 기관에게 특정 사명을 엄명해 두면 그 특정 사명에 대한 치밀한 준비와 집행이 가능해서 차질이 없다는 점에 착안해서 고등과 사찰 경찰한테 사이토 총독의 경호를 일임했다.

과연 사이토 총독은 무사히 서울에 부임했다. 서울에 도착한 사이토는 3년 전에 비해서 별로 달라진 게 없음을 보았다. 달라진 게 있다면 그것은 자신이 재임 시에 이미 착수했던 공사들이 준공을 보았을 뿐이었다.

그러나 총독을 놀라게 한 것이 꼭 한 가지 있었다. 그것은 경복궁 총독부 청사 뒤에 호화로운 총독 관저가 새로 세워진 사실이었다.

효자동에서 동쪽으로 꺾여드는 북악 기슭에 마련된 총독 관저.

이곳은 본래 세종世宗 8년에 궁궐의 후원으로 마련된 터전이었다. 거기에는 연무장鍊武場, 융무당隆武堂, 경농재慶農齋, 과거장科擧場이 서 있었고 한편 국왕의 친경親耕 장소로도 되어 있었다. 말하자면 왕궁의 뒤뜰이었다.

거기다가 야마나시 총독은 총독 관저를 세웠다. 오운각五雲閣을 제외한 모든 기존 건물을 헐어 버리고 총독 관저(지금의 청와대 자리)를 장만한 것이다. 사이토는 혼자서 중얼거렸다.

"야마나시 군도 일을 했군."

관리의 보람은 논공행상論功行賞이다. 논공행상 중에서도 묘한 방법을 총독 사이토는 알고 있었다. 그는 부임한 지 얼마 안 된 한가한 밤, 정무총감을 통해서 말단 치안관리 몇 명을 총독 관저로 직접 불렀다.

"각하께서 조선 치안에 유공한 너희들을 몸소 위로하시는 뜻에서 술좌석을 베푸시기로 했다."

정무총감은 네 사람의 말직들을 불러 놓고 엄숙하게 말했다. 경무국 소속의 미와, 스에나가, 요시노 그리고 조선인 경부 최석현이 감격해서 부동자세가 됐다.

"대일본제국의 자작이시며 해군대장이시며 조선 총독이신 총독 각하께서 자네들한테 직접 술좌석을 베푸신다는 것은 전례 없는 파격의 은전이다. 앞으로 더욱 멸사봉공하라."

1929년 8월 25일 저녁이었다.

여자 없는 좌석은 물 없는 논바닥처럼 답답하다. 특히 윤정덕을 불렀다. 윤정덕이 배시시 웃으며 그들 속에 섞였다. 눈이 부시게 흰 새턴 천으로 만든 원피스를 입었다. 왼편 가슴 위엔 들국화 한 송이를 꽂은 청초한 모습이었다. 정말 총독은 그들을 위해서 직접 좌석을 베풀었다.

"각하, 조선의 일등 미인을 하나 소개하겠습니다."

정무총감의 말에 윤정덕의 얼굴이 장밋빛으로 물들었다.

"이름은 윤정덕, 말하자면 각하께서 잘 아시는 배정자 여사의 후계자입니다."

윤정덕은 일본식으로 다다미 위에 무릎을 모아 허리를 꺾었고, 총독은 몸을 뒤로 젖히면서 입이 떡 벌어졌다.

"호오 배정자의 후계자라. 허허허. 참 배정자가 왜 안 뵈나?"

"배정자 여사는 만주지방을 유람 중입니다."

"그래. 내가 왔다면 천 리가 지척이라고 달려 올 듯도 한데, 하하하."

접대는 특히 정무총감의 아내 아키코가 직접 맡고 나섰다. 파격적인 논공행상이었다. 분위기는 어색하지 않게 어울려 갔다. 윤정덕의 재기 발랄한 화술로 해서 이따금 폭소들도 터졌다.

"각하, 미스 윤은 우에노 음악학교를 나온 재원입니다."

정무총감은 자꾸 윤정덕을 추어올렸다.

"하느님은 여자를 만드실 때 퍽 인색했지. 체격이 좋으면 얼굴을 못 생기게 했고, 음성이 좋으면 체구를 시원찮게 만들었고, 재질이 있으면 수명을 짧게 만들었고, 간혹 인물 좋고 재질도 있게 만든 여자는 박명하게 하는 식으로 하느님은 여자에게 몹시 질투를 했단 말야. 그런데 윤정덕 양은 하느님의 특제품인가 보지? 모두 다 쏙 뽑아서 만드셨으니 말야, 하하하."

술이 몇 순배 거나해지자 늙은 총독은 윤정덕의 손을 잡고 놓아주려 하지 않았다. 그러나 여기서도 윤정덕은 성미대로 깔끔하게 굴었다.

"각하, 저는 각하의 말단 부하의 신분이에요."

손을 뽑아 몸을 도사리고 말했다.

"아하하, 그 깔끔한 성품도 역시 일품이로구나."

정무총감의 아내가 들어오자 총독은 무색해서 그런 말을 했다.

그리고 그는 화제를 바꿨다.

"참 전에 누가 이런 말을 하더군!"

그는 시가를 입에 물었다. 윤정덕이 얼른 성냥을 그어댔다.

"이토 통감이 계실 때는 조선인 중에 친일하는 사람과 배일排日하는 자의 비율이 1 대 9였다고. 그 아홉을 일본의 군력軍力이 눌러 버렸다는 군. 데라우치 총독이 5년 동안 통치한 결과로는 친일이 3으로 늘고 배일이 7로 줄었대나. 그러나 하세가와 대장이 나온 이후로는 윌슨의 민족자결주의가 선전돼서 비율은 다시 바뀌었다네. 2 대 8로 말야. 그런데 저 만세소동이 터진 후 내가 총독으로 부임했을 때는 0.5 대 9.5로 친일의 세력이 폭락했던 것이라더군. 그러나 나중에 5 대 5 정도로 끌어올려졌다가, 3년 전에 내가 이곳을 떠날 무렵에는 적어도 4 대 6 정도로 민심이 총독부를 지지했다는 게야. 그런데 지금은 어떤가? 야마나시 대장이 나와서 그 비율을 어떻게 바꿔놓았는지 궁금하군."

그는 야마나시의 실정으로 친일의 비율이 많이 감소되었다는 것을 알고 마주 앉은 사람들에게 은근히 대답해 주기를 종용했다.

"저는 조선사람이니까 조선사람의 민심은 비교적 잘 압니다만 제 짐작 같아서는 3 대 7 정도로 후퇴한 것 같습니다. 윤정덕 씨, 그렇게 생각하지 않요?"

최석현 경부는 윤정덕에게 동의를 구했으나 윤정덕은 시답잖은 소리라는 듯이 흘려버렸고 이번에는 미와가 한마디 거들었다.

"3 대 7이 뭡니까? 요즘 소요사건은 별로 없어서 민심은 평온한 듯하지만 농사정책이 잘못되고 노동쟁의가 빈번히 일어나는 데다가 야마나시 각하 시대엔 관공리들의 부정 독직瀆職사건이 신문에 자꾸 보도되고 해서 민심은 아주 흉흉합니다. 겉으로는 조용한 듯해도 속으로는 크게 곪아가고 있습니다. 언제 그 곪은 부분이 터질는지 모릅니다. 제 판단으로는 2 대 8도 못된다고 봅니다."

미와 경부는 대담하게 비관론을 앞세우고는 다시 말을 계속했다.

"그렇지만 저는 확신하는 게 있습니다. 각하와 총감 각하가 부임하신다 했을 때, 이제는 됐다 하고 손뼉을 쳤습니다. 총독 각하의 그 원만하고 온후하신 문화정책과 정무총감께서 데라우치 각하 시대에 익히신 그 무단적 경륜을 합하신다면 적어도 3년 뒤엔 다시 5 대 5 정도로 비율이 달라질 것입니다. 거기다가 금상첨화錦上添花로 윤정덕 씨나 저기 최석현 경부 같은 우리의 협력자들이 있으니 5 대 5가 뭡니까? 3년 뒤에는 6 대 4로 조선인들을 더 많이 동화시킬 수 있습니다. 두 분 각하께선 아직 모르시겠지만 저기 앉은 최경부의 솜씨는 정말 훌륭합니다. 우리 일본 경찰관으론 어림도 없는 공로를 여러 차례 세웠으니까요. 특히 조선은행 대구지점 폭탄사건의 진범을 붙잡은 솜씨는 귀신도 감탄할 정도입니다."

총독은 최석현을 웃음으로 바라봤다.

"호오 그래? 최 경부 같은 사람이 백 명만 있으면 나는 이 총독 관저에서 낮잠이나 자고 있어도 괜찮겠구먼. 대구 조선은행 폭탄사건이란 난 처음 듣는 소리인데 어디 그 얘기나 좀 들려주지?"

총독은 최석현에게 술을 손수 따라주고 그의 수훈담을 들려 달라고 했다. 그는 너무나 황송해서 약간 망설이는 기색을 보였지만 총독이 따라 준 술잔을 단숨에 꿀꺽 들이마시고는 용기를 얻은 듯 대구사건의 전말을 자랑스럽게 늘어놓기 시작했다.

"각하, 독립운동가들을 때려잡는 데는 조선사람을 금력으로 매수해서 앞장세우는 것이 가장 효과적이라는 하나의 본보기가 바로 그 사건이었습니다."

그는 차츰 흥분하기 시작했다.

1927년 10월 18일 아침, 조선은행 대구지점에 심부름꾼으로 보이는 한 젊은이가 4개의 나무상자를 들고 와서 그중의 하나를 은행 창구에 놓고 나가 버렸다. 신문지로 포장된 나무상자를 받은 은행원이 짐 꾸러미를 풀었을 때 놀랍게도 그 속에는 폭탄이 들어 있었고 도화선엔 이미 불이 붙어 있었다.

은행원은 소스라치게 놀라서 순간적으로 나무상자를 집어 던졌지만 폭발하고야 말았다. 멋모르는 심부름꾼도 놀랐다. 그는 나머지 3개의 나무상자를 한길에다 집어 던졌다. 역시 요란한 소리와 함께 폭발하고 말았다. 그 4개의 폭탄 꾸러미는 조선은행 지점, 식산은행 지점, 경상북도지사의 관사 그리고 이시모도 경찰부장의 집에 하나씩 배달될 것이었다. 대구 시내는 발칵 뒤집혔고 수백 명의 경찰관이 범인 수사에 혈안이 됐다.

짐짝을 가지고 온 심부름꾼을 신문한 결과 덕흥德興여관의 사환으로 판명되었다. 그는 덕흥여관에 투숙한 손님의 심부름으로 그 짐짝을 가져왔다고 했다. 형사대는 즉각 덕흥여관을 급습했다. 그러나 그 투숙객은 이미 어디론가 바람처럼 사라진 뒤였다.

수사는 오리무중으로 들어갔다. 성주군星州郡 출신의 이정기, 의열단의 남형우, 배병현, 그리고 강우규 의사의 아들인 강신호와 정무, 장 참판 등이 수사선상에 올랐다. 그러나 그들은 폭탄사건의 진범이 아니었다.

최석현 경부는 이 사건을 반드시 자기가 해결해서 총독부의 더욱 더 두터운 신임을 얻어 보려고 밤잠을 자지 않았다. 그러다가 마침내 장진홍이 진범이라는 단서를 잡았다.

장진홍의 과거 경력을 훑어보면 그는 능히 그럴 만한 인물이었다.

일찍이 조선보병대에 입대하여 무술을 익혔고, 제대 후에는 동지 이내성과 함께 광복단光復團에 가입했고, 3·1 운동을 전후해서는 만주를 넘나들며 선산善山 출신의 김정묵, 이국필 등과 독립운동을 전개했으며 그 후에는 〈조선일보〉 부산지국을 경영한 일도 있다.

그런데 장진홍의 행방은 찾을 길이 없었다. 최석현은 미궁 속에 사라진 그의 행방을 혈안이 돼서 찾아 헤맸다. 오히려 일본인 고등계 형사들이 최석현에게 부질없는 헛수고를 그만두라고 충고까지 했지만 조선 총독부에 빌붙어 입신출세를 해 보려는 집념으로 단념하지 않았다.

그는 장진홍의 동생이 일본 오사카에 산다는 정보를 입수했다. 최석현은 구보다, 남지우라는 두 형사를 대동하고 악착스럽게도 현해탄을 건너갔다.

장진홍의 동생 장의환은 오사카 히가시나리구東成區 이노가이조猪飼町에서 안경점을 경영하고 있었다. 밀정들은 먼저 가난한 조선인 노동자 다섯 명을 매수했다.

"당신들은 저 안경점에 손님처럼 드나들면서 장의환의 형이 있는가를 탐색하시오. 그 대가로 1백 원씩 줄 테니까. 백 원이야. 일금 백 원."

가난한 노동자에게 1백 원이라면 하늘의 별따기 같은 큰돈이었다.

매수된 조선인 노동자들은 자기네들의 행위가 얼마나 엄청난 민족반역의 짓인 줄도 모르고 혹은 안경을 맞추리 혹은 안경알을 갈아 끼우러 그 점포에 드나들었다. 그 결과 4, 5명의 직공이 2층에서 안경알을 갈고 있다는 것을 확인했다. 그러나 그 직공은 모두 다 20대의 젊은이들뿐, 장진홍 비슷한 사나이는 눈에 띄지 않았다.

구보다, 남南 두 형사는 장진홍이 이 집에 없다는 것을 들어 조선으로 돌아가자고 했다. 그러나 악착같은 최석현 경부는 끈질기게 눌어붙었다.

"노동자 탐정꾼만으론 안 된다. 이제는 여자 탐정꾼을 안경점에 들여보내 보자."

그는 효오켄 아리바有馬온천으로 달려가서 대구에 있을 때부터 친교가 두텁던 박이라는 조선인을 찾아 말했다.

"당신의 부인을 좀 빌려야겠어. 2, 3일만 빌려 주시오. 중대한 범인을 붙잡는 데 당신 부인을 며칠 동안만 채용하는 거야. 그 사례금으로 2백 원 드리지."

무식하고 가난한 남편에게 일금 2백 원이란 큰돈은 자기 아내를 며칠동안 빌려 줄 만도 한 금액이었다. 최석현 경부를 따라 나선 박 씨 부인은 오사카로 오자마자 즉시 장의환의 안경점에 잠입하는 데 성공했다.

- 3권에 계속

조선총독부 연표

1904년

2. 8	일본군, 러시아 함대 공격하면서 러일전쟁 개전
2.23	일본군에 협조하도록 하는 한일의정서 강제 체결
3.18	이토 히로부미(伊藤博文), 특파 대사로 고종 알현
11.10	경부선 철도 완공 시운전

1905년

2.22	일본, 독도를 강점해 다케시마(竹島)로 명명
7.29	일본과 미국이 가쓰라 - 태프트 밀약 체결
8.12	제 2차 영일동맹 체결
9. 5	포츠머스조약으로 일본은 랴오둥반도 조차권을 얻음
11.10	이토 히로부미, 고종에게 일왕 친서 봉정
11.17	일본의 무력시위 속에 을사늑약 강제 체결
11.29	민영환, 을사늑약에 반대하며 자결

1906년

2. 1	임시통감 하세가와 요시미치(長谷川好道) 취임 (조선통감부 개청식)
3. 2	초대통감 이토 히로부미(伊藤博文) 취임
9. 1	통감부 기관지〈경성일보〉(京城日報)창간

1907년

4.20	고종, 이상설과 이준을 헤이그 만국평화회의에 특사로 파견
7.20	헤이그 밀사 사건으로 고종이 압력 받아 순종에게 양위(讓位)
7.24	한일신협약(韓日新協約) 체결
7.27	언론탄압을 위한 신문지법 공포
7.29	집회결사를 금지하는 보안법 공포
7.31	군대 해산 명령
8.27	경운궁에서 순종 황제 즉위식
9. 1	서울에서 최초의 박람회 개최(11월 15일까지)

1908년

3.23	전명운 장인환, 친일 미국인 스티븐스 저격
8.27	동양척식주식회사법 공포, 12월 28일 본사 설립
11. 1	최남선, 최초의 월간지 〈소년〉 창간

1909년

1. 7	순종, 이토 히로부미와 함께 지방 순시(2월 3일까지)
7. 6	일본 각의, 한국병합 방침 결정
8. 1	이토 히로부미, 한국 황태자와 함께 일본 유람
10.26	안중근, 하얼빈에서 이토 히로부미 저격

1910년

3.26	안중근 사형 당함
5.30	데라우치 마사타케, 3대 조선통감 취임
8.22	이완용과 데라우치, 합병조약 조인
8.29	합병조약을 공포한 경술국치(庚戌國恥)
9.30	조선총독부 관제 공포
10. 1	데라우치 마사타케, 조선총독부 초대 총독으로 부임
12.	안명근이 서간도 무관학교 설립자금을 모으다 적발된 안악사건
12.29	회사령(會社令) 공포

1911년

1.	데라우치 암살을 모의했다며 반일인사를 체포한 '105인 사건' 발생
9.	신민회 간부 등을 총독 암살 미수사건으로 몰아 600여 명을 체포
11. 1	압록강 철교 완공돼 부산 ~ 창춘(長春) 열차 운행

1912년

1. 1	한국 표준시, 일본 표준시를 따름
7.30	일본 메이지(明治)왕 사망
8.13	토지조사령 공포, 토지조사사업 본격 개시

1913년

5.	안창호, 샌프란시스코에서 흥사단 조직
10.	105인 사건 피고인 6명, 징역 5~6년 선고됨
12.	경북 풍기에서 독립운동단체 대한광복단 조직

1914년

1.11	호남선 철도 개통
3. 1	지방행정조직을 12부, 218군, 2517면으로 개편
7.28	제1차 세계대전 발발
9.16	경원선(京元線) 개통식
10. 1	최남선, 〈청춘(靑春)〉창간
10.10	근대식 호텔 조선호텔 설립

1915년

2.12	105인 사건 수감자 6명, 다이쇼 일왕 즉위식을 기념해 특별 사면됨
9.11	경복궁에서 총독부 시정 5주년 기념 조선물산공진회 개최
10.15	풍수해 사상 및 실종 1092명, 주택 2만 2088채 침수

1916년

4.25	세브란스 의학전문학교 개교
6.25	경복궁 터에서 지진제를 열고 조선총독부 신청사 기공식
10.14	제2대 조선 총독으로 하세가와 요시미치(長谷川 好道) 부임
11.	친일단체 대정실업친목회(大正實業親睦會) 결성

1917년

| 1. 1 | 이광수,〈매일신보〉에 최초의 근대 장편소설〈무정〉연재 |
| 10.17 | 한강교 준공 |

1918년

8.	김구 여운형, 상하이에서 항일 독립운동 단체 신한청년당 조직
10.	조선식산은행(朝鮮殖産銀行) 설립
10.27	인천항 갑문식 선거(船渠) 준공

1919년

1. 파리 강화회의에서 미국 대통령 윌슨, 민족자결주의 제창
1.21 고종 승하, 3·3 국장
2. 8 도쿄 유학생 600여 명, 2·8 독립선언
3. 1 3·1 독립운동 발발
4.13 상하이에서 대한민국 임시정부 수립
4.15 제암리 학살 사건
8.12 3대 총독 사이토 마코토 취임
9. 2 노인동맹단의 강우규, 사이토 총독에게 폭탄 투척
10. 5 김성수 등 경성방직 설립
11. 여운형 일본 방문, 제국호텔 연설
    김원봉 등 만주 지린성에서 의열단 조직

1920년

1.16 〈동아일보〉, 〈조선일보〉, 〈시사신보〉 발행 허가
3. 5 〈조선일보〉 창간
4. 1 〈동아일보〉 창간
4.28 영친왕, 나시모토노미야 마사코(梨本宮方子, 한국 이름 이방자)와 혼인
6. 7 홍범도의 대한독립군, 봉오동 전투 승리
6.25 월간 종합지 〈개벽〉 창간
7.13 고원훈과 김성수, 조선체육회 창립
8. 안경신, 평양 경찰부 폭파
9.14 박재혁, 부산경찰서 폭탄 투척
10.20 유관순, 감옥에서 순국
10.21 김좌진 이범석의 북로군정서, 청산리 대첩
12.27 산미증식 계획 수립

1921년

2.16 친일파 민원식, 도쿄 제국호텔에서 양근환에게 피살
12. 이승만 서재필, 워싱턴군축회의에 독립청원서 제출
    김윤경 등, 조선어학회 조직

1922년

5.	천도교 소년회, 어린이날 제정
6.16	경성~원산 간 전화 개통
11.12	부산~시모노세키 부관(釜關) 연락선 취항

1923년

9. 1	일본 관동대지진, 한국인 6,000여 명 피살됨
9. 2	박열(朴烈), 일왕 암살 미수 혐의로 체포됨

1924년

1. 3	김지섭, 일본 천황 살해하려 일본 궁성 니주바시(二重橋) 투탄 의거
5. 2	경성제국대학 예과 개교

1925년

4.	조선공산당 창립
7. 8	집중호우 쏟아진 을축 대홍수
10.15	서울운동장 개장

1926년

4.26	융희황제 순종 붕어
6.10	순종 국장, 만세사건 발생
9.	나운규, 영화〈아리랑〉개봉
10. 1	조선총독부 신청사 낙성식
12.25	다이쇼(大正) 일본국왕 사망
12.28	의열단원 나석주, 식산은행과 동양척식회사에 폭탄 투척

1927년

2.15	좌우익 합작하여 항일단체 신간회(新幹會) 결성
2.16	경성방송국, 라디오 방송 시작
10.18	조선은행 대구지점 폭탄사건
12.19	야마나시 한조, 조선 총독 부임

1928년

9. 1   철도 함경선 개통
11.10   쇼와(昭和) 왕 즉위 대례 거행

1929년

8.17   야마나시 총독, 독직 관련 파면
9. 8   사이토 마코토, 조선 총독으로 다시 부임
11. 3   광주학생운동 발발, 전국으로 확대
12.13   신간회 44명, 근우회 간부 47명 체포됨

1930년

1.24   김좌진 장군 , 북만주에서 공산주의자에 피살
7.   이청천 등 지린에서 한국독립당과 한국독립군 조직

1931년

7. 2   창춘에서 조선 농민과 중국인 지주 무력충돌하는 '만보산 사건' 발생
9.18   일본 관동군, 만주철도 폭파사건을 빌미로 만주사변 일으킴

1932년

1. 8   이봉창, 일왕 히로히토에게 폭탄 투척 의거
3. 1   일본, 만주국 건국 선언
4.29   윤봉길, 홍커우공원에서 폭탄 투척해 시라가와 대장 등 10명 살상

1933년

1.16   조선~일본 전화 개통
9. 9   정부 알선 첫 만주 이민열차 출발
11. 4   조선어학회, 한글맞춤법 통일안 발표

1934년

5. 7   이병도, 김윤경, 이병기 등 진단학회 창립
7.21   호우로 경부선 여러 날 불통

1935년

9.	총독부, 각 학교에 신사참배 강요
10.	최초의 발성영화 〈춘향전〉 단성사에서 개봉
11.25	장진강 수력발전소 12만 kW 발전공사 완공

1936년

2.26	도쿄 대규모 쿠데타 2 · 26 사건 발발
8. 9	손기정, 베를린올림픽 마라톤 우승
8.26	제 7대 조선총독으로 미나미 지로 육군대장 부임
8.27	동아일보, 손기정 우승 일장기 말소 사건으로 무기 정간
12.	조선사상범보호관찰령 발동

1937년

6. 6	흥사단 국내조직인 수양동우회 회원 150여 명 투옥
7. 7	일본군, 루거우차오(蘆溝橋) 사건을 일으켜 중일전쟁 시작
10.10	미나미 총독, '황국신민의 서사' 암송 강력 시달

1938년

4. 1	조선교육령 개정, 조선어 수업을 사실상 폐지
7. 7	국민정신총동원 조선연맹 발기

1939년

2.20	〈매일신보〉에 이광수의 '창씨(創氏)와 나' 친일 수필 게재
9.30	국민징용령 발동

1940년

2.11	일본식 이름으로 바꾸는 창씨개명 시행
8.10	동아일보, 조선일보 폐간
3.	왕조명(汪兆銘), 난징정부 수립하여 주석에 취임
8.10	〈동아일보〉, 〈조선일보〉폐간
8.20	쌀 배급제 실시

1941년

2.12	조선사상범 예방구금령 공포
3.	대한민국 임시정부 건국강령 발표
5.	한국독립당 창건
9.17	중경에서 광복군 총사령부 설립식
12. 7	일본군, 미국 하와이 진주만 공습으로 태평양전쟁 발발

1942년

6.15	제 8대 총독 고이소 구니아키 부임
10. 1	최현배 등 33명, 조선어학회 사건으로 체포됨
10.14	조선청년 특별연성령(鍊成令) 공포
11. 1	대동아성(大東亞省) 설치, 조선총독부가 내무성 관할로 이관

1943년

6.20	학병제 실시
8. 1	조선인 징병제 시행
11.27	적절한 시기에 한국을 독립시킨다는 카이로 선언 발표

1944년

2. 8	총동원법에 따라 징용 전면 확대
8. 8	제 9대 조선 총독 아베 노부유키, 부임
8.23	여자정신대 근로령 공포, 독신여성들을 종군위안부로 강제징용

1945년

3.10	도쿄 대공습
4. 1	미군, 오키나와 상륙
5. 6	독일군, 연합국 측에 무조건 항복
8. 9	소련, 일본에 정식 선전포고
	미국, 히로시마와 나가사키에 원폭 투하
8.15	해방